Gustave Aimard

La Grande flibuste

Roman

ISBN : 978-3-96787-526-3

10 9 8 7 6 5 4 3 2 1

Gustave Aimard

La Grande flibuste

Roman

Table de Matières

I. La Feria de Plata. 7
II. Don Sylva de Torrès. 19
III. Deux vieilles connaissances du lecteur. 29
IV. Le comte Maxime Gaëtan de Lhorailles. 41
V. Les Dauph'yeers. 52
VI. Par la Fenêtre. 63
VII. Un Duel. 74
VIII. Le Départ. 85
IX. Un Rendez-vous au désert. 98
X. Avant l'Attaque. 112
XI. La Lune du Mexique. 125
XII. Ruse de femme. 134
XIII. Course nocturne. 148
XIV. Une Ruse indienne. 160
XV. À bon Chat, bon Rat. 172
XVI. La Casa grande de Moctecuzoma. 186
XVII. Cucharès. 198
XVIII. Quelques Pas en arrière. 210
XIX. Dans la Prairie. 221
XX. Le Boute-Selle. 232
XXI. L'Aveu. 244
XXIII. Les Apaches. 265
XXIV. Les Coureurs des bois. 276
XXV. El Ahuehuelt. 287

I. La Feria de Plata.

Dès les premiers jours de la découverte de l'Amérique, ses plages lointaines sont devenues le refuge et le rendez-vous des aventuriers de toutes sortes dont l'audacieux génie, étouffé par les entraves de la vieille civilisation européenne, cherchait à prendre son essor.

Les uns demandaient au Nouveau-Monde la liberté de conscience, le droit de prier Dieu à leur guise ; d'autres, brisant leurs épées pour en faire des poignards, assassinaient des nations entières pour voler leur or et s'enrichir de leurs dépouilles ; d'autres, enfin, natures indomptables, cœurs de lions dans des corps de fer, ne reconnaissant aucun frein, n'acceptant aucunes lois et confondant le mot liberté avec le mot licence, formèrent presque à leur insu cette formidable association des *Frères de la Côte*, qui fit un instant trembler l'Espagne pour ses possessions et avec laquelle Louis XIV, le roi-soleil, ne dédaigna pas de traiter.

Les descendants de ces hommes extraordinaires existent toujours en Amérique, et lorsque quelque soudain cataclysme révolutionnaire jette, après une lutte de quelques instants sur ses plages les natures étranges que le flot populaire a brusquement fait monter à la surface, elles vont instinctivement se ranger autour des petits-fils des grands aventuriers, dans l'espoir de tenter, eux aussi, des choses extraordinaires à leur suite.

À l'époque où je me trouvais en Amérique, le hasard me rendit témoin de l'une des plus audacieuses, entreprises qui aient été conçues et exécutées par ces hardis aventuriers. Ce coup de main jeta un tel éclat que, pendant quelques mois, il occupa la presse et éveilla la curiosité et les sympathies du monde entier.

Des raisons, que nous laissons au lecteur le soin d'apprécier, nous ont engagé à changer les noms des personnages qui ont joué les principaux rôles dans ce drame étrange, tout en narrant les faits avec la plus grande exactitude historique.

Il y a une dizaine d'années environ, la découverte des riches placeres de la Californie éveilla subitement les instincts aventureux de milliers d'hommes jeunes et intelligents, qui, abandonnant patrie et famille, s'élancèrent pleins d'enthousiasme vers le nouvel Eldorado, où la plupart ne devaient rencontrer que la misère et la mort, après des souffrances et des déboires sans nombre.

La route est longue d'Europe en Californie. Beaucoup d'individus s'arrêtèrent à mi-chemin, les uns à Valparaiso, les autres au Callao, quelques-uns à Mazatlan ou à San-Blas, la plupart atteignirent San-Francisco.

Il n'entre pas dans le cadre que nous nous sommes tracé de revenir sur les détails, trop connus maintenant, des déceptions de toutes sortes dont furent assaillis les malheureux émigrants dès le premier pas qu'ils firent sur cette terre, où ils s'étaient figuré n'avoir qu'à se baisser pour ramasser l'or ; ainsi que l'on dit vulgairement, à pleines mains.

C'est à Guaymas, six mois après la découverte des placeres, que nous prions le lecteur de nous suivre.

Déjà, dans un précédent ouvrage, nous avons parlé de la Sonora[1] ; mais comme l'histoire que nous nous proposons de narrer se passe tout entière dans cette province éloignée du Mexique, nous compléterons la description que nous n'avons alors que légèrement esquissée.

Le Mexique est sans contredit le plus beau pays du monde, tous les climats s'y trouvent réunis. Sa superficie actuelle est immense ; elle n'a pas moins de 575,080 kilomètres. Malheureusement sa population, loin d'être en rapport avec son territoire, ne s'élève à peine qu'à 7,200,000 habitants, parmi lesquels s'en trouvent près de 6,000,000 appartenant aux races indiennes ou mélangées.

La confédération mexicaine comprend le district fédéral de Mexico, vingt et un États et trois territoires ou provinces n'ayant pas d'administration intérieure indépendante.

Nous ne dirons rien du gouvernement, par la raison toute simple que jusqu'à présent l'état normal de cette magnifique et malheureuse contrée a toujours été l'anarchie.

Cependant le Mexique semble être une république fédérative, au moins de nom, bien que le seul et véritable pouvoir reconnu soit le sabre.

Le premier des sept États situés sur l'océan Atlantique est l'État de Sonora. Cet État s'étend du nord au sud, entre le Rio-Gila et le Rio-Mayo ; il est séparé à l'est de l'État de Chihua-hua par la

1 *Les Trappeurs de l'Arkansas*

Sierra-Verde, et à l'ouest il est baigné par la mer Vermeille ou mer de Cortez, ainsi que la plupart des cartes espagnoles s'obstinent encore aujourd'hui à la nommer.

L'État de Sonora est un des plus riches du Mexique, à cause des nombreuses mines d'or dont son sol est émaillé ; malheureusement ou heureusement, suivant le point de vue auquel on voudra se placer, la Sonora est sans cesse sillonnée par d'innombrables tribus indiennes, contre lesquelles ses habitants doivent incessamment lutter ; aussi les guerres continuelles avec ces hordes sauvages, le frottement qui en est la conséquence, le mépris de la vie et l'habitude de verser le sang humain sous le premier prétexte venu, ont-ils imprimé aux Sonoriens et donné à leurs mœurs une allure fière et décidée, un cachet de noblesse et de grandeur qui les sépare entièrement des autres États et les fait partout reconnaître au premier coup d'œil.

Malgré la grande étendue de son territoire et son long cordon de côtes, le Mexique ne possède, en réalité, que deux ports véritables sur l'océan Pacifique,

Ces deux ports sont Guaymas et Acapulco.

Les autres ne sont, en fait, que des rades foraines dans lesquelles les navires redoutent de chercher un abri, surtout lorsque le terrible *cordonazo* souffle impétueusement du sud-ouest et bouleverse le golfe de Californie.

Nous ne parlerons ici que de Guaymas.

Cette ville, fondée depuis quelques années seulement à l'embouchure du fleuve San-José, semble appelée à devenir bientôt un des principaux ports du Pacifique.

La position militaire de Guaymas est admirable.

Comme toutes les villes de l'Amérique espagnole, ses maisons sont basses, peintes en blanc et à toits plats, seul, le fort placé à la cime d'un roc, et dans lequel se rouillent quelques canons sur des affûts rongés par le soleil, est d'une teinte jaunâtre qui se marie avec la nuance d'ocre de la grève, où viennent mourir parmi les pousses vigoureusement serrées des mangliers, dont elles vivifient les rameaux échevelés, les lames rosées de la mer Vermeille ; derrière la ville s'élèvent comme d'imposants créneaux les croupes escarpées de hautes montagnes aux flancs sillonnés de ravines creusées par le passage des eaux des époques diluviennes, et dont les crêtes brunes se perdent dans les nuages.

Malheureusement, nous sommes contraint d'avouer que ce port, malgré son titre ambitieux de ville, n'est encore qu'une misérable bourgade sans église et sans auberge, ce qui ne veut pas dire qu'il n'y ait pas de cabarets ; au contraire, et cela se conçoit dans un port situé aussi près de San-Francisco, ils y pullulent.

L'aspect de Guaymas est triste ; on sent que, malgré les efforts des Européens et des aventuriers pour galvaniser cette population, la longue tyrannie espagnole qui, pendant trois siècles, a pesé sur elle, l'a sinon complètement atrophiée, mais du moins plongée dans une dégradation et une infériorité morales telles qu'il lui faudra bien des années encore pour s'en relever.

Le jour où commence notre histoire, vers deux heures de l'après-midi, malgré le soleil incandescent dont les rayons pesaient d'aplomb sur la ville, Guaymas, d'ordinaire si calme à cette heure, où tous les habitants, vaincus par la chaleur, dorment au fond de leurs maisons, présentait un aspect animé qui aurait surpris l'étranger que le hasard aurait amené en ce moment, et lui aurait immanquablement fait supposer qu'il allait assister à l'un des mille pronunciamentos qui éclosent chaque année dans ce malheureux pays.

Cependant il n'en était rien.

L'autorité militaire, représentée par le général San Benito, gouverneur de Guaymas, était ou semblait être satisfaite du gouvernement.

Les contrebandiers, les leperos et les hiaquis continuaient à vivre à peu près en bonne intelligence, sans trop se plaindre du pouvoir.

D'où provenait donc l'agitation extraordinaire qui régnait dans la ville ?

Quelle raison assez forte tenait éveillée toute cette indolente population et lui faisait oublier sa siesta ? Depuis trois jours la ville était en proie à la fièvre de l'or.

Le gouverneur, se rendant aux supplications de plusieurs négociants considérables, avait autorisé pour cinq jours une *feria de plata*, littéralement, une foire à l'argent.

Des jeux, tenus par des personnes de distinction, étaient ouverts au public dans les principales maisons.

Mais ce qui imprimait à cette fête un cachet d'étrangeté impossible à rencontrer ailleurs, c'est que sur les places et dans toutes les rues étaient installées en plein air des tablée de *monté*, sur lesquelles ruisselait l'or, et où quiconque possédait un réal vaillant avait le droit de le risquer, sans distinction de caste ni de couleur.

Au Mexique, tout se fait autrement que dans les autres pays, tout sort de la loi commune. Les habitants de cette contrée, sans souvenirs du passé qu'ils veulent oublier, sans foi dans l'avenir auquel ils ne croient pas ne vivent que pour le présent et mènent l'existence avec cette fiévreuse énergie particulière aux races qui sentant leur fin prochaine.

Les Mexicains ont deux goûts prononcés qui les gouvernent entièrement ; le jeu et l'amour. Nous disons goût et non passion, parce que les Mexicains ne sont susceptibles d'aucun de ces grands mouvements de l'âme qui surexcitent les facultés, dominent la volonté et ébranlent l'économie humaine en développant une puissance d'action énergique et forte.

Les groupes étaient nombreux et animés autour des tables de *monté*. Cependant tout se passait avec un ordre et une tranquillité que rien ne venait troubler jamais, bien que nul agent du pouvoir ne circulât dans les rues pour maintenir la bonne intelligence et surveiller les joueurs.

À la moitié environ de la calle de la Merced, l'une des plus larges de Guaymas, en face d'une maison de belle apparence, était installée une table recouverte d'un tapis vert, surchargée d'onces d'or, derrière laquelle se tenait un homme d'une trentaine d'années, à la figure fine et matoise, qui, un jeu de cartes à la main et le sourire aux lèvres, conviait par les plus engageantes paroles les nombreux spectateurs qui l'entouraient à tenter la fortune.

— Allons, caballeros, disait-il d'une voix mielleuse, en promenant un regard provocateur sur les misérables, fièrement drapés dans des guenilles, qui le considéraient d'un air presque indifférent, je ne puis gagner toujours, le sort va changer, j'en suis sûr ; voyez, il y a cent onces ; qui les tient ?

Il se tut.

Nul ne répondit.

Le banquier, sans se décourager, fit glisser dans ses doigts une ruisselante cascatelle d'onces dont les fauves reflets étaient capables de donner le vertige au cœur le plus éprouvé :

— C'est un beau denier, cent onces, caballeros ; avec cela, l'homme le plus laid est certain de séduire la plus belle. Voyons, qui les tient ?

— Bah ! fit un lepero avec une moue dédaigneuse ; qu'est-ce que cela, cent onces ? Si vous ne m'aviez pas gagné jusqu'à mon dernier tlaco, Tio-Lucas, je vous les tiendrais, moi.

— Je suis désespéré, seigneur Cucharès, répondit en s'inclinant le banquier que la veine vous ait été si contraire ; je serais heureux si vous daigniez me permettre devons prêter une once.

— Plaisantez-vous, dit le lepero en se redressant avec orgueil. Gardez votre or, Tio-Lucas, je sais la façon de m'en procurer autant que j'en voudrai, quand bon me semblera ; mais, ajouta-t-il en s'inclinant avec la plus exquise politesse, je ne vous en suis pas moins reconnaissant de votre offre généreuse.

Et il tendit au banquier, par-dessus la table, une main que celui-ci serra avec effusion.

Le lepero profita de l'occasion pour enlever, de la main qui était libre, une pile d'une vingtaine d'onces placée à sa portée.

Tio-Lucas dissimula une grimace ; mais il feignit de n'avoir rien vu.

Après cet échange mutuel de bons procédés, il y eut un instant de silence.

Les spectateurs n'avaient rien perdu de ce qui venait de se passer ; aussi attendaient-ils curieusement le dénouement de cette scène.

Ce fut le señor Cucharès qui le premier entama de nouveau l'entretien :

— Oh ! s'écria-t-il tout à coup en se frappant le front, je crois, par Nuestra Señora de la Merced, que je perds la tête !

— Pourquoi donc, cabellero ? demanda le Tio-Lucas, visiblement inquiet de cette exclamation.

— Caraï ! c'est bien simple, reprit l'autre, ne vous ai-je pas dit tout à l'heure que vous m'aviez gagné tout mon argent ?

— Vous me l'avez dit, en effet, ces caballeros l'ont entendu comme moi ; jusqu'au dernier ochavo, ce sont vos propres expressions.

— Je me le rappelle parfaitement, voilà ce qui me rend furieux.

— Comment ! s'écria le banquier avec un feint étonnement, vous êtes furieux de ce que je vous ai gagné ?

— Eh non ! ce n'est pas cela.

— Qu'est-ce donc alors ?

— Caramba ! c'est que je me suis trompé et qu'il me reste encore quelques onces.

— Pas possible !

— Voyez plutôt.

Le lepero fouilla dans sa poche, et avec une effronterie sans pareille, il étala aux yeux du banquier l'or qu'il venait à l'instant de lui voler.

Celui-ci ne sourcilla pas.

— C'est incroyable, dit-il.

— Hein ? fit le lepero en fixant sur lui un œil étincelant.

— Oui, il est incroyable que vous, señor Cucharès, vous ayez ainsi manqué de mémoire.

— Enfin, puisque je me suis souvenu, tout peut se réparer, nous allons poursuivre notre jeu.

— Fort bien ; va pour cent onces alors, n'est-ce pas ?

— Du tout ; je ne possède pas cette somme.

— Bah ! cherchez bien !

— C'est inutile, je sais que je ne l'ai pas.

— Ceci est on ne peut plus contrariant.

— Pourquoi donc ?

— Parce que je me suis juré de ne pas jouer moins.

— Ainsi, vous ne voulez pas tenir vingt onces ?

— Je ne le puis ; il n'en manquerait qu'une des cent, que je ne tiendrais pas.

— Hum ! fit le lepero, dont les sourcils se froncèrent… est-ce une insulte, Tio-Lucas ?

Le banquier n'eut pas le temps de répondre. Un homme d'une trentaine d'années, monté sur magnifique cheval noir, s'était depuis quelques secondes arrêté devant la table, écoutant, en fumant nonchalamment son pajillo, la discussion du banquier et du lepero.

— Va pour cent onces ! dit-il en s'ouvrant avec le poitrail de son cheval un chemin jusque auprès de la table, sur laquelle il laissa tomber une bourse pleine d'or.

Les deux interlocuteurs levèrent subitement la tête.

— Voilà les cartes, cavallero, s'empressa de dire le banquier, heureux de cet incident qui le débarrassait provisoirement d'un dangereux adversaire.

Cucharès leva les épaules avec dédain et regarda le nouveau venu.

— Oh ! s'écria-t-il d'une voix étouffée, *el Tigrero* viendrait-il pour Anita ? Je le saurai.

Et il se rapprocha tout doucement de l'étranger, auprès duquel il se trouva bientôt.

Celui-ci était un cavalier de haute mine, au teint olivâtre, au regard magnétique et à la physionomie franche et décidée.

Son costume, de la plus grande richesse, ruisselait d'or et de diamants.

Il portait, légèrement incliné sur l'oreille gauche, un feutre de vison à larges ailes, dont la forme était entourée d'une golilla d'or fin ; son dolman, de drap bleu, brodé en argent, laissait voir une chemise de batiste d'une blancheur éblouissante, sous le col de laquelle passait une cravate de crêpe de Chine attachée par un anneau de diamants ; ses calzoneras, serrées aux hanches par une ceinture de soie rouge à franges d'or galonnées et garnies de deux rangs de boutons en diamants, étaient ouvertes sur le côté et laissaient flotter son *calzon* de dessous ; il portait des *botas vaqueras* en cuir gauffré, richement brodées, attachées au-dessous du genou par une jarretière de tissu d'argent ; sa *manga*, reluisante d'or était coquettement relevée sur son épaule droite.

Son cheval, à la tête petite et aux jambes fines comme des fuseaux, était splendidement accoutré ; *las armas de agua*, le *zarape* attaché sur sa croupe, et sa magnifique anquera garnie de chaînettes d'acier, lui complétaient un harnachement dont on ne peut en Europe se faire une idée.

Comme tous les Mexicains d'une certaine classe, lorsqu'ils voyagent, l'étranger était armé de pied en cap, c'est-à-dire qu'en sus du lasso attaché à sa selle et du fusil placé en travers de ses arçons, il avait encore une longue épée au côté et une paire de pistolets à la ceinture, sans compter le couteau dont on voyait le manche damasquiné en argent sortir de l'une de ses bottes *vaqueras*.

Enfin, tel que nous venons de le présenter, cet homme était le type complet du Mexicain de la Sonora, toujours prêt à la paix comme à la guerre, ne redoutant pas plus l'une qu'il ne méprisait l'autre.

Après s'être poliment incliné devant Tio-Lucas, il prit les cartes que celui-ci lui offrait et les retourna un instant entre ses doigts en regardant autour de lui.

— Eh ! fit-il en jetant un regard amical au lepero, vous êtes ici, compadre Cucharès ?

— Pour vous servir, don Martial, répondit l'autre en portant la main à l'aile délabrée de son feutre.

L'étranger sourit.

— Veuillez être assez bon pour tailler à ma place tandis que j'allumerai mon pajillo.

— Avec plaisir ! s'écria le lepero.

El Tigrero ou don Martial, comme il plaira au lecteur de le nommer, sortit un *mechero* d'or de sa poche et battit impassiblement le briquet, tandis que le lepero tirait les cartes.

— Señor, dit celui-ci d'une voix piteuse.

— Eh bien ?

— Vous avez perdu.

— Bon. Tio-Lucas, prenez cent onces dans ma bourse.

— Je les ai, Seigneurie, répondit le banquier ; vous plait-il de jouer encore ?

— Certes ! mais plus de misères, hein ? j'aimerais assez à intéresser la partie.

— Je tiendrai ce qu'il plaira à votre Seigneurie d'exposer, répondit le banquier, dont l'œil expert avait, au fond de la bourse de l'étranger, découvert, parmi une assez forte quantité d'onces, une quarantaine de diamants de la plus belle eau.

— Hum ! êtes-vous réellement homme à tenir ce que je voudrais ?

— Oui.

L'étranger le regarda fixement.

— Même si je jouais mille onces d'or.[1]

— Je tiendrai le double, si votre seigneurie ose le jouer, dit imperturbablement le banquier.

Un sourire méprisant plissa une seconde fois les lèvres hautaines du cavalier.

— J'ose toujours, dit-il.

— Ainsi, deux mille onces ?

— C'est convenu.

— Taillerai-je ? demanda timidement Cucharès.

— Pourquoi pas ? répondit l'autre d'un ton léger.

Le lepero saisit les cartes d'une main tremblante d'émotion.

Il y eut un frémissement d'intérêt parmi les joueurs qui entouraient la table.

À ce moment, une fenêtre s'ouvrit à la maison devant laquelle Tio-Lucas avait établi son *monté*, et une ravissante jeune fille s'accouda négligemment sur le balcon en regardant d'un air distrait dans la rue.

L'étranger se tourna vers le balcon, et, se haussant sur ses étriers :

— Salut à la belle Anita, dit-il en ôtant son chapeau et saluant profondément,

La jeune fille rougit, lui lança un regard expressif sous ses longs cils de velours, mais elle ne répondit pas un seul mot.

— Vous avez perdu, seigneurie, dit le Tio-Lucas avec un accent joyeux qu'il ne put complètement dissimuler.

— Fort bien, répondit l'étranger sans même le regarder, fasciné qu'il était par la charmante apparition du balcon.

— Vous ne jouez plus ?

— Au contraire. Je double.

— Hein ? fit le banquier en reculant malgré lui d'un pas à cette proposition.

— Je me trompe, j'ai une autre proposition à vous faire.

— Laquelle, seigneurie ?

— Combien avez-vous là, fit-il en désignant la table d'un geste dédaigneux.

1 Environ 82,000 francs.

— Mais… au moins sept mille onces.

— Pas davantage ?… hum ! c'est peu.

Les assistants regardaient avec une stupeur mêlée d'effroi cet homme extraordinaire qui jouait des onces et des diamants comme d'autres jouaient des ochavos.

La jeune fille devint pâle ; elle jeta un regard suppliant à l'étranger.

— Ne jouez plus, murmura-t-elle d'une voix tremblante.

— Merci, s'écria-t-il, merci, señorita, vos beaux yeux me porteront bonheur ; je donnerais tout l'or qui est sur cette table pour la fleur de suchil que vous tenez à la main, et que vos lèvres ont effleurée.

— Ne jouez plus, don Martial, répéta la jeune fille, en se rejetant vivement en arrière et en refermant la fenêtre.

Mais, soit hasard, soit tout autre raison, sa main laissa échapper la fleur de suchil.

Le cavalier fit bondir son cheval, la rattrapa au vol et la cacha dans son sein, après l'avoir baisée avec passion à plusieurs reprises.

— Cucharès, dit-il au lepero, retournez une carte.

Celui-ci obéit.

— *Seis de copas*, dit-il.

— *Voto à brios* ! s'écria l'étranger, la couleur du cœur, nous devons gagner. Tio-Lucas, je vous joue sur cette carte tout l'or amoncelé sur votre table.

— Le banquier, pâlit, il hésita ; les assistants avaient les yeux fixés sur lui.

— Bah ! At-il au bout d'une minute, il est impossible qu'il gagne. J'accepte, seigneurie, dit-il.

— Comptez la somme que vous avez.

— C'est inutile, seigneur, il y a neuf mille quatre cent cent cinquante onces d'or.[1]

À l'annonce de ce chiffre formidable, les assistants poussèrent une exclamation d'admiration et de convoitise à la fois.

— Je vous croyais plus riche, dit ironiquement l'étranger. Enfin, va pour neuf mille quatre cent cinquante onces.

— Cette fois, taillerez-vous, seigneurie ?

1 Environ 784,320 francs de notre monnaie. (Historique.)

— Non ; il est incontestable pour moi que vous allez perdre, Tio-Lucas. Je veux que vous soyez bien convaincu que je gagne loyalement. Pour cela, faites-moi le plaisir de tailler vous-même ; vous serez ainsi, ajouta-t-il avec ironie, l'artisan de votre ruine et n'aidez de reproches à adresser à personne.

Les assistants trépignaient de plaisir en voyant la façon chevaleresque dont agissait l'étranger. En ce moment, la rue était littéralement pleine de monde que l'attrait de cette partie étrange avait rassemblé de tous les coins de la ville.

Un silence de mort planait sur cette foule anxieuse, tant était grand l'intérêt que chacun prenait au dénoûment heureux ou malheureux de cette partie grandiose et jusque-là sans exemple.

Le banquier essuya la sueur qui perlait sur son front livide ; et d'une main tremblante il saisit la première carte.

Quelques secondes, il la balança entre le pouce et l'index avec une hésitation manifeste.

— Allez donc, lui cria en ricanant Cucharès.

Tio-Lucas laissa machinalement tomber la carte en détournant la tête.

— *Seis de copas* ! s'écria le lepero d'une voix stridente.

Le banquier poussa un hurlement de douleur.

— J'ai perdu ! murmura-t-il.

— J'en étais sûr, dit le cavalier toujours impassible. Cucharès, ajouta-t-il, portez cette table et l'or qu'il y a dessus à doña Anita ; je vous attends ce soir où vous savez.

Le lepero s'inclina respectueusement : aidé par deux vigoureux gaillards, il exécuta l'ordre qu'il venait de recevoir et entra dans la maison pendant que l'étranger s'éloignait à toute bride et que Tio-Lucas, revenu du rude coup qu'il venait de recevoir, tordait philosophiquement une cigarette en répétant à ceux qui voulaient à toute force lui donner des consolations :

— J'ai perdu, c'est vrai, mais contre un bien beau joueur et sur un bien beau coup. Bah ! plus tard j'aurai ma revanche.

Puis, lorsque sa cigarette fut faite, le pauvre banquier décavé l'alluma et s'en alla d'un pas tranquille.

La foule n'ayant plus de prétexte pour rester là, ne tarda pas à se dissiper à son tour.

II. Don Sylva de Torrès.

Guaymas est une ville toute nouvelle, construite un peu au jour le jour, selon le caprice des émigrants, que nulle loi n'est venue contraindre à des alignements, souvent monotones et toujours ennuyeux. Du reste, hâtons-nous de dire que, à part quelques maisons auxquelles on puisse réellement appliquer ce nom, les autres ne sont que d'affreux bouges, bâtis en pisé et déplorablement sales.

Dans la calle de la Merced, la principale, ou, pour être plus vrai, la seule rue de la ville, car les autres ne sont que des cloaques, s'élevait une maison à un étage, garnie d'un balcon et ornée d'un péristyle soutenu par quatre piliers, comme les autres habitations de Guaymas. Elle était recouverte d'une couche de chaux d'une éblouissante blancheur, et son toit était plat.

Le propriétaire de cette maison était un des plus riches *mineros* de la Sonora, possesseur d'une dizaine de mines, toutes en exploitation ; il se livrait en sus à l'élève des bestiaux, et possédait plusieurs *haciendas* dispersées dans la province, et dont la plus petite avait au moins autant d'étendue que l'un de nos départements de France.

Je suis certain que si don Sylva de Torrès avait voulu liquider sa fortune et se rendre compte un jour de ce qu'il possédait, il aurait réalisé plusieurs centaines de millions.

Don Sylva de Torrès était venu depuis quelques mois habiter Guaymas, où il ne faisait ordinairement que de fort courtes apparitions, et encore à de très-longs intervalles.

Cette fois, contrairement à ses habitudes, il avait amené avec lui sa fille Anita ; aussi, toute la population de Guaymas était-elle en proie à la plus grande curiosité et tous les regards étaient-ils fixés sur l'hôtel de don Sylva, tant la conduite de l'*haciendero* paraissait extraordinaire.

Renfermé dans sa demeure, dont les portes ne s'ouvraient que devant quelques privilégiés, don Sylva laissait marcher les bavardages sans paraître s'en soucier le moins du monde, poursuivant, selon toute apparence, la réalisation de certains projets dont l'importance l'empêchait de s'occuper de ce que l'on disait et pensait de lui.

Bien que les Mexicains soient excessivement riches et qu'il aiment à se faire honneur de leurs richesses, ils n'ont aucune idée du confortable ; chez eux règne la plus grande incurie. Leur luxe, s'il est permis d'employer cette expression, est brutal, sans discernement comme sans valeur réelle.

Ces hommes, habitués pour la plupart à la rude vie des déserts américains, à lutter continuellement contre les intempéries d'un climat souvent mortel et les agressions incessantes des Indiens qui les cernent de toutes parts, campent plutôt qu'ils n'habitent dans les villes, croyant avoir tout fait lorsqu'ils ont follement prodigué l'or et les diamants.

Les habitations mexicaines sont là pour prouver la justesse du jugement que nous portons. À part l'inévitable piano européen qui se prélasse dans un angle de tous les salons, on ne rencontre que quelques *butacas* incommodes, des tables mal équarries, de mauvaises gravures enluminées, pendues le long des murs blanchis à la chaux, et voilà tout.

La demeure de don Sylva ne différait en aucune façon des autres, et comme partout, pour rentrer à l'écurie en revenant de l'abreuvoir, les chevaux du maître étaient contraints de traverser, tout ruisselants d'eau, le salon, que leurs pieds avaient à demi décarrelé et où ils laissaient de larges traces de leur passage.

Au moment où nous introduisons le lecteur dans la maison de don Syla de Torrès, deux personnes, un homme et une femme, étaient assis et causaient, ou du moins échangeaient à longs intervalles quelques paroles dans le salon.

Ces deux personnages étaient don Sylva et sa fille Anita.

Le croisement des races espagnole et indienne a produit le plus beau type plastique qui se puisse voir.

Don Sylva, bien qu'il fût âgé de près de cinquante ans, en paraissait quarante à peine ; sa taille était haute, bien prise, sa démarche noble, son visage sévère, mais empreint d'une grande douceur. Il portait le costume mexicain dans sa plus rigoureuse exactitude ; mais les vêtements qui le couvraient étaient d'une richesse que certes peu de ses compatriotes auraient pu, non pas surpasser, mais seulement égaler.

Anita, couchée sur un canapé, à demi enfouie dans des flots de soie et de gaze, comme un colibri caché dans de la mousse, était une charmante enfant de dix-huit ans au plus, dont les yeux noirs pudiquement voilés par de longs cils de velours, étaient pleins de voluptueuses promesses que ne démentaient pas les contours onduleux et serpentins de son corps délicieusement modelé. Ses moindres gestes avaient une grâce et une majesté que complétait le ravissant sourire de ses lèvres de corail. Son teint, légèrement doré par le soleil américain, donnait à son visage une expression impossible à rendre, et enfin toute sa personne exhalait un suave parfum d'innocence et de candeur qui attirait la sympathie et inspirait l'amour.

Comme toutes les Mexicaines dans l'intérieur de leurs maisons, elle ne portait qu'une légère robe de mousseline brochée ; son *rebozo* était jeté négligemment sur ses épaules, et une profusion de fleurs de jasmin s'étalait dans sa chevelure d'un noir bleuâtre, qu'elle embaumait.

Anita semblait rêveuse ; parfois l'arc de ses sourcils se fronçait sous l'effort de la pensée qui l'obsédait ; son sein se soulevait, et son pied mignon, chaussé de pantoufles fourrées de duvet de cygne, frappait impatiemment le sol.

Don Sylva de Torrès, lui aussi, paraissait mécontent ; après avoir jeté un regard sévère à sa fille, il se leva, et s'approchant d'elle :

— Vous êtes une folle, Anita ; votre action est extravagante ; une jeune fille bien née ne doit, dans aucun cas, agir ainsi que vous venez de le faire…

La jeune Mexicaine ne répondit que par une moue significative et un imperceptible haussement d'épaules.

Son père continua :

— Surtout, dit-il en appuyant sur chaque syllabe, dans votre position vis-à-vis du comte de Lhorailles.

La jeune fille se redressa comme si un serpent l'eût piquée, et fixant un regard interrogateur sur le visage impassible de l'haciendero :

— Je ne vous comprends pas, mon père répondit-elle.

— Vous ne me comprenez pas, Anita ? je ne puis le croire. N'ai-je pas formellement promis votre main au comte ?

— Qu'importe, si je ne l'aime pas. Voulez-vous donc me condamner à être malheureuse toute ma vie ?

— C'est au contraire votre bonheur que j'ai recherché dans cette union. Je n'ai que vous, Anita, pour me consoler de la perte douloureuse de votre mère bien-aimée. Pauvre enfant, vous êtes encore, grâce à Dieu, à cet âge béni du ciel où le cœur s'ignore lui-même et où les mots bonheur et malheur n'ont aucune signification. Vous n'aimez pas le comte, dites-vous ; tant mieux ! votre cœur est libre ; lorsque plus tard vous aurez été à même d'apprécier les nobles qualités de celui que je vous donne pour mari, alors vous me remercierez d'avoir exigé ce mariage qui aujourd'hui vous cause un si grand chagrin.

— Mais, mon père, fit vivement la jeune fille d'un air dépité, mon cœur n'est pas libre, vous le savez bien.

— Je sais, doña Anita de Tores, reprit sévèrement l'haciendero, qu'un amour indigne de vous et de moi ne peut entrer dans votre cœur. Par mes aïeux, je suis Christiano Viejo, si quelques gouttes de sang indien se trouvent dans mes veines, je n'en ai que plus profondément gravé dans l'âme ce que je dois à la mémoire de mes ancêtres. Notre premier aïeul, Antonio de Sylva, lieutenant de Hernando Cortez, épousa, il est vrai, une princesse mexicaine de la famille de Moctecuzoma, mais tous nos autre ascendants sont Espagnols.

— Ne sommes-nous donc pas Mexicains, mon père ?

— Hélas ! pauvre enfant, qui peut dire qui nous sommes et ce que nous sommes ? Notre malheureux pays, depuis qu'il a secoué le joug espagnol, se débat convulsivement et s'épuise sous les efforts incessants d'ambitieux de bas étage qui d'ici à peu d'années lui auront ravi jusqu'à cette nationalité que nous avons eu tant de peine à conquérir ; ces luttes honteuses nous rendent la risée des autres peuples et surtout font la joie de nos avides voisins, qui, l'œil invariablement fixé sur nous, se préparent à s'enrichir de nos dépouilles dont ils ont happé quelques bribes en nous enlevant plusieurs de nos riches provinces.

— Mais, mon père, je suis femme, moi, par conséquent en dehors de la politique ; je n'ai rien à voir avec les *gringos*.

— Plus que vous ne croyez, ma fille. Je ne veux pas qu'à un jour donné les immenses propriétés que mes ancêtres et moi avons acquises à force de travail deviennent la proie de ces hérétiques maudits. Voilà pourquoi, afin de les sauvegarder, j'ai résolu de vous faire épouser le comte de Lhorailles. Il est Français, il appartient à l'une des plus nobles familles de ce pays : de plus c'est un beau et hardi cavalier de trente ans à peine, qui joint aux qualités physiques les qualités morales les plus précieuses ; il appartient à une nation forte et respectée, qui sait, en quelque coin du monde qu'ils se trouvent, protéger ses nationaux. En l'épousant, ta fortune est à l'abri de tout revers politique.

— Mais je ne l'aime pas, mon père.

— Niaiserie, chère enfant. Ne parlons plus de cela ; je veux bien oublier la folie dont il y a quelques instants tu t'es rendue coupable, mais à la condition que tu oublieras ce Martial.

— Jamais ! s'écria-t-elle avec résolution.

— Jamais ? c'est bien long, ma fille ; vous réfléchirez, j'en suis sûr. Du reste, quel est cet homme ? d'où sort-il ? le savez-vous ? On le nomme Martial el Tigrero, voto a dios ! Ce n'est pas un nom cela ! Cet homme vous a sauvé la vie en arrêtant votre cheval qui s'était emporté ? eh bien, est-ce une raison pour qu'il devienne amoureux de vous et vous de lui ? Je lui ai offert une magnifique récompense qu'il a refusée avec le plus suprême dédain ; tout est dit ; qu'il me laisse tranquille ; je n'ai et ne veux rien avoir de plus à démêler avec lui.

— Je l'aime ! mon père, reprit encore la jeune fille.

— Tenez, Anita, vous m'impatienteriez si je ne me contraignais pas ; assez sur ce sujet, préparez-vous à recevoir convenablement le comte de Lhorailles. J'ai juré que vous seriez son épouse, et, Cristo ! Cela sera quand je devrais vous traîner de force à l'autel.

L'haciendero prononça ces paroles avec une telle résolution dans la voix et un si ferme accent, que la jeune fille comprit que mieux valait pour elle paraître céder et cesser une discussion qui ne pouvait que s'envenimer et avoir peut-être de graves conséquences ; elle baissa la tête et se tut, tandis que son père marchait à grands pas d'un air mécontent dans le salon.

La porte s'entr'ouvrit, un peone passa discrètement la tête par l'entrebâillement.

— Que voulez-vous ? demanda don Sylva en s'arrêtant.

— Seigneurie, répondit cet homme, un caballero, suivi de quatre autres portant une table couverte de pièces d'or, demande à parler à la señorita.

L'haciendero lança à sa fille un regard d'une exprèssion indéfinissable.

Doña Anita baissa la tête avec confusion.

Don Sylva réfléchit un instant, puis son visage s'éclaira :

— Faites entrer, dit-il.

Le peon se retira, mais il revint au bout de quelques minutes, précédant notre ancienne connaissance Cucharès, toujours drapé dans son zarapé en loques et guidant les quatre leperos portant la table.

En entrant dans le salon, Cucharès se découvrit respectueusement, salua avec courtoisie l'haciendero et sa fille, et d'un geste enjoignit aux porteurs de poser la table au milieu de la pièce.

— Señorita, dit-il d'un ton mielleux, le señor don Martial, fidèle à l'engagement qu'il a pris vis-à-vis de vous, vous supplie humblement de recevoir le gain fait par lui au monté comme un faible témoignage de son dévouement et de son admiration.

— Drôle ! s'écria avec colère don Sylva en faisant un pas vers lui, savez-vous bien en présence de qui vous vous trouvez ?

— Mais en présence de doña Anita et de son respectable père, répondit imperturbablement le coquin en se drapant majestueusement dans ses guenilles, je n'ai pas que je sache, manqué au respect que je dois à l'un ou à l'autre.

— Retirez-vous sur le champ en enlevant cet or, dont ma fille n'a que faire.

— Vous m'excuserez, seigneurie ; j'ai reçu l'ordre d'apporter ici cet or, avec votre permission je l'y laisserai ; don Martial ne me pardonnerait pas d'agir autrement.

— Je ne connais pas don Martial, ainsi qu'il vous plaît de nommer l'homme qui vous envoie, je ne veux avoir rien de commun avec lui.

— C'est possible, seigneurie ; cela ne me regarde pas, vous vous expliquerez avec lui si bon vous semble ; pour moi, maintenant que ma mission est remplie, je vous baise les mains.

Et après s'être de nouveau incliné devant les deux personnages, le lepero sortit majestueusement, suivi à pas comptés, par ses quatre acolytes.

— Voyez ! s'écria don Sylva avec violence, voyez, ma fille, à quel affront m'expose votre folie.

— Un affront ! mon père, répondit-elle timidement ; je trouve au contraire que don Martial agit en véritable caballero, et qu'il me donne une grande preuve d'amour : cette somme est immense.

— Ah ! dit don Sylva avec colère, c'est ainsi que vous le prenez ! eh bien, moi aussi je vais agir en caballero, *voto a brios* ! vous allez voir. À moi, quelqu'un !

Plusieurs peones entrèrent.

— Ouvrez les fenêtres ! commanda-t-il.

Les domestiques obéirent.

Le rassemblement n'était pas encore dissipé, bon nombre d'individus continuaient à stationner devant la maison ou à rôder aux environs.

L'haciendero se pencha en dehors. D'un geste il demanda le silence.

Instinctivement la foule se tut et se rapprocha, devinant qu'il allait se passer quelque chose d'intéressant pour elle.

— *Señores caballeros y amigos*, dit l'haciendero d'une voix forte, un homme que je ne connais pas a osé offrir à ma fille l'or gagné par lui au monté. Doña Anîta méprise de tels présents, surtout venant d'un individu avec lequel elle ne veut entretenir aucunes relations amicales ou autres. Elle me prie de vous distribuer cet or, auquel elle ne veut toucher en aucune façon ; elle désire faire éclater ainsi en présence de tous le mépris que lui inspire l'homme qui a osé lui faire une telle insulte.

Le discours improvisé par l'haciendero fut couvert des applaudissements frénétiques des leperos et autres mendiants réunis, dont les yeux étincelaient de convoitise.

Anita sentait des larmes brûlantes inonder ses paupières, malgré les efforts inouïs auxquels elle se condamnait pour demeurer impassible, son cœur était près de se briser.

Sans se préoccuper de sa fille, don Sylva ordonna à ses domestiques de jeter les onces dans la rue.

Alors une pluie d'or commença littéralement à tomber sur les misérables qui se ruaient avec une ardeur sans nom sur cette manne d'une nouvelle espèce.

La calle de la Merced offrait alors le plus singulier spectacle qui se puisse imaginer.

L'or pleuvait, pleuvait toujours ; il semblait inépuisable.

Les misérables se précipitaient comme des *coyotes* à la curée sur le précieux métal, renversant et foulant aux pieds les plus faibles d'entre eux.

Au plus beau moment de cette averse, un cavalier apparut en courant à toute bride.

Étonné, confondu par ce qu'il voyait, un instant il s'arrêta pour regarder autour de lui ; puis il éperonna son cheval, et, à force de distribuer des coups de chicote à droite et à gauche, il parvint à fendre la foule amoncelée et roulant comme une mer en furie d'un bout à l'autre de la rue, et il atteignit la maison de l'haciendero, dans laquelle il entra.

— Voici le comte de Lhorailles, dit laconiquement don Sylva à sa fille.

En effet, au bout d'un instant, le comte entra dans le salon.

— Ah ça ! cria-t-il en s'arrêtant sur le seuil de la porte, quelle singulière idée avez-vous donc, don Sylva ? Sur mon âme, vous vous divertissez à jeter des millions par la fenêtre pour le plus grand divertissement des leperos et autres coquins de même sorte.

— Ah ! c'est vous señor comte, répondit tranquillement l'haciendero : soyez le bienvenu ; je suis à vous dans un instant, encore ces quelques poignées, et c'est fini.

— À votre aise, dit en riant le comte ; j'avoue que le caprice est original : et s'approchant de la jeune fille, qu'il salua avec la plus exquise politesse : Daignerez-vous, señorita, continua-t-il, me donner le mot de cette énigme, qui, je l'avoue, m'intéresse au dernier point ?

— Demandez à mon père, señor, répondit-elle avec une certaine sécheresse qui rendait toute conversation impossible.

Le comte feignit de ne pas remarquer cette nuance ; il s'inclina en souriant, et se laissant tomber sur une *butacca* :

— J'attendrai, dit-il nonchalamment. Rien ne me presse.

L'haciendero, en disant à sa fille que le mari qu'il lui destinait était un beau cavalier, ne l'avait nullement flatté. Le comte Maxime Gaétan de Lhorailles était un homme de trente ans au plus, d'une taille svelte, dégagée, un peu au-dessus de la moyenne. Ses cheveux blonds le faisaient reconnaître pour un fils du Nord ; ses traits étaient beaux, son regard expressif, ses mains et ses pieds dénotaient la race ; tout en lui sentait le gentilhomme de bonne souche, et si don Sylva ne s'était pas plus trompé au moral qu'il ne l'avait fait au physique, le comte de Lhorailles était réellement un cavalier accompli.

Enfin l'haciendero épuisa tout l'or que Cucharès lui avait apporté ; il fit à son tour voler la table dans la rue, ordonna de refermer les fenêtres, et vint en se frottant les mains s'asseoir auprès du comte.

— Là ! dit-il d'un air joyeux, voilà qui est fait ; maintenant je suis tout à vous.

— D'abord un mot.

— Dites.

— Excusez-moi ; vous savez que je suis étranger, et comme tel avide de m'instruire.

— Je vous écoute.

— Depuis que j'habite le Mexique, j'ai vu quantité de coutumes extraordinaires ; je devrais être blasé sur l'imprévu ; cependant je vous avoue que ce que je viens de voir passe pour moi tout ce que j'avais remarqué jusqu'à présent. Je désirerais être fixé, et savoir si ceci est une coutume dont je ne me doutais pas jusqu'à présent,

— De quoi parlez-vous donc ?

— Eh ! mais de ce que vous faisiez lorsque je suis arrivé, de cet or que vous semiez à pleines mains en rosée bienfaisante sur les bandits de toute espèce rassemblés devant votre maison ; vilaines plantes, soit dit entre nous, pour les arroser ainsi.

Don Sylva se mit à rire.

— Non ce n'est pas une coutume, répondit-il.

— Fort bien. Ainsi, vous vous donniez le passe-temps royal de jeter un million à la canaille ? Peste ! don Sylva, il faut être riche comme vous l'êtes pour se permettre une telle fantaisie.

— Ce n'est pas ce que vous croyez.

— Cependant j'ai vu pleuvoir les onces.

— En effet, mais elles ne m'appartenaient pas.

— De mieux en mieux, cela se complique ; vous augmentez considérablement ma curiosité.

— Je vais la satisfaire.

— Je suis tout oreilles, car cela devient intéressant pour moi comme un conte des Mille et une Nuits.

— Hum ! fit l'haciendero eu hochant la tête, cela vous intéresse plus que vous ne le supposez peut-être.

— Il serait possible ?

— Vous allez en juger.

Doña Anita était au supplice : elle ne savait quelle contenance tenir. Comprenant que son père allait tout divulguer au comte, elle ne se sentit pas le courage d'assister à cette révélation et se leva en chancelant.

— Messieurs, dit-elle d'une voix faible, je me sens indisposée ; soyez assez bons pour me permettre de me retirer.

— En effet, s'écria le comte en s'élançant vers elle et lui offrant le bras pour la soutenir, vous êtes pâle, doña Anita. Permettez-moi de vous accompagner jusqu'à votre appartement.

— Je vous remercie, caballero ; je suis assez forte pour m'y rendre seule, et, tout en vous étant reconnaissante de votre offre, dispensez-moi de l'accepter.

— Comme il vous plaira, señorita, fit le comte intérieurement piqué de ce refus.

Don Sylva eut, une seconde, la pensée d'ordonner à sa fille de demeurer ; mais la pauvre enfant lui jeta un regard si désespéré qu'il ne se sentit pas le courage de lui imposer une plus longue torture.

— Allez, mon enfant lui dit-il.

La jeune fille se hâta de profiter de la permission ; elle s'élança hors du salon et se réfugia dans sa cbambre à coucher, où elle se laissa tomber sur un siège en fondant en larmes.

— Qu'a donc doña Anita ? demanda le comte avec intérêt dès

qu'elle fut sortie.

— Des vapeurs, la migraine, que sais-je ? répondit l'haciandero en haussant les épaules ; toutes les jaunes filles sont ainsi ; dans quelques instants elle n'y pensera plus.

— Tant mieux I je vous avoue que j'étais inquiet.

— Maintenant que nous sommes seuls, ne voulez-vous pas que je vous donne le mot de l'énigme qui semblait tant vous intéresser ?

— Au contraire, parlez sans plus attendre, j'ai de mon côté plusieurs choses importantes à vous annoncer.

III. Deux vieilles connaissances du lecteur.

À cinq kilomètres environ de la ville s'élève le village de San-José de Guaymas, vulgairement nommé le *Rancho*.

Ce *pueblo* misérable se compose seulement d'une place de médiocre grandeur, coupée à angle droit par deux rues bordées de masures délabrées, habitées par les Indiens hiaquis, dont un grand nombre s'engage chaque année à Guaymas pour travailler comme ouvriers du port, charpentiers, commissionnaires, etc., et tous ces aventuriers sans aveu dont pullulent les plages du Pacifique depuis la découverte des placeres de la Californie.

La route qui conduit de Guaymas à San-José est tracée à travers une plaine aride et sablonneuse, où ne poussent que quelques nopals et quelques cactus rabougris, dont les branches désolées sont couvertes de poussière et font la nuit l'effet de blancs fantômes.

Le soir du jour où commence cette histoire, un cavalier enveloppé dans un zarapé relevé jusqu'aux yeux, suivait cette route et se dirigeait au galop vers le Rancho.

Le ciel, d'un bleu foncé, était émaillé d'étoiles brillantes ; la lune, parvenue au tiers de sa course, éclairait la plaine silencieuse et allongeait indéfiniment les grandes ombres des arbres sur la terre nue.

Le cavalier, sans doute pressé d'atteindre le but d'une course qui n'était pas sans péril à cette heure avancée, excitait incessamment de la voix et de l'éperon sa monture, qui ne paraissait pas cependant avoir besoin de ces exhortations sans cesse renouvelées.

Le cavalier avait presque traversé les landes incultes et était sur le point de s'engager dans les bois épais d'arbres du Pérou qui avoisinent le Rancho, lorsque tout à coup son cheval fit un bond de côté et s'arquebouta fortement sur les quatre pieds en reculant et couchant les oreilles.

Un bruit sec annonça que le cavalier avait armé ses pistolets ; puis cette précaution prise à tout hasard, il jeta un regard investigateur autour de lui.

— Ne craignez rien, caballero ! cria une voix franche et sympathique ; seulement obliquez un peu à droite, si cela vous est égal.

L'inconnu regarda et vit presque sous les pieds de sa monture un homme agenouillé et tenant dans ses mains la tête d'un cheval gisant en travers de la route.

— Que diable faites-vous là ? dit-il.

— Vous le voyez, répondit l'autre avec tristesse, je fais mes adieux à mon pauvre compagnon ; il faut avoir vécu longtemps au désert pour comprendre le prix d'un ami comme celui-là.

— C'est vrai, fit l'étranger ; et mettant immédiatement pied à terre : Est-il donc mort ? ajouta-t-il.

— Non, pas encore ; mais, malheureusement, il n'en vaut guère mieux.

Et il soupira.

L'étranger se pencha sur l'animal, dont le corps était agité de frémissement nerveux, lui écarta les paupières et le considéra attentivement.

— Votre cheval a un coup de sang, dit-il au bout d'un instant ; laissez-moi faire.

— Oh ! s'écria l'autre, croyez-vous pouvoir le sauver ?

— Je l'espère, répondit laconiquement le premier interlocuteur.

— Caraï ! si vous faites cela, ce sera entre nous à la vie et à la mort. Ce pauvre Negro, mon vieux compagnon de courses !

Le cavalier baigna les tempes et les naseaux du cheval avec un peu d'eau mélangée de rhum ; au bout de quelques minutes, l'animal sembla se ranimer ; son œil voilé et terne devint brillant et il essaya de se relever.

— Tenez-le ferme, dit le médecin improvisé.

— Soyez tranquille. Là, là ! ma bonne bête ; là, Negro, mon garçon, *quieto, quieto*, c'est pour ton bien, fit-il en le caressant.

L'intelligent animal semblait comprendre ; il tournait la tête vers son maître et lui répondait par des hennissements plaintifs.

Le cavalier, pendant ce temps, avait fouillé dans sa ceinture, et se courbant de nouveau sur le cheval :

— Surtout tenez ferme ! recommanda-t-il de nouveau.

— Qu'allez-vous faire ?

— Je vais le saigner.

— Oui, c'est cela, je le savais ; mais malheureusement je n'osais me hasarder à le saigner moi-même de crainte de le tuer en voulant le sauver.

— Y êtes-vous ?

— Allez.

Soudain l'animal fit un brusque mouvement causé par le froid de la blessure, mais son maître le serra de façon à neutraliser ses efforts.

Il y eut pour les deux hommes une minute d'anxiété : le sang ne sortait pas ; enfin une goutte noirâtre apparut à l'endroit de la piqûre, puis une seconde, remplacée bientôt par une troisième, et un long jet de sang noir et écumeux s'élança au dehors.

— Il est sauvé ! s'écria le cavalier en essuyant sa lancette et la remettant dans sa trousse.

— Je vous revaudrai celle-là, foi de Belhumeur ! dit avec émotion le maître du cheval ; vous m'avez rendu un de ces services qui ne s'oublient pas.

Et par un mouvement irrésistible il tendit la main à l'homme qui s'était si providentiellement trouvé sur sa route. Celui-ci répondit franchement à cette chaleureuse étreinte. Désormais tout était dit entre eux : ces deux hommes, qui quelques instants auparavant ne se connaissaient pas, ignoraient l'existence l'un de l'autre, étaient amis, liés par un de ces services qui dans les pays américains ont une immense valeur.

Cependant le sang perdait peu à peu sa teinte noirâtre, il devenait vermeil et coulait avec abondance ; la respiration du cheval haletante et saccadée était devenue facile et régulière. Le premier inconnu fit la saignée copieuse ; puis lorsqu'il jugea le cheval en bonne voie, il arrêta le sang.

— Maintenant, dit-il, que comptez-vous faire ?

— Ma foi, je n'en sais rien ; Votre aide m'a déjà été si utile que je ne veux agir que d'après vos conseils.

— Où alliez-vous lorsque cet accident vous est arrivé ?

— Au Rancho.

— C'est aussi là que je me rends ; nous n'en sommes qu'à quelques pas, vous monterez en croupe derrière moi, nous conduirons votre cheval en bride, et nous partirons si vous le voulez.

— Je ne demande pas mieux. Vous croyez que mon cheval ne pourrait pas me porter ?

— Peut-être le ferait-il, car c'est une noble bête ; mais cela serait imprudent, vous risqueriez de le perdre ; mieux vaut, croyez-moi, employer le moyen que je vous ai indiqué.

— Oui, mais je crains...

— Quoi donc ? interrompit l'autre vivement, ne sommes-nous pas amis ?

— C'est juste. J'accepte.

Le cheval se releva assez lestement, et les deux hommes qui s'étaient si singulièrement rencontrés se mirent en route tous deux, ainsi que cela avait été convenu, montés sur le même animal.

Une vingtaine de minutes plus tard ils atteignirent les premières maisons du Rancho.

À l'entrée du village, le maître du cheval arrêta sa monture et se tournant vers son compagnon :

— Où voulez-vous descendre ? lui demanda-t-il.

— Cela m'est égal, répondit l'autre ; je saurai toujours me reconnaître. Allons d'abord où vous allez.

— Ah ! fit le cavalier en se grattant la tête, c'est que moi je ne vais nulle part.

— Comment ! vous n'allez nulle part ?

— Ma foi non. Vous me comprendrez dans un instant. Je suis aujourd'hui même débarqué à Guaymas ; le Rancho n'est pour moi que la première étape d'un voyage que j'entreprends dans le désert, et qui probablement doit être bien long.

Aux reflets de la lune, dont un rayon jouait en ce moment sur le visage de l'étranger, son compagnon considéra quelques secondes sa physionomie noble et pensive, où la douleur avait creusé déjà de profonds sillons.

— De sorte, lui dit-il enfin, que tous les logements vous seront bons ?

— Une nuit est bientôt passée. Je ne demande qu'un abri pour mon cheval et pour moi.

— Eh bien, si vous voulez me laisser vous servir de guide à mon tour, avant dix minutes vous aurez cela.

— J'accepte.

— Je ne vous promets pas un palais, je vous conduirai dans un *pulqueria* où moi-même j'ai l'habitude de descendre, lorsque le hasard m'amène dans le pays. Vous trouverez la société un peu mélangée ; mais que voulez-vous, à la guerre comme à la guerre, et, ainsi que vous l'avez dit vous-même, une nuit est bientôt passée.

— À la grâce de Dieu ! et en route.

Passant alors ses bras sous ceux de son compagnon, le nouveau guide saisit les rênes du cheval et le dirigea vers une maison située aux deux tiers environ dé la rue où ils se trouvaient et dont les fenêtres mal jointes flamboyaient dans la nuit comme les bouches d'une fournaise, tandis que des cris, des rires, des chants et des grincements aigres et saccadés de *jarabès* indiquaient que si le reste du pueblo était plongé dans le sommeil, là, du moins, on veillait.

Les deux inconnus s'arrêtèrent devant la porte de cette auberge de bas étage.

— Votre parti est-il bien pris ? demanda le premier à l'autre,

— Parfaitement, répondit celui-ci.

Le guide frappa alors à tour de bras sur la porte vermoulue.

On fut assez longtemps à répondre : enfin une voix rauque cria de l'intérieur, tandis que le plus grand silence succédait comme par enchantement au vacarme qui avait régné jusqu'à alors.

— *Quien vive* ?

— *Gente depaz* ! répondit l'étranger.

— Hum ! fit la voix, ce n'est pas un nom, cela. Quel temps fait-il ?

— Un pour tous, tous pour un ; le *cormuel* souffle à décorner les bœufs sur la cime du Cerro-del-Huerfano.

La porte s'ouvrit immédiatement ; les voyageurs entrèrent.

D'abord ils ne purent rien distinguer au milieu de l'atmosphère épaisse et fumeuse de la salle et marchèrent au hasard.

Le compagnon du premier cavalier était bien connu dans cet antre, car le maître de la maison et plusieurs autres personnes s'empressèrent à l'envi autour de lui.

— Caballeros, dit-il en désignant la personne qui le suivait, ce señor est mon ami ; je vous prie d'avoir pour lui les plus grands égards.

— Il sera traité comme vous-même, Belhumeur, répondit celui qui paraissait être le maître de ce bouge ; vos chevaux ont été conduits au corral, où on les a mis à même d'une botte d'alfalfa. Quant à vous, la maison vous appartient, vous pouvez en disposer à votre gré.

Pendant cet échange de compliments, les étrangers étaient parvenus à se frayer un chemin au milieu de la foule : ils avaient traversé la salle et avaient à grand'peine réussi à s'asseoir dans un coin devant une table sur laquelle l'hôte avait lui-même placé du pulque, du mezcal, du chinguirito, du refino de Catalogne et du vin de Xérès.

— Caramba ! señor Huesped, s'écria en riant celui qu'à plusieurs reprises déjà on avait nommé Belhumeur, vous êtes généreux aujourd'hui.

— Ne voyez-vous pas que j'ai un angelito, répondit l'autre gravement.

— Ainsi, votre fils Pedrito…

— Il est mort ! je tâche de bien recevoir mes amis, afin de mieux fêter l'entrée au ciel de mon pauvre enfant, qui, n'ayant jamais péché, est un ange auprès de Dieu !

— C'est très-juste, fit Belhumeur, en trinquant avec ce père si peu désolé.

Celui-ci vida d'un trait son gobelet de refino et s'éloigna.

Les étrangers, accoutumés déjà à l'atmosphère dans laquelle ils se trouvaient, jetèrent alors un regard autour d'eux.

La salle de la pulqueria offrait un aspect des plus curieux.

Au milieu, une dizaine d'individus à mines patibulaires, couverts de haillons et armés jusqu'aux dents, jouaient avec fureur au monté. Particularité assez étrange, mais qui cependant ne semblait étonner aucun des honorables joueurs, un long poignard était planté dans la table à la droite du banquier, et deux pistolets reposaient à sa gauche. À quelques pas de là, des hommes et des femmes plus qu'à moitié ivres dansaient en chantant avec des gestes lubriques et des cris furieux aux sons aigres de deux ou trois *vihuelas* et *jarabes*. Dans l'angle le plus apparent de la salle, une trentaine de personnes étaient réunies autour d'une table, au milieu de laquelle un jeune enfant de cinq ans au plus était assis sur un siège de cannes. Cet enfant présidait la réunion ; il portait ses plus beaux habits, avait une couronne de fleurs sur la tête, et une profusion de fleurs jonchaient la table autour de lui.

Mais hélas ! le front de cet enfant était pâle, ses yeux vitreux, son teint plombé, marqué de taches violettes ; son corps avait cette roideur des cadavres ; il était mort : c'était l'angelito dont le digne pulquero fêtait l'entrée au ciel.

Des femmes, des hommes et des enfants buvaient et riaient en rappelant à la pauvre mère qui faisait d'héroïques efforts pour ne pas fondre en larmes l'intelligence précoce, la bonté et la gentillesse de la pauvre petite créature qu'elle venait de perdre.

— Tout cela est hideux, murmura le premier voyageur avec un geste de dégoût.

— N'est-ce pas ? répondit l'autre ; ne nous en occupons pas davantage, isolons-nous au milieu de ces coquins qui ne songent déjà plus à nous, et causons.

— Je le veux bien ; mais nous n'avons malheureusement rien à nous dire.

— Peut-être ; d'abord il faut que nous nous connaissions.

— C'est vrai.

— Vous voyez bien ! Je vais vous donner l'exemple de la confiance et de la franchise.

— Bon ! après ce sera mon tour.

Belhumeur jeta un regard sur l'assemblée : l'orgie avait repris avec une nouvelle force ; il était évident que nul ne songeait à eux. Il appuya les deux coudes sur la table, se pencha vers son compagnon et commença :

— Ainsi que vous le savez déjà, puisque vous l'avez plusieurs fois entendu prononcer, mon cher compagnon, mon nom est Belhumeur[1] ; je suis Canadien, c'est-à-dire presque Français. Des circonstances trop longues à vous raconter en ce moment, mais que je vous dirai quelque jour, m'ont amené tout jeune dans ce pays. Vingt ans de ma vie se sont écoulés à parcourir le désert dans tous les sens ; il n'y a pas un ruisseau perdu, une sente ignorée que je ne connaisse. Je pourrais, si je le voulais, vivre tranquille et sans souci d'aucune sorte auprès d'un ami bien cher, d'un ancien compagnon, retiré dans une magnifique hacienda qu'il possède à quelques lieues d'Hermosillo ; mais l'existence du coureur des bois a des charmes que ceux-là seuls qui l'ont menée peuvent comprendre ; elle les entraîne toujours malgré eux à la reprendre.

Je suis jeune encore, à peine ai-je quarante-cinq ans. Un ancien ami à moi, un Indien, un chef nommé la Tête-d'Aigle, m'a proposé de l'accompagner dans une excursion qu'il voulait faire en Apacheria ; je me suis laissé tenter, j'ai dit au revoir à ceux que j'aime, et qui vainement ont cherché à me retenir, et libre de tous liens, sans regret du passé, heureux du présent et sans soucis de l'avenir, je me suis gaiement élancé en avant, emportant avec moi ces richesses inestimables du chasseur : un cœur fort, un caractère gai, de bonnes armes et un cheval habitué comme son maître à la bonne et à la mauvaise fortune, et me voilà. Maintenant, compagnon, vous me connaissez comme si nous étions liés depuis dix ans.

L'autre avait attentivement écouté ce récit, fixant sur le hardi aventurier qui se tenait souriant devant lui, un regard pensif ; il considérait avec intérêt cet homme, au visage loyal, aux traits accentués, dont la physionomie respirait la franchise rude et noble de l'homme réellement bon et grand.

Lorsque Belhumeur se tut, il demeura quelques instants sans répondre, plongé sans doute dans de profondes et sérieuses réflexions ; puis lui tendant par-dessus la table une main blanche, fine et délicate, il lui répondit d'une voix émue, dans le meilleur français qui se soit jamais parlé dans ces régions lointaines :

1 Voir *les Trappeurs de l'Arkansas*

— Je vous remercie de la confiance que vous m'avez témoignée, Belhumeur ; mon histoire n'est pas plus longue, mais elle est plus triste que la vôtre ; la voici en quelques mots :

— Eh ! s'écria le Canadien en serrant vigoureusement la main qui lui était tendue, seriez-vous donc Français, par hasard ?

— Oui, j'ai cet honneur.

— Pardieu ! j'aurais dû m'en douter, reprit-il joyeusement ; quand je songe que depuis une heure nous sommes là bêtement à baragouiner de l'espagnol au lieu de causer dans notre langue, car enfin je suis du Canada, moi, et les Canadiens sont les Français d'Amérique, n'est-ce pas ?

— Vous avez raison.

— Ainsi c'est convenu » plus d'espagnol entre nous ?

— Non, du français toujours.

— Bravo ! à votre santé, mon brave compatriote ; et maintenant, ajouta-t-il en reposant brusquement son verre sur la table après l'avoir vidé, voyons votre histoire, je vous écoute.

— Je vous l'ai dit, elle n'est pas longue.

— C'est égal, allez toujours, je suis certain qu'elle m'intéressera énormément.

Le Français étouffa un soupir.

— Moi aussi j'ai fait la vie de coureur des bois, dit-il ; moi aussi, j'ai éprouvé les charmes enivrants de cette existence fiévreuse, pleine de péripéties émouvantes, jamais les mêmes. Bien loin du pays où nous sommes, j'ai parcouru de vastes déserts, d'immenses forêts vierges où avant moi nul homme n'avait laissé l'empreinte de ses pas. Comme vous, un ami m'accompagnait dans mes courses aventureuses, soutenant mon courage, relevant mon énergie par sa gaieté inépuisable et son amitié à toute épreuve. Hélas ! cette époque fut la plus heureuse de ma vie !

Je devins amoureux d'une femme, cette femme je l'épousai. Dès qu'il me vit riche et entouré d'une famille, mon ami me quitta. Je n'avais plus qu'à me laisser vivre, disait-il, il me devenait inutile. Son départ fut mon premier chagrin, chagrin dont jamais je ne me suis consolé, que chaque jour rendit plus cuisant, et qui aujourd'hui me tourmente comme un remords. Hélas ! Où est-il maintenant ce cœur fort, cet ami dévoué que je trouvais toujours debout entre le danger et moi, qui m'aimait comme un frère, et pour lequel j'éprouvais une affection filiale ? Hélas ! il est mort peut-être !

En prononçant ces dernières paroles, le Français avait laissé tomber sa tête dans ses mains, et s'était abandonné au flot d'amères pensées qui montaient de son cœur à chaque souvenir qu'il rappelait.

Belhumeur lui lança un regard mélancolique, et lui serrant la main :

— Courage, frère, lui dit-il d'une voix basse et sympathique.

— Oui, reprit le Français, c'est ainsi qu'il me parlait lorsque abattu par la douleur, je sentais l'espoir me manquer ; courage, frère, me disait-il de sa rude voix en me posant la main sur l'épaule, et je me sentais galvanisé par cet attouchement, je me redressais aux accents de cette voix chérie, prêt à recommencer la lutte, car je me sentais plus fort. Plusieurs années se passèrent au milieu d'un bonheur que rien ne vint troubler. J'avais une femme que j'adorais, des enfants charmants pour lesquels je faisais des rêves d'avenir ; enfin, rien ne me manquait, rien que mon pauvre compagnon, dont, malgré toutes mes recherches depuis qu'il m'avait quitté, il m'avait été impossible d'avoir de nouvelles. Maintenant mon bonheur est évanoui pour toujours, ma femme, mes enfants sont morts, lâchement massacrés, pendant leur sommeil, par les Indiens qui s'étaient emparés de mon hacienda. Seul, je demeurai vivant au milieu des ruines fumantes de cette demeure où s'étaient pour moi écoulés de si heureux jours. Tout ce que j'avais aimé était à jamais enseveli sous les décombres ; mon cœur se brisa, je ne voulus pas survivre à tout ce qui m'était cher ; un ami, le seul qui m'était resté fidèle, me sauva ; il m'emmena de force dans sa tribu : c'était un Indien. Là, à force de soin et de dévouement, il me rappela à la vie et me rendit, sinon l'espoir d'un bonheur impossible pour moi, du moins le courage de lutter bravement contre le sort, dont les coups ont été pour moi si rudes. Il est mort il y a quelques mois à peine. Avant de fermer les yeux pour jamais, il me fit jurer de faire ce qu'il me demanderait : je le lui promis. « Frère, me dit-il alors, tout homme doit marcher dans la vie vers un but quelconque ; dès que je serai mort, mets-toi à la recherche de cet ami dont depuis si longtemps tu es séparé ; tu le retrouveras, j'en ai la conviction. Il te tracera une ligne de conduite. » Deux heures plus tard, le digne chef mourut dans mes bras. Aussitôt que son corps eut été rendu à la terre, je me suis mis en route. Aujourd'hui même, comme je vous l'ai dit, je suis arrivé à Guaymas. Mon intention est de m'enfoncer immédiatement dans le désert ; si mon pauvre ami existe encore, c'est là seulement que je dois le retrouver.

Il y eut un long silence.

Enfin, Belhumeur reprit la parole.

— Hum ! tout cela est fort triste, compagnon, je dois en convenir, fit-il en hochant la tête ; vous vous lancez dans une entreprise désespérée où les chances de réussite sont presque nulles ; un homme est un grain de sable perdu dans le désert ; qui sait, en supposant qu'il existe encore, en quel endroit il est en ce moment, et si, pendant que vous le chercherez d'un côté, il ne sera pas d'un autre ? Cependant, j'ai une proposition à vous faire qui, je le crois, ne peut que vous être avantageuse.

— Cette proposition, mon ami, avant que vous me la disiez, je la connais déjà. Je vous en remercie et je l'accepte, répondit vivement le Français.

— Ainsi, c'est convenu. Nous partons ensemble ; vous venez avec moi dans l'Apacheria ?

— Oui.

— Parbleu ! j'ai de la chance. À peine me suis-je séparé du Cœur-Loyal, que Dieu place sur mes pas un ami aussi précieux que lui.

— Quel est ce Cœur-Loyal dont vous me parlez[1] ?

— Cet ami avec lequel j'ai si longtemps vécu, et que vous connaîtrez un jour. Alors à la grâce de Dieu ! A la pointe du jour nous nous mettrons en route.

— Quand vous voudrez.

— J'ai donné rendez-vous à la Tête-d'Aigle, à deux journées d'ici. Je me trompe fort, ou il doit déjà m'attendre.

— Mais qu'allez-vous faire en Apacheria ?

— Je ne le sais pas ; la Tête-d'Aigle m'a prié de l'accompagner, j'y vais ; j'ai pour précepte de ne jamais demander à mes amis plus qu'il ne veulent me dire de leurs secrets ; de cette façon, eux et moi

1 Voir *les Trappeurs de l'Arkansas*

nous sommes plus libres.

— Parfaitement raisonné, mon cher Belhumeur ; mais puisque nous devons vivre longtemps ensemble, du moins je l'espère…

— Moi aussi.

— Il est bon, continua le Français, que vous sachiez mon nom, que j'ai oublié de vous dire jusqu'à présent.

— Que cela ne vous inquiète pas, je saurai bien vous en donner un si par hasard vous avez des raisons pour garder l'incognito.

— Je n'en ai aucune ; je me nomme le comte Louis de Prébois-Crancé.[1]

Belhumeur se leva comme poussé par un ressort, ôta vivement son bonnet de fourrure, et s'inclinant respectueusement devant son nouvel ami :

— Pardonnez-moi, monsieur le comte, dit-il, la façon un peu libre dont je vous ai parlé ; si j'avais su avec qui j'avais l'honneur d'être, certes je n'aurais pas pris d'aussi grandes libertés.

— Belhumeur, Belhumeur, fit le comte avec un sourire triste en lui saisissant vivement la main, est-ce donc ainsi que doit commencer notre liaison ? Il n'y a ici que deux hommes prêts à partager la même vie, courir les mêmes dangers, affronter les mêmes ennemis ; laissons aux sots habitants des villes ces distinctions stupides qui n'ont pour nous aucune signification ; soyons franchement et loyalement frères. Je ne veux être pour vous que Louis, votre bon compagnon, votre ami dévoué, de même que vous n'êtes pour moi que Belhumeur, le rude coureur des bois.

Le visage du Canadien s'épanouit de plaisir à ces paroles.

— Bien parlé, dit-il gaiement, bien parlé, sur mon âme. Je ne suis qu'un pauvre chasseur ignorant, et, ma foi, pourquoi le cacherais-je ? ce que vous venez de me dire m'est allé tout droit au cœur ! Vive Dieu ! je suis à vous, Louis, à la vie et à la mort, et j'espère vous prouver bientôt, compagnon, que j'ai une certaine valeur.

— J'en suis convaincu ; maintenant, nous nous entendons bien, n'est-ce pas ?

— Pardieu !

En ce moment, il se fit dans la rue un bruit tellement intense qu'il

1 Voir *les Trappeurs de l'Arkansas*

domina celui de la salle ; comme cela arrive toujours en pareille circonstance, les aventuriers réunis dans la pulqueria se turent d'un commun accord, afin de prêter l'oreille. On distinguait des cris, des cliquetis de sabres, des trépignements de chevaux, le tout dominé par intervalle par des détonations d'armes à feu.

— *Caraï* ! s'écria Belhumeur, on se bat dans la rue.

— J'en ai peur, répondit flegmatiquement le pulquero plus qu'à moitié ivre, en avalant un verre de refino.

Soudain des coups de pommeau de sabre et de crosse de pistolets résonnèrent vigoureusement sur les ais mal joints de la porte, et une voix forte cria avec colère :

— Ouvrez, au nom du diable ! sinon je jette cette misérable porte en bas.

IV. Le comte Maxime Gaëtan de Lhorailles.

Ayant d'expliquer au lecteur la cause du tapage infernal qui était soudain venu troubler la tranquillité des gens rassemblés dans la pulqueria, nous sommes contraint de faire quelques pas en arrière.

Trois ans environ avant l'époque où se passe notre histoire, par une froide et pluvieuse nuit de décembre, huit hommes, semblant par le costume et les manières appartenir à la haute société parisienne, étaient réunis dans un élégant cabinet du café Anglais.

La nuit était avancée : les bougies, aux deux tiers, consumées, ne répandaient qu'une lueur triste ; la pluie fouettait les vitres et le vent sifflait avec des mugissements lugubres.

Les convives, assis autour de la table devant les reliefs d'un splendide souper, paraissaient malgré eux s'être laissé envahir par la tristesse morne qui planait sur la nature, et, à demi renversés sur le dossier de leurs sièges, les uns sommeillaient et les autres, perdus dans leurs pensées, ne portaient aucune attention à ce qui se passait autour d'eux.

La pendule placée sur la cheminée sonna lentement trois heures ; à peine le dernier coup eut-il fini de résonner sur le timbre, que les claquements répétés du fouet d'un postillon et les grelots des chevaux se firent entendre sous les fenêtres du cabinet donnant sur le boulevard.

La porte s'ouvrit, un garçon parut.

— La chaise de poste que Monsieur le comte de Lhorailles a demandée attend, dit-il.

— Merci, répondit un des convives, en congédiant le garçon d'un geste.

Celui-ci salua et sortit en fermant la porte derrière lui.

Les quelques mots prononcés par cet homme avaient rompu le charme qui enchaînait les convives ; tous se redressèrent comme s'ils se réveillaient en sursaut, et se tournant vers un jeune homme d'une trentaine d'années, assis au milieu d'eux :

— Ainsi, lui dirent-ils tous, c'est bien vrai, tu pars ?

— Je pars, répondit-il, avec un signe de tête affirmatif.

— Mais où vas-tu, enfin ? on ne quitte pas ainsi, sans dire gare, son pays et ses amis, reprit un des convives.

Celui à qui cette question était adressée sourit tristement.

Le comte de Lhorailles était un beau gentilhomme aux traits expressifs, au regard énergique, à la lèvre dédaigneuse, appartenant à la plus ancienne noblesse, et dont la réputation était parfaitement établie par les lions de l'époque.

Il se leva, et jetant un regard circulaire sur les convives :

— Messieurs, dit-il, je comprends ce que ma conduite a d'étrange pour vous ; vous avez droit à une explication de ma part ; cette explication, je ne demande pas mieux que de vous la donner. Du reste, c'est dans ce but, croyez-le bien, que je vous ai convoqués à assister aujourd'hui au dernier repas que nous devons faire ensemble ; l'heure du départ a sonné, la chaise de poste attend, demain je serai loin de Paris, dans huit jours j'aurai quitté la France pour n'y plus revenir ; écoutez-moi.

Les convives firent un mouvement marqué en regardant attentivement le comte.

— Ne vous impatientez pas, messieurs, dit-il, l'histoire que je veux vous conter ne sera pas longue, c est la mienne. En deux mots, la voici :

— Je suis complètement ruiné ; il me reste à peine quelques billets de mille francs, avec lesquels à Paris je ne pourrais que mourir de faim, et finir avant un mois par me brûler la cervelle, triste perspective qui n'a rien d'attrayant pour moi, je vous assure. D'un autre côté, j'ai aux armes une adresse tellement malheureuse que, sans qu'il y ait de ma faute, je jouis, à tort ou à raison, d'une réputation de duelliste qui me pèse horriblement, surtout depuis ma déplorable affaire avec ce pauvre vicomte de Morsens, que j'ai été obligé malgré moi de tuer, afin de lui fermer la bouche et de mettre un terme à ses calomnies. Bref, pour les raisons que j'ai eu l'honneur de vous dire, et pour un nombre infini d'autres qu'il est inutile que vous sachiez, et qui, j'en suis convaincu, vous intéresseraient fort peu, la France m'est devenu antipathique, et cela à un tel point que j'ai la plus grande hâte de la quitter. Maintenant, un dernier verre de champagne et adieu à tous.

— Un instant ! répondit le convive, qui déjà avait parlé, vous ne nous avez pas dit comte, dans quel pays vous avez l'intention d'aller.

— Ne le devinez-vous pas ? en Amérique. On m'accorde assez généralement du courage, de l'intelligence, eh bien, je vais dans le pays où, si j'en crois ce qu'on en rapporte, ces deux qualités suffisent pour faire la fortune de celui qui les possède. Avez-vous d'autres questions à m'adresser, baron ? ajouta-t-il en se tournant vers son interlocuteur.

Celui-ci, avant de répondre, demeura quelques minutes plongé dans de sérieuses réflexions. Enfin, il releva la tête et fixa sur le comte un regard froid et profond.

— Est-ce bien sérieusement que vous partez, mon ami, lui dit-il.

— Bien sérieusement.

— Me le jurez-vous sur l'honneur ?

— Oui, sur l'honneur, je vous le jure.

— Et vous êtes réellement résolu à vous créer, en Amérique, une position au moins égale à celle que vous aviez ici ?

— Oui, s'écria-t-il vivement, par tous les moyens possibles.

— C'est bien. À votre tour, écoutez-moi, comte, et si vous voulez faire votre profit de ce que je vais vous révéler, peut-être, si Dieu vous vient en aide, réussirez-vous à accomplir les projets insensés que vous avez formés.

Tous les convives se rapprochèrent avec curiosité ; le comte lui-même se sentit intéressé malgré lui.

Le baron de Spurtzheim était un homme de quarante-cinq ans environ ; son teint hâlé, ses traits fortement accentués et son regard empreint d'une expression indéfinissable, lui donnaient un cachet d'étrangeté qui échappait à l'analyse du vulgaire et le faisait, aux yeux de la foule et même à ceux de beaucoup d'esprits d'élite, considérer comme un homme réellement remarquable.

On ne connaissait du baron que sa colossale fortune qu'il dépensait royalement ; mais quant à ses antécédents, tout le monde les ignorait, bien qu'il fût reçu dans la meilleure société.

Seulement on disait vaguement qu'il avait fait de longs voyages, et avait, pendant plusieurs années, habité l'Amérique ; mais rien n'était plus incertain que ces on-dit, et ils n'auraient pas suffi pour lui faire ouvrir les salons du noble faubourg, si l'ambassadeur d'Autriche, sans cependant jamais s'expliquer sur son compte, ne lui avait chaleureusement, à son insu, servi de caution dans plusieurs circonstances délicates.

Le baron s'était lié plus intimement avec le comte qu'avec ses autres compagnons de plaisirs ; il semblait lui porter un certain intérêt, et plusieurs fois même, devinant la position gênée de son ami, il avait cherché par des voies détournées à lui venir en aide.

Le comte de Lhorailles, bien qu'il fût trop orgueilleux pour accepter ces offres, en avait gardé une grande reconnaissance au baron, et lui avait, sans y songer, laissé prendre sur lui une certaine influence.

— Parlez mais soyez bref, mon cher baron, dit M. de Lhorailles ; vous savez que la chaise m'attend.

Sans répondre, le baron tira le cordon de la sonnette.

Le garçon parut

— Renvoyez le postillon et dites-lui qu'il revienne à cinq heures du matin. Allez.

Le garçon s'inclina et sortit.

Le comte, de plus en plus étonné des façons d'agir de son ami, ne fit cependant pas la moindre observation ; il se versa un verre de champagne qu'il vida d'un trait, croisa les bras, s'appuya sur le dossier de son siège et attendit.

— Maintenant, messieurs, dit le baron de sa voix railleuse et incisive, puisque notre ami de Lhorailles nous a conté son histoire et que nous en sommes aux confidences, pourquoi ne vous conterais-je pas la mienne ? Le temps est affreux, il pleut à torrents ; ici, nous sommes chaudement, nous avons du champagne et des regalias, deux excellentes choses lorsqu'on n'en abuse pas ; qu'avons-nous-de mieux à faire ? Rien, n'est-ce pas ? Écoutez-moi donc, car je crois que ce que je vous dirai vous intéressera d'autant plus que certains d'entre vous ne seront pas fâchés, j'en suis convaincu, de savoir enfin à quoi s'en tenir sur mon compte.

La plupart des convives éclatèrent de rite à cette boutade ; lorsque, leur hilarité fut calmée, le baron commença.

— Quant à la première partie de mon histoire, dit-il, je serai aussi bref que le comte. Dans le siècle où nous vivons, les gentilshommes se trouvent si naturellement hors la loi par la faute de nos préjugés de race et de notre éducation, que tous nous devons fatalement faire de la vie un rude apprentissage, en mangeant, sans savoir comment, en quelques années à peine, la fortune paternelle. Ce fut ce qui m'arriva, comme à vous tous, messieurs. Mes ancêtres avaient, au moyen âge, été un peu barons pillards ; bon sang ne peut mentir. Lorsque mes dernières ressources furent à peu près épuisées, mes instincts se réveillèrent et mes regards se fixèrent sur l'Amérique ; en moins de dix ans j'y ai amassé la colossale fortune que j'ai aujourd'hui le bonheur insigne, non pas de dissiper, la leçon a été trop rude et j'en ai profité, mais de dépenser en votre honorable compagnie, tout en ayant soin de conserver intact mon capital.

— Mais, s'écria le comte avec impatience, comment avez-vous amassé cette colossale fortune, ansi que vous la nommez vous-même ?

— Quarante millions à peu près, répondit froidement le baron.

Un frisson de convoitise fit tressaillir l'assemblée.

— Fortune colossale, en effet, reprit le comte ; mais, je le répète, comment l'avez-vous gagnée ?

— Si je n'avais eu l'intention formelle de vous le révéler, croyez bien, cher, que je n'aurais pas abusé de votre patience pour vous narrer les pauvretés que vous venez d'entendre.

— Nous écoutons ! s'écrièrent les convives.

Le baron promena lentement son regard froid sur les assistants.

— Avant tout buvons un verre de champagne au succès de notre ami, fit-il de son ton sarcastique.

Les verres furent remplis, choqués et vidés en un clin d'œil, tant était grande la curiosité des convives.

Après avoir reposé son verre devant lui, le baron alluma un regalia, et se tournant vers le comte :

— C'est particulièrement à vous que je m'adresse maintenant, mon ami, dit-il vous êtes jeune, entreprenant, doué d'une santé de fer et d'une volonté énergique : il est incontestable pour moi que si la mort ne vient pas contrarier vos projets, vous réussirez, quelles que soient les entreprises que vous formiez, ou le but que vous vous donniez. Dans la vie que vous entreprenez, la principale cause de succès, je dirai presque la seule, c'est de connaître à fond le terrain sur lequel on veut manœuvrer et la société dans laquelle on se propose d'entrer. Si, à mon début dans la vie d'aventure, j'avais eu comme vous le bonheur de rencontrer un ami qui eût consenti à m'initier aux mystères de ma nouvelle existence, ma fortune eût été faite cinq ans plus tôt. Ce que nul n'a fait pour moi, je veux le faire pour vous : peut-être plus tard serez-vous reconnaissant des renseignements que je vous aurai donnés, et qui vous auront appris à vous diriger dans le dédale inextricable où vous allez entrer. D'abord, posez-vous bien en principe ceci : les peuples au milieu desquels vous allez vivre sont vos ennemis naturels ; c'est donc un combat de chaque jour, de chaque heure que vous aurez à soutenir ; tous les moyens doivent vous être bons pour sortir victorieux de la lutte. Mettez de côté vos préceptes d'honneur et de délicatesse ; en Amérique, ce ne sont que de vains mots, inutiles même à faire des dupes, par la raison toute simple que nul n'y croit. Le seul dieu de l'Amérique, c'est l'or ; pour acquérir de l'or, l'Américain est capable de tout ; mais cela non comme dans notre vieille Europe sous des dehors honnêtes, et par des moyens détournés, mais franchement, en face, sans pudeur et sans remords. Ceci posé, votre ligne est toute tracée : pas de projet, si extravagant qu'il paraisse, qui n'offre dans ce pays des chances de réussite, puisque les moyens d'exécution sont immenses et presque sans contrôle possible. L'Américain est l'homme du monde qui ait le mieux compris la force de l'association ; aussi est-ce le levier au moyen duquel tous les projets s'exécutent. Arrivant là-bas, seul, sans amis, sans connaissance, quelque intelligent, quelque déterminé que vous soyez, vous êtes perdu, parce que vous vous trouvez seul en face de tous.

— C'est vrai murmura le comte avec conviction.

— Patience ! répondit le baron avec un sourire ; croyez-vous donc que je veuille vous envoyer au combat sans cuirasse ? Non, non, je vais vous en donner une, et précieusement trempée, je vous l'assure.

Tous les assistants considéraient avec étonnement c cet homme, qui, en quelques minutes, avait, à leurs yeux, grandi de cent coudées. Le baron feignit de ne pas s'apercevoir de l'impression qu'il produisait, et, au bout d'un instant, il continua, en appuyant sur chaque mot, comme s'il avait voulu les graver plus profondément dans la mémoire du comte :

— Retenez bien ce que je vais vous dire : il est de la plus grande importance pour vous de ne pas en oublier un mot, mon ami ; de cela dépend positivement le succès de votre voyage dans le Nouveau-Monde.

— Parlez, je ne perds pas une syllabe, interrompit le comte avec une espèce d'impatience fébrile.

— Lorsque les étrangers commencèrent à affluer en Amérique, il se forma une société de hardis compagnons sans foi ni loi, sans pitié comme sans faiblesse, qui, reniant toutes les nationalités, puisqu'ils étaient sortis de tous les peuples, ne reconnaissaient qu'un gouvernement, celui qu'ils instituèrent eux-mêmes sur l'Île de la Tortue, rocher imperceptible perdu au milieu du grand Océan ; gouvernement monstrueux, puisque la violence en était la base, et qu'il n'admettait que la raison du plus fort. Ces hardis compagnons, liés entre eux par une charte-partie draconienne, se donnaient le nom de Frères de la Côte et se divisaient en deux classes : les boucaniers et les flibustiers.

Les boucaniers, errants dans les forêts vierges, chassaient les taureaux, tandis que les flibustiers écumaient les mers, attaquant tous les pavillons, pillant tous les navires sous prétexte de faire la guerre aux Espagnols, mais en réalité dépouillant les riches au profit des pauvres, seul moyen qu'ils eussent trouvé de rétablir l'équilibre entre les deux classes. Les Frères de la Côte, se recrutant sans cesse de tous les mauvais sujets sans aveu du vieux monde, devinrent puissants, si puissants même que les Espagnols tremblèrent pour leurs possessions, et qu'un glorieux roi de France ne dédaigna pas de traiter avec eux et de leur envoyer un ambassadeur ; puis, par la force même des circonstances, comme toutes les puissances issues de l'anarchie, et qui, par conséquent, ne possèdent en elles aucun principe de vitalité, lorsque les nations maritimes eurent reconnu leurs forces, les Frères de la Côte s'amoindrirent peu à peu et finirent par disparaître entièrement. Pour les avoir forcés à rentrer dans l'obscurité, on crut, non pas les avoir vaincus, mais les avoir anéantis ; il n'en était rien, ainsi que vous allez le voir. Je vous demande pardon pour ce long et fastidieux exorde, mais il était indispensable, afin que vous comprissiez bien ce qui me reste à vous expliquer.

— Il est près de quatre heures et demie, observa le comte ; il nous reste au plus quarante minutes.

— Ce temps, quelque court qu'il soit, me suffira, reprit le baron ; je reprends. Les Frères de la Côte n'étaient pas anéantis, ils s'étaient transformés, se pliant avec une adresse inouïe aux exigences du progrès qui menaçait de les dépasser ; ils avaient changé de peau : de tigres, ils s'étaient faits renards. Les Frères de la Côte étaient devenus les *Dauph'yeers* ; au lieu d'aller hardiment, comme jadis, sauter, la dague et la hache au poing, à l'abordage des navires ennemis, ils se firent petits et creusèrent des mines souterraines ; aujourd'hui les Dauph'yeers sont les maîtres et les rois du Nouveau-Monde ; ils ne sont nulle part et sont partout ; ils règnent ; leur influence se fait sentir dans tous les rangs de la société ; à tous les degrés de l'échelle on les trouve sans les voir jamais. Ce sont eux qui ont détaché les États-Unis de l'Angleterre, le Pérou, le Chili et le Mexique de l'Espagne. Leur pouvoir est immense, d'autant plus immense qu'il est occulte, ignoré et presque nié, ce qui montre leur force. Être niée, pour une société secrète, voilà où est la véritable puissance ; il ne se fait pas une révolution en Amérique, sans que l'influence des Dauph'yeers ne se produise victorieuse et fière, soit pour la faire triompher, soit pour l'annihiler. Ils peuvent tout, ils sont tout ; hors de leur cercle, rien n'est possible : voilà ce que, par la force du progrès, sont en moins de deux siècles devenus les

Frères de la Côte, les Dauph'yeers !... c'est-à-dire le pivot autour duquel tourne, sans s'en douter, le Nouveau-Monde. Misérable sort que celui de cette magnifique contrée d'être condamnée en tout temps, depuis sa découverte, à subir la tyrannie des bandits de toute espèce qui semblent s'être donné la mission de l'exploiter sous toutes les formes, sans que jamais elle puisse parvenir à s'en affranchir !

Il y eut un assez long silence ; chacun réfléchissait à ce qu'il venait d'entendre ; le baron lui-même avait laissé tomber sa tête dans ses mains, et semblait perdu dans le monde d'idées qu'il avait réveillées et qui maintenant l'assaillaient en foule, rappelant en lui des souvenirs pleins de douleur et d'amertume.

Un roulement lointain de voiture qui se rapprochait rapidement rappela le comte de Lhorailles à la gravité de la situation présente.

— Voici ma chaise, fit-il, je vais partir, et je ne sais rien.

— Patience, répondit le baron, dites adieu à vos amis et partons.

Subissant malgré lui l'influence de cet homme singulier, le comte lui obéit sans songer à lui adresser la moindre observation.

Il se leva, embrassa chacun de ses anciens amis, échangea avec eux de chaleureuses poignées de main, reçut leurs souhaits de bonne réussite, et quitta le cabinet suivi par le baron.

La chaise de poste attendait en face du café. Les jeunes gens avaient ouvert les fenêtres du cabinet et faisaient de nouveaux signes d'adieu à leur ami.

Le comte jeta un long regard sur le boulevard : la nuit était sombre, bien que la pluie ne tombât plus, le ciel était noir, les becs de gaz scintillaient faiblement dans le lointain comme des étoiles perdues dans la brume.

— Adieu ! murmura le gentilhomme d'une voix étouffée, adieu ! qui sait si jamais je reviendrai.

— Courage ! fit une voix sévère à son oreille.

Le jeune homme tressaillît, le baron était à ses côtés.

— Venez, mon ami, lui dit-il en l'aidant à monter dans la voiture, je vous accompagne jusqu'à la barrière.

Le comte monta en chancelant et se laissa tomber sur un coussin.

— Route de Normandie ! cria le baron au postillon en fermant la portière.

Le postillon fit claquer son fouet, la chaise de poste s'ébranla et partit au galop.

— Adieu ! adieu ! crièrent les jeunes gens penchés aux fenêtres du café Anglais.

Pendant assez longtemps les deux hommes demeurèrent silencieux ; enfin le baron prit la parole :

— Gaétan ! dit-il.

— Que me voulez-vous ? répondit celui-ci.

— Je n'ai pas fini de vous conter mon histoire.

— C'est vrai, murmura-t-îl distraitement.

— Ne voulez-vous pas que je la termine ?

— Parlez, mon ami.

— Comme vous me dites cela, cher ! votre esprit voyage dans les espaces imaginaires ; vous songez à ceux que vous quittez, sans doute.

— Hélas ! murmura le comte avec un soupir, je suis seul sur la terre. Que puis-je regretter ? je n'ai ni parents ni amis.

— Ingrat ! fit le baron d'un ton de reproche.

— C'est vrai ; pardonnez-moi, cher ; je ne songeais pas à ce que je disais.

— Je vous pardonne, mais à la condition que vous m'écouterez.

— Je vous le promets.

— Mon ami, ces Dauph'yeers dont je vous ai parlé, si vous voulez réussir, leur amitié et leur protection vous sont indispensables,

— Hélas ! comment puis-je obtenir cette amitié et cette protection, moi, misérable inconnu ? Maintenant je tremble en songeant à ce pays dans lequel j'avais rêvé de me créer un si bel avenir ; le bandeau qui couvrait mes yeux est tombé ; je vois l'extravagance de mes projets, l'espoir m'abandonne.

— Déjà ! s'écria sévèrement le baron. Enfant sans énergie, qui renonce à la lutte avant même de l'avoir engagée ! Homme sans force et sans courage ! Cette protection et cette amitié qui vous sont indispensables, si vous le voulez, moi je vous donne les moyens de les obtenir.

— Vous ! s'écria le comte en tressaillant.

— Oui, moi ! Croyez-vous donc que je me serais amusé à torturer votre âme pendant deux heures, à jouer avec vous comme un jaguar avec un agneau, pour le plaisir banal de railler ? Non, Gaëtan. Si vous avez eu cette pensée, vous avez eu tort ; je vous aime. Lorsque j'ai connu votre projet, j'ai applaudi du fond du cœur à cette résolution qui vous réhabilitait dans mon esprit ; lorsque cette nuit vous nous avez franchement avoué votre position et expliqué vos projets, je me suis retrouvé en vous, mon cœur a tressailli, pendant une minute j'ai été heureux, et alors j'ai juré de vous ouvrir la voie si large, si grande et si belle, que si vous ne réussissiez pas, c'est que vous-même ne voudriez pas réussir.

— Oh ! fit énergiquement le comte, je puis succomber dans la lutte qui commence aujourd'hui entre moi et l'humanité tout entière ; mais, ne craignez rien, mon ami, je tomberai noblement et en homme de cœur.

— J'en suis persuadé, mon ami ; je n'ai plus que quelques mots à vous dire. Moi aussi j'ai été Dauph'yers, je le suis encore ; c'est grâce à mes frères que j'ai conquis la fortune que je possède. Prenez ce portefeuille, mettez à votre cou cette chaînette à laquelle pend un médaillon ; puis, quand vous serez seul, vous lirez les instructions contenues dans le portefeuille et vous agirez comme elles vous enseigneront de le faire. Si vous les suivez de point en point, je vous garantis le succès : voilà le cadeau que je vous réservais et que je ne voulais vous donner que lorsque nous serions seuls.

— Oh ! mon Dieu ! s'écria le comte avec effusion.

— Nous voici à la barrière, dit le baron en arrêtant la voiture ; séparons-nous. Adieu, mon ami, courage et volonté ! Embrassez-moi. Surtout souvenez-vous du portefeuille et du médaillon.

Les deux hommes restèrent longtemps serrés dans les bras l'un de l'autre ; enfin le baron se dégagea par un vigoureux effort, ouvrît la portière et sauta sur le trottoir.

— Adieu, cria-t-il une dernière fois, adieu, Gaétan ! souvenez-vous !

La chaise de poste s'était élancée à fond de train sur la grand'route.

Chose étrange, les deux hommes murmurèrent le même mot en secouant la tête avec découragement dès qu'ils se trouvèrent seuls, l'un marchant à grands pas sur le trottoir, l'autre affaissé sur les coussins de la voiture.

Ce mot était : — Peut-être !

C'est que, malgré tous leurs efforts pour chercher à se tromper eux-mêmes, ils n'espéraient ni l'un ni l'autre.

V. Les Dauph'yeers.

Maintenant quittons l'ancien monde, et faisant une enjambée immense, d'un seul bond transportons-nous dans le nouveau.

Il existe en Amérique une ville qui ne peut être comparée à nulle autre du globe entier.

Cette ville, c'est Valparaiso !

Valparaiso ! ce nom résonne à l'oreille charmée comme les notes douces et suaves d'un chant d'amour.

Ville coquette, rieuse et folle, mollement couchée comme une nonchalante créole autour d'une baie délicieuse, à la base de trois majestueuses montagnes, baignant insoucieusement le bout de ses pieds roses et mignons dans les flots azurés de l'océan Pacifique, et voilant son front rêveur dans les nuages gonflés de tempêtes qui s'échappent du cap Horn et roulent avec un bruit sinistre à la cime des Cordillières pour lui former une splendide auréole.

Bien qu'elle s'élève sur la côte chilienne, cette cité étrange n'appartient en fait à aucun pays et ne reconnaît aucune nationalité, ou pour mieux dire, dans son sein elle les admet toutes.

À Valparaiso, se sont donné rendez-vous les aventuriers de tous les pays ; toutes les langues s'y parlent, tous les commerces y sont exploités ; sa population est le composé le plus bizarre des personnalités les plus excentriques, accourues des points les plus éloignés des cinq parties du monde pour venir se mettre à l'affût de la fortune dans cet ville, sentinelle avancée de la civilisation transatlantique, et dont l'influence occulte gouverne les républiques hispano-américaines.

Valparaiso, comme presque tous les grands centres commerçants de l'Amérique du Sud, est un amas de bouges informes et de palais magnifiques appuyés les uns contre les autres, et pendant en longues grappes sur les flancs abrupts de ses trois montagnes.

À l'époque où se passe l'histoire que nous allons raconter, les rues étaient étroites, sales, privées d'air et de soleil ; le pavage, parfaitement ignoré, en faisait de véritables cloaques, dans lesquels les piétons entraient jusqu'au genou, lorsque les pluies diluviennes de la saison d'hiver avaient détrempé le sol, ce qui rendait indispensable l'usage du cheval, même pour les courses les plus courtes.

Des miasmes délétères s'échappaient incessamment de ces bourbiers, grossis par les immondices de toute espèce que le nettoyage quotidien des habitations y accumulait, sans que jamais personne songeât à assainir ces foyers permanents de fièvres pernicieuses.

Aujourd'hui, dit-on, cet état de choses a changé, et Valparaiso ne se ressemble plus à lui-même ; nous voulons le croire, quoique l'incurie du Sud américain, bien connue de nous, nous engage à beaucoup de circonspection à cet égard.

Dans une des rues les plus sales et les plus mal famées de Valparaiso s'élevait une maison que nous demandons au lecteur la permission de décrire en quelques mots.

Nous sommes contraint tout d'abord d'avouer que si l'architecte chargé de la construire s'était montré plus que sobre dans la distribution des ornements, il l'avait parfaitement édifiée pour l'industrie des différents propriétaires qui dans l'avenir devaient la posséder les uns après les autres.

C'était une échoppe bâtie en torchis : sa façade donnait sur la rue de la Merced ; le côté opposé plongeait sur la mer, au-dessus de laquelle, au moyen de pilotis, elle s'avançait à une certaine distance.

Cette maison était habitée par un aubergiste. Au rebours des constructions européennes, qui se rétrécissent au fur et à mesure qu'elles s'élèvent au-dessus du sol, celle-ci allait s'élargissant si bien que le haut était vaste et éclairé, tandis que la boutique et les autres pièces du bas étaient étroites et sombres.

Le propriétaire actuel avait habilement profité de cette disposition architecturale pour faire pratiquer dans l'épaisseur du premier au second étage une pièce à laquelle on arrivait par un escalier tournant caché dans le mur.

Cette pièce était construite de telle façon que les moindres bruits de la rue arrivaient clairs et distincts aux oreilles des personnes qui s'y trouvaient, tout en étouffant ceux qu'elles-mêmes pouvaient faire, si intenses qu'ils fussent.

Le digne aubergiste, possesseur de cette maison, avait naturellement une clientèle un peu mélangée de gens de toute espèce : contrebandiers, rateros — filous — et autres, dont les façons risquaient de lui attirer des difficultés fâcheuses avec la police chilienne ; en conséquence, une baleinière constamment amarrée à un anneau planté au-dessous d'une fenêtre donnant sur la mer, offrait provisoirement un abri assuré aux consommateurs de l'établissement, lorsque par hasard les agents de l'autorité avaient la velléité de pousser une reconnaissance dans cet antre.

Cette maison se nommait et se nomme probablement encore aujourd'hui, si un tremblement de terre ou un incendie n'a pas fait disparaître cette hideuse tanière de la surface du terrain de Valparaiso, la *Locanda del Sol.*

Sur une plaque de fer pendue à une tringle et grinçant au moindre vent, était peinte, tant bien que mal, par un artiste du cru, une large face rouge entourée de rayons orange, dont la prétention était sans doute de donner l'explication de la légende mentionnée ci-dessus.

Le señor Benito Sarzuela, maître de la locanda del Sol, était un grand gaillard sec, maigre, à la face anguleuse, au regard sournois, métis croisé d'araucan, de nègre et d'espagnol, dont le moral répondait parfaitement au physique, c'est-à-dire qu'il réunissait en lui les vices des trois races, rouge, noire et blanche auxquelles il appartenait, sans posséder une seule de leurs vertus, et qu'à l'ombre d'un métier avoué et presque honnête il en faisait clandestinement une vingtaine, dont le plus innocent l'aurait conduit aux *presidios* — bagne — pour toute sa vie, s'il avait été découvert.

Deux mois environ après les événements que nous avons rapportés dans notre précédent chapitre, vers onze heures du soir, par une nuit froide et brumeuse, le señor Benito Sarzuela était mélancoliquement assis derrière son comptoir, contemplant d'un œil désolé la salle déserte de son établissement.

Le vent soufflant avec violence faisait grincer sur sa tringle, avec des plaintes sinistres, l'enseigne du *Meson*, et de lourds nuages noirs venant du sud roulaient pesamment dans le ciel en laissant par intervalle tomber de larges gouttes de pluie sur le sol détrempé par de précédents orages.

— Allons, murmura à demi-voix d'un air piteux le malheureux hôtelier, encore une journée qui finit aussi mal que les autres, *sangre de Dios* ! Depuis quelques jours, je n'ai plus de chance ; si cela continue encore seulement une semaine, je suis un homme ruiné.

En effet, par un hasard singulier, depuis un mois environ, la locanda del Sol était complétement déchue de son ancienne splendeur, sans que son propriétaire sût à quelle raison attribuer ce revirement malheureux.

On n'entendait pins dans la vaste salle affectée aux buveurs retentir le choc des verres et le bris des vitres et des pots que, dans la chaleur de leurs discussions, les bruyants consommateurs faisaient jadis si prestement voler en éclats.

Triste envers des choses humaines, le trop plein avait tout à coup été remplacé par le vide le plus complet.

On aurait dit que la peste régnait dans cette maison abandonnée : les bouteilles demeuraient méthodiquement rangées sur leurs rayons, et c'était à peine si, pendant le cours de la journée qui venait de s'écouler, un ou deux passants étaient entrés boire un verre de *pisco*[1] qu'ils avaient payé au plus vite, tant ils avaient hâte de sortir de ce repaire, malgré tous les efforts d'amabilité et toutes les agaceries de l'hôtelier, qui avait cherché vainement à les retenir afin de causer des affaires publiques et surtout pour égayer sa solitude.

Après les quelques mots que nous lui avons entendu prononcer, le digne don Benito se leva nonchalamment et se prépara, tout en maugréant, à fermer son établissement, afin, faute de mieux, de faire une économie de luminaire, lorsque tout à coup un individu entra, puis deux, puis trois, puis six, puis dix, puis enfin un nombre si considérable que le locandero renonça à les compter.

Ces hommes étaient tous enveloppés dans de grands manteaux ; ils avaient la tête couverte de chapeaux dont les larges ailes rabattues avec soin sur les yeux les rendaient complètement méconnaissables.

La salle se trouva bientôt encombrée de consommateurs buvant et fumant sans prononcer un mot.

1 Eau-de-vie de grain, distillée dans la ville de Pisco.

Chose extraordinaire, bien que toutes les tables fussent garnies, il régnait un si religieux silence parmi ces buveurs étranges, qu'on distinguait parfaitement le bruit de la pluie tombant au dehors, et le pas des chevaux des serenos qui résonnait sourdement sur les cailloux ou dans les mares boueuses qui couvraient le sol.

L'hôtelier, agréablement surpris de ce retour imprévu de fortune, s'était joyeusement mis en devoir de servir ces pratiques inattendues ; mais alors il arriva une chose singulière et à laquelle le señor Sarzuela était fort loin de s'attendre ; bien que le proverbe dise qu'abondance de biens ne nuit pas, et que les proverbes soient la sagesse des nations, il se trouva que l'affluence des gens qui paraissaient s'être donné rendez-vous chez lui devint en peu de temps si considérable et prit des proportions si gigantesques que l'hôtelier finit par s'en effrayer lui-même ; car son auberge, vide un instant auparavant, se trouva si remplie qu'il ne sut bientôt plus où placer les arrivants qui entraient sans discontinuer. Du reste, la foule, après avoir envahi la grande salle avait, comme une mer qui monte toujours, débordé dans la salle y attenant ; puis elle avait escaladé les escaliers et s'était répandue dans les étages supérieurs qu'elle avait de même encombrés.

Au premier coup de onze heures plus de deux cents consommateurs peuplaient la locanda del Sol.

Le locandero, avec cette finesse qui était un des points les plus saillants de son caractère, comprit alors que quelque chose d'extraordinaire allait se passer et que sa maison allait probablement en être le théâtre.

Alors un tremblement convulsif s'empara de lui ; la peur le saisit aux cheveux, il chercha dans sa tête le moyen qu'il pourrait employer pour se débarrasser de ces hôtes sinistres et silencieux.

En désespoir de cause, il se leva d'un air qu'il affecta de rendre le plus résolu possible, et s'avança vers la porte comme pour clore son établissement.

Les consommateurs, toujours muets comme des poissons, ne firent pas un geste pour se retourner ; ils feignirent au contraire de ne rien voir.

Bon Benito sentit son frissonnement redoubler.

Soudain la voix d'un sereno, s'élevant dans le silence, lui fournit le prétexte qu'il cherchait vainement, en criant en passant devant la locanda :

— *Ave Maria purissima ! Las onze han dado y lluve*[1] !

Bien qu'accompagnée de modulations capables de faire pleurer un matou, cette phrase sacramentelle du sereno ne produisit absolument aucune impression sur les pratiques de l'hôtelier.

La force de la terreur lui rendant enfin un peu de courage, le señor Sarzuela se décida à interpeller directement ces obstinés consommateurs ; à cet effet, il se campa délibérément au milieu de la salle, mit le poing sur la hanche, et relevant la tête :

— Señores caballeros ! dit-il d'une voix qu'il cherchait vainement à rendre ferme, mais dont il ne put parvenir à cacher le tremblement, il est onze heures ; les règlements de police me défendent de rester ouvert plus longtemps ; veuillez, je vous prie, vous retirer sans retard, afin que je ferme mon établissement.

Cette harangue, dont il s'était promis le plus grand succès, produisit un effet tout contraire à celui qu'il en attendait.

Les inconnus frappèrent vigoureusement sur la table avec leurs gobelets, en criant tous ensemble :

— À boire !

L'hôtelier fit un bond en arrière à cet effroyable vacarme.

— Cependant, caballeros, hasarda-t-il au bout d'un instant, les règlements de police sont sévères ; il est onze heures, et…

Il ne put en dire davantage ; le vacarme recommença avec plus d'intensité cette fois, et les consommateurs crièrent de nouveau d'une voix de tonnerre :

— À boire !

Alors il s'opéra dans l'esprit de l'hôtelier une réaction facile à comprendre : croyant deviner que c'était à lui personnellement qu'on en voulait, persuadé que ses intérêts étaient en jeu, l'homme poltron disparut pour faire place à l'avare menacé dans ce qu'il a de plus cher, sa propriété.

— Ah ! s'écria-t-il avec une exaspération fébrile, c'est ainsi ! Eh bien, nous allons voir si je suis maître chez moi. Je vais chercher l'alcade !

---

1 Je vous salue, Marie très-pure, onze heures sont sonnées et il pleut.

Cette menace de la justice dans la bouche du digne Sarzuela parut tellement saugrenue à l'assemblée que les consommateurs partirent, avec un ensemble qui faisait leur éloge, d'un éclat de rire homérique au nez du pauvre homme. Ce fut le coup de grâce : la colère de l'hôtelier se changea en folie furieuse, et il se précipita tête baissée vers la porte, au milieu des éclat de rire et des huées inextinguibles de ses persécuteurs.

Mais à peine avait-il franchi le seuil de sa maison qu'un nouvel arrivant l'arrêta sans façon par le bras et le rejeta brusquement dans la salle, en lui disant avec un accent goguenard :

— Quelle mouche vous pique, notre hôte ? Êtes-vous fou de sortir tête nue par un temps pareil, au risque de gagner une pleurésie ?

Puis pendant que le locandero, terrifié et confondu par cette rude secousse, cherchait à reprendre son équilibre et à rétablir un peu d'ordre dans ses idées, l'inconnu, sans plus de cérémonie que s'il se fût trouvé dans sa propre maison, avait, aidé par quelques consommateurs auxquels il avait fait un signe, placé les volets aux fenêtres, fermé, verrouillé et cadenassé la porte aussi bien et avec autant de soin que Sarzuela lui-même en apportait d'ordinaire à cette délicate besogne.

— Là ! maintenant, voilà qui est fait, dit l'étranger en se tournant vers l'hôtelier ahuri, causons, voulez-vous, compadre ? Ah çà, est-ce que vous ne me reconnaissez pas ? ajouta-t-il en retirant son chapeau et montrant une tête fine et intelligente sur laquelle s'épanouissait en ce moment un sourire railleur.

— Oh ! el señor don Gaetano, dit Sarzuela, que cette rencontre fut loin de flatter et qui dissimula une horrible grimace.

— Silence ! fit l'autre. Venez.

D'un geste, il emmena l'hôtelier dans un coin de la salle, et se penchant à son oreille :

— Avez-vous des étrangers dans votre maison ? lui demanda-t-il à voix basse.

— Voyez, fit-il avec un geste piteux en désignant ses pratiques qui buvaient toujours, cette légion de démons a envahi mon établissement il y a une heure ; ils boivent bien, c'est vrai ; mais ils ont des mines suspectes fort peu rassurantes pour un honnête homme.

— Raison de plus pour que vous n'ayez rien à craindre. Du reste, ce n'est pas d'eux qu'il s'agit Je vous demande si vous avez des locataires étrangers ; quant à ceux-ci, vous les connaissez probablement aussi bien, si ce n'est mieux que moi.

— Du haut en bas de ma maison je n'ai pas d'autres personnes que ces caballeros, que, dites-vous, je connais. C'est possible, mais comme depuis qu'ils sont ici, grâce à la façon dont ils sont *embossés*, il m'a été impossible d'apercevoir le bout de leur nez, je n'ai pu en aucune façon les reconnaître.

— Vous êtes un niais, cher ami ; ces individus qui vous intriguent tant sont tous des Dauph'yeers.

— Vraiment ? s'écria l'hôte ébahi ; alors pourquoi donc cachent-ils leur visage ?

— Ma foi, maître Sarzuela, je crois que c'est que probablement ils ne se soucient pas de le laisser voir.

Et, riant au nez de l'hôtelier décontenancé, l'étranger fit un signe.

Deux hommes se levèrent, se précipitèrent sur le pauvre diable, et avant même qu'il devinât ce qu'on lui voulait, il se trouva garrotté si bel et si bien qu'il était dans l'impossibilité de faire un geste.

— Ne craignez rien, maître Sarzuela, il ne vous sera fait aucun mal, continua l'étranger. Seulement nous avons besoin de causer sans témoin, et comme vous êtes assez bavard de votre nature, nous prenons nos précautions : voilà tout. Ainsi, soyez tranquille, dans quelques heures vous serez libre. Allons ! vivement, vous autres, continua-t-il en s'adressant à ses hommes, bâillonnez-le, mettez-le sur son lit, et fermez la porte à double tour. Au revoir, mon digne hôte, surtout soyez patient.

Les ordres de l'étranger avaient été ponctuellement exécutés : le malheureux Sarzuela, ficelé et bâillonné, fut chargé sur les épaules de deux de ses agresseurs, emporté de la salle, monté dans sa chambre, jeté sur son lit et enfermé en un clin d'œil, sans même qu'il songeât à essayer la moindre résistance.

Nous le laisserons se livrer aux réflexions nullement couleur de rose qui probablement l'assaillirent en foule dès qu'il se trouva seul, face à face avec son désespoir, et nous rentrerons dans la grande salle de la locanda où nous attendent des personnages beaucoup plus intéressants pour nous que le pauvre hôtelier.

Les Dauph'yeers, aussitôt qu'ils s'étaient vus maîtres de l'hôtelleriez, avaient en un tour de main rangé les tables contre le mur les unes sur les autres, de façon à débarrasser le centre de la salle, puis ils avaient aligné des bancs sur lesquels enfin ils s'étaient assis.

La locanda *del Sol* avait en quelques minutes, grâce aux changements qu'on lui avait fait subir, été complètement métamorphosée en club.

Le dernier arrivé des consommateurs de Sarzuela, celui qui avait donné l'ordre de le bâillonner et de le garrotter, jouissait, selon toutes les apparences, d'une certaine influence sur l'honorable compagnie réunie en ce moment dans la salle basse de l'hôtellerie. Dès que le maître de la maison eut disparu, il se débarrassa de son manteau, fit un signe pour demander le silence, et prenant la parole en excellent français :

— Frères, dit-il d'une voix claire et sonore, merci de votre exactitude !

Les Dauph'yeers lui rendirent poliment son salut.

— Messieurs continua-t-il, nos projets marchent ; bientôt, je l'espère, nous atteindrons le but auquel nous tendons depuis si longtemps, de sortir de l'obscurité dans laquelle nous croupissons, pour conquérir notre place au soleil. L'Amérique est une merveilleuse terre, où toutes les ambitions peuvent se satisfaire. J'ai, ainsi que je m'y étais engagé la première fois que j'ai eu l'honneur de vous réunir, il y a quinze jours, fait toutes les démarches nécessaires ; nous avons réussi. Vous avez bien voulu me nommer directeur du mouvement mexicain ; merci, frères. Une concession de trois mille acres de terrain m'a été accordée à Guetzalli, dans la haute Sonora. Le premier pas est fait. De la Ville, mon lieutenant, est parti hier pour le Mexique, afin de prendre possession du territoire concédé. J'ai aujourd'hui une autre demande à vous adresser. Vous tous qui m'écoutez ici êtes Européens ou Américains du Nord ; vous me comprendrez. Depuis assez longtemps, spectateurs en apparence désintéressés des drames sans fin des républiques américaines, les Dauph'yeers, ces successeurs des Frères de la Côte, assistent impassibles aux revirements subits et aux révolutions sans pudeur des anciennes colonies espagnoles. L'heure est venue de nous jeter dans la lutte ; j'ai besoin de cent cinquante hommes dévoués. Guetzalli leur servira d'abri provisoire. Bientôt je leur dirai ce que j'attends de leur courage ; seulement, tâchez de faire ce que je veux tenter. L'entreprise que je médite et dans laquelle je périrai peut-être est toute dans l'intérêt de l'association ; si je réussis, chacun de ceux qui y auront pris part aura un large bénéfice et une position splendide, assurée. Vous connaissez l'homme qui m'a servi d'introducteur auprès de vous, votre confiance lui était acquise ; la médaille qu'il m'a donnée et que voilà vous prouve qu'il répond entièrement de moi : voulez-vous à votre tour vous fier à moi comme lui s'y est fié ? Sans vous je ne puis rien faire. J'attends votre réponse.

Il se tut.

Les assistants commencèrent alors à discuter vivement entre eux, bien qu'à voix basse, pendant assez longtemps ; enfin le silence se rétablit, un homme se leva.

— Monsieur le comte Gaétan de Lhorailles, dit-il, nos frères me chargent de vous répondre en leur nom. Vous vous êtes présenté à nous appuyé par la recommandation d'un homme dans lequel nous avons la plus entière confiance ; votre conduite nous a semblé confirmer de tous points cette recommandation ; les cent cinquante hommes que vous demandez sont prêts à vous suivre n'importe où vous les conduirez, persuadés qu'ils ne peuvent que gagner à seconder vos projets. Moi, Diego Léon, je m'inscris en tête de la liste.

— Et moi !

— Et moi !

— Et moi !

S'écrièrent à l'envi les Dauph'yeers.

Le comte fit un signe, le silence se rétablit.

— Frères, je vous remercie, dit-il. C'est à Valparaiso que reste le noyau de notre association, c'est à Valparaiso que je prendrai, quand il le faudra, les hommes résolus dont j'aurai besoin par la suite. Aujourd'hui, cent cinquante hommes me suffisent. Si mes projets réussissent, qui sait ce que nous réserve l'avenir ? J'ai écrit de ma main une charte-partie dont toutes les conditions seront rigoureusement remplies par moi et par vous, je n'en doute pas. Lisez et signez : dans deux jours, je pars pour Talca, mais dans six semaines je donne rendez-vous ici à ceux d'entre vous qui consentent à me suivre, et alors je leur communiquerai mes desseins dans les plus grands détails.

— Capitaine de Lhorailles, répondit Diego Léon, vous n'avez, dites-vous, besoin que de cent cinquante hommes. Tirez-les donc au sort, car tous veulent vous accompagner.

— Merci encore une fois, mes braves compagnons : croyez-moi, chacun aura son tour ; le projet que j'ai formé est grandiose et digne de vous ; choisir serait faire des jaloux entre hommes qui tous se valent ; Diego Léon, je vous charge de tirer au sort les noms de ceux qui doivent faire partie de la première expédition.

— Cela sera fait, répondit Diego Léon, Béarnais méthodique et compassé, ancien brigadier aux spahis, vieux soldat à cheval sur la discipline.

— Maintenant, mes amis, un dernier mot : souvenez-vous que dans trois mois, je vous attends à Guetzalli, de là à la grâce de Dieu, l'étoile des Dauph'yeers ne nous faillira pas ! Buvons, frères, buvons au succès de notre entreprise.

— Buvons ! s'écrièrent tous les Frères de la Côte électrisés.

Alors le vin et l'eau-de-vie coulèrent à flots.

La nuit entière se passa dans une orgie dont les proportions, vers le matin, devinrent gigantesques. Le comte de Lhorailles, grâce au talisman que, en le quittant, lui avait donné le baron, s'était, aussitôt son arrivée en Amérique, trouvé à la tête d'hommes résolus et sans scrupules, avec l'aide desquels, pour une intelligence comme la sienne, il était facile d'accomplir de grandes choses.

Deux mois après la réunion à laquelle nous avons fait assister le lecteur, le comte et ses cent cinquante Dauph'yeers étaient réunis à la colonie de Guetzalli, cette magnifique concession que, grâce à des influences occultes, M. de Lhorailles s'était fait donner.

Sans que l'on pût deviner à quoi attribuer ce qui lui arrivait, le comte semblait jouer de bonheur, tout lui réussissait ; les projets en apparence les plus fous étaient par lui menés à bonne fin ; sa colonie prospérait et prenait des proportions qui ravissait d'aise le gouvernement mexicain.

M. de Lhorailles, avec ce tact et cette connaissance du monde qu'il possédait à fond, avait su faire taire les jaloux et les envieux ; il s'était créé un cercle d'amis dévoués et de connaissances utiles, qui, dans maintes circonstances, avaient plaidé en sa faveur et l'avaient appuyé de leur crédit.

On jugera du chemin qu'il était parvenu à faire en si peu de temps, trois ans à peine, quand nous dirons qu'au moment où nous le mettons en scène, il avait enfin presque atteint le but de ses constants efforts ; il allait réellement se poser dans l'opinion et conquérir un rang honorable dans la société en épousant la fille de don Sylva de Torrès, un des plus riches hacienderos de la Sonora, et grâce à l'influence de son futur beau-père, il venait de recevoir le brevet de capitaine d'une compagnie franche, destinée à repousser les incursions des Apaches et des Comanches sur le territoire mexicain, et le droit de former cette compagnie d'Européens seulement, si bon lui semblait.

Nous retournerons maintenant dans la maison de don Sylva de Torrès, que nous avons quittée presque au moment où le comte de Lhorailles y entrait.

VI. Par la Fenêtre.

Lorsque la jeune fille avait quitté le salon pour se retirer dans sa chambre à coucher, le comte de Lhorailles l'avait suivie d'un long regard, semblant ne rien comprendre à la conduite extraordinaire de sa fiancée, surtout dans la situation où ils se trouvaient placés l'un vis-à-vis de l'autre, par suite du mariage qui devait avant peu les lier pour la vie ; mais après quelques minutes de réflexion, le comte secoua la tête comme pour chasser les idées tristes dont il était assailli, et se tournant vers son futur beau-père :

— Causons d'affaires, lui dit-il ; voulez-vous ?

— Avez-vous donc quelque chose de nouveau à m'apprendre ?

— Beaucoup de choses.

— Intéressantes ?

— Vous en jugerez.

— Voyons donc. Je suis impatient de les connaître.

— Procédons par ordre. Vous savez, mon ami, pourquoi j'avais quitté Guetzalli ?

— Parfaitement, Eh bien, avez-vous réussi ?

— Comme je m'y attendais. Grâce à certaines lettres dont j'étais porteur et surtout grâce à votre bienveillante recommandation, le général Marcos a été charmant pour moi. La réception qu'il a bien voulu me faire a été des plus affectueuses ; bref, il m'a donné carte blanche, m'autorisant à lever non-seulement cent cinquante hommes, mais même le double si je le jugeais nécessaire.

— Oh ! oh ! c'est magnifique, cela.

— N'est-ce pas ? Il m'a dit de plus que dans une guerre comme celle que j'allais entreprendre, car ma chasse aux Apaches est une véritable guerre, il me laissait libre d'agir à ma guise, ratifiant d'avance tout ce que je ferais, persuadé, ajouta-t-il, que ce serait toujours pour l'intérêt et la gloire du Mexique.

— Allons ! je suis heureux de ce résultat. Maintenant, quelles sont vos intentions ?

— Je suis résolu d'abord, en vous quittant, de me rendre à Guetzalli, dont je suis absent depuis près de trois semaines. J'ai besoin de revoir ma colonie, afin de voir si tout marche à mon gré et si mes hommes sont heureux. D'un autre côté, je ne serais pas fâché, avant que de m'éloigner peut-être pour longtemps avec la plus grande partie des forces dont je dispose, de mettre mes colons à l'abri d'un coup de main en faisant exécuter autour de la concession certains ouvrages en terre suffisants pour repousser un assaut des sauvages. Ceci est d'autant plus important que Guetzalli doit toujours demeurer en quelque sorte mon quartier général.

— C'est juste, et vous partez ?

— Ce soir même.

— Si tôt ?

— Il le faut. Vous savez vous-même combien le temps nous presse.

— En effet, N'avez-vous rien de plus à me dire ?

— Pardonnez-moi, j'ai à vous adresser une question que, exprès, j'ai conservée pour la dernière.

— Vous y attachez donc un grand intérêt ?

— Un immense.

— Oh ! oh ! je vous écoute alors, mon ami ; parlez vite.

— Lors de mon arrivée en ce pays, à l'époque où les entreprises que depuis j'ai, grâce à Dieu, menées à bonne fin, n'étaient encore qu'à l'état de projet, vous avez bien voulu, señor don Sylva, mettre à ma disposition non-seulement votre crédit qui est immense, mais encore vos richesses qui sont incalculables.

— C'est vrai, dit en souriant le Mexicain.

— J'ai largement usé de vos offres, puisant souvent dans votre coffre-fort, et me servant de votre crédit chaque fois que l'occasion s'en présentait ; permettez-moi donc maintenant de régler avec vous la seule partie de ma dette que je puisse acquitter, me reconnaissant d'avance incapable du solder l'autre. Voici, ajouta-t-il en prenant un papier dans un portefeuille, un bon de cent mille piastres payable à vue sur Walter Blount et compagnie, banquiers à Mexico. Je suis heureux, croyez-le bien, don Sylva, de pouvoir liquider aussi promptement cette dette, non pas que…

— Pardon, interrompit vivement l'haciendero, en repoussant d'un geste le papier que lui présentait le comte, nous ne nous entendons plus du tout, il me semble.

— Comment cela ?

— Je m'explique : à votre arrivée à Guaymas, vous vous êtes présenté chez moi, monsieur le comte, porteur d'une lettre de recommandation pressante d'un homme avec lequel, sans avoir jamais été intimement lié, j'ai eu cependant, il y a quelques années, de fort grandes obligations. Le baron de Spurtsheim vous adressait à moi plutôt comme un fils chéri que comme un ami auquel on s'intéresse. Je vous ai ouvert ma maison à deux battants. Je devais le faire. Puis, lorsque je vous ai connu, que j'ai pu apprécier ce qu'il y avait de grand et de noble dans votre caractère, alors nos relations, d'abord un peu froides, sont devenues plus étroites, plus intimes ; je vous ai offert la main de ma fille que vous avez acceptée.

— Avec bonheur ! s'écria le comte.

— Fort bien, reprit l'haciendero en souriant ; l'argent que je pouvais recevoir d'un étranger, argent qu'il me devait légitimement, cet argent appartient à mon gendre. Déchirez donc ce papier, je vous prie, mon cher comte, et ne songeons plus à cette misère.

— Eh ! fit vivement le comte d'un ton chagrin, voilà justement ce qui me tourmente ; je ne suis pas votre gendre encore, et, vous l'avouerai-je, je crains de ne le devenir jamais.

— Et qui peut vous faire supposer cela ? N'avez-vous pas ma promesse ? La parole de don Sylva de Torrès, monsieur le comte de

Lhorailles, est une garantie que nul n'a jamais osé mettre en doute.

— Aussi n'ai-je aucunement cette pensée ; ce n'est pas de vous que j'ai peur.

— Et de qui donc ?

— De doña Anita.

— De ma fille ?

— Oui.

— Oh ! oh ! mon ami, vous allez vous expliquer, n'est-ce pas, car je vous avoue que je ne vous comprends pas du tout, s'écria don Sylva, qui se leva vivement et se mit à arpenter la salle avec agitation.

— Mon Dieu ! mon ami, je suis désespéré d'avoir soulevé cet incident. J'aime doña Anita ; l'amour, vous le savez, est ombrageux ; bien que toujours ma fiancée ait été aimable, bonne et gracieuse pour moi, cependant, vous l'avouerai-je, je crois qu'elle ne m'aime pas.

— Vous êtes fou, don Gaétano ; les jeunes filles ne savent ni ce qu'elles aiment ni ce qu'elles n'aiment pas. Ne vous embarrassez pas de ces enfantillages ; je vous ai promis qu'elle serait votre femme, cela sera.

— Cependant, si elle en aimait un autre, je ne voudrais pas…

— Quoi ! allons donc, cela n'a pas le sens commun. Anita n'aime personne autre que vous, j'en suis sûr ; et tenez, voulez-vous être rassuré tout d'un coup ? vous partez ce soir même, m'avez-vous dit, pour Guetzalli ?

— Ce soir même, oui.

— Fort bien : faites préparer des appartements pour ma fille et pour moi ; dans quelques jours nous vous rejoindrons dans votre hacienda.

— Il serait possible ! s'écria le comte avec joie.

— Demain, au point du jour, nous partirons ; ainsi hâtez-vous.

— Oh ! mille fois merci.

— Bien, vous voilà rassuré maintenant ?

— Je suis le plus heureux des mortels.

— Tant mieux.

Les deux hommes échangèrent encore quelques mots et se séparèrent en se promettant de nouveau de bientôt se rejoindre.

Don Sylva, habitué à commander despotiquement dans son intérieur et à ne laisser jamais discuter ses volontés, fit dire à sa fille, par une camérière, qu'elle eût à se préparer à partir le jour suivant au lever du soleil pour un assez long voyage, certain de son obéissance.

Cette nouvelle fut un coup de foudre pour la jeune fille.

Elle se laissa aller à demi évanouie sur un siège et fondit en larmes ; il était évident pour elle que ce voyage n'était qu'un prétexte pour la séparer de celui qu'elle aimait et la livrer sans défense au pouvoir de l'homme qu'elle abhorrait et dont on prétendait faire son époux.

La pauvre enfant demeura ainsi pendant de longues heures, affaissée sur elle-même, en proie à un violent désespoir, ne songeant pas à chercher un repos impossible ; car dans l'état où elle se trouvait, elle savait que le sommeil ne parviendrait pas à clore ses paupières gonflées de larmes et rongées de fièvre.

Peu à peu les bruits de la ville s'étaient éteints les uns après les autres, tout dormait ou semblait dormir ; la maison de don Sylva était plongée dans une obscurité complète ; seule, une faible lueur brillait comme une étoile au travers des vitres de la fenêtre de la jeune fille, et montrait que là du moins on veillait.

En ce moment, deux ombres se dessinèrent timides et craintives sur le mur de la rue opposée à la maison de l'haciendero ; deux hommes, enveloppés de longs manteaux, s'arrêtèrent et examinèrent la fenêtre faiblement éclairée, avec cette attention qui n'appartient qu'aux voleurs et aux amoureux.

Les deux hommes dont nous parlons appartenaient incontestablement à cette deuxième catégorie d'individus.

— Hum ! fit le premier d'une voix brève et contenue, ainsi, tu es certain de ce que tu avances, Cucharès ?

— Comme de mon salut éternel, señor don Martial, répondit le drôle sur le même ton ; l'Anglais maudit est entré dans la maison pendant que je m'y trouvais ! don Sylva paraissait être au mieux avec cet hérétique endiablé.

Nous ferons observer en passant que pour les Mexicains, il y a quelques années, et peut-être en est-il encore ainsi, tous les étrangers étaient Anglais, n'importe à quelle nation ils appartinssent, et par conséquent hérétiques ; ils se trouvaient ainsi tout naturellement faire partie, sans s'en douter, des hommes que ce n'est pas un crime de tuer, et dont, au contraire, l'assassinat était presque considéré comme une action méritoire.

Nous devons ajouter, à la louange des Mexicains, que, chaque fois que l'occasion s'en présentait, ils tuaient les Anglais avec une ardeur qui prouvait en faveur de leur piété bien entendue.

Don Martial reprit :

— Parole de Tigrero, déjà deux fois cet homme s'est trouvé sur ma route, et je l'ai épargné ; mais qu'il prenne garde à une troisième rencontre !

— Oh ! fit Cucharès, le révérend fray Becchico dit qu'on gagne de belles indulgences en *coupant*[1] un Anglais. Je n'ai pas eu encore la chance d'en rencontrer un, bien que je *doive* environ huit morts. J'ai bien envie de me donner celui-là ; ce sera toujours autant de gagné.

— Garde-t-en bien, sur ta vie, picaro, cet homme m'appartient.

— Alors n'en parlons plus, répondit-il en étouffant un soupir ; je vous le laisserai, je vous le laisserai. C'est égal, ça me chiffonne, bien que la niña paraisse le détester cordialement

— As-tu la preuve de ce que tu avances ?

— Quelle preuve meilleure que celle de la répulsion qu'elle montre dès qu'il paraît, et de la pâleur qui subitement, sans cause apparente, couvre alors son visage ?

— Oh ! je donnerais mille onces pour savoir à quoi m'en tenir.

— Qui vous en empêche ? Tout le monde dort, nul ne vous verra ; l'étage n'est pas haut ; une quinzaine de pieds tout au plus. Je suis certain que doña Anita serait heureuse de causer avec vous.

— Oh ! si je le croyais ! murmura-t-il avec hésitation en jetant à la dérobée un regard sur la fenêtre toujours éclairée.

— Qui sait ? elle vous attend peut-être !

— Tais-toi, misérable !

— Dame, écoutez donc, si ce que l'on dit est vrai, la pauvre enfant doit être dans un grand embarras, pour ne pas dire mieux ; elle a

1 Ce terme, dans l'argot mexicain, signifie assassiner.

probablement grand besoin de secours.

— Que dit-on ? voyons, parle, sois bref.

— Une chose bien simple : que doña Anita de Torrès épousera d'ici huit jours l'Anglais don Gaétano.

— Tu mens, drôle ! s'écria le Tigrero avec une colère mal contenue ; je ne sais ce qui me retient de te renfoncer dans la gorge avec mon poignard les odieuses paroles que tu viens de prononcer.

— Vous auriez tort, reprit l'autre sans se déconcerter ; je ne suis qu'un écho qui répète ce qu'il entend dire, rien de plus. Vous seul dans tout Guaymas ignorez cette nouvelle. Après tout, il n'y a rien d'étonnant à cela, puisque vous n'êtes de retour que de ce soir dans la ville, après une absence de plus d'un mois.

— C'est juste ; mais que faire ?

— Caraï ! suivre le conseil que je vous donne.

Le Tigrero jeta un long regard sur la fenêtre, et baissa la tête d'un air irrésolu.

— Que dira-t-elle en me voyant ? murmura-t-il.

— Caramba ! fit le lepero d'un ton de sarcasme, elle dira : Soyez le bienvenu, alma mia. C'est clair, caraï ! Don Martial, êtes-vous donc devenu un enfant timide qu'un regard de femme fasse trembler ? L'occasion n'a que trois cheveux, en amour comme en guerre ; il faut la saisir quand elle se présente ; on risque sans cela de ne la retrouver jamais.

Le Mexicain s'approcha du lepero à le toucher, et plongeant son regard dans ses yeux de chat-tigre :

— Cucharès, lui dit-il d'une voix basse et concentrée, je me fie à toi. Tu me connais ; souvent je te suis venu en aide ; si tu trompais ma confiance, je te tuerais comme un coyote.

Le Tigrero prononça ces paroles avec un tel accent de sourde fureur que le lepero, qui connaissait l'homme en face duquel il se trouvait, pâlit malgré lui et sentit un frisson de terreur agiter ses membres.

— Je vous suis dévoué, don Martial, répondit-il d'une voix qu'il chercha vainement à rassurer ; quoi qu'il arrive, comptez sur moi : que faut-il faire ?

— Rien, attendre, veiller, et au moindre bruit suspect, à la première ombre ennemie qui paraîtra dans l'obscurité, m'avertir.

— Comptez sur moi, allez à vos affaires ; je suis sourd et muet, et pendant votre absence je veillerai sur vous comme un fils sur son père.

— Bien ! fit le Tigrero.

Il se rapprocha de quelques pas, défit la reata enroulée à ses hanches et la prépara dans sa main droite, puis il leva les yeux, calcula la distance, et faisant tournoyer avec force la reata autour de sa tête, il la lança sur le balcon de doña Anita.

Le nœud coulant de la reata se prit dans un crampon de fer et demeura solidement fixé au balcon.

— Souviens-toi ! dit le Tigrero en se tournant vers Cucharès.

— Allez, répondit celui-ci en s'appuyant contre la muraille et croisant une jambe sur l'autre, je réponds de tout,

Le Mexicain se contenta, ou du moins parut se contenter de cette assurance ; il saisit la reata, et, prenant son élan en bondissant sur place comme une de ces panthères que, si souvent, il avait poursuivies dans les savanes, il s'enleva à la force des poignets, et, en quelques secondes, il atteignit le balcon.

Il l'enjamba et s'approcha de la fenêtre.

Doña Anita dormait, à demi couchée sur un fauteuil.

La pauvre enfant, pâle et défaite, les yeux gonflés de larmes, avait été vaincue par le sommeil qui jamais ne perd ses droits sur les natures jeunes et vigoureuses. Sur ses joues marbrées les pleurs avaient tracé un long sillon humide encore. Martial regardait d'un œil attendri celle qu'il aimait, sans oser s'approcher. Surprise ainsi pendant son sommeil, la jeune fille lui apparaissait plus belle ; une auréole de pureté et de candeur semblait planer au-dessus d'elle, veiller sur son repos et la faire sainte et inattaquable.

Après une longue et voluptueuse contemplation, le Tigrero se décida enfin à s'avancer.

La fenêtre, poussée seulement, car la jeune fille ne croyait sans doute pas s'endormir ainsi, s'ouvrit au moindre effort de don Martial ; il fit un pas et se trouva dans la chambre.

À la vue de cette chambre de jeune fille si calme et si pure, un respect religieux s'empara du Tigrero ; il sentit son cœur battre à rompre sa poitrine, et tout chancelant, fou d'amour et de crainte, il alla tomber agenouillé auprès de celle qu'il aimait.

La jeune femme ouvrit les yeux.

— Oh ! s'écria-t-elle en apercevant don Martial, béni soit Dieu ! puisqu'il vous envoie à mon secours.

Le Tigrero la contemplait l'œil humide et la poitrine haletante.

Mais tout h coup la jeune fille se redressa, le souvenir lui revenait, avec lui cette pudeur craintive innée chez toutes les femmes.

— Sortez ! s'écria-t-elle en reculant jusqu'au fond de la chambre, sortez, caballero. Comment êtes-vous ici ? qui vous a conduit près de moi ? Répondez, mais répondez donc !

Le Tigrero baissa humblement la tête.

— Dieu, fit-il d'une voix inarticulée, Dieu seul m'a conduit auprès de vous, señorita, vous-même l'avez dit ! Oh ! pardonnez-moi d'avoir osé vous surprendre ainsi. J'ai commis une grande faute, je le sais ! mais un malheur vous menace, je le sens, je le devine ; vous êtes seule, sans appui, et je suis venu pour vous dire : Madame, je suis bien infime, bien indigne de vous servir, mais vous avez besoin d'un cœur ferme et dévoué, me voilà ! prenez mon sang, prenez ma vie, je serais si heureux de mourir pour vous ! Au nom de Dieu, señora, au nom de ce que vous aimez le plus au monde, ne repoussez pas ma prière ; mon bras, mon cœur sont à vous, disposez-en.

Ces paroles avaient été prononcées d'une voix entrecoupée par le jeune homme, agenouillé au milieu de la chambre, les mains jointes et fixant sur doña Anita ses yeux dans lesquels il avait lait passer son âme tout entière.

La fille de l'haciendero laissa tomber son regard clair sur le jeune homme, et sans détourner la tête, continuant toujours à le fixer, elle se rapprocha de lui à petits pas, hésitant et frémissant malgré elle ; lorsqu'elle fut arrivée auprès de lui, elle demeura un instant indécise ; enfin, elle lui appuya ses deux mains blanches et mignonnes sur les épaules et approcha son doux visage si près du sien que le Tigrero sentit sur son front la fraîcheur de son haleine embaumée, tandis que ses longues tresses noires et parfumées le caressaient doucement.

— Ainsi, lui dit-elle d'une voix harmonieuse, vous m'aimez, don

Martial ?

— Oh ! murmura le jeune homme, presque fou d'amour à ce contact délicieux.

La Mexicaine se pencha vers lui encore davantage, et effleurant de ses lèvres roses le front moite du Tigrero :

— Maintenant, lui dit-elle en bondissant en arrière par un mouvement ravissant de biche effarouchée, tandis que son visage s'empourprait sous l'effort qu'elle avait fait pour vaincre sa pudeur, maintenant défendez-moi, don Martial, car devant Dieu, qui nous voit et nous juge, je suis votre femme !

Le Tigrero se redressa sous la brûlure corrosive de ce baiser. Le front radieux, les yeux étincelants, il saisit le bras de la jeune fille, et l'attirant vers un angle de la chambre où se trouvait une statue de la Vierge devant laquelle brûlait de l'huile parfumée :

— À genoux ! señorita, dit-il d'une voix inspirée, et lui-même s'inclina.

La jeune fille lui obéit.

— Sainte mère des douleurs, reprit don Martial ; *nuestra Señora de la Soledad*, divin secours des affligés, toi qui sondes les cœurs, tu vois la pureté de nos âmes, la sainteté de notre amour. Devant toi je prends pour épouse doña Anita de Torrès. Je jure de la défendre et de la protéger envers et contre tous, dussé-je perdre la vie dans la lutte que j'entame aujourd'hui pour le bonheur de celle que j'aime et qui, à compter d'aujourd'hui, est bien réellement ma fiancée.

Après avoir d'une voix ferme et brève prononcé ce serment, le Tigrero se tourna vers la jeune fille :

— À vous, maintenant, señorita, lui dit-il. La jeune fille joignit les mains avec ferveur, et levant ses yeux pleins de larmes vers la sainte image :

— Nuestra Señora de la Soledad, dit-elle d'une voix brisée par l'émotion, toi mon unique protectrice depuis le jour de ma naissance, tu sais si je te suis dévouée ; je jure que tout ce que cet homme a dit est la vérité ; je le prends pour époux devant toi, jamais je n'en aurai d'autre.

Ils se relevèrent

Doña Anita entraîna le Tigrero vers le balcon.

— Partez, lui dit-elle, la femme de don Martial ne doit pas être soupçonnée ; partez, mon époux, mon frère ; l'homme auquel on veut me livrer se nomme le comte de Lhorailles. Demain, au point du jour, nous nous mettons en route probablement pour le rejoindre.

— Et lui ?

— Il est parti cette nuit.

— Où va-t-il ?

— Je l'ignore.

— Je le tuerai, moi.

— Au revoir, don Martial, au revoir.

— Au revoir, doña Anita, prenez courage, je veille sur vous.

Et après avoir imprimé un dernier et chaste baiser sur le front pur de la jeune fille, il enjamba le balcon, et se suspendant à la reata, il se laissa glisser dans la rue.

La fille de l'haciendero dénoua le nœud coulant, se pencha au dehors, et suivit des yeux le Tigrero autant de temps qu'elle put l'apercevoir ; puis elle referma la fenêtre.

— Hélas ! hélas ! murmura-t-elle, en étouffant un soupir, qu'ai-je fait !… Sainte Vierge, vous seule pouvez me rendre le courage qui m'abandonne !

Elle laissa tomber le rideau qui voilait la fenêtre, et se retourna pour aller s'agenouiller devant la Vierge ; mais soudain elle recula en poussant un cri de terreur.

À deux pas d'elle, don Sylva de Torrès se tenait les sourcils froncés, le visage sévère.

— Doña Anita, ma fille, dit-il d'une voix lente et saccadée, j'ai tout vu, tout entendu ; épargnez-vous donc, je vous prie, une dénégation inutile.

— Mon père !… balbutia la pauvre enfant d'une voix brisée.

— Silence ! reprit-il, il est trois heures du matin. Nous partons au lever du soleil préparez-vous dans quinze jours à épouser don Gaetano de Lhorailles.

Et sans daigner ajouter un mot, il sortit à pas lents en refermant avec soin la porte derrière lui. <nowiki>

Dès qu'elle fut seule, la jeune fille pencha le corps en avant comme pour écouter, promena un œil hagard autour d'elle, fit quelques pas en chancelant, porta par un geste nerveux les mains à sa gorge contractée, poussa un cri déchirant et tomba à la renverse sur le parquet

Elle était évanouie.

VII. Un Duel.

Il était environ huit heures du soir lorsque le comte de Lhorailles avait quitté la demeure de don Sylva de Torrès. La feria de Plata était alors dans toute sa splendeur : les rues de Guaymas étaient encombrées d'une foule joyeuse et bigarrée ; les cris, les chants et les rires s'élevaient de tous les côtés ; des monceaux d'or empilés sur les tables de monté jetaient leurs reflets jaunâtres et enivrants aux lueurs éclatantes des lumières qui brillaient à toutes les portes et à toutes les fenêtres ; çà et là des bouffées de *vihuelas* et de *jarabès* s'échappaient des pulquerias envahies par les buveurs. Le comte, coudoyé et coudoyant, traversait aussi vite que cela lui était possible les groupes épais qui à chaque instant lui barraient le passage ; mais la conversation qu'il avait eue avec don Sylva l'avait mis de trop joyeuse humeur pour qu'il songeât à se fâcher des nombreuses bourrades qu'à chaque instant il recevait.

Enfin, après des difficultés sans nombre et avoir employé le double et même le triple de temps qu'il eut mis dans toute autre circonstances, il atteignit, vers dix heures du soir, la maison où il logeait.

Il lui avait fallu près de deux heures pour faire environ six cents pas.

En arrivant au meson, le comte alla d'abord visiter dans le coral son cheval, auquel il donna lui-même deux bottes d'alfalfa ; puis, après avoir recommandé qu'on l'éveillât à une heure du matin, si par hasard, ce qui n'était pas probable, il n'était pas debout, il se retira dans son *cuarto* afin de prendre quelques heures de repos.

Le comte avait l'intention de partir à une heure du matin afin d'éviter la chaleur du jour et de voyager plus tranquillement.

Et puis, après sa longue conversation avec don Sylva, le noble aventurier n'était pas fâché de se retrouver seul, afin de récapituler dans son esprit tout ce qui lui était arrivé d'heureux pendant la soirée qui venait de s'écouler.

Depuis qu'il avait mis le pied en Amérique, le comte de Lhorailles jouait — pour nous servir d'un terme familier — d'un bonheur insolent : tout lui réussissait, tout arrivait au gré de ses désirs ; en quelques mois le bilan de sa fortune se résumait ainsi : une colonie fondée sous les plus heureux auspices et déjà en voie de progrès et d'amélioration ; tout en conservant bien intacte sa nationalité, c'est-à-dire sa liberté d'action et une neutralité inviolable, il était au service du gouvernement mexicain, capitaine d'une compagnie franche de cent cinquante hommes dévoués, avec lesquels il pouvait presque, sinon faire, du moins tenter les entreprises les plus folles ; en dernier lieu, il était sur le point d'épouser la fille d'un homme vingt fois millionnaire, autant qu'il lui avait été possible d'en juger, et, ce qui ne gâtait rien à l'affaire, sa fiancée était charmante.

Malheureusement ou heureusement, suivant le point de vue où il plaira au lecteur de se placer pour juger notre héros, cet homme blasé par les excentricités énervantes de la vie parisienne ne sentait plus battre son cœur sous l'effort d'aucune émotion de joie, de douleur ou de crainte : tout était mort chez lui.

Il était bien l'homme qu'il fallait pour réussir dans le pays où le hasard l'avait jeté. Dans le grand duel de la vie qu'il avait commencé en Amérique, il avait un avantage immense sur ses adversaires, celui de ne se laisser jamais diriger par la passion, et par conséquent, grâce à son inaltérable sang-froid, de pouvoir déjouer les pièges incessamment tendus sous ses pas et dont il triomphait sans paraître s'en apercevoir.

Après ce que nous avons dit, nous n'avons pas besoin d'ajouter qu'il n'aimait pas la femme dont il recherchait la main : elle était jeune et belle, tant mieux ; elle eût été vieille et laide, il l'eût acceptée de même. Que lui importait à lui ? il ne recherchait qu'une chose dans ce mariage, une position brillante et enviée.

Bref, chez le comte de Lhorailles tout était calcul.

Nous nous sommes trompé en affirmant que le comte de Lhorailles n'avait pas de côté faible : il était ambitieux.

Cette passion, une des plus violentes de toutes celles dont Dieu a affligé le genre humain, était peut-être le seul point par lequel le comte tint encore à l'humanité.

L'ambition était chez lui portée à un tel point, depuis quelques mois surtout, elle avait pris de si immenses développements, qu'il lui aurait tout sacrifié.

Maintenant, quel était le but de l'ambition de cet homme ? quel avenir rêvait-il ? C'est ce que probablement plus tard nous pourrons dans les plus grands détails expliquer au lecteur.

Le comte se coucha, c'est-à-dire qu'après s'être enveloppé avec soin dans son zarapé, il s'étendit sur le cadre à fond de cuir qui, dans tout le Mexique, remplace les lits, dont l'existence est complétement ignorée.

Aussitôt couché, il s'endormit avec cette conscience de l'aventurier dont chaque heure est prise d'avance, et qui, n'ayant que peu d'instants à se livrer au repos, se hâte d'en profiter et dort, comme disent les Espagnols, à *pierna suelta*, ce que nous pouvons traduire à peu près par dormir à poings fermés.

À une heure du matin, ainsi qu'il se l'était promis, le comte se réveilla, alluma le *cebo* qui lui servait de luminaire, remit un peu d'ordre dans sa toilette, visita avec soin ses pistolets et sa carabine, s'assura que son sabre sortait facilement du fourreau ; puis ces divers préparatifs, indispensables à tout voyageur soucieux de sa sécurité, terminés, il ouvrit la porte du cuarto et se dirigea vers le coral.

Son cheval mangeait à pleine bouche et terminait gaiement son alfalfa ; le comte lui donna une mesure d'avoine qu'il lui vit broyer avec de petits hennissements de plaisir ; ensuite il lui mit la selle.

Au Mexique surtout, les cavaliers, quelle que soit la classe de la société à laquelle ils appartiennent, ne laissent jamais à d'autres qu'eux le soin de panser leur monture ; car dans ces contrées à demi sauvages encore, presque toujours le salut du cavalier dépend de la vigueur et de la vitesse de son cheval.

La porte du meson n'était que poussée, afin que les voyageurs pussent s'en aller quand bon leur semblerait, sans déranger personne ; le comte alluma son cigare, se mit en selle et prit au grand trot la toute de Guaymas au Rancho.

Rien n'est aussi agréable qu'un voyage de nuit au Mexique. La terre, rafraîchie par la brise nocturne et arrosée par l'abondante rosée, exhale des senteurs âcres et parfumées dont les émanations bienfaisantes rendent au corps toute sa vigueur et à l'esprit sa lucidité.

La lune, sur le point de disparaître, déversait à profusion ses rayons obliques qui allongeaient démesurément l'ombre des arbres épars çà et là sur le chemin et les faisait, dans les ténèbres, ressembler à une légion de spectres décharnés.

Le ciel, d'un bleu sombre, était plaqué d'un nombre infini d'étoiles brillantes, au milieu desquelles scintillait l'éblouissante Croix du Sud, à laquelle les Indiens ont donné le nom de *Poron Chayké*. Le vent soufflait doucement au travers des branches dans lesquelles la hulotte bleue faisait entendre par intervalles les notes mélodieuses de son chant mélancolique, auquel se mêlait parfois, dans les profondeurs du désert, le rugissement grave du couguar, le miaulement saccadé de la panthère ou de l'once, et les abois rauques des coyotes en quête d'une proie.

Le comte, à son départ de Guaymas, avait pressé le pas de son cheval ; mais, subjugué malgré lui par les attraits irrésistibles de cette délicieuse nuit d'automne, il ralentit insensiblement le pas de sa monture et s'abandonna au flot de pensées qui montaient incessamment à son cerveau et le plongeaient dans une douce rêverie.

Le descendant d'une vieille et hautaine race franque, seul dans ce désert, repassait dans son esprit les splendeurs de son nom éclipsées depuis si longtemps, et son cœur se gonflait de joie et d'orgueil en songeant qu'à lui était réservée peut-être la tâche de réhabiliter ceux dont il descendait et de reconstituer pour toujours, cette fois, la fortune de sa famille, dont il avait été jusqu'alors un si mauvais gardien.

Cette terre qu'il foulait aux pieds devait lui rendre au centuple ce qu'il avait perdu et dissipé follement ; le moment était arrivé où, libre enfin de toutes entraves, il allait réaliser ces plans d'avenir depuis si longtemps gravés dans sa tête.

Il marchait ainsi, voyageant dans le pays des chimères, et tellement absorbé dans ses pensées, qu'il ne s'occupait plus de ce qui se passait autour de lui.

Les étoiles commençaient à pâlir dans le ciel et à s'éteindre les unes après les autres. L'aube traçait une ligne blanche qui prenait peu à peu des teintes rougeâtres dans les lointains obscurs de l'horizon ; à l'approche du jour, l'air devenait plus frais ; alors le comte, réveillé pour ainsi dire par l'impression glaciale produite sur lui par l'abondante rosée du désert, ramena en frissonnant les plis de son zarapé sur ses épaules, et repartit au galop en lançant un regard vers le ciel et en murmurant :

— Oh ! je réussirai quand même !

Orgueilleux défi auquel le ciel sembla vouloir immédiatement répondre.

Bien que le jour fût sur le point de se lever, et justement pour cela, la nuit, à cause de sa lutte avec le crépuscule était devenue plus sombre, comme cela arrive toujours pendant les quelques minutes qui précèdent l'apparition du soleil.

Les premières maison du Rancho de San José commençaient à dessiner dans la brume leurs blanches silhouettes perdues dans un flot de vapeurs, à peu de distance devant lui, lorsque le comte entendit ou crut entendre derrière lui résonner sur les cailloux du chemin le pas pressé de plusieurs chevaux.

En Amérique, la nuit, sur une route solitaire, la présence de l'homme annonce toujours ou presque toujours un danger.

Le comte s'arrêta et prêta l'oreille ; le bruit se rapprochait rapidement.

Le Français était brave, dans maintes circonstances il l'avait prouvé ; seulement il ne se souciait nullement d'être assassiné au coin d'un chemin, et de mourir misérablement dans une embuscade.

Il regarda autour de lui, afin de se rendre bien compte des chances de salut qui s'offraient à lui, au cas probable où les survenants seraient des ennemis.

La plaine était nue et plate, pas un arbre, pas un fossé, pas un accident de terrain derrière lequel il fût possible de se retrancher.

À deux cents pas en avant s'élevaient, ainsi que nous l'avons dit, les premières maisons du Rancho.

Le parti du comte fut pris en un instant. Il enfonça les éperons dans les flancs de son cheval et s'élança à toute bride dans la direction de San-José.

Il sembla au comte que les étrangers avaient imité son mouvement et pressé, eux aussi, l'allure de leurs chevaux.

Quelques minutes s'écoulèrent ainsi, pendant lesquelles le bruit devint de plus en plus distinct ; il fut alors évident pour le Français que c'était à lui qu'on en voulait et que les étrangers, quels qu'ils fassent, le poursuivaient.

Il jeta un regard en arrière, et aperçut deux ombres encore éloignées qui tombaient rapidement sur lui, entraînées par une course effrénée.

Cependant le comte était parvenu au Rancho ; rassuré par le voisinage des maisons, et ne se souciant pas de fuir un péril peut-être imaginaire, il fit une volte, se campa fièrement en travers de la rue, saisit un pistolet de chaque main et attendit.

Les étrangers accouraient toujours, sans ralentir la rapidité de leur marche ; bientôt ils ne se trouvèrent plus qu'à vingt pas environ du comte.

— Qui vive ! s'écria-t-il d'une voix haute et ferme.

Les inconnus ne répondirent pas et parurent redoubler de vitesse.

— Qui vive ! reprit le comte, arrêtez ou je fais feu !

Il prononça ces mots d'un accent si déterminé, sa contenance était tellement intrépide, qu'après quelques secondes d'hésitation les inconnus s'arrêtèrent.

Ils étaient deux.

Le jour, qui commençait à poindre faiblement, permit au comte de les distinguer parfaitement : ils étaient revêtus du costume mexicain ; mais chose étrange dans ce pays, où ordinairement, dans des circonstances semblables, les bandits se soucient fort peu de laisser voir leurs traits, les étrangers étaient masqués.

— Holà ! mes maîtres, cria le comte, que signifie cette poursuite obstinée ?

— C'est que probablement nous avions intérêt à vous atteindre, répondit une voix sourde avec sarcasme.

— Est-ce donc à moi que vous en voulez ?

— Oui, si vous êtes l'étranger qui se homme le comte de Lhorailles.

— Je suis effectivement le comte de Lhorailles, dit-il sans hésiter.

— Bon ! alors nous allons nous entendre.

— Je ne demande pas mieux, bien qu'à vos allures suspectes vous me paraissiez des bandits : si c'est à ma bourse que vous en voulez, prenez-la et retirez vous, je suis pressé.

— Gardez votre bourse caballero ; c'est votre vie et non votre argent que nous prétendons vous prendre.

— Ah ! ah ! c'est un guet-apens suivi d'un assassinat, alors ?

— Vous vous trompez ; on vous propose un combat loyal.

— Hum ! fit le comte, un combat loyal, deux contre un, est à mon avis un peu disproportionné, il me semble.

— Vous auriez raison s'il devait en être ainsi, répondit fièrement celui qui jusque là s'était chargé de la parole ; mais mon compagnon se contentera seulement d'assister au combat sans y prendre autrement part.

Le comte réfléchit.

— Pardieu ! dit-il enfin, l'aventure est extraordinaire ! un duel au Mexique et avec un Mexicain !… voilà une chose qui jusqu'à présent ne s'est jamais vue !

— C'est vrai, caballero, mais il y a commencement à tout.

— Assez de plaisanteries ; je ne demande pas mieux que de me battre, et j'espère vous prouver que je suis un homme résolu ; mais avant que d'accepter votre proposition, je ne serais pas fâché de savoir pourquoi vous voulez m'obliger à me battre avec vous.

— À quoi bon ?

— Comment, à quoi bon ? mais pour le savoir, corbleu ! Vous comprenez que je ne puis perdre mon temps à prêter le collet à toutes les mauvaises têtes que je rencontrerai sur ma route et auxquelles il viendra la fantaisie de se couper la gorge avec moi.

— Qu'il vous suffise de savoir que je vous hais.

— Caramba ! je me doute suffisamment de cela ; mais puisque vous semblez tenir à ce que je ne voie pas votre visage, je désirerais moi pouvoir vous reconnaître un jour.

— Assez de paroles, reprît l'inconnu avec hauteur, le temps s'envole ; nous n'avons que trop discuté déjà.

— Eh bien, mon maître, puisqu'il en est ainsi, préparez-vous ; je vous avertis que, seul, je prétends vous charger tous deux : un Français n'est nullement embarrassé de tenir tête à deux bandits mexicains.

— Comme bon vous semblera.

— En avant !

— En avant !

Les trois cavaliers piquèrent leurs chevaux et se chargèrent ; lorsqu'ils se rencontrèrent, ils échangèrent leurs coups de pistolets, puis ils mirent le sabre en main.

La lutte fut courte, mais acharnée ; un des inconnus, blessé légèrement, fut emporté par son cheval et disparut dans un tourbillon de poussière. Le comte, effleuré par une balle, sentait sa colère se changer en fureur et redoublait d'effort pour s'emparer de son ennemi, ou du moins pour le mettre hors de combat ; mais il avait devant lui un rude adversaire, un homme d'une adresse surprenante et d'une force au moins égale à la sienne.

Cette homme dont il voyait les yeux briller comme des charbons ardents à travers les trous de son masque, tournait autour de lui avec une rapidité extrême, faisant exécuter à son cheval les voltes les plus audacieuses, l'attaquant sans cesse de la pointe ou du tranchant du sabre, tout en se mettant d'un bond hors de la portée de ses coups.

Le comte s'épuisait vainement contre cet ennemi infatigable ; ses mouvements commençaient à perdre de leur élasticité, sa vue se troublait, la sueur perlait à ses tempes. Son adversaire silencieux augmentait encore la rapidité de ses attaques ; l'issue du combat n'était plus douteuse, lorsque tout à coup le Français sentit un nœud coulant tomber sur ses épaules ; avant qu'il songeât seulement à s'en débarrasser, il fut brusquement enlevé de sa selle et si rudement renversé sur le sol qu'il demeura presque évanoui et dans l'impossibilité de faire un mouvement.

Le deuxième inconnu, après un course folle de quelques minutes, avait enfin réussi à maîtriser son cheval ; il était revenu en toute hâte sur le lieu du combat, sans que les deux hommes, acharnés l'un contre l'autre, s'aperçussent de sa présence ; alors, jugeant qu'il était temps de terminer la lutte, il avait pris sa reata et lacé le comte.

Dès qu'il vit son ennemi à terre, l'inconnu sauta à bas de son cheval et courut vers lui.

Son premier soin fut de délivrer le Français du nœud coulant qui l'étranglait, puis il chercha à lui faire reprendre ses esprits, ce qui ne fut pas long.

— Ah ! fit le comte avec un sourire amer en se relevant et croisant les bras sur sa poitrine, voilà ce que vous appelez un combat loyal ?

— Vous êtes seul cause de ce qui arrive, répondit impassiblement l'autre, puisque vous n'avez pas consenti à accepter mes propositions.

Le Français dédaigna de discuter. Il se contenta de hausser les épaules avec dédain.

— Votre vie m'appartient, continua son adversaire.

— Oui, par un guet-apens ; mais que m'importe ! assassinez-moi et finissons-en.

— Je ne veux pas vous tuer.

— Que voulez-vous alors ?

— Vous donner un avis.

— À moi ?

— À vous.

Le comte ricana.

— Vous êtes fou, mon cher.

— Pas autant que vous le croyez. Écoutez attentivement ce que j'ai à vous dire.

— Quand ce ne serait que dans l'espoir d'être promptement délivré de votre présence en consentant à ce que vous demandez. Je le ferais.

— C'est bien. Señor *conde* de Lhorailles, votre arrivée en ce pays est cause du malheur de deux personnes.

— Allons donc, vous vous riez de moi.

— Je parle sérieusement. Don Sylva de Torrès vous a promis la main de sa fille.

— Que vous importe ?

— Répondez.

— Au fait, pourquoi le cacherais-je.

— Doña Anita ne vous aime pas.

— Qu'en savez-vous ? demanda le comte avec un sourire railleur.

— Je le sais ; je sais aussi qu'elle en aime un autre.

— Voyez-vous cela ?

— Et que cet autre l'aime.

— Tant pis pour lui, car je ne la lui céderai pas, je vous le jure.

— Vous vous trompez, señor conde, vous la lui céderez, ou vous mourrez.

— Ni l'un ni l'autre ! s'écria l'impétueux Français, parfaitement remis du choc brutal qu'il avait reçu. Je vous répète que j'épouserai doña Anita. Si elle ne m'aime pas, ce dont je doute, eh bien, c'est un malheur ; j'espère que, plus tard, elle changera d'opinion à mon égard ; ce mariage me convient, nul ne parviendra à le rompre.

L'inconnu l'avait écouté en proie à une émotion violente ; ses yeux lançaient des éclairs et il frappait du pied avec fureur ; cependant il fit un effort pour dominer le sentiment qui l'agitait et répondit d'une voix lente et ferme :

— Prenez garde à ce que vous ferez, caballero ; j'ai juré de vous avertir, je vous avertis loyalement, bravement ! Dieu veuille que mes paroles trouvent de l'écho dans votre cœur et que vous suiviez le conseil que je vous donne !... La première fois que le hasard nous replacera en présence, un de nous deux mourra.

— Je prendrai mes précautions, soyez tranquille ; seulement vous avez tort de ne pas profiter, pour me tuer, de l'occasion qui se présente aujourd'hui, car vous ne la retrouverez plus.

Les deux étrangers s'étaient remis en selle.

— Comte de Lhorailles, dit encore l'inconnu en se penchant vers le Français, pour la dernière fois, prenez garde, j'ai sur vous un grand avantage : je vous connais et vous vous ne me connaissez pas ; il me sera toujours facile, quand je le voudrai, de vous atteindre ! Nous sommes fils d'Indiens et d'Epagnols, nous autres ; nous avons la haine vivace, prenez garde !

Après avoir fait au comte un salut ironique, il éclata d'un rire moqueur, éperonna son cheval et partit avec une rapidité vertigineuse, suivi par son silencieux compagnon.

Le comte les regarda s'éloigner d'un air pensif ; lorsqu'ils eurent disparu dans l'ombre, il hocha la tête à plusieurs reprises, comme pour secouer les pensées sinistres qui l'assaillaient malgré lui, puis il ramassa son sabre et ses pistolets abandonnés sur le sol, prit la bride de son cheval et s'avança à pas lents vers la pulqueria, auprès de laquelle la lutte avait eu lieu.

La lumière qui filtrait entre les planches mal jointes de la porte, les chants et les rires qui retentissaient à l'intérieur, lui faisaient supposer qu'il trouverait dans cette maison un abri provisoire.

— Hum ! murmura-t-il à mi-voix tout en marchant, ce bandit à raison, il me connaît, et moi il m'est impossible de le retrouver. Vive Dieu ! me voilà une belle et bonne haine sur les bras ! Bah ! ajouta-t-il, qu'importe ! j'étais trop heureux, il me manquait un ennemi ! Sur mon âme ! on aura beau faire, et quand même l'enfer se liguerait contre moi, je jure que rien ne pourra me faire renoncer à la main de doña Anita.

En ce moment il se trouva devant la pulqueria, à la porte de laquelle il frappa.

Fort peu patient de sa nature, aigri encore par l'accident qui lui était arrivé et la lutte terrible qu'il avait soutenue, le comte allait mettre à exécution sa menace de jeter bas la porte, lorsqu'elle s'ouvrit enfin.

— *Valga me Dios* ! s'écria-t-il avec colère, est-ce donc ainsi que vous laissez assassiner tes gens devant vos maisons, sans leur venir en aide ?

— Oh ! oh ! s'écria le pulquero d'un ton animé, y a-t-il quelqu'un de mort ?

— Non, grâce à Dieu, reprit le comte, mais peu s'en est fallu que je ne fusse tué.

— Oh ! fit le pulquero nonchalamment, si l'on se dérangeait pour tous ceux qui crient à l'aide la nuit, on aurait fort à faire, et puis c'est très-dangereux à cause de la police.

Le comte haussa les épaules et entra en tirant son cheval après lui ; la porte fut refermée immédiatement.

Monsieur de Lhorailles ignorait qu'au Mexique celui qui reconnaît un cadavre ou se porte partie civile contre l'assassin, est obligé de faire tous les frais d'une justice énormément coûteuse d'abord, et qui ensuite n'aboutit jamais à donner satisfaction à la victime.

Dans toutes les provinces mexicaines, on est tellement convaincu de la vérité de ce que nous avançons, que dès qu'un assassinat est commis chacun se sauve, sans songer à porter secours à la victime ; ce qui, le cas de mort échéant, occasionnerait de grands désagréments à l'individu charitable qui se serait arrêté pour la soulager.

En Sonora, on fait mieux encore : aussitôt qu'une rixe éclate et qu'un homme tombe, on ferme toutes les portes.

VIII. Le Départ.

Ainsi que don Sylva de Torrès l'avait annoncé à sa fille, au point du jour tout était prêt pour le départ.

Au Mexique et surtout dans la Sonora, où presque partout, les routes ne brillent le plus souvent que par leur absence, la manière de voyager diffère entièrement de celle qui est adoptée en Europe.

Là, pas de voitures publiques, pas de relais de poste ; le seul moyen de transport connu et pratiqué est le cheval.

Un voyage de quelques jours seulement entraîne des soins et des tracas interminables ; il faut tout emporter avec soi, parce que l'on est certain de ne rien trouver sur sa route ; lits, tentes, vivres, jusqu'à l'eau, l'eau surtout, tout doit être transporté à dos de mules. Sans ces précautions, indispensables, on courrait le risque de mourir de faim ou de soif et de coucher à la belle étoile.

Il faut encore se munir d'une escorte considérable et surtout bien armée, afin de repousser les attaques des bêtes fauves, des Indiens et surtout des voleurs, dont, grâce à l'anarchie dans laquelle est plongé ce malheureux pays, toutes les routes du Mexique pullulent.

Ainsi, d'après ce qu'on vient de lire, il est facile de comprendre le vif désir qu'avait don Sylva de quitter Guaymas le plus tôt possible, puisque, ainsi que nous l'avons dit, au point du jour tout était prêt pour le départ.

La cour de la maison ressemblait à une hôtellerie ; quinze mules chargées de ballots attendaient, pendant qu'on s'occupait à préparer le palanquin dans lequel doña Anita devait faire la route,

Une quarantaine de chevaux, sellés, bridés, le mousqueton pendu au trusquin, les pistolets aux arçons, étaient attachés à des anneaux scellés dans le mur, et un peon tenait en main un superbe coureur magnifiquement harnaché, destiné à don Sylva, et qui piaffait en rongeant son frein d'argent qu'il couvrait d'écume.

C'était un tohu-bohu et un vacarme assourdissant de cris, de rires et de hennissements.

Dans la rue, une foule de gens, au milieu desquels se trouvaient confondus Cucharès et don Martial, de retour déjà de leur expédition au Rancho, regardaient avec curiosité ce départ auquel ils ne pouvaient rien comprendre, à une époque aussi avancée de l'année, si peu propice au séjour de la campagne, et faisant des commentaires à perte de vue sur ce voyage qui leur semblait extraordinaire.

Parmi tous ces individus réunis par le hasard ou la curiosité, se trouvait un homme, un Indien évidemment, qui appuyé nonchalamment en apparence contre un pan de mur, ne perdait pas de vue la porte de la maison de don Sylva, et suivait avec un intérêt évident tous les mouvements des nombreux serviteurs de l'haciendero.

Cet homme, jeune encore, paraissait être un Indien hiaqui, bien qu'un observateur, après lui avoir fait subir un sérieux examen, eût assuré le contraire : il y avait dans le front large de cet homme, dans son œil dont il cherchait vainement à tempérer l'éclat, dans sa bouche hautaine et surtout dans l'élégance native de ses membres vigoureux qui semblaient taillés sur le modèle de l'Hercule grec, quelque chose de fier, de résolu et d'indépendant qui dénotait plutôt l'orgueilleux Comanche ou le féroce Apache que le stupide Hiaqui ; mais, dans cette foule, nul ne songeait à s'occuper de cet Indien, qui, de son côté, se gardait bien d'attirer l'attention et se faisait, au contraire, le plus petit possible.

Les Hiaquis sont accoutumés à venir à Guaymas se louer comme ouvriers ou hommes de peine ; aussi la présence d'un Indien n'a-t-elle rien qui soit extraordinaire et n'est-elle pas remarquée.

Enfin, à huit heures du matin à peu près, don Sylva de Torrès donnant la main à sa fille vêtue d'un délicieux costume de voyage, parut sous le péristyle de sa maison.

Doña Anita était pâle comme un linceul ; ses traits tirés, ses yeux rougis témoignaient des souffrances de la nuit et de la contrainte qu'elle était en ce moment même obligée de s'imposer pour ne pas fondre en larmes aux yeux de tous.

À sa vue, don Martial et Cucharès échangèrent un rapide regard, tandis que l'Indien dont nous avons parlé plus haut laissait errer sur ses lèvres un sourire d'une expression indéfinissable,

À l'arrivée de l'haciendero, le silence se rétablit comme par enchantement ; les *arrieros* coururent se placer à la tête de leurs mules ; les domestiques, armés jusqu'aux dents, se mirent en selle, et don Sylva, après s'être d'un coup d'œil assuré que tout était prêt et que ses ordres avaient été ponctuellement exécutés, fit entrer sa fille dans le palanquin où elle se pelotonna immédiatement comme un bengali dans un nid de feuilles de roses.

Sur un signe de l'haciendero, les mules, attachées à la queue les unes des autres, commencèrent à sortir de la maison derrière la *nana*, dont elles suivaient le grelot, et escortées par les péons.

Avant que de monter à cheval, don Sylva se tourna vers un vieux domestique qui, son chapeau de paille à la main, se tenait respectueusement près de lui :

— Adieu, ño Pelucho, lui dit-il ; je vous confie la maison, faites bonne garde, ayez soin de tout ce qui s'y trouve. Du reste, je vous laisse Pedrito et Florentio qui vous aideront, et auxquels vous donnerez les ordres nécessaires pour que tout aille bien en mon absence.

— Vous pouvez être tranquille, mi amo, répondit le vieillard en saluant son maître ; grâce à Dieu ce n'est pas la première fois que vous me laissez seul ici, je crois toujours m'être bien acquitté de mes devoirs.

— Vous êtes un bon serviteur, ño Pelucho, répondit don Sylva en souriant, je n'ai que des compliments à vous faire, aussi je pars on ne peut plus tranquille.

— Que Dieu vous bénisse ! mi amo, ainsi que la Niña, reprit le vieil homme en se signant.

— Au revoir, ño Pelucho, dit alors la jeune fille « n se penchant hors du palanquin, je sais que vous êtes soigneux de tout ce qui m'appartient.

Le vieillard s'inclina avec un mouvement de joie.

Don Sylva donna l'ordre du départ, et toute la caravane s'ébranla dans la direction du Rancho de San José.

Il faisait une de ces magnifiques matinées comme l'on n'en trouve que dans ces régions bénies ; l'orage de la nuit avait entièrement balayé le ciel, qui était d'un bleu mat ; le soleil, déjà assez haut sur l'horizon, répandait à profusion ses chauds rayons tamisés par les vapeurs odoriférantes qui s'exhalaient du sol ; l'atmosphère, imprégnée de senteurs âcres et pénétrantes, était d'une transparence inouïe, un léger souffle de vent rafraîchissait l'air par intervalles ; des troupes d'oiseaux, brillant de mille couleurs, volaient dans toutes les directions, et les mules suivant le grelot de la *Nena Madrina* — la jument marraine — trottaient excitées par les chants des arrieros.

La caravane marchait ainsi gaiement au milieu des sables de la plaine, soulevant autour d'elle des flots de poussière, et formant un long serpent aux mille ondulations dans les détours sans fin de la route. Une avant-garde de dix domestiques explorait les environs, surveillant les buissons et les dunes mouvantes. Don Sylva fumait un cigare en causant avec sa fille, et une arrière-garde composée de vingt hommes résolus fermait la marche et assurait la sécurité du convoi.

Nous le répétons, dans ces pays où la police est nulle, et par conséquent la surveillance impossible, un voyage de quatre lieues — car le Rancho de San José n'est qu'à cette distance de Guyamas — est une chose aussi sérieuse et exige autant de précautions que chez nous un voyage de cent lieues ; les ennemis que l'on peut rencontrer et avec lesquels on est exposé à chaque instant à avoir maille à partir, voleurs indiens ou bêtes fauves, étant trop nombreux, trop déterminés et trop avides de pillage et de meurtre pour que l'on puisse, de gaieté de cœur, se résoudre à confier sa vie seulement à la vitesse de son cheval.

L'on était déjà loin de Guaymas, dont les blanches maisons avaient depuis longtemps disparu derrière les plis sans nombre du terrain, lorsque le *capataz* quittant la tête de la caravane où il était resté jusqu'à ce moment, tourna bride et vint au galop auprès du palanquin où se trouvait toujours don Sylva de Torrès.

— Eh bien, Blas, dit celui-ci, qu'avons-nous de nouveau ? est-ce que tu as aperçu quelque chose d'inquiétant devant nous ?

— Rien, seigneurie, répondit le capataz ; tout va bien, dans une heure au plus tard nous serons au Rancho.

— D'où provient alors la hâte que tu as mise à te rendre auprès de moi ?

— Oh ! mon Dieu, seigneurie, pas grand'chose, une idée qui m'est passée par la tête, quelque chose que je veux vous faire voir.

— Ah ! ah ! fit don Sylva, quoi donc, mon garçon ?

— Regardez, seigneurie, reprit le capataz en étendant le bras dans la direction du sud-ouest.

— Eh ! qu'est-ce que cela signifie ? Voilà un feu, si je ne me trompe.

— C'est un feu, en effet, seigneurie ; regardez par ici. Et il montra l'est sud-est.

— En voilà un autre. Qui diable a allumé ces feux sur ces pointes escarpées, dans quelle intention peut-on l'avoir fait ?

— Oh ! c'est bien facile à comprendre, allez, seigneurie.

— Tu trouves, mon garçon ? Eh bien, alors, tu vas me l'expliquer n'est-ce pas ?

— Je ne demande pas mieux. Tenez, dit-il, en désignant le point où se trouvait allumé le premier feu, cette colline est le Cerro del Gigante.

— En effet.

— Et celle-ci, continua le capataz en désignant le second feu, est le Cerro de San Xavier.

— Je crois que oui.

— Moi, j'en suis sûr.

— Eh bien ?

— Eh bien, comme il est prouvé qu'un feu ne peut pas s'allumer tout seul, et que par une chaleur de quarante degrés l'on ne s'amuse pas à allumer un brasier sur une montagne…

— Tu conclus de cela ?

— Je conclus que ces feux ont été allumés par des voleurs ou des Indiens qui ont eu vent de notre départ.

— Tiens ! tiens ! tiens ! c'est plein de logique, ce que tu dis-là, mon ami ; continue ton explication, elle m'intéresse au dernier point.

Le capataz ou majordome de don Sylva était un grand gaillard d'une quarantaine d'années, taillé en Hercule, dévoué corps et âme à son maître, qui avait en lui la plus grande confiance. Aux paroles bienveillantes de l'haciendero, le digne homme s'inclina avec un sourire de satisfaction.

— Oh ! maintenant, fit-il, je n'ai pas grand'chose à dire, sinon que par ce signal les ladrones quelconques qui nous surveillent savent que don Sylva de Torrès et sa fille ont quitté Guaymas pour se rendre au Rancho de San José.

— Ma foi, tu as raison, j'avais oublié tous ces détails-là, moi ; je ne songeais plus aux oiseaux de proie de toute sorte qui nous guettent au passage. Eh bien, au bout du compte, qu'est-ce que cela nous fait que des bandits se mettent à nos trousses ; nous ne nous cachons pas, notre départ a eu lieu devant assez de personnes pour que nul ne l'ignore ; nous sommes assez nombreux pour ne redouter aucune insulte ; mais si quelques-uns de ces picaros osent nous attaquer, cascaras ! ils trouveront à qui parler, j'en suis convaincu. Poussons donc en avant, sans soucis, Blas, mon garçon ; il ne peut rien nous arriver de désagréable.

Le capataz salua son maître et fut au galop se replacer à la tête de la caravane.

Une heure plus tard, sans autre accident, la caravane atteignit le Rancho.

Don Sylva se tenait à la portière droite du palanquin, parlant à sa fille qui ne lui répondait que par monosyllabes, malgré les efforts continuels qu'elle faisait pour cacher sa tristesse aux yeux clairvoyants de son père, lorsque l'haciendero s'entendit appeler à plusieurs reprises : il détourna vivement la tête et poussa une exclamation de surprise en reconnaissant le comte de Lhorailles dans l'homme qui l'interpellait ainsi.

— Comment ! señor conde, vous ici ! s'écria— t-il ; par quel singulier hasard vous rencontrai-je si près du port, vous qui deviez avoir pris cette nuit une si grande avance sur moi ?

En apercevant le comte, la jeune fille s'était sentie rougir, et s'était vivement rejetée en arrière en laissant retomber les rideaux du palanquin.

— Oh ! répondit le comte en s'inclinant avec courtoisie, depuis hier au soir il m'est arrivé certaines choses que je vous raconterai, don Sylva ; choses qui vous surprendront, j'en suis convaincu ; mais à présent, ce n'est pas le moment d'entamer une telle histoire.

— Comme vous le jugerez convenàble, mon ami. Ah ! ça, que faites-vous, partez-vous ? restez-vous ?

— Je pars ! je pars ! En m'arrêtant ici, mon but était seulement de vous attendre ; si vous y consentiez, nous voyagerions ensemble : au lieu de vous précéder à Guetzalli, nous y arriverons de compagnie, voilà tout.

— Je ne demande pas mieux. En route, ajouta-t-il, en faisant signe au capataz.

Celui-ci, voyant son maître en conversation avec le comte, avait fait halte. La caravane repartit.

Le Rancho de San José fut bientôt traversé ; ce fut alors seulement que le voyage commença réellement.

Le désert s'étendait devant les voyageurs, s'allongeant en plaines sablonneuses sans fin, où, sur le sol jaunâtre, une longue ligne tortueuse formée par les os blanchis des mules et des chevaux qui ont succombé, montre la route qu'il faut suivre pour ne pas s'égarer.

À deux cents pas environ en avant de la caravane, un homme trottait nonchalamment accroupi sur un âne étique, se dandinant adroite et à gauche, à moitié endormi par les rayons incandescents du soleil qui tombaient verticalement sur sa tête nue.

— Eh ! fit don SylTa en apercevant cet homme, Blaz, appelez l'Indien qui marche là-bas, ces diables de Peaux-Rouges connaissent à fond le désert, celui-là nous servira de guide ; de cette façon, nous ne craindrons plus de nous égarer, car si nous nous trompons, nous sommes certains qu'il nous remettra dans la bonne route.

— Vous avez raison, observa le comte ; dans ces sables maudits, on n'est jamais sûr de sa direction.

— Allez là-bas, reprit don Sylva.

Le capataz mit son cheval au galop. Arrivé à une courte distance du voyageur solitaire, il forma une espèce de porte-voix avec ses mains.

— Holà, José ! s'écria-t-il.

Au Mexique, tous les Indiens *mansos* ou civilisés se nomment José et répondent à cette appellation devenue pour eux générique. L'Indien ainsi hêlé se retourna.

— Que voulez-vous ? dit-il d'un air nonchalant.

Cet homme était celui que nous avons vu à Guaymas surveiller si attentivement les préparatifs du départ de l'haciendero.

Était-ce le hasard qui l'amenait en cet endroit ? C'est ce que nul n'aurait pu dire.

Blaz Vasquez était ce qu'on appelle au Mexique *hombre de a caballo* rompu depuis longtemps aux ruses indiennes comme à la chasse des bêtes fauves. Il jeta sur le voyageur un regard profondément inquisiteur que celui-ci supporta avec une aisance parfaite. La tête craintivement baissée, les mains appuyées sur le cou de l'âne, ses jambes nues pendantes à droite et à gauche, il offrait le type complet de l'Indien manso presque abruti par la fréquentation vicieuse des blancs.

Le capataz secoua la tête d'un air mécontent ; son examen était loin de le satisfaire ; cependant, après une minute d'hésitation, il reprit l'interrogatoire :

— Que fais-tu seul sur cette route, José ? lui demanda-t-il.

— Je viens del Puerto, où je m'étais loué en qualité d'ouvrier charpentier ; j'y suis resté un mois, et comme j'ai réuni la petite somme que je désirais posséder, je suis parti hier pour retourner dans mon village.

Tout cela était on ne peut plus vraisemblable : la plupart des Indiens hiaquis agissent ainsi ; et puis dans quel intérêt cet homme l'aurait-il trompé ? il était seul, sans armes ; la caravane, au contraire, était nombreuse et composée d'hommes dévoués ; nul danger n'était donc à redouter.

— Et as tu gagné beaucoup d'argent ? reprit le capataz.

— Oui, fit l'Indien d'un air de triomphe, cinq piastres et puis trois autres encore.

— Oh ! oh ! José, te voilà riche.

Le hiaqui sourit d'un air équivoque.

— Oui, dit-il, le Tiburon a de l'argent.

— Tu te nommes le Tiburon[1] ? reprit le capataz avec défiance ; c'est un vilain nom.

— Pourquoi cela ? les visages pâles ont donné ce nom à leur fils rouge, il le trouve beau puisqu'il leur vient d'eux et il le garde.

— Ton village est-il loin d'ici ?

— Si j'avais un bon cheval j'y arriverais dans trois jours ; le village de ma tribu est entre le Gila et Guetzalli.

1 Le requin.

— Est-ce que tu connais Guetzalli ?

L'Indien haussa les épaules avec dédain.

— Les Peaux-Rouges connaissent tous les territoires de chasse du Gila, dit-il.

En ce moment la caravane rejoignit les deux interlocuteurs.

— Eh bien, Blaz, demanda don Sylva, qui est cet homme ?

— Un Indien hiaqui ; après avoir gagné une petite somme au Puerto, il retourne à son village.

— Peut-il nous être utile ?

— Je le crois. Sa tribu, dit-il, est campée entre le Gila et la colonie de Guetzalli.

— Ah ! ah ! fit le comte en s'approchant, appartiendrait-il à la tribu du Cheval-Blanc ?

— Oui, dit l'Indien.

— Oh ! alors je réponds de cet homme, fit vivement le comte, ces Indiens sont très-doux, ce sont de pauvres diables fort misérables, ils meurent à peu près de faim, souvent je les emploie dans l'hacienda.

— Écoute, reprit don Sylva en frappant amicalement sur l'épaule du Peau-Rouge, nous nous rendons à Guetzalli.

— Bien.

— Il nous faut un guide fidèle et dévoué.

— Le Tiburon est pauvre, il n'a qu'un âne bien faible pour qu'il puisse marcher aussi vite que ses frères pâles.

— Que cela ne t'embarrasse pas, ajouta l'haciendero : je vais te donner un cheval comme jamais tu n'en as monté ; si tu nous sers honnêtement, en arrivant à l'hacienda, j'ajouterai dix piastres à celles que tu possèdes déjà. Cela te convient-il ?

L'œil de l'Indien étincela de convoitise à cette proposition.

— Où est le cheval ? demanda-t-il.

— Le voilà, répondit le capataz en désignant un superbe coureur amené par un péon.

Le Peau-Rouge lui jeta un regard de connaisseur,

— Ainsi, tu acceptes ? dit l'haciendero.

— J'accepte, répondit-il.

— Alors, descends de ton âne et partons.

— Je ne puis pas abandonner mon âne ; c'est une bonne bête, qui m'a rendu des services.

— Que cela ne t'inquiète pas, il viendra avec les mules de charge.

L'Indien fit un geste d'assentiment et ne répliqua rien ; en quelques secondes, il se fut accommodé sur le cheval et la caravane se remit en marche.

Seul, le capataz ne semblait pas voir grande confiance dans le guide si singulièrement rencontré.

— Je le surveillerai, dit-il à mi-voix.

La marche continua ainsi toute la journée sans nouvel incident : le lendemain, on atteignit le rio Gila.

Les rives du rio Gila contrastent par leur fertilité avec l'aridité désolée des plaines qui les environnent ; le voyage de don Sylva, bien que repris au moment où le soleil, arrivé à son zénith, lance perpendiculairement ses rayons brûlants, ne fut plus qu'une agréable promenade de quelques lieues sous les ombrages épais de bois touffus qui croissent à l'aventure avec une force de sève inconnue à nos climats.

Il était à peu près trois heures lorsque les voyageurs aperçurent à cinquante pas devant eux la colonie de Guetzalli, fondée par le comte de Lhorailles, et qui, bien qu'elle ne comptât encore que quelques mois, avait pris déjà des développements considérables.

Cette colonie se composait d'une hacienda, autour de laquelle étaient groupées les cabanes des travailleurs ; nous la décrirons en quelques mots.

L'hacienda s'élevait sur une presqu'île de près de trois lieues de tour, couverte de bois et de pâturages, où paissaient en liberté plus de quatre mille têtes de bétail, qui le soir rentraient dans des parcs attenant à l'habitation, entourée par le fleuve qui lui formait une ceinture de fortifications naturelles ; la langue de terre, large de huit mètres au plus, qui la rattache à la terre ferme, était bouchée par une batterie de cinq pièces de canon de gros calibre, entourée d'un vaste fossé rempli d'eau.

L'habitation, entourée de hautes murailles crénelées et bastionnées aux angles, était une espèce de forteresse capable de soutenir un siège en règle, grâce à huit pièces de canon qui, braquées aux quatre bastions, en défendaient les approches ; elle se composait d'un vaste corps de logis élevé d'un étage avec les toits en terrasse, ayant dix fenêtres de façade et flanqué à droite et à gauche de deux bâtiments faisant retour en avant, dont l'un servait de magasin pour les grains, les herbes, et l'autre était destiné à l'habitation du capataz et des nombreux employés de l'hacienda.

Un large perron garni d'une double rampe en fer curieusement travaillée et surmonté d'une *varanda*, donnait accès dans les appartements du comte, meublés avec ce luxe simple et pittoresque qui distingue les fermes espagnoles de l'Amérique.

Entre l'habitation et le mur d'enceinte percé en face du perron et garni d'une porte de cèdre de cinq pouces d'épaisseur doublée de fortes lames de fer, s'étendait un vaste jardin anglais parfaitement dessiné et tellement touffu et accidenté qu'à quatre pas de distance il était impossible de rien voir. L'espace laissé libre derrière la ferme était réservé pour les parcs ou corales dans lesquels chaque soir on enfermait les bestiaux, et à une espèce de large cour où chaque année, à une certaine époque, on avait l'habitude de faire la *matanza del ganado*, — l'abattement du bétail. —

Rien de pittoresque comme l'aspect de cette maison blanche dont le faîte apparaissait au loin, à moitié caché par les branches des arbres formant un rideau de feuillage qui reposait agréablement la vue.

Des fenêtres du premier étage, le regard planait sur la plaine d'un côté, et de l'autre sur le rio Gila, qui, tel qu'un large ruban d'argent, se déroulait en formant les plus capricieux détours, et allait se perdre à une distance infinie dans les lointains bleuâtres de l'horizon.

Depuis que les Apaches avaient failli surprendre l'hacienda, un *mirador* avait été construit sur le toit du principal corps de logis, et dans ce mirador se tenait jour et nuit une sentinelle chargée de surveiller les environs et d'avertir, au moyen d'une corne de bœuf, de l'approche de tout étranger qui se dirigerait vers la colonie.

Du reste, un poste de six hommes gardait la batterie de l'isthme, dont les canons étaient prêts à tonner à la moindre alerte.

Aussi la caravane était-elle encore loin de l'hacienda que déjà sa venue avait été signalée, et que le lieutenant du comte, vieux soldat d'Afrique, à cheval sur la discipline, et nommé Martin Leroux, se tenait derrière la batterie pour interroger les arrivants dès qu'ils seraient à portée de voix.

Don Sylva connaissait parfaitement la consigne établie dans l'hacienda, consigne commune du reste à tous les établissements des blancs ; car dans les postes des frontières, où l'on est exposé aux déprédations continuelles des Indiens, on est forcé de se tenir sans cesse sur ses gardes.

Mais une chose que ne pouvait pas comprendre le Mexicain, c'est que le lieutenant du comte, qui devait l'avoir parfaitement reconnu, ne lui eût pas ouvert immédiatement les portes.

Il en fit même l'observation.

— Il aurait eu tort, répondit le comte, la colonie de Guetzalli est une place de guerre ; la consigne doit être la même pour tous ; de son observation stricte et entière dépend le salut général. Martin m'a reconnu depuis longtemps déjà, j'en suis convaincu, mais il peut supposer que je suis prisonnier des Indiens, et qu'en me laissant libre en apparence, ils ont l'intention de surprendre la colonie. Soyez convaincu que mon brave lieutenant ne nous livrera passage qu'à bon escient et lorsqu'il sera certain que nos vêtements européens ne recouvrent pas des peaux rouges.

— Oui, murmura don Sylva à part lui, tout cela est Juste ; les Européens prévoient tout : oh ! ils sont nos maîtres !

La caravane ne se trouvait plus qu'à une vingtaine de pas de l'hacienda.

— Je crois, observa le comte, que si nous ne voulons pas recevoir une grêle de balles, nous ferons bien de nous arrêter.

— Comment ! s'écria don Sylva avec étonnement, ils tireraient ?

— Parfaitement.

Les deux hommes arrêtèrent leurs chevaux et attendirent qu'on les interrogeât.

— Qui vive ! cria en français une voix forte, partant de derrière la batterie.

— Eh bien, qu'en pensez-vous maintenant ? dit le comte à l'haciendero.

— C'est inouï, observa celui-ci.

— Amis ! répondit le comte, « Lhorailles et Franchise. »

— Tout est bien. Ouvrez, commanda la voix, ce sont des amis. Dieu veuille que nous en recevions souvent de pareils.

Les peones baissèrent le pont— levis, seul passage par lequel on pouvait s'introduire dans l'hacienda.

La caravane entra ; le pont-levis fut immédiatement relevé derrière elle.

— Vous m'excuserez, capitaine, dit Martin Leroux en s'approchant respectueusement du comte ; mais bien que je vous eusse parfaitement reconnu, nous vivons dans un pays où, à mon avis, on ne saurait user de trop de prudence.

— Vous avez fait votre devoir lieutenant, je n'ai que des félicitations à vous adresser. Qu'avons-nous de nouveau ?

— Pas grand'chose : une troupe de chasseurs que j'ai envoyée dans la plaine, m'a dit avoir découvert un feu abandonné ; je crois que les Indiens rôdent autour de nous.

— Nous veillerons.

— Oh ! je fais bonne guette, surtout maintenant ; nous approchons du mois que les Comanches appellent si audacieusement la lune du Mexique ; je ne serais pas fâché, s'ils osent s'adresser à nous, de leur donner une leçon qui leur profite dans l'avenir.

— Je partage entièrement votre avis ; redoublons de vigilance, et tout ira bien.

— Vous n'avez pas d'autres ordres à me donner ?

— Non.

— Alors, je me retire. Vous savez, capitaine, que vous vous reposez sur moi des détails intérieurs, je dois donc être un peu partout.

— Allez, lieutenant, que je ne vous retienne pas.

Le vieux soldat salua son chef et se retira en faisant de la main un signe amical au capataz, qui le suivit ainsi que les peones de don Sylva et les mules de charge.

Le comte conduisit ses hôtes dans le corps de logis destiné aux visiteurs et les installa dans un appartement confortablement meublé.

— Reposez-vous, don Sylva, dit-il à l'haciendero ; vous et doña Anita devez être fatigués du voyage ; demain, si vous me le permettez, nous causerons de nos affaires.

— Quand vous le désirerez, mon ami.

Le comte salua ses hôtes et se retira. Depuis qu'il avait rencontré la jeune fille, il n'avait pas échangé une parole avec elle.

Dans la cour, Monsieur de Lhorailles trouva l'Indien hiaqui fumant et se promenant nonchalamment comme un flâneur ; il alla vers lui :

— Tiens, lui dit-il, voilà les dix piastres que l'on t'a promises.

— Merci, dit l'Indien en les prenant.

— Maintenant, que vas-tu faire ?

— Me reposer jusqu'à demain ; puis rejoindre les hommes de ma tribu.

— Tu es donc bien pressé de les voir ?

— Moi ? pas du tout.

— Reste ici, alors.

— Pourquoi faire ?

— Je te le dirai : peut-être d'ici à quelques jours aurai-je besoin de toi.

— Serai-je payé ?

— Grassement, cela te convient-il ?

— Oui.

— Ainsi, tu restes ?

— Je reste.

Le comte s'éloigna sans remarquer l'étrange expression du regard que l'Indien jeta sur lui.

IX. Un Rendez-vous au désert.

À environ trois portées de fusil de l'hacienda, dans un fourré de lentisques, de nopals et de mesquites mélangés de quelques cèdres-acajous, de cotonniers sauvages et d'arbres du Pérou, une heure avant le coucher du soleil, un cavalier mit pied à terre, entrava son cheval, magnifique mustang à l'œil étincelant et à la fière encolure ; puis, après avoir jeté autour de lui un regard investigateur, satisfait probablement du silence profond et de la tranquillité qui régnaient à cet endroit, il fit ses dispositions pour camper.

Cet homme avait passé la moitié de la vie ; c'était un guerrier indien de haute taille, revêtu du costume comanche dans toute sa pureté. Bien qu'il parût avoir soixante ans, il semblait doué d'une grande vigueur et aucun signe de décrépitude ne se laissait voir sur ses membres musculeux et sur son visage aux traits intelligents ; la plume d'aigle plantée au milieu de sa touffe de guerre le faisait reconnaître pour un chef.

Cet homme était la Tête-d'Aigle, le chef comanche avec lequel le lecteur a fait connaissance dans un précédent ouvrage.[1]

Après avoir placé son rifle auprès, de toi, il ramassa du bois sec et alluma du feu ; ensuite il jeta quelques mètres de tasajo sur les charbons avec plusieurs tortillas de maïs, et tous ces préparatifs d'un souper confortable terminés, il remplit son calumet, s'accroupit auprès du feu et se mit à fumer avec ce calme placide qui, dans aucune circonstance, n'abandonne les Indiens.

Deux heures s'écoulèrent ainsi paisiblement, sans que rien vint troubler le repos dont jouissait le chef.

La nuit avait succédé au jour, l'obscurité avait envahi le désert, et avec elle le silence de la solitude commençait à régner dans les mystérieuses profondeurs de la Prairie.

L'Indien demeurait toujours immobile, se contentant parfois de tourner la tête vers son cheval, qui broyait gaiement les pois grimpants et les jeunes pousses des arbres.

Cependant la Tête-d'Aigle releva, soudain la tête, pencha le corps en avant, et, sans se déranger autrement, il étendit la main vers son rifle, tandis que le mustang finissait de manger, couchait les oreilles et henissait avec force.

Pourtant la forêt semblait toujours aussi calme ; il fallait toute la finesse d'ouïe de l'Indien pour avoir saisi dans le silence un froissement suspect.

Au bout d'un instant, les sourcils froncés du chef se détendirent ; il reprit sa pose nonchalante, et portant l'index de chaque main à sa bouche, il imita avec une perfection rare, pendant deux ou trois minutes les modulations harmonieuses du centzontle, le rossignol mexicain ; le cheval avait de son côté repris son repas interrompu.

1 *Les Trappeurs de l'Arkansas.*

À peine quelques minutes s'étaient-elles écoulées, que le cri de l'épervier d'eau s'éleva à deux reprises dans la direction de la rivière.

Bientôt un bruit de chevaux se fit entendre, mêlé à des craquements de branches et des froissements de feuillage, et deux cavaliers parurent.

Le chef ne se retourna pas pour savoir qui ils étaient : il les avait reconnus probablement et savait qu'eux seuls, ou du moins un des deux, devait le venir joindre.

Ces deux cavaliers étaient don Luis et Belhumeur.

Ils entravèrent leurs chevaux auprès de celui du chef, s'étendirent devant le feu, et, sur l'invitation muette de l'Indien, ils attaquèrent vigoureusement le souper préparé en leur faveur.

La veille, les deux hommes étaient partis du Rancho et avaient voyagé sans perdre un instant pour rejoindre le chef.

Le comte de Lhorailles leur avait offert, dans la pulqueria, de voyager avec eux ; mais Belhumeur avait décliné cette offre. Ignorant pour quelle cause le chef indien lui avait donné rendez-vous, il ne se souciait pas de mêler un étranger dans les affaires de son ami.

Pourtant les trois hommes s'étaient séparés dans d'excellents termes, et le comte avait fortement engagé don Luis et le Canadien à lui faire visite à Guetzalli, offre à laquelle ils avaient répondu évasivement.

Singulier effet de la sympathie : l'effet produit par le comte sur les deux aventuriers lui avait été si défavorable que ceux-ci, bien qu'en lui répondant avec la plus grande politesse, n'avaient pas jugé convenable de se faire connaître et avaient usé de la plus grande retenue à son égard, poussant la prudence jusqu'à lui laisser ignorer leur nationalité, en continuant à causer avec lui en espagnol, bien qu'au premier mot qu'il avait prononcé, ils l'eussent reconnu pour Français.

Lorsqu'ils eurent terminé leur repas, Belhumeur bourra sa pipe et avança la main vers le brasier pour prendre un charbon.

— Attendez ! dit vivement le chef.

Ce mot était le premier que prononçait l'Indien ; jusqu'à ce moment les trois hommes n'avaient pas échangé une parole.

Belhumeur le regarda.

— Hein ? fit-il ; que se passe-t-il donc de nouveau ?

— Je ne le sais pas encore, répondit le chef ; j'ai entendu des froissements suspects dans les fourrées, et à une grande distance de moi, sous le vent, plusieurs bisons qui paissaient tranquillement ont pris soudain la fuite, sans cause apparente.

— Hum ! reprit le Canadien, ceci devient sérieux. Qu'en pensez-vous, Louis ?

— Dans les déserts, répondit lentement celui-ci, tout a une cause, rien n'arrive par hasard ; je crois, sauf meilleur avis, que nous ferons bien de veiller. Et tenez, ajouta-t-il en levant la tête et désignant à ses amis plusieurs oiseaux qui passaient rapidement au-dessus d'eux, avez-vous vu souvent à cette heure une volée de condors planer dans l'air ?

Le chef secoua la tête.

— Il y a quelque chose, murmura-t-il ; les chiens apaches sont en chasse.

— C'est possible, fit Belhumeur.

— Avant tout, observa le Français, éteignons le feu ; sa lueur, si faible qu'elle soit, pourrait nous trahir.

Ses compagnons suivirent son conseil, le feu fut éteint en un clin d'œil.

— Mon frère le visage pâle est prudent, dit avec courtoisie le chef ; il connaît le désert ; je suis heureux de le voir auprès de moi.

Don Luis remercia gracieusement le chef.

— Maintenant, continua Belhumeur, nous sommes à peu près invisibles ; nul danger imminent ne nous menace tenons conseil. Le chef a le premier eu vent du péril, c'est à lui à nous mettre au fait de ce qu'il a observé.

L'Indien s'enveloppa dans sa fressada ; les trois hommes se rapprochèrent de façon à parler à voix basse, et le conseil commença.

— Depuis ce matin, au lever du soleil, dit la Tête-d'Aigle, je marche dans la Prairie ; j'avais hâte d'atteindre le lieu du rendez-vous, j'ai coupé en droite ligne afin d'arriver plus tôt. Tout le long de la route, j'ai rencontré les traces évidentes du passage d'une troupe nombreuse ; les pistes étaient larges, pleines, comme les fait un détachement de guerriers assez considérable pour ne pas craindre d'être aperçu ; ces traces ont continué ainsi assez longtemps, puis tout à coup, brusquement, elles ont disparu, il m'a été impossible de les retrouver.

— Diable ! diable ! murmura le Canadien, ceci est louche.

— Dans les premiers moments, je ne m'étais que négligemment occupé de cette trace ; mais plus tard l'inquiétude m'est venue, et voilà pourquoi je vous ai parlé.

— Quelle raison vous a rendu inquiet ?

— Je crois, et au besoin j'affirmerais que l'expédition dont j'ai découvert le passage se dirige contre la grande hutte des visages pâles de Guetzalli.

— Qui vous le fait supposer ? demanda Louis.

— Ceci : à l'heure où l'alligator quitte la vase de la rive pour se replonger dans le Gila, un bruit de chevaux que j'entendis à une courte distance m'obligea, afin de ne pas être découvert, à me cacher dans un fourré de mangliers et de floripondios ; lorsque je fus à l'abri d'une surprise, je regardai : une troupe de visages pâles passa à une portée de flèche de moi, se dirigeant vers Guetzalli.

— Je sais ce que c'est, fit Belhumeur ; après ?

— J'ai reconnu, malgré le soin avec lequel il avait cherché à se rendre méconnaissable, l'homme qui servait de guide à cette caravane ; alors j'ai deviné le projet infernal formé par les chiens apaches,

— Et cet homme, quel est-il ?

— Cet homme, mon frère le connaît : c'est Wahsho-chegorah — l'Ours-Noir — le principal chef de la tribu du Corbeau-Blanc.

— Si vous ne vous êtes pas trompé, chef, il va se passer avant peu ici des choses horribles ; l'Ours-Noir est l'ennemi implacable des blancs.

— Voilà pourquoi j'en ai parlé à mon frère. Après cela, que nous importe ? dans le désert, chacun a assez à faire de veiller sur soi-même, sans aller encore s'occuper des autres.

Le Canadien secoua la tête.

— Oui, ce que vous dites est vrai, répondît-il ; nous devrions peut-être abandonner les habitants de l'hacienda à leur sort et ne pas nous mêler de choses qui peuvent nous causer de grands ennuis.

— Avez-vous donc l'intention d'agir ainsi ? demanda vivement le Français.

— Je ne dis pas cela positivement, reprit le Canadien, mais le cas est difficile ; nous aurons affaire à de nombreux ennemis.

— Oui, mais ceux que l'on veut surprendre sont vos compatriotes.

— C'est vrai, voilà ce qui pour moi embrouille la question ; je ne me soucie pas de voir scalper ces malheureux. D'un autre côté, nous risquons, en nous jetant inconsidérément dans la bagarre, d'être nous-mêmes victimes de notre dévouement.

— Pourquoi réfléchir ainsi ?

— Pardieu ! afin de peser le pour et le contre ; il n'y a rien que je déteste comme de me lancer dans une entreprise dont je n'ai pas d'avance calculé toutes les conséquences ; lorsque j'y suis, cela m'est égal.

Don Luis ne put s'empêcher de rire de ce singulier raisonnement.

— J'ai mon projet, reprit le Canadien au bout d'un instant. La nuit ne se passera pas sans que nous apprenions quelque chose de nouveau ; rapprochons-nous du bord de la rivière ; je me trompe fort, ou c'est là que bientôt nous obtiendrons les renseignements dont nous avons besoin pour fixer nos indécisions et prendre un parti. Nos chevaux ne craignent rien ici, nous pouvons les laisser ; d'ailleurs, ils nous embarrasseraient.

Les trois hommes s'étendirent alors sur le sol et commencèrent à ramper silencieusement dans la direction indiquée par Belhumeur.

La nuit était magnifique, la lune brillante et l'atmosphère si transparente qu'en rase campagne on aurait distingué les objets à une grande distance.

Les trois aventuriers ne quittèrent pas le couvert ; mais arrivés sur la lisière de la forêt ils se blottirent dans un fourré presque inextricable et attendirent avec cette patience caractéristique des coureurs des bois.

Le silence qui planait sur le désert était si complet que les bruits les plus faibles étaient perceptibles ; une feuille tombant dans l'eau, un caillou se détachant de la rive, le murmure lent et continu du fleuve coulant sur un lit de gravier, le froissement de l'aile du hibou voletant de branche en branche étaient lés seules rumeurs saisissables.

Déjà, depuis plusieurs heures, les trois hommes étaient là, impassibles et veillant, l'œil et l'oreille au guet, le doigt sur la détente du rifle, de crainte de surprise, rien n'était encore venu corroborer les soupçons de la Tête-d'Aigle et les prévisions de Belhumeur, lorsque Louis sentit le bras du chef s'appuyer doucement sur son épaule en lui désignant la rivière ; le Français se releva sur les genoux et regarda.

Un mouvement presque imperceptible agitait la surface du fleuve, comme si un alligator eût nagé entre deux eaux.

— Oh ! oh ! murmura Belhumeur, je crois que voilà ce que nous attendons.

Une masse noire apparut bientôt, flottant plutôt que nageant sur l'eau, et avançant par un mouvement imperceptible vers l'endroit où les chasseurs se tenaient en embuscade.

Au bout de quelques instants, cette masse, quelle qu'elle fût, s'arrêta, et le cri du chien des prairies se fit entendre à plusieurs reprises.

Aussitôt le hurlement du coyote éclata avec force si près des trois hommes que, malgré eux, ils tressaillirent, et un homme se suspendant par les mains se laissa tomber ; d'un chêne-acajou, à trois pas à peine de l'endroit où ils se trouvaient.

Cet homme portait le costume mexicain.

— Venez, chef, dit-il à mi-voix, sans cependant s'aventurer sur la plage, venez ; nous sommes seuls.

L'individu sortit de l'eau en rampant et rejoignit l'homme qui l'attendait.

— Mon frère parle trop haut, dit-il ; dans le désert, on n'est jamais seul ; les feuilles ont des yeux, les arbres des oreilles.

— Bah ! ce que vous me dites là n'a pas le sens commun ; qui diable voulez-vous qui nous espionne ? À part vos guerriers qui sont probablement cachés aux environs, nul ne peut nous voir ni nous entendre.

L'Indien secoua la tête.

Maintenant qu'il était sur le sol, à quelques pas seulement des aventuriers, Belhumeur reconnut que la Tête-d'Aigle ne s'était pas trompé, et que cet homme était bien réellement l'Ours-Noir.

Les deux hommes demeurèrent un instant silencieux en face l'un de l'autre.

Ce fut le Mexicain qui se décida à parler le premier.

— Vous avez bien manœuvré, chef, dit-il d'une voix insinuante ; je ne sais pas comment vous vous y êtes pris, mais vous êtes parvenu à vous introduire dans la place ?

— Oui, répondit l'Indien.

— Maintenant, nous n'avons plus à prendre que nos derniers arrangements ; vous êtes un grand chef dans lequel j'ai la plus entière confiance ; voilà ce que je vous ai promis ; je ne devrais vous payer qu'après, mais je ne veux pas que le moindre nuage s'élève entre nous.

L'Indien repoussa d'un geste la bourse que lui tendait son interlocuteur.

— L'Ours-Noir a réfléchi, dit-il froidement.

— À quoi ? s'il vous plaît.

— Un guerrier n'est pas une femme pour perdre ses paroles ; ce que mon frère pâle avait offert à l'Ours-Noir, le chef apache le refuse.

— Ce qui veut dire ?

— Que tout est rompu.

Le Mexicain réprima avec peine un geste de désappointement.

— Ainsi, dit-il, vous n'avez pas prévenu vos guerriers ; lorsque je vous en donnerai l'ordre, vous n'attaquerez pas l'hacienda ?

— L'Ours-Noir a prévenu ses guerriers, il attaquera les visages pâles.

— Que m'avez-vous donc dit il y a un instant ? Je vous avoue que je ne vous comprends plus, chef.

— Parce que le visage pâle ne veut pas comprendre : l'Ours-Noir attaquera l'hacienda, mais pour son propre compte.

— Cela était convenu entre nous, il me semble.

— Oui, mais l'Ours-Noir a vu l'oiseau qui chante, sa hutte est vide, il veut y mettre la jeune vierge pâle.

— Misérable ! s'écria le Mexicain avec colère, est-ce ainsi que vous me trahissez ?

— En quoi ai-je trahi le visage pâle ? répondit l'Indien, toujours impassible ; il m'a offert un marché, je le refuse, je ne vois rien là que de loyal.

Le Mexicain se mordit les lèvres de rage ; il était pris et n'avait rien à répondre.

— Je me vengerai ! fit-il en frappant du pied.

— L'Ours-Noir est un chef puissant ; il se rit des croassements des corbeaux ; le visage pâle ne peut rien contre lui.

D'un geste prompt comme la pensée, le Mexicain se précipita sur l'Indien, le saisit à la gorge, et, dégainant son poignard, il le leva pour l'en frapper.

Mais l'Apache surveillait avec soin les mouvements de son adversaire ; par un geste non moins rapide, il se débarrassa de son étreinte, et d'un bond il se trouva hors de son atteinte.

— Le visage pâle a osé toucher un chef, dit-il d'une voix rauque, il mourra.

Le Mexicain haussa les épaules et saisit les pistolets passés à sa ceinture.

Il était impossible de deviner comment aurait fini cette scène, si un nouvel incident ne fût venu tout à coup en changer complètement la face.

Du même arbre où, quelques minutes auparavant, était caché le Mexicain, un second individu s'élança subitement, vint choquer contre l'Apache, le renversa sur le sol et le réduisit à la plus complète immobilité avant que celui-ci, surpris par cette attaque soudaine, pût faire un geste pour se défendre.

— Ah ça, murmura Belhumeur avec un rire étouffé, il y a donc une légion de diables dans ce cèdre-acajou !

Le Mexicain et l'homme qui était si à propos venu à son secours avaient, en un tour de main, solidement attaché l'Indien avec une reata.

— Maintenant vous êtes en mon pouvoir, chef, dit le Mexicain, il faudra bien que vous consentiez à faire ce que je voudrai.

L'Apache ricana et poussa un sifflement aigu.

À ce signal, une cinquantaine de guerriers indiens apparurent comme s'ils étaient sortis de terre tout à coup, et cela si vivement, que les deux blancs furent en un clin-d'œil enveloppés d'un cercle infranchissable.

— Diable ! fit à part lui Belhumeur, cela se complique. Comment vont-ils s'en tirer ?

— Et nous ? lui souffla Louis à l'oreille.

Le Canadien lui répondit par ce mouvement d'épaule qui, dans toutes les langues, signifie : À la grâce de Dieu ! et se remit à regarder, intéressé au dernier point par les péripéties inattendues de cette scène.

— Cucharès ! cria le Mexicain à son compagnon, tiens bien ce drôle, et, au moindre mouvement suspect, tue-le comme un chien.

— Soyez calme, don Martial, répondit le lepero en sortant de sa botte vaquera un couteau dont la lame effilée lança un éclair bleuâtre aux rayons de la lune.

— Que décide l'Ours-Noir ? reprit le Tigrero en s'adressant au chef étendu à ses pieds.

— La vie d'un chef t'appartient, chien des visages pâles ; prends-la si tu l'oses ! répliqua l'Apache avec un sourire de mépris.

— Je ne te tuerai pas non parce que j'ai peur, car ce sentiment m'est inconnu, fit le Mexicain, mais parce que je dédaigne de verser le sang d'un ennemi sans défense, quand même cet ennemi est comme toi un coyote immonde.

— Tue-moi, te dis-je, si tu le peux ; mais ne m'insulte pas. Hâte-toi, mes guerriers peuvent perdre patience, te sacrifier à leur colère, et tu mourrais sans vengeance.

— Tu railles ; tes guerriers ne feront pas un geste tant que je te tiendrai ainsi, tu le sais bien. Je préfère t'offrir la paix.

— La paix ! dit le chef, et un éclair passa dans son regard, à quelles conditions ?

— Deux seules.

— Cucharès, débarrasse cet homme de la reata ; seulement, surveille-le.

Le lepero obéit.

— Merci, dit le chef en se relevant sur les genoux ; parle, je t'écoute, mes oreilles sont ouvertes. Quelles sont ces conditions ?

— D'abord, mon compagnon et moi nous serons libres de nous retirer où bon nous semblera.

— Bon ; ensuite ?

— Ensuite, tu t'engages à demeurer avec tes guerriers et à ne plus retourner dans l'hacienda sous le déguisement que tu avais pris, au moins d'ici à vingt-quatre heures.

— C'est tout ?

— C'est tout.

— Écoute-moi à ton tour, face pâle. J'accepte tes conditions, mais je veux te dire les miennes.

— Parle.

— Je ne rentrerai dans l'hacienda que la plume d'aigle dans ma touffe de guerre, à la tête de mes guerriers, et cela avant que le soleil se soit trois fois couché derrière les hautes cimes, des montagnes du jour.

— Tu te vantes, Apache ; il t'est impossible de t'introduire dans l'hacienda autrement que par trahison.

— Nous verrons. Et souriant d'un air sinistre, il ajouta : L'oiseau qui chante ira dans la hutte d'un chef apache faire cuire son gibier.

Le Mexicain haussa les épaules avec dédain.

— Essaye de prendre l'hacienda et de t'emparer de la jeune fille, dit-il.

— J'essaierai. Ta main !

— La voilà.

Le chef se tourna vers ses guerriers, en tenant serrée dans la sienne la main du Tigrero.

— Frères ! dit-il d'une voix haute avec un accent de majesté suprême, ce visage pâle est l'ami de l'Ours-Noir, que nul ne l'inquiète.

Les guerriers s'inclinèrent respectueusement et s'écartèrent à droite et à gauche, pour livrer passage aux deux blancs.

— Adieu, dit l'Ours-Noir, en saluant son ennemi, dans vingt-quatre heures je me mettrai sur ta piste.

— Tu te trompes, chien d'Apache, répondit dédaigneusement don Martial, c'est moi qui me mettrai sur la tienne.

— Bon ! nous sommes certains de nous rencontrer alors, répliqua l'Ours-Noir.

Et il s'éloigna d'un pas lent et ferme suivi de ses guerriers, dont les pas ne tardèrent pas à s'éteindre, dans les lointains de la forêt.

— Ma foi, don Martial, dit le lepero, je crois que vous avez eu tort de laisser aussi facilement échapper ce chien indien.

Le Tigrero haussa les épaules.

— Ne fallait-il pas sortir du guêpier dans lequel nous nous étions fourrés, répondit-il. Bah ! ce n'est que partie remise ; allons retrouver nos chevaux.

— Un instant encore ; si vous le permettez, dit Belhumeur en sortant de sa cachette et s'avançant avec aisance ainsi que ses deux compagnons.

— Qu'est-ce que c'est que cela ? s'écria Cucharès en reprenant son couteau, tandis que don Martial armait froidement ses pistolets.

— Cela ? caballero, reprit paisiblement Belhumeur, mais vous le voyez bien, il me semble.

— Je vois trois hommes.

— En effet, vous ne vous trompez nullement, trois hommes qui ont assisté invisibles à la scène que vous avez si bravement terminée ; trois hommes qui se tenaient prêts à vous venir en aide s'il y en avait eu besoin, et qui maintenant encore vous offrent de faire cause commune avec vous pour empêcher le sac de l'hacienda que les Apaches veulent piller ; cela vous convient-il ?

— C'est selon, fit le Tigrero ; encore faut-il que je sache quel intérêt vous engage à agir ainsi ?

— Celui de vous être agréable d'abord, reprit poliment Belhumeur, ensuite le désir de sauver les chevelures des pauvres diables menacés par ces damnés Peaux-Rouges.

— J'accepte alors de grand cœur l'offre que vous me faites.

— Veuillez donc nous suivre à notre campement, afin que nous discutions notre plan de campagne.

Dès que Cucharès avait reconnu que les hommes arrivés d'une si étrange façon se présentaient définitivement en amis, il avait replacé son couteau dans sa botte et était allé chercher les chevaux laissés à une courte distance. Il arriva sur ces entrefaites, conduisant les deux animaux en main ; les cinq hommes se dirigèrent vers le campement.

— Prenez garde, dit Belhumeur à don Martial, vous vous êtes fait cette nuit un ennemi implacable. Si vous ne vous hâtez pas de le tuer, un jour ou l'autre l'Ours-Noir vous tuera : les Apaches ne pardonnent pas une insulte.

— Je le sais, aussi je prendrai mes précautions, soyez tranquille.

— Cela vous regarde. Peut-être aurait-il mieux valu s'en débarrasser, au risque de ce qui serait arrivé après.

— Pouvais-je me douter que j'avais des amis si près de moi. Oh ! si je l'avais su !

— Enfin, ce qui est fait est fait, il n'y a pas à y revenir.

— Croyez-vous que cet homme tiendra scrupuleusement les conditions qu'il a acceptées.

— Vous ne connaissez pas l'Ours-Noir ; cet homme a des sentiments élevés, il a une façon à lui de comprendre le point d'honneur. Vous avez vu que pendant tout votre discussion, il a dédaigné de ruser avec vous ; ses paroles ont toujours été franches.

— En effet.

— Soyez donc certain qu'il tiendra ce qu'il a promis.

L'entretien fut interrompu. Don Martial était subitement devenu pensif, les menaces du guerrier apache lui donnaient fort à réfléchir.

On arriva au campement.

La Tête-d'Aigle s'occupa immédiatement à allumer du feu.

— Que faites-vous ? lui fit observer Belhumeur, vous allez révéler notre présence.

— Non, répondit l'Indien en secouant la tête, l'Ours-Nolr s'est éloigné avec ses guerriers ; ils sont loin à présent, à quoi bon prendre des précautions inutiles.

Bientôt le feu pétilla, les cinq hommes s'accroupirent joyeusement autour, allumèrent leurs pipes et se mirent à fumer.

— C'est égal, reprit le Canadien au bout d'un instant, sans le sang-froid à toute épreuve que vous avez montré, je ne sais pas comment vous vous en seriez tiré.

— Voyons maintenant comment nous pourrons déjouer les plans de ces démons, fit le Mexicain.

— C'est bien simple, dit Louis : un de nous se présentera demain à l'hacienda ; il avertira le propriétaire de ce qui s'est passé cette nuit ;

celui-ci se mettra sur ses gardes, et tout sera dit.

— Oui, Je crois que ce moyen est bon et que nous devons l'employer, fit Belhumeur.

— Cinq hommes ne sont rien contre cinq cents, observa la Tête-d'Aigle ; il faut prévenir les visages pâles.

— Ce conseil est en effet celui que nous devons suivre, dit le Tigrero ; mais quel est celui de nous qui consentira à se rendre à l'hacienda ? Mon compagnon ni moi ne pouvons nous y présenter.

— Allons, je crois deviner qu'il y a là-dessous une histoire d'amour, observa finement le Canadien, je comprends qu'il vous soit difficile de...

— À quoi bon discuter plus longtemps ? interrompit Louis ; demain, au lever du soleil, je me rendrai à l'hacienda ; je me charge d'expliquer au propriétaire, dans tous ses détails, quel est le danger qui le menace.

— Bien, voilà qui est convenu, cela arrange tout, dit Belhumeur.

— Alors, de notre côté, lorsque nos chevaux seront reposés, mon compagnon et moi nous vous quitterons pour retourner à Guaymas.

— Non pas, s'il vous plaît, dit le Français ; il me semble qu'il est d'abord convenable que vous sachiez à quoi vous en tenir, et connaissiez le résultat de la mission dont je me charge ; cela vous regarde encore plus que ous, je suppose.

Le Mexicain réprima un vif mouvement de contrariété.

— Vous avez raison, répondît-il, je n'y songeais pas. J'attendrai donc votre retour.

Les chasseurs échangèrent encore quelques mots entre eux, puis ils s'enveloppèrent dans leurs couvertures, s'étendirent sur le sol et ne tardèrent pas à s'endormir.

Le plus profond silence régna dans la clairière, éclairée faiblement par les reflets rougeâtres du feu mourant.

Depuis deux heures environ, les aventuriers étaient plongés dans le sommeil, lorsque les branches d'un buisson s'écartèrent doucement et un homme parut.

Il s'arrêta un instant, sembla prêter l'oreille, puis il se dirigea en rampant sans produire le moindre bruit vers l'endroit où reposait paisiblement le Tigrero.

Arrivé auprès de lui et à la lueur du brasier il fut facile de reconnaître l'Ours-Noir. Le chef apache sortit de sa ceinture son couteau à scalper et le posa doucement sur la poitrine du Tigrero ; puis jetant un dernier regard autour de lui pour s'assurer que les cinq hommes dormaient toujours, il s'éloigna avec les mêmes précautions et disparut bientôt au milieu du buisson, qui se referma sur lui.

X. Avant l'Attaque.

Au premier cri du maukawis, c'est-à-dire au lever du soleil, les aventuriers se réveillèrent.

La nuit avait été tranquille, ils avaient dormi sans que rien fût venu troubler leur repos ; seulement, glacés par la rosée abondante qui, pendant leur sommeil, avait traversé leurs couvertures, ils se hâtèrent de se lever, afin de rétablir la circulation du sang et de réchauffer leurs membres engourdis.

Au premier mouvement que fit don Martial, un couteau tomba de dessus lui sur le sol. Le Mexicain le ramassa et poussa un cri d'étonnement, et presque de frayeur, en le montrant à ses compagnons.

L'arme trouvée si inopinément était un couteau à scalper, dont la lame était encore maculée de larges plaques sanglantes.

Nous savons comment ce couteau avait été placé sur la poitrine du Tigrero.

— Qu'est-ce que cela signifie ? s'écria-t-il en agitant l'arme avec colère.

La Tête-d'Aigle s'en saisit et l'examina attentivement.

— Ooah ! fit-il avec étonnement, l'Ours-Noir s'est introduit parmi nous pendant notre sommeil.

Les chasseurs ne purent réprimer un mouvement d'effroi.

— Ce n'est pas possible ! observa Belhumeur.

L'Indien secoua la tête, et montrant l'arme :

— Voilà, continua-t-il, le couteau à scalper du chef apache, le totem de la tribu est gravé sur le manche.

— C'est vrai !

— L'Ours-Noir est un chef renommé ; son cœur est grand à contenir un monde. Contraint de remplir les engagements qu'il a pris, il a voulu prouver à son ennemi qu'il était maître de sa vie, et que, lorsque cela lui conviendrait, il saurait la lui ravir ; voilà ce que signifie ce couteau placé pendant son sommeil sur la poitrine du *Yori* — Espagnol. —

Les aventuriers étaient confondus de tant d'audace ; ils frémissaient en songeant qu'ils avaient été à la merci du chef, qui avait dédaigné de les tuer et s'était contenté de les défier ; le Mexicain surtout, malgré son courage, se sentait frissonner à cette pensée.

Le Canadien fut le premier qui recouvra son sang-froid.

— Canario ! s'écriâ-t-îl, ce chien apache a bien fait de nous avertir ; maintenant nous nous tiendrons sur nos gardes,

— Hum ! fit Cucharès en passant les mains dans sa chevelure épaisse et ébouriffée, je ne me soucie nullement d'être scalpé, moi.

— Bah ! répondit Belhumeur, on en réchappe quelquefois.

— C'est possible, mais je ne tiens pas à en faire l'essai.

— Maintenant que le jour est entièrement levé, observa Louis, je crois que le moment est venu de me rendre à l'hacienda ; qu'en pensez-vous ?

— Nous n'avons pas un instant à perdre pour déjouer les plans de l'ennemi, appuya don Martial.

— D'autant plus que nous avons à prendre certaines mesures sur lesquelles il est bon d'être fixé le plus tôt possible, fit Belhumeur.

L'Indien et le lepero se contentèrent de donner leur assentiment par un signe.

— Maintenant, convenons d'un rendez-vous, reprit Louis ; vous ne pouvez m'attendre ici, où les Indiens sauraient beaucoup trop facilement nous trouver.

— Oui, répondît Belhumeur d'un air pensif ; mais je ne connais pas le pays où nous sommes, je serais fort embarrassé de choisir un poste convenable.

— J'en connais un, moi, dit la Tête-d'Aigle ; je vous y conduirai ; notre frère pâle nous y rejoindra.

— Fort bien, mais pour cela encore faut-il que je connaisse l'endroit.

— Que mon frère ne s'occupe pas de cela. En quittant la grande hutte, je serai près de lui.

— Alors, tout va bien. Au revoir.

Louis sella son cheval et s'éloigna au galop dans la direction de l'hacienda, éloignée de deux à trois portées de fusil au plus de l'endroit où il se trouvait.

Le comte de Lhorailles se promenait d'un air soucieux dans la salle basse qui servait de vestibule au corps de logis principal de l'hacienda.

Malgré lui, sa rencontre avec le Mexicain le préoccupait vivement ; il désirait avoir avec doña Anita, devant son père, une explication franche, qui dissipât ses doutes ou du moins lui donnât la clef du mystère qui l'enveloppait.

Une autre circonstance assombrissait encore son humeur et redoublait ses inquiétudes.

Au point du jour, Diego Léon, un de ses lieutenants, lui avait annoncé que le guide indien amené par lui la veille avait disparu pendant la nuit sans laisser de traces.

La position devenait grave : la lune du Mexique approchait ; ce guide était évidemment un espion indien chargé de s'assurer de la force de l'hacienda et des moyens de la surprendre.

Les Apaches et les Comanches ne devaient pas être loin, peut-être se tenaient-ils déjà aux aguets dans les hautes herbes de la prairie, attendant le moment favorable pour fondre sur leurs implacables ennemis.

Le comte ne se dissimulait pas que, si la position était difficile, il en était lui-même cause.

Investi par le gouvernement d'un commandement important, chargé spécialement de protéger les frontières contre les incursions indiennes, il n'avait encore fait aucun mouvement et n'avait d'aucune façon cherché à remplir le mandat que non-seulement il avait accepté, mais encore qu'il avait lui-même sollicité.

La lune du Mexique commençait dans un mois ; il fallait absolument, avant cette époque, frapper un coup décisif, qui inspirât aux Indiens une terreur salutaire, les empêchât de se réunir et déjouât ainsi leurs projets.

Le comte réfléchissait depuis assez longtemps, oubliant dans sa préoccupation les hôtes qu'il avait amenés dans son habitation, et dont il n'avait pas encore songé à s'informer, lorsque son vieux lieutenant parut devant lui.

— Que voulez-vous, Martin ? lui demanda-t-il.

— Excusez-moi de vous déranger, capitaine ; Diego Léon, de garde avec huit hommes à la batterie de l'isthme, me fait dire à l'instant qu'un cavalier demande à être introduit auprès de vous pour affaire sérieuse.

— Quel homme est-ce ?

— Un blanc, bien vêtu, monté sur un excellent cheval.

— Hum ! il n'a rien dit de plus ?

— Pardon ; il a ajouté ceci : Vous direz à celui qui vous commande que je suis un des hommes qu'il a rencontrés au rancho de San José.

Le visage du comte se dérida :

— Qu'il vienne, dit-il, c'est un ami.

Le lieutenant se retira.

Dès qu'il fut seul, le comte recommença sa promenade.

— Que peut me vouloir cet homme ? murmura-t-il ? lorsque au Rancho j'ai offert à lui et à son ami de m'accompagner ici, tous deux ont refusé. Quelle raison les a fait si promptement changer d'avis ? Bah ! à quoi bon chercher, ajouta-t-il en entendant le pas d'un cheval résonner dans le patio intérieur. Je vais le savoir.

Presque aussitôt don Louis parut, conduit par le lieutenant, qui, sur un signe du comte, sortit immédiatement.

— Quel heureux hasard, dit gracieusement Monsieur de Lhorailles, me procure l'honneur d'une visite à laqueUe j'étais si loin de m'attendre ?

Don Luis rendit poliment le salut qui lui était fait et répondit :

— Ce n'est pas un heureux hasard qui m'amène. Dieu veuille que je ne sois pas au contraire un émissaire de malheur !

Ces mots firent froncer le sourcil au comte.

— Que voulez-vous dire, señor ? demanda-t-il avec inquiétude, je ne vous comprends pas.

— Vous allez me comprendre. Mais parlons français, si vous y consentez ; nous pourrons plus facilement nous entendre, dit-il, en abandonnant la langue espagnole, dont jusque là il s'était servi.

— Eh quoi ! s'écria le comte avec étonnement, vous parlez français, monsieur ?

— Oui, monsieur, répondit Louis, d'autant plus que j'ai l'honneur d'être votre compatriote. Bien que, ajouta-t-il avec un soupir étouffé, il y ait près de dix ans que j'aie quitté notre pays, c'est toujours pour moi une joie bien grande lorsqu'il m'est possible de parler ma langue.

L'expression du visage du comte avait complètement changé en écoutant ces paroles.

— Oh ! reprit-il avec effusion, laissez-moi serrer votre main, monsieur ; deux Français qui se rencontrent sur cette terre lointaine sont frères ; oublions un instant l'endroit où nous sommes et parlons de la France, cette chère patrie dont nous sommes si éloignés et que nous aimons tant

— Hélas ! monsieur, répondit Louis avec une émotion contenue, je serais heureux d'oublier quelques instants ce qui nous entoure pour réveiller les souvenirs de notre commune patrie ; malheureusement le moment est grave, de grands dangers vous menacent, le temps que nous perdrions ainsi pourrait causer d'épouvantables catastrophes,

— Vous m'effrayez, monsieur. Que se passe-t-il donc ? qu'avez-vous de si terrible à m'annoncer ?

— Ne vous l'ai-je pas dit, monsieur, je suis un messager de mauvaises nouvelles.

— Qu'importe ! dites par vous, elles seront les bien venues ; dans la situation où je me trouve placé dans ce désert, ne dois-je pas toujours m'attendre à un malheur ?

— J'espère pouvoir vous aider à prévenir le péril qui plane aujourd'hui sur vous.

— Merci, d'abord, pour votre fraternelle démarche, monsieur ; maintenant, parlez, je vous écoute ; quoi que vous m'appreniez, je saurai l'entendre.

Don Luis, sans révéler au comte sa rencontre avec le Tigrero, selon ce qui avait été convenu, lui apprit comment il avait surpris un colloque entre son guide et plusieurs guerriers apaches, embusqués aux environs de l'hacienda, et le projet formé par eux de surprendre la colonie.

— Maintenant, monsieur, ajouta-t-il, c'est à vous de juger de la gravité de ces nouvelles et des dispositions que vous avez à prendre, afin de déjouer les projets des Indiens.

— Je vous remercie, monsieur ; lorsque mon lieutenant, quelques minutes avant votre arrivée, m'a appris la disparition du guide, j'ai compris immédiatement que j'avais eu affaire à un espion ; ce que vous m'annoncez change mes soupçons en certitude. Comme vous me le dites, il n'y a pas un instant à perdre ; je vais immédiatement aviser à prendre les dispositions nécessaires.

Et s'approchant d'une table, il frappa.

Un peon entre.

— Le premier lieutenant, dit-il.

Au bout de quelques minutes, celui-ci arriva.

— Lieutenant, lui dit Monsieur de Lhorailles, vous allez prendre vingt cavaliers avec vous et battre tous les environs à trois lieues à la ronde, j'apprends à l'instant que les Indiens sont embusqués près d'ici.

Le vieux soldat s'inclina sans répondre et se disposa à obéir.

— Un instant ! s'écria Louis, en l'arrêtant d'un geste, un mot encore.

— Hein, fit Martin Leroux en se retournant avec étonnement, vous parlez donc français à présent ?

— Comme vous voyez, répondit Louis en souriant.

— Vous désiriez faire une observation, demanda le comte.

— Depuis bien longtemps j'habite en Amérique ; j'ai vécu au désert, je connais les Indiens avec lesquels j'ai appris à lutter de ruses. Si vous me le permettez, je vous donnerai quelques conseils qui, je le crois, pourront vous être utiles dans les circonstances présentes.

— Pardieu ! s'écria le comte, parlez-nous, cher compatriote, vos conseils seront fort avantageux pour nous, j'en suis convaincu.

En ce moment, don Sylva entra dans la salle.

— Eh ! continua le comte, venez, mon ami, nous avons grand besoin de vous ; votre connaissance des mœurs indiennes nous sera d'un grand secours.

— Que se passe-t-il donc ? demanda l'haciendero en saluant courtoisement à la ronde.

— Il se passe que nous sommes menacés d'une attaque des Apaches.

— Oh ! oh ! ceci est grave, mon ami ; que comptez-vous faire ?

— Je ne le sais encore. J'avais donné l'ordre à don Martin, mon lieutenant, de faire une battue aux environs, mais monsieur, qui est un de mes compatriotes, et que j'ai l'honneur de vous présenter, semble être d'un avis contraire.

— Le caballero a raison, répondit le Mexicain en s'inclinant devant don Luis ; mais d'abord êtes-vous certain de cette attaque ?

— Monsieur est venu exprès pour m'avertir.

— Alors il n'y a plus de doutes à conserver : il faut au plus vite prendre les dispositions nécessaires. Quelle est l'opinion du caballero ?

— Il allait l'émettre à l'instant où vous êtes entré.

— Alors, que je ne dérange pas votre conférence ; j'écoute. Parlez, monsieur.

Don Luis s'inclina et prit la parole.

— Caballero, fit-il en se tournant vers don Sylva, ce que je vais dire est pour les señores français principalement, qui, habitués aux guerres européennes et à la manière de combattre des blancs, ignorent, j'en suis convaincu, la tactique indienne.

— C'est vrai, observa le comte.

— Bah ! fit Leroux en tordant ses longues moustaches avec suffisance, nous l'apprendrons.

— Prenez garde que ce ne soit à vos dépens ! continua don Luis. La guerre indienne est une guerre toute de ruses et d'embûches. Jamais l'ennemi qui vous attaque ne se met en ligne devant vous : il reste constamment caché, employant pour vaincre tous les moyens, surtout la trahison. Cinq cents guerriers apaches, commandés par un chef intrépide, auraient raison, dans la prairie, de vos meilleurs soldats qu'ils décimeraient, sans que ceux-ci pussent jamais les atteindre.

— Oh ! oh ! murmura le comte. Est-ce donc leur seule manière de combattre ?

— La seule, appuya l'haciendero.

— Hum ! fit Leroux, c'est, il me semble, assez semblable à la guerre d'Afrique.

— Pas autant que vous le supposez. Les Arabes se laissent voir, au lieu que les Apaches, je vous le répète, ne se découvrent qu'à la dernière extrémité.

— Ainsi mon projet de pousser une reconnaissance au dehors…

— Est impraticable pour deux raisons : ou vos cavaliers, bien qu'entourés d'ennemis, n'en découvriraient pas un seul, ou ils seraient attirés dans une embuscade, où, malgré des prodiges de valeur, ils périraient jusqu'au dernier.

— Tout ce que dit monsieur est de la plus grande justesse ; il est facile de reconnaître qu'il a une grande expérience des guerres indiennes et qu'il s'est souvent mesuré avec les *Indios bravos*.

— Cette expérience m'a coûté mon bonheur, tous ceux que j'aimais ont été massacrés par ces féroces ennemis, répondit tristement don Luis ; redoutez le même sort, si vous n'avez pas la plus grande prudence. Je sais combien il répugne au caractère chevaleresque de notre nation de suivre une pareille marche ; mais, à mon avis, c'est la seule qui offre quelques chances de salut.

— Nous avons ici plusieurs femmes, des enfants, votre fille surtout, don Sylva ; il faut absolument la mettre à l'abri, non-seulement de tout danger, mais encore lui épargner la moindre inquiétude. Je me range donc à l'avis de monsieur, et suis déterminé à n'agir qu'avec la plus grande circonspection.

— Je vous en remercie pour ma fille et pour moi.

— Maintenant, monsieur, vous à qui nous devons déjà de si bons conseils, ne nous laissez pas ainsi, complétez votre œuvre. À ma place, que feriez-vous ?

— Monsieur, répondit sérieusement Louis, voici mon avis : les Apaches vous attaqueront pour certaines raisons que je sais et dont il est inutile que je vous entretienne ; ils font de la réussite de cette attaque un point d'honneur ; retranchez-vous donc ici du mieux que vous pourrez. Vous avez une garnison considérable, composée d'hommes éprouvés ; en conséquence presque toutes les chances sont pour vous.

— J'ai cent soixante-dix Français résolus, qui tous ont fait la guerre.

— Derrière de bonne murailles, bien armés, c'est plus qu'il ne vous faut.

— Sans compter quarante peones habitués à la chasse aux Indiens, et que j'ai amenés avec moi, observa don Sylva.

— Ces hommes sont ici en ce moment ? demanda vivement don Luis.

— Oui, monsieur.

— Oh ! cela simplifie singulièrement la question ; si vous voulez me croire, ce sont au contraire maintenant les Indiens qui ont tout à redouter.

— Expliquez-vous.

— Il est évident que vous serez attaqués par le fleuve ; peut-être, afin de diviser vos forces, les Indiens simuleront-ils une attaque du côté de l'isthme ; mais ce point est trop formidablement défendu pour qu'ils se hasardent à essayer de l'enlever ; je le répète donc, tout l'effort de l'ennemi se portera du côté du fleuve.

— Je vous ferai observer, monsieur, dit le lieutenant, que dans ce moment le fleuve est rendu impraticable à la navigation à cause des milliers de troncs d'arbres enlevés par les ouragans dans les montagnes, et qu'il charrie dans son cours.

— Je se sais pas si le fleuve est oui ou non praticable pour la navigation, répondit don Luis avec fermeté ; mais ce dont je suis convaincu, c'est que les Apaches vous attaqueront de ce côté.

— Dans tous les cas, et afin de ne pas être pris au dépourvu, on ôtera deux des pièces de la batterie de l'isthme, où il en restera encore quatre, ce qui est plus que suffisant, et on les établira de façon à prendre le fleuve en enfilade, en ayant soin de les masquer. Vous m'entendez, Leroux, faites monter aussi une couleuvrine sur la plate-forme du mirador, de là nous dominerons le cours du Gila. Allez, et que ces ordres soient immédiatement exécutés.

Le vieux soldat sortit sans répliquer, afin d'exécuter ce que son chef avait commandé.

— Vous voyez, messieurs, continua le comte dès que son lieutenant se fut retiré, que je mets de suite à profit les conseils que vous voulez bien me donner ; je reconnais mon inexpérience complète de cette guerre indienne, et je vous réitère que je suis heureux d'être aussi bien appuyé.

— Monsieur a tout prévu, dit l'haciendero ; comme lui je crois que la partie de l'hacienda qui regarde le fleuve est la plus exposée.

— Un dernier mot, reprit don Luis.

— Parlez, parlez, monsieur.

— N'avez-vous pas dit, caballero, que vous aviez amené avec vous quarante peones, rompus aux guerres indiennes, et que ces hommes étaient encore ici ?

— Oui, je l'ai dit, et c'est l'exacte vérité.

— Fort bien. Je crois, remarquez bien, caballero, que ceci est une simple observation ; je crois, dis-je, que ce serait un coup de maître et qui vous assurerait incontestablement la victoire, de placer vos ennemis entre deux feux.

— En effet, s'écria le comte. Mais comment faire ? vous même nous avez dit, il n'y a qu'un moment, que ce serait une imprudence insigne d'envoyer au dehors un détachement battre l'estrade.

— Je l'ai dit et je le répète, les herbes et les bois sont en ce moment peuplés d'yeux fixés sur cette hacienda, qui ne laisseront sortir personne sans le voir.

— Eh bien ?

— Ne vous ai-je pas dit que cette guerre était une guerre de ruse et d'embûches ?

— En effet ; mais je ne comprends pas, je vous l'avoue, où vous en voulez venir.

— C'est cependant excessivement simple : vous allez me comprendre en deux mots.

— Je ne demande pas mieux.

— Señor caballero, reprit don Louis en se tournant vers don Sylva, comptez-vous demeurer ici ?

— Oui, pour certaines raisons intimes, je dois y faire un assez long séjour.

— Je n'ai nullement, señor, croyez-le bien, l'intention de m'immiscer dans vos affaires. Ainsi, vous restez ici ?

— Oui.

— Parfait. Avez-vous parmi vos peones un homme dévoué, sur lequel vous puissiez compter comme sur vous-même ?

— *Cascaras* ! je le crois bien : j'ai Blas Vasquez.

— Sans indiscrétion, soyez assez bon pour me dire ce que c'est que Blas Vasquez, ainsi que vous le nommez, et que je n'ai nullement l'honneur de connaître.

— Blas Vasquez est mon capataz, un homme de a caballo sur lequel, dans l'occasion, je puis compter comme sur moi-même.

— Eh bien, tout est pour le mieux alors, cela simplifie singulièrement la question.

— Je n'y suis plus du tout, moi, dit le comte.

— Vous allez voir, reprit Louis.

— Je ne demande pas mieux.

— Votre capataz, auquel vous donnerez vos instructions, se mettra à la tête des peones d'ici à une heure et prendra ostensiblement la route de Guaymas ; mais arrivé à deux ou trois lieues, dans un endroit dont nous conviendrons, il arrêtera sa troupe, le reste nous regarde, mes amis et moi.

— Oui, je comprends votre projet ; les peones cachés par vos soins attaqueront les Indiens par derrière, lorsque le combat sera engagé entre nous et eux.

— C'est effectivement mon projet.

— Mais les Apaches ?

— Eh bien ?

— Croyez-vous qu'ils laisseront ainsi, sans l'inquiéter, s'éloigner une troupe de blancs ?

— Les Indiens sont trop fins pour s'y opposer. À quoi leur servirait d'attaquer cette troupe qui n'emmène avec elle aucun bagage ? le combat ne leur profiterait pas et ferait deviner leur position. Non, non, soyez tranquille, caballero, ils ne bougeront pas ; ils ont, ou du moins, ignorant que vous êtes prévenu, ils croient avoir trop d'intérêt à demeurer invisibles.

— Et vous, que comptez-vous faire !

— Moi, les Indiens m'ont vu incontestablement me diriger de ce côté ; ils savent que je suis ici ; si je sortais avec vous, ce serait tout dénoncer. Je partirai seul, comme je suis venu, et cela dans un instant.

— Ce plan est tellement simple et bien conçu qu'il doit réussir. Recevez nos remercîments, monsieur, et veuillez nous dire votre nom, afin que nous connaissions l'homme auquel nous sommes redevables d'un aussi grand service.

— À quoi bon, monsieur ?

— Je joins, caballero, mes instances à celles de don Gaetano, mon ami, afin d'obtenir que vous nous révéliez le nom d'un homme dont le souvenir restera gravé dans nos cœurs.

Don Luis hésita, sans pouvoir s'expliquer la raison qui le poussait à agir ainsi ; il lui répugnait de rompre vis-à-vis du comte de Lhorailles l'incognito qui le cachait.

Les deux hommes insistèrent cependant auprès de lui avant tant de politesse que, n'ayant pas de raisons sérieuses à donner pour rester inconnu, il se laissa vaincre par leurs prières et consentit à avouer son nom.

— Caballeros, dit-il enfin, je suis le comte Louis-Édouard-Maxime de Prébois-Crancé.

— Nous sommes amis, n'est-ce pas, monsieur le comte, lui dit de Lhorailles en lui tendant la main.

— Ce que je fais en est, je crois, une preuve, monsieur, répondit celui-ci en s'inclinant avec courtoisie, mais sans serrer la main tendue vers lui.

— Je vous remercie, reprit le comte, sans paraître remarquer le mouvement de retraite de Louis. Comptez-vous bientôt nous quitter ?

— Je dois vous laisser à vos urgentes occupations. Si vous me le permettez, je prendrai à l'instant congé de vous.

— Pas sans avoir déjeuné, au moins ?

— Vous m'excuserez : le temps nous presse. J'ai des amis que j'ai quittés depuis plusieurs heures déjà, et qui doivent être inquiets de ma longue absence.

— Vous sachant auprès de moi, monsieur, c'est impossible, dit le comte d'un air piqué.

— Ils ignorent si je suis arrivé ici sans encombre.

— C'est différent, je ne vous retiens plus ; encore une fois, merci, monsieur.

— J'ai agi selon ma conscience, monsieur, vous ne me devez aucun remercîment.

— Les trois hommes sortirent de la salle et se dirigèrent vers la batterie de l'isthme en causant de choses indifférentes ; à moitié chemin à peu près, ils rencontrèrent don Blas, le capataz ; don Sylva lui fit signe de le joindre, et, lorsqu'il fut près de lui, en deux mots il le mit au fait des événements qui se préparaient et du rôle qu'il devait y jouer.

— Voto à Dios I s'écria joyeusement le capataz, je vous remercie, don Sylva, de cette bonne nouvelle. Nous allons donc en découdre enfin avec ces chiens apaches ! Caraï ! ils verront beau jeu, je vous jure.

— Je m'en rapporte entièrement à vous, Blas.

— Mais à quel endroit dois-je attendre ce caballero ?

— C'est juste ! nous n'avons, pas fixé le lieu du rendez-vous.

— En effet. À trois lieues d'ici à peu près, sur la route de Guaymas, à un endroit où le chemin fait un coude, il y a une colline isolée qu'on nomme, je crois, *el Pan de Azucar* ; vous pouvez vous embusquer là sans craindre d'être découvert. Je vous y joindrai avec mes amis.

— C'est convenu ; vers quelle heure environ ?

— Je ne saurais le préciser, cela dépendra des circonstances.

Quelques minutes plus tard, don Louis reprenait le chemin de la prairie, tandis que le comte de Lhorailles et les deux Mexicains s'occupaient à activer les préparatifs d'une sérieuse défense de l'hacienda.

— Il est étrange, murmurait à part lui don Louis tout en galoppant, que cet homme qui est mon compatriote et pour lequel, avant peu, je vais sans doute exposer ma vie, ne m'inspire aucune sympathie.

Soudain son cheval fit un écart ; le Français, brusquement enlevé à ses réflexions, releva la tête.

La Tête-d'Aigle était devant lui.

XI. La Lune du Mexique.

Après sa visite aux chasseurs, l'Ours-Noir s'était mis en route à la tête de ses guerriers pour se rendre à une île peu éloignée, nommée Chole-Heckel, qui était un des postes avancés des Apaches, sur la frontière mexicaine.

L'Ours-Noir atteignit l'île au point du jour.

En cet endroit, le rio Gila a sa plus grande largeur ; chacun des bras formés par l'île est à peu près de deux kilomètres.

L'île qui s'élève au milieu de l'eau, comme une corbeille de fleurs, a trois kilomètres de long environ sur la moitié d'un de large, et n'est qu'un immense bouquet d'où s'exhalent les plus suaves odeurs et les chants mélodieux des oiseaux qui babillent en nombre incalculable sur toutes les blanches des arbres dont elle est couverte.

Éclairé ce jour-là par les splendides rayons d'un puissant soleil, ce lieu avait un aspect étrange et inusité qui saisissait fortement l'imagination.

Aussi loin que la vue pouvait s'étendre dans l'île et sur les deux rives du Gila, on apercevait des tentes en peaux de bison, ou des huttes de feuillage pressées les unes contre les autres, et dont les couleurs bizarres frappées par le soleil fatiguaient les yeux.

De nombreuses pirogues faites de peaux de cheval cousues ensemble et rondes pour la plupart, ou bien creusées dans des troncs d'arbres, sillonnaient le fleuve dans tous les sens.

Les guerriers mirent pied à terre et rendirent la liberté à leurs chevaux, qui allèrent immédiatement se confondre avec une multitude d'autres.

Le chef s'engagea au milieu des huttes devant lesquelles flottaient au vent les banderolles de plumes et les scalps des guerriers renommés, passant parmi les femmes qui préparaient le repas du matin.

Mais l'Ours-Noir avait été reconnu aussitôt son arrivée, et chacun se rangeait sur son passage en s'inclinant avec respect devant lui. Une chose que ne pourra croire un Européen, c'est ce respect que, sans exception, tous les Indiens professent pour leurs chefs. Pour ceux qui ont conservé les coutumes de leurs pères, et, dédaignant la civilisation européenne, ont continué à errer libres dans les savanes, ce respect s'est changé en fanatisme et presque en adoration.

Le cercle d'or orné de deux cornes de bison, placé sur le front de l'Ours-Noir, le faisait reconnaître de tous, et à son passage éclatait la joie la plus vive.

Il parvint enfin au bord du fleuve ; arrivé là, il fit signe à un homme qui péchait à peu de distance dans une pirogue ; celui-ci se rendit avec empressement à l'injonction qui lui était faite, et le chef passa dans l'île.

Une hutte en branchages avait été préparée pour lui.

Il est probable que des sentinelles invisibles guettaient son arrivée ; au moment où il mit pied à terre, un chef nommé la Petite-Panthère se présenta devant lui.

— Le grand chef est bien venu parmi ses fils, dit-il en s'inclinant avec courtoisie devant l'Ours-Noir ; mon père a-t-il fait un bon voyage ?

— J'ai fait un bon voyage, je remercie mon frère.

— Si mon père y consent, Je le conduirai au *jacal* — hutte en roseaux — construit pour le recevoir.

— Marchons ! dit le chef.

La Petite-Panthère s'inclina une seconde fois et guida le chef à travers un sentier tracé au milieu des buissons ; bientôt ils arrivèrent à un jacal qui, dans l'esprit des Indiens, par sa grandeur, l'éclat des couleurs dont il était peint et la propreté, devait résumer l'idéal du confortable.

— Mon père est chez lui, dit la Petite-Panthère en soulevant respectueusement la *fressada* — couverture de laine — qui fermait le jacal, et en s'effaçant pour laisser passer l'Ours-Noir.

Celui-ci entra.

— Que mon frère me suive, dit-il.

La Petite-Panthère entra derrière lui et laissa retomber le rideau.

Cette habitation ne différât en rien de celles des autres Indiens ; un feu brûlait au milieu ; l'Ours-Noir fit signe à l'autre chef de s'asseoir sur un crâne de bison ; il en prit un lui-même et s'assit auprès du feu.

Après un moment de silence, employé par les deux chefs à fumer gravement, l'Ours-Noir s'adressa à la Petite-Panthère.

— Les chefs de toutes les tribus de notre nation sont-ils réunis dans l'île de Chole-Heckel, ainsi que j'en avais donné l'ordre ?

— Ils sont tous réunis.

— Quand doivent-ils se rendre dans mon jacal ?

— Ceci dépend de mon père ; ils attendent son bon plaisir.

L'Ours-Noir recommença à fumer silencieusement ; un laps de temps assez long, s'écoula ainsi.

— Il ne s'est rien passé de nouveau pendant mon absence ? demanda l'Ours-Noir en secouant la cendre de son calumet sur l'ongle du pouce de sa main gauche.

— Trois chefs des Comanches des prairies se sont présentés, envoyés par leur nation, pour traiter avec les Apaches.

— Ooah ! fit le chef ; sont-ce des guerriers renommés ?

— Ils ont de nombreuses queues de loup à leurs *mocksens* — chaussures ; — ils doivent être vaillants.

L'Ours-Noir baissa la tête affirmativement.

— L'un, dit-on, est le Moqueur, continua la Petite-Panthère.

— Mon frère est-il certain de ce qu'il m'annonce ? demanda vivement le chef.

— Les guerriers comanches ont refusé de dire leurs noms, quand on leur a appris l'absence de mon père. Ils ont répondu que c'était bien et qu'ils attendraient son retour.

— Bon ! Ce sont des chefs. En quel lieu se tiennent-ils ?

— Ils ont allumé un feu autour duquel ils campent.

— Très-bon. Le temps est précieux ; mon frère préviendra les chefs apaches que je les attends auprès du feu du conseil.

La Petite-Panthère se leva sans répondre et sortit du jacal.

Pendant une heure environ, le chef indien demeura seul, plongé dans ses pensées ; au bout de ce temps, on entendit au dehors le bruit de la marche de plusieurs hommes qui s'approchaient ; le rideau du jacal fut soulevé par la Petite-Panthère, qui se présenta.

— Eh bien ? lui dit l'Ours-Noir.

— Les chefs attendent.

— Qu'ils viennent.

Les chefs parurent.

Ils étaient dix environ, chacun avait revêtu ses plus beaux ornements, ils étaient peints et armés en guerre.

Ils entrèrent silencieusement et se rangèrent autour du feu après avoir respectueusement salué le grand chef et baisé le bas de sa robe.

Aussitôt que tous les chefs furent réunis dans l'intérieur du *toldo*, une troupe de guerriers apaches se plaça à l'extérieur, afin d'éloigner les curieux et d'assurer le secret de la délibération des chefs.

L'Ours-Noir, malgré son empire sur lui-même, ne put retenir un mouvement de joie à l'aspect de tous ces hommes qui lui étaient entièrement dévoués, et avec le secours desquels il se croyait certain d'accomplir ses projets.

— Que mes frères soient les bienvenus ! dit-il en les invitant d'un geste à prendre place sur les crânes de bisons rangés autour du feu ; je les attendais avec impatience.

Les chefs s'inclinèrent et s'assirent. Alors le porte-pipe entra et présenta le calumet à chaque guerrier, qui tira une ou deux bouffées de tabac. Lorsque cette cérémonie fut terminée et le porte-pipe sorti, la délibération commença.

— Avant tout, dit l'Ours-Noir, je dois vous rendre compte de ma mission. L'Ours-Noir l'a remplie complétement ; il est entré dans la case des blancs ; il l'a visitée dans ses plus grands détails, il connaît le nombre des visages pâles qui la défendent, et, lorsque l'heure sera venue d'y conduire ses guerriers, l'Ours-Noir saura retrouver la route.

Les chefs s'inclinèrent avec satisfaction.

— Cette grande case des blancs, continua l'Ours-Noir, est le seul obstacle sérieux que nous rencontrerons sur notre route, dans la nouvelle expédition que nous entreprenons.

— Les Yoris sont des chiens sans courage. Les Apaches leur donneront des jupons et leur feront préparer leur gibier, dit en ricanant la Petite-Panthère.

L'Ours-Noir secoua la tête.

— Les visages pâles de la grande case de Guetzalli ne sont pas des Yoris, fit-il ; un chef les a vus, ce sont des hommes. Ils ont pour la plupart les yeux bleus et les cheveux couleur de maïs mûr ; ils paraissent fort braves : que mes frères soient prudents !

— Et mon père ne sait pas quels sont ces hommes ? demanda un chef.

— L'Ours-Noir l'ignore ; on lui a dit là-bas, près du grand lac Salé, qu'ils habitaient un pays très-loin d'ici vers le soleil levant : voilà tout.

— Ces hommes n'ont donc ni arbres, ni fruits, ni bisons dans leur pays, qu'ils prétendent nous voler les nôtres ?

— Les visages pâles sont insatiables, reprit l'Ours-Noir ; ils oublient que, de même qu'aux autres hommes, le Grand-Esprit ne leur a donné qu'une bouche et deux mains ; tout ce qu'ils voient, ils le convoitent ; le Wacondah, qui aime ses fils rouges, les a fait naître dans une contrée riche et les a comblés de ses dons ; les visages pâles sont jaloux et cherchent continuellement à les voler et à les déposséder ; mais les Apaches sont des guerriers braves, ils sauront défendre leurs territoires de chasse et empêcher qu'ils soient foulés par ces vagabonds venus de l'autre côté du lac Salé sur des cases flottantes de la *grande médecine.*[1]

Les chefs applaudirent chaleureusement ce discours, qui exprimait si bien les sentiments qui les agitaient et l'animosité dont ils étaient animés contre la race blanche, cette race conquérante et envahissante qui les rejette continuellement dans le désert, ne leur laissant même plus, l'espace nécessaire pour respirer et vivre tranquilles à leur guise.

— La grande nation des Comanches des lacs, celle qui s'intitule la reine des prairies, a député vers notre nation trois guerriers renommés. J'ignore le but de cette ambassade qui, je le crois, ne peut être que pacifique. Vous plaît-il, chefs de ma nation, de les recevoir et de les admettre à fumer le calumet de paix avec nous autour du feu du conseil ?

— Mon père est un guerrier très sage, répondit la Petite-Panthère ; il sait, quand il le veut, deviner les pensées les plus cachées dans le cœur de ses ennemis ; ce qu'à fera sera bien fait ; les chefs de sa nation seront toujours heureux de régler leur conduite d'après les conseils qu'il daignera leur donner.

L'Ours-Noir jeta un regard circulaire sur l'assemblée, afin de s'assurer si la Petite-Panthère avait bien exprimé la volonté générale.

1 Termes employés par les indiens pour désigner tout ce qu'ils ne peuvent expliquer.

Les membres du conseil baissèrent silencieusement la tête en signe d'acquiescement.

Le chef sourit avec orgueil de se voir si bien compris par ses compagnons, et s'adressant à la Petite-Panthère :

— Que mes frères les chefs comanches soient introduits, dit-il.

Ces mots furent prononcés avec une majesté égale à celle d'un roi européen siégeant dans son parlement.

La Petite-Panthère sortit, afin d'aller exécuter l'ordre qu'il avait reçu.

Pendant son absence qui fut assez longue, pas un mot ne fut échangé entre les chefs ; assis sur les crânes de bisons, les coudes sur les genoux, le menton dans la paume des mains, ils demeurèrent immobiles et silendeux, les yeux obstinément baissés, plongés en apparence dans de profondes réflexions.

La Petite-Panthère rentra enfin précédant les trois guerriers comanches.

À leur arrivée, les chefs apaches se levèrent et les saluèrent cérémonieusement

Les Comanches rendirent le salut avec une courtoisie non moins grande, mais sans répondre autrement, et attendirent qu'on leur adressât la parole.

Les guerriers comanches étaient jeunes, bien découplés ; ils avaient la tournure martiale, l'œil franc et le front pensif. Dans leur costume national, la tête haute, fièrement campés sur la hanche droite, ils avaient quelque chose de noble et de loyal qui éveillait la sympathie. L'un surtout, le moins âgé des trois — il avait à peine vingt-cinq ans — devait être, à en juger par l'apparence, un homme supérieur ; les lignes sévères de son visage, l'éclat de son regard, l'élégance et la majesté de sa démarche, le faisaient, an premier abord, reconnaître pour un homme d'élite.

Celui-là se nommait le Moqueur ; ainsi qu'il était facile de le deviner au bouquet de plumes de condor fiché dans sa touffe de guerre, c'était un des principaux chefs de la nation.

Les chefs apaches attachèrent sur les arrivants, sans paraître les examiner, ce regard profondément inquisiteur que possèdent à un degré si éminent les Indiens.

Les Comanches, bien qu'ils devinassent la force du regard qui pesait sur eux ne firent pas un geste, ne laissèrent échapper aucun mouvement qui pût déceler qu'ils se savaient le point de mire de tous les assistants.

Machiavel, tout auteur du *Prince* qu'il soit, n'était, comparé aux Peaux-Rouges, qu'un enfant en fait de politique. Ces pauvres sauvages, ainsi que les nomment ceux qui ne les connaissent pas, sont les diplomates les plus rusés et les plus fins qui existent.

Après un instant, l'Ours-Noir fit un pas au devant des chefs comanches, s'inclina vers eux, et leur tendant la main droite, la paume en avant :

— Je suis heureux de recevoir sous mon totem, au milieu de mon peuple, mes frères les Comanches des lacs ; ils prendront place au feu du conseil et fumeront avec leurs frères le calumet de paix.

— Qu'il en soit ainsi, répondit le Moqueur d'une voix austère ; ne sommes-nous pas tous enfants de Wacondah ?

Et, sans ajouter un mot, il alla, suivi par les deux autres chefs, s'asseoir auprès du feu du conseil, côte à côte avec les Apaches.

La conversation fut une autre fois interrompue. Chacun fumait.

Enfin, lorsque les tuyaux des calumets ne continrent plus que des cendres, l'Ours-Noir se tourna avec un sourire courtois vers le Moqueur.

— Mes frères les Comanches des lacs poursuivent les bisons non loin d'ici sans doute, alors la pensée leur est venue de visiter leurs frères apaches. Je les en remercie.

Le Moqueur s'inclina.

— Les Comanches des lacs sont loin encore à la poursuite des antilopes sur le Del Norte ; le Moqueur et quelques guerriers dévoués de sa tribu qui l'accompagnent sont les seuls campés sur ces territoires de chasse.

— Le Moqueur est un chef renommé dans la prairie, répondit gracieusement l'Apache ; l'Ours-Noir est heureux de l'avoir vu. Un aussi grand guerrier que mon frère ne se dérange pas ainsi sans motif plausible.

— L'Ours-Noir a deviné ; le Moqueur est venu pour renouer avec ses frères apaches les nœuds étroits d'une amitié loyale. Pourquoi, au lieu de nous disputer un territoire sur lequel nous avons des droits égaux, ne le partagerions-nous pas entre nous ? Les hommes rouges doivent-ils donc s'entre-détruire ? Ne vaudrait-il pas mieux enterrer, auprès du feu du conseil, la hache de guerre à une telle profondeur, que, lorsqu'un Apache rencontrerait un Comanche, il ne verrait plus en lui qu'un frère bien aimé ? Les visages pâles, qui, à chaque lune, envahissent davantage nos possessions, ne nous font-ils pas une guerre assez acharnée, sans que nous leur donnions raison par nos discussions intestines ?

L'Ours-Noir se leva, et étendant le bras avec autorité :

— Mon frère le Moqueur a raison, dit-il, un seul sentiment doit nous guider désormais, le patriotisme ; mettons de côté toutes nos haines mesquines pour ne songer qu'à une seule chose, la liberté ! Les visages pâles sont dans la plus profonde ignorance de nos projets ; pendant quelques jours que j'ai passés à Guaymas, j'ai été à même de m'en convaincre ; ainsi, notre invasion subite sera pour eux un coup de foudre qui les glacera d'épouvante ; ils seront déjà à demi vaincus à notre approche.

Il se fit un silence solennel.

Le Moqueur promena alors sur l'assemblée un regard calme et fier, et s'écria :

— C'est la lune du Mexique qui commence dans vingt-quatre heures. Guerriers Peaux-Rouges, la laisserons-nous passer sans tenter un de ces hardis coups de main dont nous avons l'habitude de tous les ans à pareille époque ? Il est surtout une propriété sur laquelle nous devons passer comme un ouragan : cette propriété, fondée par des visages pâles, autres que les Yoris, est pour nous une menace permanente. Je ne ruserai pas avec vous, chefs apaches ; je viens franchement vous offrir, si vous voulez attaquer Guetzalli, l'appui de quatre cents guerriers comanches à la tête desquels je me mettrai.

À cette proposition, un frémissement de plaisir fit tressaillir l'assemblée.

— J'accepte avec joie la proposition de mon frère, s'écria l'Ours-Noir. Je dispose à peu près du même nombre de guerriers ; nos deux troupes suffiront, je l'espère, pour ruiner de fond en comble l'établissement des visages pâles. Demain, au lever de la lune, bous nous mettrons en route.

Les chefs se retirèrent.

L'Ours-Noir et le Moqueur demeurèrent seuls.

Ces deux chefs jouissaient d'une réputation égale, tous deux étaient adorés de leurs compatriotes. Ils s'examinèrent donc avec curiosité, car jusqu'à ce moment ils avaient toujours été ennemis et n'avaient jamais eu l'occasion de se voir autrement que les armes à la main.

— Je remercie mon frère de son offre cordiale, dit le premier l'Ours-Noir. Dans les circonstances où nous sommes, son secours sera pour nous très-avantageux ; mais une fois la victoire décidée, les dépouilles seront partagées également entre les deux nations.

Le moqueur s'inclina.

— Quel plan a formé mon frère ? demanda-t-il.

— Un plan fort simple. Les Comanches sont de redoutables cavaliers ; avec mon frère à leur tête, ils doivent être invincibles. Dès que la lune brillera dans le ciel, le Moqueur s'élancera avec ses guerriers et se dirigera vers Guetzalli, en ayant soin d'incendier la campagne en avant de son détachement, afin d'élever un rideau de fumée qui dissimule ses mouvements et empêche de compter ses guerriers. Si, ce qui n'est pas probable, les visages pâles avaient placé des vedettes en avant de leur grande case pour annoncer l'arrivée de l'expédition, mon frère tâchera de s'emparer de ces vedettes qui toutes seront tuées immédiatement, afin d'éviter qu'elles donnent l'alarme. Dans cette expédition, de même que dans toutes celles qui l'ont précédée et que nous faisons chaque année, tout ce qui appartient aux visages pâles, cases, jacals, maisons, seront brûlés ; les bestiaux enlevés et expédiés sur l'arrière. Arrivé devant Guetzalli, mon frère s'embusquera le plus commodément qu'il pourra et attendra le signal que je lui ferai parvenir pour attaquer les visages pâles.

— Bon. Mon frère est un chef prudent, il réussira ; je ferai de point en point ce qu'il vient de me dire ; et lui, que fera-t-il pendant que j'exécuterai cette partie du plan général ?

L'Ours-Noir eut un sourire d'une expression indéfinissable.

— Il verra, dit-il, en posant la main sur l'épaule du Comanche ; qu'il laisse agir un chef ; je lui promets une belle victoire.

— Bon, répondit le Comanche ; mon frère est le premier de sa nation, il sait comment il doit se conduire ; les Apaches ne sont pas des femmes. Je vais rejoindre mes guerriers.

— Bon, mon frère a compris ; demain, au lever de la lune.

Le Moqueur s'inclina et les deux chefs se séparèrent en apparence les meilleurs amis du monde.

Quelques minutes plus tard, la plus grande animation régnait dans le camp des Apaches. Les femmes abattaient les tentes et chargeaient les mules, les enfants laçaient et sellaient les chevaux, enfin on faisait les préparatifs d'un départ précipité.

XII. Ruse de femme.

Le lendemain, au lever de la lune, ainsi que cela avait été convenu, le Moqueur ordonna à son détachement de se mettre en marche.

Bientôt, un parti de cavaliers qui s'était lancé en avant des éclaireurs jeta des brandons enflammés dans les broussailles ; au bout de quelques minutes, un immense rideau de flammes monta vers le ciel et voila complètement l'horizon.

Les Comanches avaient exécuté les ordres du chef apache avec une rapidité et une intelligence telles qu'en moins d'une demi-heure tout était consumé.

L'Ours-Noir, retranché dans l'île avec son détachement de guerre, n'avait pas fait un mouvement. Les traces laissées par les Comanches étaient, hélas ! bien visibles, car cette campagne, le matin encore si belle, si riche et si luxuriante, était à présent morne, triste et désolée ; plus de verdure, plus de fleurs, plus d'oiseaux cachés sous la feuillée et babillant à qui mieux mieux !

Le projet des Indiens aurait obtenu une réussite complète, grâce à leur plan de campagne, et les colons de Guetzalli auraient été surpris, si d'autres hommes que Belhumeur et ses amis s'étaient rencontrés sur la route de l'armée indienne.

Le Canadien veillait.

À la première fumée qui s'éleva dans le lointain, il comprit l'intention des Peaux-Rouges, et, sans perdre un instant, il expédia la Tête-d'Aigle à la colonie, afin d'informer le comte de ce qui se passait.

Cependant, derrière l'incendie, les Comanches arrivaient ventre à terre, détruisant et foulant sous les pieds de leurs chevaux ce que, par hasard, le feu avait épargné.

La nuit était entièrement tombée lorsque le Moqueur arriva en vue de la colonie. Supposant que, grâce à la rapidité de sa marche, les blancs n'auraient pas eu le temps de se mettre sur la défensive, il embusqua une partie de sa troupe, se plaça à la tête du reste, et s'avança en rampant avec toutes les précautions usitées en pareil cas, vers la batterie de l'isthme.

Personne ne paraissait ; les talus et les retranchements semblaient abandonnés ; le Moqueur poussa son cri de guerre, se releva subitement, et, bondissant comme un jaguar suivi de ses guerriers, il gravit les retranchements ; mais au moment où les Comanches se préparaient à sauter dans l'intérieur, une effroyable décharge, tirée à bout portant, coucha par terre près de la moitié du détachement indien ; ceux qui survécurent prirent la fuite.

Les Comanches avaient un grand désavantage sur les blancs ; ils ne possédaient pas d'armes à feu. La mousqueterie les décimait sans qu'ils pussent répondre autrement qu'en lançant leurs flèches et leurs javelots, ou bien des pierres avec leurs frondes.

Reconnaissant alors, bien qu'un peu tard pour lui, que les Français étaient sur leurs gardes, le Moqueur, désespéré de l'échec qu'il avait éprouvé et des pertes sérieuses qu'il avait faites, ne voulut pas affaiblir davantage, par des tentatives inutiles, la confiance de ses guerriers. Il cacha son détachement sous le couvert de la forêt vierge et résolut d'attendre, pour faire un mouvement, le signal de l'Ours-Noir.

Don Luis avait suivi la Tête-d'Aigle. L'Indien, après plusieurs détours, l'amena presque en face de la batterie de l'isthme, à l'entrée d'un fourré épais de cactus, d'aloês et de floripondios.

— Mon frère peut mettre pied à terre, dit-il au Français, nous sommes arrivés.

— Arrivés, où cela ? demanda Louis en regardant vainement autour de lui.

Sans répondre le chef prit le cheval et l'emmena ; Louis, pendant ce temps, furetait de tous les côtés ; mais ses recherches n'aboutirent à rien.

— Eh bien, lui demanda la Tête-d'Aigle en revenant, mon frère a-t-il trouvé ?

— Ma foi non, chef, j'y renonce.

L'Indien sourit.

— Les visages pâles ont des yeux de taupes, dit-il.

— C'est possible ; dans tous les cas, je vous serais reconnaissant de me prêter les vôtres.

— Bon, mon frère verra.

La Tête-d'Aigle s'allongea sur le sol, Louis l'imita ; tous deux alors se glissèrent en rampant dans le fourré. Au bout d'un quart d'heure de cet exercice plus que fatigant, l'Indien s'arrêta.

— Que mon frère regarde, dit-il.

Ils se trouvaient dans une étroite clairière ménagée au milieu d'un inextricable fouillis de branches d'arbres et de buissons, complétée par une profusion de lianes si bien enchevêtrées les unes dans les autres, qu'à moins d'une attention profonde et soutenue, il était Impossible de soupçonner cette cachette.

Belhumeur et les deux Mexicains attendaient en fumant philosophiquement le retour de l'envoyé.

— Soyez le bienvenu, s'écria le Canadien dès qu'il l'aperçut ; comment trouvez-vous notre repaire ? charmant, n'est-ce pas ? C'est la Tête-d'Aigle qui l'a trouvé ; ces diables d'Indiens ont un flair particulier pour dresser des embuscades ; nous sommes aussi en sûreté ici que dans la cathédrale de Québec.

Pendant ce flot de paroles, auquel il n'avait répondu que par une chaleureuse étreinte de la main droite, Louis s'était confortablement installé auprès de ses compagnons, et avait de fort bon appétit commencé à faire honneur aux provisions que ceux-ci lui avait réservées.

— Mais où sont nos chevaux ? demanda-t-il.

— Ici, à deux pas, introuvables pour d'autres que pour nous.

— Fort bien ; avons-nous la faculté de les avoir aussi vite qu'il le faudra ?

— Pardieu !

— C'est que nous en aurons probablement besoin bientôt.

— Ah ! ah ! mais, ajouta-t-il en se reprenant, je bavarde, je bavarde, et je ne remarque pas que vous devez avoir une faim canine ; terminez de manger, nous causerons ensuite.

— Oh ! je puis fort bien répondre tout en mangeant.

— Non, non, chaque chose en son temps ; achevez votre déjeuner, nous vous écouterons ensuite.

Lorsque Louis eut fini de manger, il rendit compte, dans les plus grands détails, de la façon dont il s'était acquitté de sa mission.

— Tout cela est fort bien, dit Belhumeur dès qu'il eut terminé son rapport ; je crois que nous pouvons désormais être rassurés sur le sort de nos compatriotes, surtout avec le secours des quarante peones du capataz, qui prendront l'ennemi entre deux feux.

— Oui, mais où s'embusqueront-ils ?

— Cela regarde la Tête-d'Aigle. Le chef connaît à fond ce pays, il y a longtemps chassé, je suis convaincu qu'il trouvera aux Mexicains un poste convenable ; qu'en dites-vous, chef ?

— Il est facile de se cacher dans la prairie, dit laconiquement l'Indien,

— Oui, observa don Martial ; mais il y a une chose à laquelle vous ne songez pas.

— Laquelle ?

— Je suis un habitant des frontières, habitué de longue main à la tactique indienne ; les Apaches n'arriveront que précédés par un rideau de fumée, la plaine ne sera bientôt qu'une immense nappe de flammes, au milieu de laquelle nous nous débattrons vainement, et qui finira par nous engloutir, si nous ne prenons pas les précautions nécessaires.

— C'est vrai, le cas est sérieux. Malheureusement, je ne vois qu'un seul moyen de se soustraire au danger qui nous menace, ce moyen, nous ne pouvons l'employer.

— Quel est-il ?

— Pardieu ! ce serait de nous sauver.

— J'en connais un autre, moi, observa la Tête-d'Aigle.

— Vous, chef ? Alors vous allez nous en faire part, n'est-ce pas ?

— Que les visages pâles écoutent ! Le rio Gila, comme tous les autres grands fleuves, entraîne dans son cours des arbres morts, et cela parfois en si grande quantité qu'ils finissent en certains endroits par obstruer complètement le passage ; avec le temps, ces arbres se serrent les uns contre les autres, leurs branches s'entrelacent ; puis viennent des herbes qui les lient encore plus étroitement et les cimentent ; le sable, la terre s'amoncèlent sur ces énormes radeaux, sur lesquels poussent des herbes et qui de loin ressemblent à des îles, jusqu'à ce qu'arrive un orage ou une forte crue du fleuve qui déracine le radeau, l'emporte au loin, le disjoint peu à peu et finit par l'anéantir.

— Oui, je sais cela. J'ai souvent eu des exemples de ce que vous nous dites en ce moment, chef, répondit Belhumeur. Ces radeaux finissent par avoir si bien l'apparence d'îles, que l'homme le plus habitué à la vie du désert et aux grands spectacles de la nature y est souvent trompé lui-même. Je comprends tout ce que votre idée a d'avantageux pour nous ; malheureusement, je ne vois pas comment il nous sera possible de la mettre à exécution.

— De la façon la plus simple ; l'œil de l'Indien est bon ; il voit tout à deux portées de flèche. Au-dessus de la grande case des visages pâles, mon frère n'a-t-il pas aperçu un petit îlot éloigné de cinquante pas au plus du rivage ?

— En effet, s'écria Belhumeur, ce que vous dites est parfaitement juste ; je me rappelle maintenant cet îlot, auquel je ne songeais plus du tout.

— D'après la position qu'il occupe, il n'a rien à redouter de l'incendie, observa Louis ; s'il est assez considérable pour nous contenir tous, il nous sera excessivement utile en formant un poste avancé.

— Nous n'avons pas un instant à perdre, il faut en prendre immédiatement possession, le reconnaître, et, lorsque nous serons certains qu'il nous offre toutes les garanties nécessaires, nous y conduirons les peones.

— En route, alors, et sans plus tarder, dit le Tigrero en se levant.

Les autres l'imitèrent, les cinq hommes abandonnèrent la clairière.

Après avoir pris leurs chevaux, ils se dirigèrent vers l'îlot, guidés par la Tête-d'Aigle.

Le chef indien ne les avait pas trompés ; avec ce coup d'œil infaillible que possèdent ses compatriotes, il avait tout reconnu et sainement jugé de l'endroit qu'il avait si adroitement choisi.

Autre considération fort avantageuse pour les aventuriers : une ligne épaisse de palétuviers bordait la rive du fleuve et s'avançait assez loin dans le courant pour diminuer la distance qui séparait l'île de la terre ferme, en formant une défense naturelle aux hommes cachés dans les hautes herbes ; car il était de toute impossibilité que les Indiens pussent s'embusquer dans les palétuviers pour inquiéter leurs ennemis, qui, eux au contraire, leur feraient beaucoup de mal.

Cet îlot, nous lui conserverons ce nom, bien qu'il ne fût en réalité qu'un radeau, était couvert d'une herbe drue, forte, serrée, haute de près de deux mètres, au milieu de laquelle hommes et chevaux disparaissaient complètement. Lorsque la reconnaissance fut terminée, Belhumeur et les deux Mexicains s'installèrent au centre, où ils placèrent leur bivouac, tandis que Louis et la Tête-d'Aigle regagnaient le rivage, afin d'aller à la rencontre du capataz et de ses gens.

Don Martial ne se souciait pas de les accompagner ; il craignait, aussi près de la colonie, d'être reconnu par don Sylva, et préférait garder le plus longtemps possible un incognito nécessaire pour la réussite de ses projets ultérieurs.

Louis, après lui avoir offert qu'il raccompagnât, n'insista pas et parut admettre son refus sans discussion.

La vérité était que le comte éprouvait, sans pouvoir se l'expliquer, une espèce de répulsion pour cet homme, dont les manières cauteleuses et les hésitations continuelles l'avaient fort mal disposé en sa faveur.

La Tête-d'Aigle et Louis, certains que l'Ours-Noir s'était définitivement éloigné avec son détachement sans laisser d'espions dans la prairie, jugèrent inutile de faire faire aux Mexicains un long et fatiguant trajet avant de les conduire au rendez-vous ; en conséquence, ils s'embusquèrent dans les broussailles, à la pointe de l'isthme, afin de guetter leur sortie et de les amener immédiatement au rendez-vous.

Cependant la nouvelle apportée par le comte de Prébois Crancé avait mis tout sens dessus dessous dans la colonie de Guetzalli. Bien que depuis la fondation de l'hacienda — grande ferme, — les

Indiens eussent cherché déjà à inquiéter les Français, les diverses tentatives qu'ils avaient faites n'avaient été que peu importantes, c'était la première fois qu'en réalité les Français allaient avoir sérieusement à lutter contre leurs féroces voisins.

Le comte de Lhorailles avait avec lui environ deux cents Dauph'yeers venus de Valparaiso, Guyaquil, Callao, enfin des différents ports du Pacifique, amplement fournis d'aventuriers de toute sorte.

Ces bonnes gens étaient un composé assez singulier de toutes les nationalités qui peuplent les deux hémisphères du globe ; cependant les Français y dominaient. Demi-bandits, demi-soldats, ces hommes de sac et de corde avaient, dans le chef qu'ils avaient librement choisi, la confiance la plus entière, la foi la plus grande.

La nouvelle de l'attaque préméditée par les Apaches fut reçue par la garnison avec des cris de joie et d'enthousiasme. C'était une partie de plaisir pour ces aventuriers de faire le coup de fusil, afin, comme ils le disaient naïvement dans leur pittoresque langage, de se dérouiller un peu. Ils désiraient surtout montrer aux Apaches la différence qui existe entre les colons créoles que, depuis un temps immémorial, ils ont pris l'habitude de tuer et de piller, avec des Européens qu'ils ne connaissaient pas encore.

Le comte n'eut donc aucune recommandation à leur faire pour les engager à tenir ferme ; il fut an contraire obligé de réprimer leur ardeur et de les prier d'être prudents, en leur promettant que bientôt il leur procurerait l'occasion de se rencontrer en rase campagne avec les Peaux-Rouges.

On n'a pas oublié sans doute que le gouvernement mexicain avait accordé au comte de Lhorailles la concession de Guetzalli, à la condition expresse de faire aux Apaches et aux Comanches une chasse sérieuse qui les rejetât à tout jamais loin des frontières mexicaines, qu'ils désolaient périodiquement depuis si longtemps.

C'est à cette condition de son traité avec le gouvernement que Monsieur de Lhorailles faisait allusion à ses soldats.

Dès que toutes les dispositions de défense furent prises, c'est-à-dire que les postes furent assignés à chacun, les armes et les munitions distribuées, le comte s'en rapporta pour les détails à ses deux lieutenants, le Basque Diego Léon et Martin Leroux, deux anciens soldats, sur lesquels il croyait pouvoir compter ; puis il songea à Blas Vasquez et à ses peones.

Il fallait, au cas probable où les Indiens auraient laissé des espions autour de la colonie, leur persuader que cette troupe se retirait réellement : pour cela, plusieurs mules furent chargées de provisions comme pour un long voyage ; puis le capataz, bien endoctriné, se mit en tête de sa troupe et sortit de la colonie la carabine sur la hanche.

Le comte, don Sylva et les autres habitants suivirent du regard le petit détachement avec un intérêt facile à comprendre, prêts à le soutenir s'il était attaqué.

Mais rien ne bougea dans la prairie : le calme et le silence continuèrent à régner, et bientôt les Mexicains disparurent au milieu des hautes herbes.

— Je ne comprends rien à la tactique des Indiens, murmura don Sylva d'un air rêveur. Pour avoir laissé passer aussi tranquillement cette troupe, il faut qu'ils machinent quelque fourberie qui leur offre une grande chance de réussite.

— Nous saurons bientôt à quoi nous en tenir, répondit le comte ; du reste, nous sommes prêts à les recevoir ; je suis seulement désolé que doña Anita se trouve ici, non pas qu'elle coure le moindre danger, mais le bruit du combat l'effraiera.

— Non, seigneur comte, dit doña Anita, qui sortait de la maison en ce moment ; ne craignez rien de pareil de ma part : je suis une vraie Mexicaine et non une de vos petites maîtresses européennes que la moindre chose fait évanouir ou tomber en défaillance. Souvent, dans des circonstances plus graves encore que celle-ci, j'ai entendu résonner à mon oreille le cri de guerre des Apaches sans cependant éprouver cette grande inquiétude que vous semblez aujourd'hui redouter pour moi.

Après avoir prononcé ces paroles avec cet accent hautain et profondément méprisant que les femmes savent si bien employer vis-à-vis de l'homme qu'elles n'aiment pas, doña Anita passa devant le comte sans lui jeter un regard et alla prendre le bras de son père.

Le Français ne répondit rien ; il mordit ses lèvres jusqu'au sang et s'inclina en feignant de ne pas comprendre l'épigramme qui lui était lancée ; il se réservait d'avoir plus tard une explication avec la jeune fille ; car, bien qu'il n'aimât pas sa fiancée, ainsi que cela arrive toujours en pareil cas, il ne lui pardonnait pas d'être aimée par un autre, et surtout de n'avoir pour lui que de l'indifférence ; mais les événements qui depuis deux jours s'étaient précipités avec une rapidité extrême, l'avaient empêché jusqu'alors de demander à doña Anita cette conversation suprême.

La fille de l'haciendero — grand fermier — était une Mexicaine doublée d'Indienne, Andalouse de pied en cap, tout feu et passion, n'obéissant qu'aux mouvements précipités de son cœur. Aimant avec toutes les forces de son âme, sauvegardée par son amour pour don Martial, elle avait jugé le comte de Lhorailles de sang-froid, et avait, sous l'épiderme du gentilhomme, deviné le spéculateur ; aussi son parti avait-il été pris immédiatement, sans arrière-pensée, de se mettre dans l'impossibilité absolue de devenir sa femme. Entamer une lutte ouverte avec son père… elle connaissait trop bien, pour s'y risquer, le vieux sang espagnol qui bouillait dans ses veines : la force des femmes, c'est la faiblesse apparente ; leur moyen de défense, la ruse. Aussi Indienne qu'Espagnole, elle choisit la ruse, cette arme terrible de la femme, et qui la fait quelquefois si redoutable.

Blas Vasquez, le capatas — majordome — de don Sylva, avait vu naître doña Anita ; sa femme lui avait servi de nourrice, c'est-à-dire qu'il était dévoué à la jeune fille, que sur un signe d'elle il aurait vendu son âme au démon.

Lorsque le comte de Prébois Crancé était venu à l'hacienda, cette visite avait fort intrigué la jeune fille ; après le départ du Français, elle demanda d'un air indifférent au capataz des renseignements que celui-ci ne vit aucun inconvénient à lui donner, d'autant plus que, bientôt, chacun devait, dans la colonie, connaître les nouvelles apportées par le comte ; seulement, ce que personne ne pouvait savoir, et ce que doña Anita devina avec cet instinct du cœur, qui ne trompe jamais, ce fut la présence du Tigrero parmi les chasseurs embusqués aux environs de l'hacienda.

En se séparant d'elle à Guaymas, don Martial lui avait dit qu'il veillerait constamment sur elle et saurait la soustaire au sort dont on la menaçait ; d'après cela, il était évident qu'il devait l'avoir suivie ; s'il l'avait suivie, comme elle n'en doutait pas, il devait incontestablement faire partie des hommes de cœur qui, en ce moment, se dévouaient à son salut, tout en cherchant à sauver la colonie,

La logique du cœur est la seule qui soit positive et ne se trompe jamais ; nous avons vu que doña Anita, éclairée par la passion, avait raisonné juste.

Lorsque la jeune fille eut obtenu du capataz tous les renseignements qu'elle désirait :

— Don Blas, lui dit-elle, il est probable que si la colonie est attaquée, après les services que vous aurez été à même de nous rendre, et lorsque mon père et don Gaetano n'auront plus besoin de vous et de vos hommes ici, vous recevrez l'ordre de retourner à Guaymas ?

— C'est probable, oui, señorita, répondit le brave homme.

— Il vous sera alors facile de me rendre un service, n'est-ce pas ? reprit-elle en le regardant avec son plus charmant sourire.

— Ne savez-vous pas señorita, que pour vous je me jetterais dans le feu ?

— Je ne veux pas mettre votre amitié à une si rude épreuve, mon bon Blas ; cependant, je vous remercie des sentiments que vous me témoignez.

— Que puis-je faire pour vous être agréable ?

— Oh ! une chose bien facile.

— Ah !

— Mon Dieu, oui ; vous savez, fit-elle légèrement, que depuis fort longtemps, à tort ou à raison, j'ai la fantaisie de mettre comme tapis de pied dans ma chambre à coucher, deux peaux de jaguars ?

— Non, répondit-il naïvement, je ne le savais pas.

— Ah !… eh bien, je vous l'apprends ; ainsi, maintenant, vous le savez.

— Et je ne l'oublierai pas, señorita, soyez tranquille.

— Je vous remercie ; mais ce n'est pas de cela positivement qu'il s'agit.

— De quoi donc ?

— Mais de me procurer les peaux de jaguars, je suppose.

— C'est juste ; eh bien, aussitôt libre de mes actions, rapportez-vous en à moi.

— Il est inutile que vous vous exposiez, pour satisfaire un caprice, à devenir la proie de ces horribles animaux.

— Ah ! señorita ! fit-il d'un ton de reproche.

— Non ; j'ai un moyen de me les procurer beaucoup plus facile.

— Ah ! très-bien ; voyons-le.

— Il vient d'arriver à Guaymas, il y a quelques jours à peine, un tigrero renommé.

— Don Martial Asuzena ? interrompit-il vivement.

— Vous le connaissez ?

— Qui ne connaît pas don Martial, le Tigrero.

— Cela va tout seul, alors.

— Comment cela ?

— De sa dernière chasse dans les prairies de l'ouest, ce tigrero a, dit-on, rapporté plusieurs magnifiques peaux de jaguars qu'il consentirait, je n'en doute pas, à céder pour un bon prix.

— J'en suis convaincu.

— Voici, dit-elle, en tirant de son sein un petit billet cacheté avec soin, un mot que vous remettrez à cet homme. Je lui écris la façon dont je veux que les peaux soient préparées, et le prix que je compte en donner. Voici de l'argent, ajouta-t-elle en lui remettant une bourse, vous arrangerez tout cela comme vous l'entendrez.

— Il n'était pas besoin d'écrire, observa le capataz.

— Pardonnez-moi, mon ami ; vous avez à songer à tant de choses, qu'une futilité pareille serait, j'en suis certaine, sortie de votre tête.

— Après cela, c'est possible ; de cette façon, tout est bien mieux.

— N'est-ce pas ? Ainsi, c'est convenu, vous ferez ma commission ?

— En doutez-vous ?

— Non, mon ami. Ah ! un mot encore. Ne parlez de rien à mon père ; vous savez comme il est bon ; il voudrait me faire ce cadeau, je tiens à payer cette bagatelle sur mes économies de jeune fille.

Le capataz se mit à rire d'un air entendu. Le digne homme était heureux d'être de moitié dans un secret, si mince qu'il fût, avec son enfant chérie, ainsi qu'il nommait sa jeune maîtresse.

— C'est convenu, dit-il, je serai muet.

La jeune fille lui fit un signe d'amitié, et se retira joyeuse.

Que signifiait cette lettre ? pourquoi l'écrivait-elle ?

Nous le saurons bientôt.

La journée s'écoula tout entière à l'hacienda sans nouveaux incidents ; seulement le comte de Lhorailles chercha à plusieurs reprises à avoir avec la jeune fille une conversation que celle-ci mit constamment tous ses soins à éviter.

Blas Vasquez prit en sortant de l'hacienda la route de Guaymas, et, faisant doubler le pas à ses cavaliers, de crainte de surprise, il se plaça en tête de sa troupe.

À peine avait-il disparu aux yeux des habitants de la colonie et s'était-il, l'espace de vingt minutes environ, enfoncé dans les hautes herbes, que soudain deux hommes, bondissant au milieu du sentier, arrêtèrent leurs chevaux à dix pas en face de lui.

De ces deux hommes, l'un était un Indien, tout le faisait voir ; l'autre, le capataz le reconnut du premier coup d'œil, c'était l'homme qui le matin était venu à l'hacienda.

Vasquez commanda d'un geste à la troupe de faire halte, et s'avançant seul au devant des étrangers :

— Par quel hasard vous rencontrai-je ici, señor Francès ? dit-il, nous sommes encore bien loin du rendez-vous que vous-même m'avez assigné.

Et il salua avec courtoisie.

Don Luis lui rendit son salut.

— Nous sommes loin en effet du rendez-vous, répondit-il ; mais comme nous n'avons reconnu aucune piste des Apaches dans la prairie, nous avons jugé inutile de vous obliger à une longue traite ; je suis envoyé pour vous guider vers l'embuscade que nous avons choisie.

— Vous avez eu raison. Avons-nous longtemps à marcher ?

— Non, un quart d'heure à peine ; nous allons à cet îlot que vous devez apercevoir d'ici, en vous haussant sur vos étriers, ajouta-t-il, en étendant le bras dans la direction de l'île.

— Eh ! fit le capataz, le poste est bien choisi ; de là on commande le fleuve.

— Aussi, est-ce pour cela que nous nous sommes établis dans cette position.

— Veuillez donc nous servir de guide, señor Francès, nous vous suivons.

Le détachement se remit eu marche, Ainsi que l'avait annoncé don Luis, un quart d'heure plus tard, le capataz et ses quarante peones étaient campés sur l'îlot avec les cinq aventuriers, si bien masqués par les herbes et les palétuviers que, des deux rives du fleuve, il était impossible de les apercevoir.

Aussitôt que le capataz eut rempli ses devoirs de chef de détachement, il vint s'asseoir au feu du bivouac auprès de ses nouveaux amis, auxquels don Luis le présenta.

La première personne que Blas aperçut fut don Martial le Tigrero.

À sa vue, il ne put retenir un mouvement de surprise.

— *Caspita* ! s'écria-t-il en éclatant de rire, la rencontre est singulière.

— Comment cela ? demanda le Mexicain assez contrarié de cette reconnaissance, sur laquelle il ne comptait pas, car il ne se croyait pas connu du capataz.

— N'êtes-vous pas don Martial Asuzena le Tigrero ? continua Blas Vasquez.

— En effet, répondit don Martial de plus en plus inquiet.

— Ma foi ! il m'aurait été assez difficile de vous rencontrer à Guaymas, et, certes, je ne m'attendais pas à vous trouver ici.

— Expliquez-vous, je vous prie ; je ne comprends rien à vos paroles.

— Je suis chargé d'une commission pour vous de la part de ma jeune maîtresse.

— Que voulez-vous dire ? s'écria le Tigrero, dont le cœur palpitait.

— Ce que je dis, pas autre chose ; doña Anita veut vous acheter, à ce qu'il paraît, deux peaux de jaguars.

— À moi ?

— Parfaitement.

Don Martial le regardait d'un air tellement effaré que le capataz se remit à rire de plus belle ; ce rire réveilla le jeune homme, il lui fit soupçonner que tout cela cachait un mystère, et que s'il continuait à paraître ainsi étonné, il éveillerait des soupçons chez le digne homme, qui probablement n'avait pas le mot de l'énigme.

— En effet, dit-il, comme s'il cherchait à se souvenir, je crois me rappeler qu'il y a quelque temps…

— Là ! interrompit le capataz, vous voyez bien ; du reste, j'étais chargé de vous remettre une lettre aussitôt que je vous rencontrerais.

— Une lettre ? de qui ?

— Eh ! mais de ma maîtresse, je suppose.

— De doña Anita ?

— Et de qui donc ?

— Donnez, donnez vite ! s'écria le Tigrero avec agitation.

Le capataz la lui présenta ; don Martial la lui arracha plutôt qu'il ne la lui prit des mains, en rompit le cachet d'une main tremblante et la dévora des yeux.

Lorsqu'il en eut achevé la lecture, il la cacha dans sa poitrine.

— Eh bien, lui demanda le capataz, que vous dit ma maîtresse ?

— Pas autre chose que ce que vous m'avez dit vous-même, répondit le Tigrero d'une voix mal assurée.

Blas Vasquez secoua la tête.

— Hum ! cet homme me cache certainement quelque chose, murmura-t-il. Doña Anita m'aurait-elle trompé ?

Cependant le Tigrero marchait avec agitation, semblant rouler quelqu'important projet dans sa tête ; enfin, il s'approcha de Belhumeur qui fumait silencieusement, et se penchant à son oreille, il prononça quelques mots à voix basse auxquels le Canadien répondit par un signe d'assentiment ; un éclair de joie illumina le visage sombre du Tigrero, qui fit signe à Cuecharès de le suivre, et quitta le bivouac.

Quelques minutes p|us tard, don Martial et le lepero, tous deux à cheval, traversaient à la nage l'espace qui les séparait de la terre ferme.

Le capataz les aperçut au moment où ils allaient aborder.

Il poussa un cri d'étonnement.

— Eh ! mais, s'écria-t-il, le Tigrero nous quitte, il me semble ; où donc va-t-il ?

Belhumeur regarda le Mexicain de son air moitié figue et moitié raisin, et lui répondit avec un accent railleur :

— Qui sait ? peut-être va-t-il porter la réponse à la lettre qu'il a reçue par votre entremise.

— Ça ne serait pas impossible, reprit d'un air pensif le capataz, qui ne savait pas si bien dire.

En ce moment, le soleil se couchait dans des flots de pourpre et d'or bien loin à l'horizon derrière la cime neigeuse des hautes montagnes de la Sierra-Madre ; la nuit n'allait pas tarder à envelopper la terre de son noir linceul.

XIII. Course nocturne.

Les événements se multiplièrent tellement pendant le cours de cette unît, que nous sommes contraint, afin de faire marcher de front les divers incidents qui la remplirent, de passer incessamment d'un personnage à un autre.

Don Martial était riche, très-riche même ; avide d'émotions, doué d'un caractère remuant et d'instincts belliqueux, il n'avait embrassé la profession de *tigrero* qu'afin de se donner à lui-même un prétexte plausible et un but sérieux à ses courses incessantes dans le désert, que sa vie entière s'était écoulée à parcourir dans tous les sens.

Les *tigreros* sont ordinairement des coureurs des bois ou des chasseurs émérites qui, pour une certaine rétribution et une prime sur chaque peau, s'engagent avec un *haciendero* pour tuer les bêtes fauves qui désolent son troupeau.

Ce que les autres faisaient pour de l'argent, lui, il l'accomplissait par goût et simplement pour son plaisir ; aussi était-il fort aimé sur les frontières et surtout fort recherché par tous les *hacienderos*, qui, à côté de l'adroit et intrépide chasseur, trouvaient encore en lui non-seulement le bon compagnon, mais aussi le *caballero*.

Don Martial avait, pour la première fois, vu doña Anita à l'époque où le hasard de son existence aventureuse l'avait amené dans une *hacienda* appartenant à don Sylva, où, dans l'espace d'un mois, il avait abattu une dizaine de bêtes fauves.

Comme le Tigrero épiait constamment la jeune fille qu'il n'avait pu voir sans en devenir éperdûment amoureux, il se trouva qu'un jour où le cheval que montait doña Anita s'était emporté, il se rencontra par hasard assez près d'elle pour la sauver, au risque de périr lui-même.

Ce fut à propos de cet événement que, pour la première fois, la jeune fille le remarqua et lui adressa la parole. On sait le reste.

Après avoir lu la lettre de doña Anita, don Martial avait quitté l'île en compagnie de Cucharès.

Cette détermination avait rendu le *lepero* maussade ; il maudissait intérieurement la folie qu'il avait faite de s'attacher à un homme comme celui qu'il suivait en ce moment l'oreille basse, qui pouvait, d'un instant à l'autre, l'exposer à recevoir une flèche cannelée au travers du corps, sans bénéfice aucun et sans prétexte valable. Cependant Cucharès n'était pas homme à garder longtemps rancune au Tigrero. Il comprit qu'il fallait qu'il eut de bien fortes raisons pour quitter, à l'entrée de la nuit, un bivouac à l'abri des insultes des sauvages, renoncer au concours des chasseurs et se mettre à errer sans but apparent dans le désert. Il brûlait de connaître ces raisons ; mais il savait que don Martial était peu causeur, qu'il n'aimait pas surtout qu'on cherchât à découvrir ses secrets, et comme malgré toute sa forfanterie il avait intérieurement pour le Tigrero un grand respect mêlé à une forte dose de crainte, il ajourna à un instant plus propice les nombreuses questions qu'il voulait lui faire.

Les deux hommes marchaient donc ainsi côte à côte, silencieusement, et laissant les rênes flotter sur le cou des chevaux, chacun réfléchissant à part soi ; seulement Cucharès remarqua que le Tigrero, au lieu de s'enfoncer sous le couvert de la forêt, s'obstinait au contraire à suivre le bord de l'eau et à maintenir son cheval le plus près possible de la rive.

Cependant l'obscurité s'épaississait rapidement autour d'eux : les objets éloignés commençaient à se confondre avec les masses d'ombre de l'horizon, et bientôt ils se trouvèrent au milieu de complètes ténèbres.

Depuis quelque temps déjà le *lepero* cherchait soit en toussant, soit en poussant des exclamations, à attirer sans pouvoir y parvenir l'attention de son compagnon ; mais lorsqu'il reconnut que la nuit était complètement devenue noire, que le Tigrero ne semblait pas s'en occuper et continuait à marcher toujours, il s'enhardit enfin à lui adresser la parole :

— Don Martial ? dit-il.

— Hein ? répondit insoucieusement celui-ci.

— Ne trouvez-vous pas qu'il serait temps de vous arrêter un peu ?

— Pour quoi faire ?

— Comment ! pour quoi faire ? répondit le *lepero* avec un bond d'étonnement.

— Oui, nous ne sommes pas arrivés encore.

— Nous allons donc quelque part ?

— Pourquoi aurions-nous quitté nos amis, sans cela ?

— C'est juste. Mais où allons-nous ? voilà ce que je voudrais savoir,

— Bientôt vous le saurez.

— Je vous avoue que cela me fera plaisir.

Il y eut un silence, pendant lequel ils continuèrent à avancer.

Ils avaient laissé à deux portées de fusil environ derrière eux la colline de Guetzalli et avaient atteint une espèce de crique qui, à cause des sinuosités du fleuve, se trouvait presque en parallèle avec le derrière de l'*hacienda*, dont la masse sombre et imposante s'élevait devant eux et les abritait de son ombre.

Don Martial s'arrêta.

— Nous sommes arrivés, dit-il.

— Enfin ! murmura le *lepero* avec un soupir de satisfaction.

— Je veux dire, reprit le *Tigrero*, que la partie la plus facile de notre expédition est terminée.

— Nous faisons donc une expédition ?

— Pardieu ! croyez-vous donc, mon cher, que c'est pour mon plaisir uniquement que je me promène ainsi à la belle étoile le long des rives du Gila ?

— Cela m'étonnait aussi.

— Maintenant, notre expédition va réellement commencer.

— Bon !

— Seulement, je dois vous avertir qu'elle est assez dangereuse ; du reste, j'ai compté sur vous.

— Je vous remercie, répondit Cucharès, en faisant une grimace qui avait la prétention de ressembler à un sourire.

La vérité était que le *lepero* aurait préféré que son ami ne lui donnât pas cette marque de confiance.

Don Martial continua :

— Nous allons là, dit-il en étendant le bras dans la direction du fleuve.

— Comment là ? à l'*hacienda* ?

— Oui !

— Vous voulez donc nous faire écharper ?

— Comment cela ?

— Croyez-vous que nous atteindrons l'*hacienda* sans être découverts ?

— C'est ce que nous allons tenter.

— Oui, et comme nous ne réussirons pas, ces démons de Français qui sont aux aguets nous prendront pour des sauvages et nous fusilleront bel et bien.

— C'est une chance à courir.

— Merci ! je préfère rester ici : car, je l'avoue, je ne suis pas encore assez fou pour aller, de gaieté de cœur, me jeter dans la gueule du loup ; allez-y si bon vous semble ; pour moi, je reste.

Le *Tigrero* ne put réprimer un sourire.

— Le danger n'est pas aussi grand que vous le supposez, dit-il ; nous sommes attendus à l'*hacienda* par quelqu'un qui aura sans doute éloigné les sentinelles de l'endroit où nous aborderons.

— C'est possible, mais je préfère ne pas en faire l'expérience ; car une balle ne pardonne pas ; avec cela que ces diables de Français tirent juste à faire frémir.

Le *Tigrero* ne répondit pas, il ne sembla même pas avoir entendu l'observation de son compagnon ; son esprit était ailleurs. Le corps penché en avant, il écoutait.

Depuis quelques minutes, le désert prenait une apparence singulière ; il se réveillait, des bruits sans nom sortaient des profondeurs des fourrés et des clairières ; des animaux de toutes sortes s'élançaient du couvert et passaient éperdus auprès des deux hommes sans les voir ; les oiseaux, réveillés dans leur premier sommeil, s'élevaient en poussant des cris aigus et volaient en long cercles dans les airs ; sur le fleuve on voyait les silhouettes des bêtes fauves qui nageaient vigoureusement pour atteindre l'autre rive. Évidemment il se passait quelque chose d'extraordinaire.

Par intervalles, des crépitements secs et des pétillements, suivis de mugissements sourds comme ceux d'une eau qui monte, s'élevaient dans le silence, et d'instants en instants devenaient plus intenses.

À l'extrême limite de l'horizon, une large bande d'un rouge sanglant, s'élargissant de minute en minute, répandait sur le paysage une lueur de pourpre et d'or qui lui donnait une apparence fantastique.

Déjà, à deux reprises différentes, d'énormes nuages de fumée, pailletés d'étincelles, avaient passé en tourbillonnant au-dessus de la tête des deux hommes.

— Ah ça ! que se passe-t-il donc ? s'écria tout à coup le *lepero* ; voyez donc nos chevaux, don Martial.

En effet, les nobles bêtes, le cou allongé, les oreilles couchées, aspiraient l'air avec force, frappant du pied et cherchant à échapper à leurs cavaliers.

— Ce qu'ils ont, *capista* ! répondit tranquillement le *Tigrero*, ils sentent le feu, voilà tout.

— Comment, le feu ! vous croyez que le feu est à la prairie ?

— Je ne le crois pas, j'en suis sûr ; il ne tient qu'à vous de le voir comme moi.

— Hum ! qu'est-ce que cela signifie ?

— Pas grand'chose, c'est une des ruses habituelles des Indiens ; nous sommes à la lune des Comanches, ne le savez-vous pas ?

— Permettez : je ne suis pas un coureur des bois, moi ; je vous avoue que tout cela m'effraie extrêmement, et que je donnerais quelque chose de grand cœur pour en être hors.

Le *lepero* fit un geste.

— Vous êtes un enfant, reprit en riant don Martial ; il est évident que ce sont les Indiens qui, pour dissimuler leur nombre, ont incendié la prairie ; ils viennent derrière le feu, bientôt vous entendrez résonner leur cri de guerre au milieu des tourbillons de flamme et de fumée qui s'approchent incessamment et ne tarderont pas à vous envelopper de toutes parts. En demeurant ici vous courez trois risques inévitables : être rôti, scalpé ou tué, choses fort peu gracieuses et qui, je n'en doute pas, vous sourient médiocrement. Croyez-moi, venez avec moi ; si vous êtes tué, eh bien, que voulez-vous, c'est une chance à courir. Voyons, descendez-vous ? le feu nous gagne ; bientôt il ne sera plus temps. Que faites-vous ?

— Je vous suis, répondit le *lepero* d'une voix dolente ; il le faut bien ! J'étais fou, le diable m'emporte, de quitter Guaymas où j'étais si heureux, où je vivais à ne rien faire, pour venir me fourrer dans de pareils guêpiers. Je vous affirme bien, par exemple, que si j'en réchappe, celui qui m'y reprendra sera bien fin.

— Bah ! bah ! on dit toujours cela ; hâtons-nous, le temps presse.

En effet, le désert, dans un espace de plusieurs lieues, brûlait comme le cratère d'un volcan immense ; les flammes ondulaient et couraient comme les flots de la mer, tordant et coupant les arbres les plus gros comme des fétus de paille.

De l'épâis rideau de fumée couleur de cuivre rouge qui précédait l'incendie, s'échappaient à chaque instant des bandes de coyotes, de bisons et de jaguars qui, affolés de terreur, se précipitaient dans le fleuve en poussant des rugissements et des cris assourdissants.

Don Martial et le *lepero* mirent leurs chevaux à la nage.

Les nobles bêtes, poussées par leur instinct, s'élancèrent dans la direction de l'autre rive du fleure.

Cette partie du désert formait un étrange contraste avec celle que les deux hommes abandonnaient ; celle-ci paraissait une fournaise immense où tout était rumeurs vagues, cris de détresse, d'angoisse et de terreur ; mer de feu, avec sa houle et ses lames grandioses, dont la dévorante activité engloutissait tout sur son passage, franchissant les vallons, escaladant les montagnes, et, du même coup, réduisant en cendres impalpables les produits du règne végétal et ceux du règne animal.

Le Gila, à cette époque de l'année, gonflé par les pluies qui tombent dans la Sierra, avait atteint une largeur double de celle qu'il a pendant l'été ; alors son courant devient fort et souvent dangereux à cause de sa rapidité ; mais, au moment où les deux aventuriers le traversaient, les nombreux animaux qui, en masse serrée, cherchaient en même temps à le franchir, avaient si bien rompu sa force, qu'ils exécutèrent la traversée d'une rive à l'autre dans un espace de temps comparativement fort court.

— Eh ! observa Cucharès au moment où les chevaux prenaient pied et commençaient à gravir la berge, ne m'aviez-vous pas dit, don Martial, que nous nous rendions à l'*hacienda* ? Nous n'en prenons pas le chemin, il me semble.

— Il vous semble mal, compagnon ; souvenez-vous de ceci : au désert, il faut toujours avoir l'air de tourner le dos au but que l'on veut atteindre, sous peine de n'arriver jamais.

— Ce qui veut dire ?...

— Que nous allons entraver nos chevaux sous ce bouquet de mesquites et de cèdres-acajous, où ils seront parfaitement en sûreté, et que nous nous dirigerons ensuite vers l'*hacienda*.

Le *Tigrero* mit immédiatement pied à terre, conduisit son cheval sous l'abri des grands arbres, lui retira la bride afin qu'il pût brouter, l'entrava avec soin, et retourna vers la plage.

Cucharès, avec cette résolution du désespoir qui, dans certaines circonstances, ressemble à s'y méprendre à du courage, avait de point en point imité les mouvements de son compagnon. Le digne *lepero* avait définitivement pris un parti héroïque : persuadé intérieurement qu'il était perdu, il se laissait aller à la volonté de sa bonne ou de sa mauvaise étoile, avec ce fanatisme optimiste des métis qui ne peut être comparé qu'à celui des Orientaux.

Nous l'avons dit, ce côté du fleuve était plongé dans l'ombre et le silence, les aventuriers étaient donc provisoirement à l'abri de tout péril.

— Mais, fit encore le *lepero*, la course est un peu longue d'ici à l'*hacienda* ; je ne pourrai jamais nager jusque là.

— Patience ; nous trouverons, j'en suis certain, si nous prenons la peine de chercher un peu, les moyens de l'abréger. Eh ! tenez, fit-il au bout d'un instant, que vous disais-je ?

Le *Tigrero* montrait du doigt au *lepero* une pirogue amarrée à un piquet dans une petite anse de la côte.

— Les colons viennent souvent pécher ici, continua-t-il, ils ont plusieurs pirogues cachées ainsi d'espace en espace. Nous prendrons celle-ci, et en quelques minutes nous serons rendus. Savez-vous manœuvrer une pagaie ?

— Oui, lorsque je n'ai pas peur.

Don Martial le regarda quelques secondes, puis, lui posant rudement la main sur l'épaule :

— Écoutez, Cucharès, mon ami, lui dit-il d'une voix brève, je n'ai pas le temps de discuter avec vous ; j'ai des raisons extrêmement sérieuses d'agir ainsi que je le fais ; il me faut de votre part un concours dévoué, sans arrière pensée ni hésitation ; tenez-vous pour averti. Vous me connaissez, au premier mouvement suspect, je vous fais sauter la cervelle comme à un coyote. Maintenant, aidez-moi à parer cette pirogue, et partons vivement.

Le *lepero* comprit ; il se résigna. En quelques minutes, la pirogue fut prête et les deux hommes dedans.

Le trajet qu'ils avaient à faire pour atteindre les derrières de l'*hacienda* n'était pas très-long, mais il était hérissé de dangers : d'abord, à cause de la force du courant, qui entraînait avec lui un nombre considérable de souches et d'arbres morts, pour la plupart encore garnis de leurs branches, et qui, flottant à moitié submergés dans la rivière, risquaient à chaque pas de faire chavirer la frêle embarcation ; puis les animaux qui continuaient à fuir l'incendie traversaient le fleuve en troupes serrées, et si la pirogue se trouvait prise au milieu d'une de ces *manadas* affolées de terreur, elle serait inévitablement broyée ainsi que ceux qu'elle portait : le moindre danger que couraient les aventuriers était de recevoir une balle des sentinelles embusquées dans les épais taillis qui défendaient l'approche de la colonie du côté du fleuve. Mais ce danger n'était rien, comparativement aux autres que nous avons d'abord signalés : tout portait à supposer que les Français, mis en éveil par les lueurs blafardes de l'incendie, dirigeraient tous leurs regards du côté de la terre ferme. Du reste, don Martial se croyait assuré de n'avoir rien à redouter des sentinelles, qui avaient dû être éloignées.

Sur un signe de don Martial, le *lepero* prit ses pagaies.

Ils partirent.

L'incendie s'éloignait rapidement dans la direction de l'ouest, continuant toujours ses ravages.

La pirogue avançait lentement et avec précaution, au milieu des obstacles sans nombre qui, à chaque instant, entravaient sa marche.

Cucharès, pâle comme un cadavre, les cheveux hérissés, les yeux agrandis par la terreur, pagayait avec frénésie, tout en recommandant avec ferveur son âme à tous les saints de l'innombrable légende dorée espagnole, convaincu plus que jamais qu'il ne sortirait pas sauf de l'entreprise dans laquelle il s'était, à son avis, lancé si maladroitement.

Du reste, la position était grave, il fallait toute la résolution dont était doué le *Tigrero*, et surtout la surexcitation que lui causait le but qu'il voulait atteindre, pour que lui-même ne se laissât pas aller à partager la frayeur qui s'était emparée de son compagnon.

Plus ils avançaient, plus les obstacles croissaient devant eux : obligés à des détours continuels, à cause des arbres qui leur barraient continuellement le passage, ils ne faisaient pour ainsi dire que tourner sur eux-mêmes, contraints de repasser dix fois à la même place et de veiller de tous côtés à la fois, afin de ne pas être chaviré tout à coup par les obstacles visibles ou invisibles qui se dressaient devant eux.

Depuis deux heures environ, ils faisaient cette pénible navigation ; ils approchaient insensiblement de l'*hacienda*, dont la masse noire se dessinait sur le ciel étoilé. Soudain, un cri terrible, poussé par un nombre considérable de voix traversa l'espace, et une décharge d'artillerie et de mousqueterie éclata comme un tonnerre.

— Sainte Vierge ! s'écria Cucharès en abandonnant les pagaies et en joignant les mains, nous sommes perdus !

— *Caraï* ! dit le *Tigrero*, au contraire, nous sommes sauvés ! les Indiens attaquent la colonie, tous les Français sont aux retranchements, nul ne songe à nous surveiller. Hardi ! mon garçon, encore un coup de pagaie et tout est fini.

— Dieu vous entende ! murmura le *lepero*, en se remettant à pagayer d'une main tremblante.

— Eh ! l'attaque est sérieuse, il paraît. Tant mieux ! plus on se battra là-bas, moins on fera attention à nous ici ; avançons toujours.

Du côté de l'isthme, on entendait le bruit du combat qui, à chaque instant, devenait plus fort.

Les deux aventuriers, perdus dans l'ombre, pagayaient silencieusement, s'approchant insensiblement de l'*hacienda*.

Don Martial jeta un regard interrogateur autour de lui : tout était silencieux dans cette partie du fleuve, éloigné à peine d'une demi-portée de pistolet de l'*hacienda*. Rien ne donnait à supposer qu'on les eût aperçus.

Le *Tigrero* se pencha sur son compagnon.

— Assez, lui dit-il à voix basse, nous sommes arrivés.

— Comment ! arrivés, répéta le *lepero* d'un air effaré, nous sommes encore loin !

— Non ; à l'endroit où nous nous trouvons, quoi qu'il arrive, vous n'avez rien à redouter de qui que ce soit ; restez dans la pirogue, amarrez-la contre une des souches qui vous entourent, et attendez-moi.

— Mais vous ?

— Moi, je vais vous quitter pour une heure ou deux ; surtout, veillez avec soin. Si vous aperceviez quelque chose de nouveau, vous imiteriez le cri de la poule d'eau à deux reprises différentes ; vous me comprenez ?

— Parfaitement. Mais si un danger sérieux nous menaçait, que devrais-je faire ?

Le *Tigrero* réfléchît un instant.

— Quel danger peut vous menacer ici ? dit-il.

— Je l'ignore ; mais les Indiens sont des démons incarnés ; avec eux, il faut tout prévoir.

— Vous avez raison. Eh bien, au cas où un danger sérieux nous menacerait, mais dans ce cas-là, seulement, vous m'entendez, après avoir fait votre signal, vous accosterez avec la pirogue à cette pointe que vous voyez d'ici : ce sont des palétuviers au milieu desquels vous serez complètement à l'abri et où je vous rejoindrai immédiatement.

— C'est entendu ; mais vous, comment saurai-je où vous trouver ?

— J'imiterai deux fois le cri du chien des prairies. Maintenant, soyez prudent.

— Rapportez-vous en à moi.

Le *Tigrero* se débarrassa des vêtements qui pouvaient le gêner, tels que son *zarape* et ses *botas vaqueras*, ne garda sur lui que son pantalon et sa veste, passa son couteau dans sa ceinture, attacha ses pistolets, son rifle et sa cartouchière en un seul paquet, puis il imita à s'y méprendre le chant du *maukawès*. Bientôt un chant semblable s'éleva du rivage ; alors le *Tigrero*, après avoir fait une dernière recommandation à son compagnon, assujettit solidement ses armes sur sa tête et se laissa doucement couler dans l'eau. Le *lepero* l'aperçut bientôt nageant silencieusement et vigoureusement dans la direction de l'*hacienda* ; mais peu à peu le Tigrero se perdit dans l'éloignement et ne tarda pas à se confondre avec les ténèbres de la rive.

Dès qu'il fut seul, Cucharès, sans se rendre bien compte de la raison qui le poussait à agir ainsi, commença par visiter avec soin ses armes, dont il changea les amorces, afin d'être prêt à tout événement et de ne pas risquer d'être pris au dépourvu ; puis, rassuré par le calme qui régnait aux environs, il se coucha, malgré les recommandations du *Tigrero*, dans le fond de la pirogue, et se prépara à dormir.

Les bruits du combat avaient diminué peu à peu, ils avaient fini par s'éteindre entièrement ; on n'entendait plus ni cris ni coups de feu ; les Indiens, repoussés par les colons, avaient renoncé à leur attaque. Les lueurs de l'incendie devenaient de moins en moins vives ; le désert semblait être complètement retombé dans son silence et sa solitude habituelle.

Le *lepero*, couché sur le dos dans le fond de la pirogue, regardait les étoiles brillantes qui scintillaient dans le bleu du ciel. Doucement bercé par la houle, il se laissait aller à rêver insoucieusement ; ses yeux se fermaient par intervalle ; enfin, il était arrivé à ce point qui n'est ni la veille ni le sommeil, et n'allait probablement pas tarder à s'endormir, lorsqu'au moment où il s'abandonnait et avant de fermer définitivement les yeux, il jetait par acquit de conscience un dernier regard déjà voilé par le sommeil, sur le paysage, il tressaillit, réprima avec peine un cri de frayeur et se redressa si vivement qu'il manqua de faire chavirer la pirogue.

Cucharès avait eu une vision affreuse ; il se frotta vigoureusement les yeux afin de s'assurer qu'il était bien éveillé, et regarda de nouveau.

Ce qu'il avait pris pour une vision était bien réel ; il avait bien vu.

Nous avons dit que le fleuve charriait un nombre considérable de souches et d'arbres morts encore chargés de leurs branches. Depuis quelque temps, une quantité énorme de ces arbres s'était réunie et agglomérée autour de la pirogue sans que le *lepero* pût attribuer une raison plausible à ce fait singulier, d'autant plus que ces arbres, qui, par la force des lois naturelles, devaient suivre le courant et descendre avec lui, le coupaient au contraire dans toutes les directions, et, au lieu de tenir le milieu du fleuve, tendaient à se rapprocher incessamment de la rive où s'élevait l'*hacienda*.

Chose plus extraordinaire encore, la marche de ces bois flottants était si bien réglée, que tous se dirigeaient vers le même point, c'est-à-dire vers l'extrémité de l'isthme, le derrière de l'*hacienda* ; puis, fait effrayant, Cucharès voyait briller des yeux flamboyants, se dessiner des têtes hideuses, des profils affreux, au milieu de ce fouillis de branches, de souches et d'arbres entrelacés.

Il n'y avait pas à en douter, chaque arbre recelait au moins un Apache ; les Indiens, ayant échoué d'un côté dans leur tentative, cherchaient à surprendre la colonie par le fleuve et venaient à la nage, cachés par les arbres, au milieu desquels ils étaient embusqués.

La position du *lepero* était perplexe. Jusqu'à ce moment, les Indiens, tout à l'exécution de leur projet, n'avaient sans doute pas fait attention à la pirogue, ou, s'ils l'avaient vue, ils avaient pensé qu'elle appartenait à quelqu'un des leurs ; mais à chaque instant l'erreur pouvait être découverte, le *lepero* le reconnut, et alors, il le savait trop bien, il était perdu sans rémission.

Déjà, à deux ou trois reprises différentes, des mains s'étaient, pendant quelques secondes, posées sur les bords de la frêle embarcation, sans que, par un hasard providentiel, les maîtres de ces mains eussent songé à jeter un regard dans l'intérieur de la pirogue.

Toutes ces réflexions et bien d'autres encore, le pauvre Cucharès les faisait couché en apparence fort confortablement au fond de la pirogue, doucement balancé par les flots, et voyant défiler au-dessus de sa tête les étoiles brillantes du firmament. Les traits crispés par la terreur, la face blêmie, tenant convulsivement serrée dans chaque main la crosse d'un pistolet, se recommandant mentalement à son saint patron, il attendait la catastrophe que chaque minute qui s'écoulait rendait plus imminente.

Il n'attendit pas longtemps.

XIV. Une Ruse indienne.

Parmi les nations indomptées qui errent dans les vastes déserts compris dans le delta formé par le rio Gila, le rio del Norte et le Colorado, deux se sont arrogé la souveraineté sur les autres : ces deux nations sont les Apaches et les Comanches.

Ennemies irréconciliables, sans cesse en guerre l'une contre l'autre, ces deux nations se réunissent cependant et s'unissent dans une haine commune contre les blancs ou tout ce qui appartient à cette race abhorrée.

Excellents cavaliers, intrépides chasseurs, guerriers cruels et sans pitié, les Comanches et les Apaches sont pour les habitants du nouveau Mexique de redoutables voisins. Chaque année, à la même époque, ces féroces guerriers s'élancent au nombre de plusieurs milliers du fond de leurs déserts, franchissent les fleuves à gué ou à la nage et envahissent, sur plusieurs points, les frontières mexicaines, brûlant, saccageant tout ce qui se trouve sur leur passage, emmenant les femmes et les enfants en esclavage, et répandant la terreur et la désolation à plus de dix et quelquefois vingt lieues dans l'intérieur du territoire civilisé.

À l'époque de la domination espagnole, il n'en était pas ainsi. De nombreuses missions, des *presidios*, des postes établis de distance en distance et des corps de troupes, spécialement chargés de ce service, disséminés sur toute la frontière, repoussaient les attaques des Indiens, les refoulaient dans leurs déserts et les contenaient dans les limites de leurs territoires de chasse ; mais depuis la proclamation de leur indépendance, les Mexicains ont eu si fort à faire à s'entre-tuer et à s'entre déchirer au moyen de révolutions sans but et sans moralité, que les postes ont été rappelés, les missions saccagées, les *presidios* abandonnés, et les frontières se sont gardés comme elles l'ont pu, c'est-à-dire pas du tout. Alors, il en est résulté que les Indiens se sont peu à peu rapproché, ont de nouveau franchi les rivières, et ne trouvant aucune résistance sérieuse devant eux, par la raison toute simple que le gouvernement de Mexico défend, sous les peines les plus graves, de donner des armes à feu aux Indiens civilisés, qui seuls auraient pu combattre avantageusement contre les envahisseurs, ceux-ci ont reconquis en quelques années à peine ce qu'il avait fallu à l'Espagne avec sa toute-puissance, des siècles pour leur faire perdre. Il résulte de tout cela que les terres les plus fertiles et les meilleures du monde restent en friche, que l'on ne peut faire un pas dans ces malheureuses contrées sans rencontrer des ruines encore fumantes, et que l'audace des sauvages s'est si bien accrue, que maintenant ils ne se donnent même pas la peine de cacher leurs expéditions, que chaque année ils les font à la même époque, le même mois, presque le même jour, et que ce mois est appelé par eux en dérision la *lune du Mexique*, c'est-à-dire lune pendant laquelle on pille les Mexicains.

Tous les faits que nous rapportons ici seraient le comble de la bouffonnerie s'ils n'étaient le comble de l'atrocité.

L'Ours-Noir avait fondé la grande confédération dont nous avons parlé précédemment, dans le but de se relever aux yeux de ses compatriotes, que plusieurs expéditions malheureuses avaient considérablement refroidis à son égard. Comme tous les chefs indiens importants, il était ambitieux ; déjà il avait réussi à détruire certaines peuplades et à les fondre dans sa nation ; il n'aspirait à rien moins qu'à réduire les Comanches et à les obliger à reconnaître sa suzeraineté ; entreprise difficile, pour ne pas dire impossible, car la nation comanche est à juste titre reconnue pour la plus belliqueuse et la plus redoutable du désert : cette nation qui s'intitule elle-même orgueilleusement la reine des prairies, ne souffre qu'à peine la présence des Apache sur le terrain qu'elle considère comme lui appartenant et formant ses territoires de chasse. Les Comanches ont sur les autres Indiens des prairies un avantage immense, avantage qui fait leur force et les rend si terribles aux nations contre lesquelles ils combattent. Grâce au soin qu'ils ont pris de ne jamais boire de liqueurs spiritueuses, ils ont échappé à l'abrutissement général et à la plupart des maladies qui déciment les autres Indiens, et ils se sont conservés vigoureux et intelligents.

Le Moqueur, pas plus que l'Ours-Noir, ne croyait à la durée de l'alliance jurée entre les deux nations : la haine qu'il portait aux Apaches avait d'ailleurs de trop profondes racines pour qu'il le désirât ; mais la fondation de la colonie de Guetzalli par les Français, en établissant en permanence des blancs sur un territoire qu'ils considéraient comme leur appartenant, était une menace trop sérieuse pour les Comanches et les autres indiens bravos, pour qu'ils ne cherchassent pas par tous les moyens à se débarrasser de ces voisins redoutables. Ils avaient donc pour un moment fait taire devant l'"intérêt général leurs vieilles rancunes et leurs inimitiés particulières, et s'étaient réunis pour cela, mais pour cela seulement. Il était tacitement convenu entre eux que, les étrangers expulsés, chacun serait libre d'agir à sa guise.

Nous avons vu de quelle façon le Moqueur avait commencé les hostilités ; l'Ours-Noir avait un projet qu'il mûrissait depuis longtemps déjà, sans avoir encore eu en son pouvoir les moyens de le mettre à exécution. Ne sachant où trouver les renseignements nécessaires pour l'expédition qu'il voulait tenter, il était allé à Guaymas ; le *Tigrero*, en lui proposant de s'introduire en qualité de guide dans la colonie, lui avait fourni sans s'en douter le prétexte qu'il cherchait ; aussi, pendant le peu d'heures qu'il avait passées dans l'*hacienda* n'avait-il pas perdu son temps, et avec cette astuce particulière aux Indiens, avait-il reconnu dans les plus grands détails tous les points faibles de la place.

Une autre raison était venue encore éperonner son désir de s'emparer de l'*hacienda* : de même que tous les Peaux-Rouges, son rêve était d'avoir dans sa hutte une femme blanche ; la fatalité, en jetant sur sa route doña Anita, avait subitement ravivé l'espoir secret qu'il caressait, et lui avait fait supposer qu'il posséderait enfin la femme qu'il cherchait depuis si longtemps sans la pouvoir rencontrer.

Que l'on ne croie pas que l'Ours-Noir aimait doña Anita ; non, il voulait une femme blanche, voilà tout : il était humilié de savoir que les autres chefs de sa nation avaient des esclaves de cette couleur, tandis que lui seul n'en avait pas. Doña Anita eût été laide, il aurait de même essayé de s'en emparer ; elle était belle, tant mieux ; et encore nous ajouterons que le chef apache ne la trouvait pas belle : au point de vue de ses idées indiennes, la jeune femme était tout au plus passable ; la seule chose qu'il prisait en elle, c'était sa couleur.

L'Ours-Noir, placé avec ses principaux guerriers sur la pointe de l'île, demeura silencieux, les bras croisés sur la poitrine, les yeux fixés dans l'espace jusqu'au moment où les premières lueurs de l'incendie allumé par le Moqueur colorèrent l'horizon de reflets sanglants.

— Mon frère le Moqueur est un chef expérimenté, dit-il, et un allié fidèle ; il a bien rempli la mission dont il s'était chargé ; il enfume en ce moment les chiens faces pâles ; ce que les Comanches ont commencé, les Apaches le finiront.

— L'Ours-Noir est le premier guerrier de sa nation, répondit la Petite-Panthère ; qui oserait lutter avec lui ?

Le sachem indien sourit à cette flatterie.

— Si les Comanches sont des antilopes, les Apaches sont des loutres ; ils savent quand ils le veulent nager dans les eaux aussi bien que marcher sur la terre et voler dans les airs ; les visages pâles ont vécu ; le Grand-Esprit est en moi, c'est lui qui me dicte les paroles que souffle ma poitrine.

Les guerriers s'inclinèrent.

L'Ours-Noir reprit après un instant de silence :

— Qu'importent aux guerriers apaches les tubes enflammés des visages pâles ! N'ont-ils pas de longues flèches cannelées et des cœurs intrépides ? Mes fils me suivront, nous prendrons les chevelures de ces chiens pâles pour les attacher à la crinière de nos chevaux, et leurs femmes seront nos esclaves.

Des cris de joie et d'enthousiasme accueillirent ces paroles.

— Le fleuve charrie de nombreux troncs d'arbres ; mes fils ne sont pas des femmes, pour se fatiguer inutilement ; ils se placeront sur ces arbres morts et se laisseront dériver au courant jusqu'à la grande hutte des faces pâles. Que mes fils se préparent : l'Ours-Noir partira à la seizième heure, alors que la hulotte bleue aura chanté deux fois et que le walkon aura fait entendre son cri aigu. J'ai dit. Deux cents guerriers suivront l'Ours-Noir.

Les chefs s'inclinèrent respectueusement devant le sachem et le laissèrent seul.

Celui-ci s'enveloppa dans sa robe de bison, s'accroupit auprès d'un brasier brûlant devant lui, alluma son calumet au moyen d'une baguette-médecine garnie de grelots et de plumes, et demeura silencieux, les yeux fixés sur la lueur qui grandissait toujours à l'horizon.

L'île où le chef apache avait établi son camp n'était qu'à peu de distance de la colonie française ; le projet de se laisser dériver au courant n'avait rien de fort périlleux pour ces hommes habitués à tous les exercices du corps et qui nageaient comme des poissons ; il avait l'immense avantage de dissimuler complètement l'approche des guerriers cachés par l'eau et les branches, et qui, à un moment donné, fondraient comme une tourbe de vautours affamés sur la colonie.

L'Ours-Noir était tellement convaincu de la réussite de ce stratagème, qu'une cervelle indienne était seule capable de concevoir, qu'il ne voulait avec lui qu'une troupe de deux cents guerriers d'élite, jugeant inutile d'en emmener davantage contre des ennemis surpris à l'improviste, et qui, obligés de se défendre contre les Comanches du Moqueur, seraient attaqués par derrière et massacrés avant même d'avoir eu le temps de se reconnaître.

La nuit vient rapidement et tombe presque tout à coup dans ces contrées où le crépuscule a à peine la durée d'un éclair ; bientôt tout fut ténèbres ; seulement, dans le lointain, une large bande d'un rouge cuivré dénonçait la marche de l'incendie à la suite duquel, comme une bande de loups hideux, marchaient les Comanches galopant sur cette terre chaude encore, et foulant du pied de leurs chevaux les tisons et les charbons à peine éteints et pas encore refroidis.

Lorsque l'Ours-Noir jugea que le moment était venu, il éteignit son calumet, secoua paisiblement la cendre du fourneau et fit un geste compris immédiatement par la Petite-Panthère, qui se tenait aux aguets pour exécuter les ordres qu'il plairait au chef de lui donner.

Presque immédiatement parurent les deux cents guerriers choisis par le sachem pour cette expédition.

C'étaient tous des hommes d'élite ; armés du casse-tête et de la lance ; ils avaient leur bouclier rejeté sur le dos.

Après un moment de silence, employé par le chef à passer une espèce d'inspection de ses guerriers :

— Nous allons partir, dit-il d'une voix profonde ; les visages pâles que nous sommes destinés à combattre ne sont pas des Yoris ; on les dit très-braves ; mais les Apaches sont les guerriers les plus braves du monde ; nul ne peut lutter contre eux. Mes fils se feront tuer, mais ils seront vainqueurs.

— Les guerriers se feront tuer, répondirent les Indiens d'une seule voix.

— Ooah ! reprit l'Ours-Noir, mes fils ont bien parlé, l'Ours-Noir a confiance en eux. Le Wacondah — Grand-Esprit — ne les abandonnera pas ; il aime les hommes rouges. Maintenant, mes fils vont réunir les arbres morts flottant sur le fleuve et s'abandonner au courant avec eux. Le cri du condor leur servira de signal pour fondre sur les visages pâles.

Les Indiens se mirent immédiatement en devoir d'exécuter l'ordre du chef. Chacun à l'envi l'un de l'autre, chercha à rapprocher les troncs d'arbres ou les souches ; en quelques instants, un nombre considérable se trouva réuni auprès de la pointe de l'île. L'Ours-Noir jeta un dernier regard autour de lui, fit un geste pour ordonner le départ, et, le premier, il se laissa glisser dans l'eau et s'abandonna sur un arbre ; tous les autres le suivirent instantanément sans la moindre hésitation.

Les Apaches avaient manœuvré si habilement en amenant les troncs d'arbre sur la rive de l'île, ils avaient si bien choisi leur position, que, lorsque après s'être placés dessus ils les lancèrent de nouveau, les arbres reprirent presque aussitôt le courant et commencèrent à suivre tout doucement le fil de l'eau, dérivant d'une manière imperceptible dans la direction de la colonie où ils voulaient aborder.

Cependant, cette navigation essentiellement excentrique ne laissait pas que de présenter de graves inconvénients et de sérieux dangers à ceux qui l'entreprenaient.

Les Indiens abandonnés sans pagaies sur les arbres étaient contraints de se laisser emporter par le courant, ne réussissant qu'avec des efforts infinis à se maintenir dans une position convenable : comme tout bois flottant au gré des flots, les arbres exécutaient un continuel mouvement de rotation sur eux-mêmes, ce qui obligeait ceux qui les montaient à employer toutes leurs forces et toute leur adresse pour ne pas être submergés à chaque seconde ; puis, autre difficulté, il fallait absolument plonger dans le fleuve, afin d'imprimer aux arbres la direction convenable et les faire dévier de façon à atteindre la colonie au lieu de suivre le courant, c'est-à-dire le milieu du fleuve. Il y avait encore un autre inconvénient qui n'était pas le moins grave de tous, c'est que les arbres sur lesquels se trouvaient les Apaches en rencontraient d'autres sur leur route, avec lesquels ils choquaient, ou bien leurs branches respectives s'enchevêtraient si bien les unes dans les autres qu'il devenait positivement impossible de les séparer et qu'il fallait bon gré mal gré les entraîner avec soi ; si bien qu'au bout d'une demi-heure à peine, on aurait cru voir sur le fleuve naviguer un immense radeau qui en tenait toute la largeur.

Les Indiens sont tenaces ; quand ils ont entrepris une expédition ils n'y renoncent que lorsqu'il leur est irrévocablement prouvé que la réussite est impossible ; sans cela ils résistent quand même. Ce fut ce qui arriva dans cette circonstance : plusieurs hommes furent noyés, d'autres blessés si grièvement qu'ils furent contraints, malgré eux, de regagner le rivage. Cependant les autres tinrent bon, et, encouragés par leur chef, qui ne cessait de leur faire entendre sa voix, ils continuèrent à descendre le fleuve.

Déjà, depuis longtemps, l'île d'où ils étaient partis avait disparu au loin derrière eux dans les méandres formés par le cours irrégulier du fleuve, la pointe sur laquelle s'élevaient les bâtiments de la colonie apparaissait à peu de distance, la noire silhouette de l'*hacienda* se découpait capricieusement sur l'azur du ciel, à une portée de flèche environ de l'endroit qu'ils avaient atteint, lorsque l'Ours-Noir, qui se trouvait en tête, et dont l'œil perçant interrogeait incessamment l'espace dans toutes les directions, aperçût à quelques brasses en avant de lui une pirogue qui se balançait gracieusement, attachée à un fouillis d'arbres morts.

Cette pirogue fut immédiatement suspecte au défiant Indien ; il ne lui parut pas naturel qu'à une heure aussi avancée de la nuit, une embarcation quelconque se trouvât ainsi amarrée et abandonnée au large ; mais l'Ours-Noir était un homme d'une décision prompte, que rien n'embarrassait et qui, en toutes choses, prenait rapidement son parti. Après avoir attentivement examiné cette mystérieuse pirogue toujours stationnaire non loin de lui, il se pencha vers la Petite-Panthère, qui, accroché au même arbre, se tenait prêt à exécuter ses ordres, et plaçant son couteau dans ses dents, le chef abandonna son point d'appui et plongea.

Il se releva auprès de la pirogue, la saisit brusquement, la fit pencher de son côté et sauta dans l'intérieur sur la poitrine de Cucharès, qu'il prit à la gorge.

Ce mouvement fut exécuté si rapidement que le *lepero* ne put se servir de ses armes et se trouva complètement à la merci de son ennemi, avant même qu'il se fût bien rendu compte de ce qui lui arrivait.

— Ooeh ! s'écria l'Indien avec surprise en le reconnaissant, que fait là mon frère ?

De son côté, le *lepero* avait reconnu le chef ; sans qu'il sût pourquoi cela lui avait rendu un peu de courage.

— Vous le voyez bien, répondit-il, je dors.

— Ooah ! mon frère a eu peur du feu, voilà pourquoi il s'est établi sur le fleuve.

— Juste ! vous avez deviné du premier coup, chef, j'ai eu peur du feu.

— Bon, reprit l'Apache avec un sourire railleur qui n'appartenait qu'à lui ; mon frère n'est pas seul ; où est le Gros-Bison ?

— Hein ! le Gros-Bison, je ne le connais pas, chef, je ne sais même point de qui vous voulez parler.

— Tous les visages pâles ont la langue menteuse ; pourquoi mon frère ne dit-il pas la vérité ?

— Je ne demande pas mieux que la dire ; seulement, je ne vous comprends pas.

— L'Ours-Noir est un grand guerrier apache ; il sait parler la langue de sa nation, mais il connaît mal celle des Yoris.

— Ce n'est pas cela que je veux dire ; vous vous exprimez fort bien en castillan ; seulement vous me parlez d'une personne que je ne connais pas.

— Ooah ! serait-il possible ? répondit l'Indien avec un feint étonnement. Mon frère ne connaît-il pas le guerrier avec lequel il se trouvait il y a deux jours ?

— Ah ! j'y suis maintenant ? c'est de don Martial que vous voulez parler ; oui, certes, je le connais.

— Bon, répondit le chef ; je savais bien que je ne me trompais pas ; en ce moment pourquoi mon frère n'est-il pas avec lui ?

— Dame ! probablement parce que je suis ici, fit le *lepero* en ricanant.

— C'est vrai ; mais comme je suis pressé, moi, et que mon frère ne veut pas me répondre, je vais le tuer.

En disant cela d'un ton qui n'admettait pas de tergiversation possible, l'Ours-Noir leva son poignard ; le *lepero* comprit que s'il ne faisait pas les volontés de l'Indien il était perdu, son hésitation cessa comme par enchantement.

— Que voulez-vous de moi ? dit-il.

— La vérité.

— Interrogez !

— Mon frère répondra ?

— Oui.

— Bon. Où est le Gros-Bison ?

— Là ! fit-il en étendant le bras dans la direction de l'*hacienda*.

— Depuis longtemps ?

— Depuis plus d'une heure.

— Pour quelle raison y est-il allé ?

— Vous le devinez bien.

— Oui. Sont-ils ensemble ?

— Ils doivent y être, puisque c'est elle qui l'a appelé.

— Ooah ! Et quand doit-il revenir ?

— Je ne sais pas.

— Il ne l'a pas dit à mon frère ?

— Non.

— Reviendra-t-il seul ?

— Je l'ignore.

L'Indien lui lança un regard qui semblait vouloir fouiller le fond de son cœur ; le *lepero* fut impassible, il avait *loyalement* dit tout ce qu'il savait.

— Bon, reprit le chef au bout d'un instant ; le Gros-Bison n'est-il pas convenu d'un signal avec son ami, afin de le rejoindre quand il lui plaira ?

— En effet.

— Quel est ce signal ?

À cette question, une idée singulière traversa le cerveau de Cucharès. Les *leperos* appartiennent à une race étrange qui n'a d'analogie dans le monde qu'avec les lazzaroni de Naples : prodigues et avares à la fois, cupides et désintéressés, d'une témérité extrême et d'une lâcheté sans bornes, ces hommes sont le composé le plus bizarre et le plus étrange qui se puisse imaginer de tout ce qui est bon et de tout ce qui est mauvais ; chez eux tout est heurté, tronqué, imparfait ; rien ne se fait que par bonds sous l'impression du moment, sans réflexion comme sans passion ; railleurs éternels, ils ne croient à rien et ils croient à tout ; pour les résumer en un mot, leur vie n'est qu'une antithèse continuelle, et pour une gaminerie qui peut leur coûter la vie, ils sacrifieront de gaieté de cœur leur ami le plus dévoué, de même qu'ils le sauveront.

Cucharès personnifiait complètement cette race excentrique des *leperos*. Bien que le poignard du chef apache fût à deux pouces de sa poitrine, et qu'il sût pertinemment que son féroce ennemi ne lui ferait pas grâce, il se résolut tout à coup à lui jouer un tour, et à lui servir, coûte que coûte, un plat de son métier. Nous n'ajouterons pas que peut-être son amitié pour don Martial plaidait à son insu pour lui dans son cœur, nous le répétons, le *lepero* n'a d'amitié pour personne, pas même pour lui, son cœur n'existe qu'à l'état de viscère.

— Le chef veut connaître ce signal ? dit-il.

— Oui, répondit l'Apache.

Cucharès, avec le plus beau sang-froid du monde, imita alors le cri de la poule d'eau.

— Silence ! s'écria l'Ours-Noir, ce n'est pas cela.

— Pardon, répondit le *lepero* en ricanant, peut-être l'ai-je mal fait, et il recommença.

L'Indien, outré de l'impudence de son ennemi, se précipita sur lui, résolu d'en finir par un coup de poignard.

Mais, aveuglé par la fureur, il calcula mal la portée de son élan, imprima un mouvement trop brusque à la pirogue ; la frêle embarcation, dont l'équilibre fut dérangé chavira, et les deux ennemis roulèrent dans le fleuve.

Une fois dans l'eau, le *lepero* qui nageait comme une loutre ne perdit pas la tête et glissa entre deux eaux, en se dirigeant vers l'*hacienda* aussi vite que ses forces le lui permettaient.

Mais, s'il nageait bien, l'Ours-Noir nageait au moins aussi bien que lui ; le premier mouvement de surprise passé, le chef s'orienta et retrouva presque immédiatement la trace de son ennemi.

Alors commença entre ces deux hommes une lutte d'adresse et de forces ; peut-être se serait-elle terminée à l'avantage du blanc, qui avait une grande avance sur son adversaire, si plusieurs guerriers, témoins de ce qui s'était passé, ne s'étaient pas aussi jetés à la nage et n'avaient coupé la retraite au fugitif.

Cucharès vit que la fuite était impossible : alors, sans chercher à continuer plus longtemps une lutte sans but désormais, il se dirigea vers un arbre après lequel il se cramponna, et il attendit avec un magnifique sang-froid ce qui allait arriver.

L'Ours-Noir ne tarda pas à le rejoindre. Le chef ne témoigna aucune mauvaise humeur pour le tour que le *lepero* lui avait joué.

— Ooah ! dit-il seulement en saisissant les branches de l'arbre, mon frère est un guerrier ; il a la finesse de l'opossum.

— À quoi cela me sert-il, répondit insoucieusement Cucharès, puisque je ne puis parvenir à sauver ma chevelure ?

— Peut-être, répondit l'Indien ; que mon frère me dise en quel lieu se trouve le Gros-Bison ?

— Je vous l'ai déjà dit, chef.

— Oui ; mon frère m'a dit que son ami était dans la grande hutte des visages pâles, mais il ne m'a pas dit dans quel endroit.

— Hum ! et si je vous désigne cet endroit, serai-je libre ?

— Oui ; si mon frère n'a pas la langue fourchue ; s'il me dit la vérité, dès que nous mettrons le pied sur la rive, il sera libre d'aller où bon lui semblera.

— Triste faveur ! murmura le *lepero* en secouant la tête.

— Eh bien, reprit le chef, que fait mon frère ?

— Ma foi ! répondit Cucharès, en prenant tout d'un coup son parti, j'ai fait pour don Martial tout ce qu'il m'était humainement possible de faire ; maintenant qu'il est averti, qu'il s'arrange, chacun pour soi, je dois sauver ma peau. Tenez, chef, suivez bien la direction de mon doigt ; vous voyez d'ici, sur cette pointe qui avance, ces palétuviers ?

— Je les vois.

— Eh bien, derrière ces palétuviers vous rencontrerez celui auquel vous donnez le nom de Gros-Bison.

— Bon, l'Ours-Noir est un chef, il n'a qu'une parole, le visage pâle sera libre.

— Merci.

La conversation, sans but désormais entre les deux hommes, fut brusquement interrompue, d'autant plus que les Apaches approchaient rapidement du rivage.

Les Indiens avaient laissé aller à la dérive la plupart des arbres auxquels ils s'étaient maintenus accrochés jusque là, et s'étaient réunis par grappes de dix ou douze sur un petit nombre des plus gros.

L'*hacienda* était silencieuse ; pas une lumière ne brillait, tout était calme ; on aurait dit une habitation abandonnée.

Cette tranquillité si profonde excita les soupçons de l'Ours-Noir ; cette immobilité lui sembla présager une tempête prochaine. Il voulut, avant de se risquer à tenter un débarquement, s'assurer positivement par lui-même de ce qu'il avait à redouter ; il modula le cri de l'iguane et plongea en se dirigeant vers le rivage.

Les Apaches comprirent l'intention de leur chef, ils s'arrêtèrent.

Au bout de quelques instants, ils l'aperçurent rampant sur le sable de la grève. L'Ours-Noir fit quelques pas sur la plage ; il ne vit rien, n'entendit rien ; alors, complètement rassuré, il retourna au bord de l'eau et donna le signal du débarquement.

Les Apaches quittèrent les arbres et se mirent à la nage ; Cucharès profita du moment de désordre occasionné par cette manœuvre pour disparaître, ce qui lui fut facile ; en ce moment, personne ne songeait à lui.

Cependant les Apaches formés sur une seule ligne nageaient vigoureusement ; en quelques minutes, ils atteignirent la plage et prirent pied. Alors, ils s'élancèrent en courant vers le haut de la rive qu'ils gravirent rapidement.

— Feu ! cria tout à coup une voix de stentor.

Une effroyable décharge éclata presqu'à bout portant.

Les Apaches répondirent par des hurlements de rage, et surpris par ceux-là mêmes qu'ils se flattaient de surprendre, ils se précipitèrent contre eux en brandissant leurs armes.

XV. À bon Chat, bon Rat.

Nous retournerons maintenant auprès des chasseurs que nous avons négligés trop longtemps ; car pendant les événements que nous avons rapportés, ils n'étaient pas, tant s'en faut, demeurés inactifs.

Après le départ des deux Mexicains, Belhumeur et ses amis étaient restés un instant silencieux.

Le Canadien jouait du bout du pied avec des charbons qui, du centre du brasier, avaient roulé sur le sol ; en fait, il était préoccupé. Le comte de Préboîs Crancé, le coude sur le genou le menton dans la main, considérait d'un œil distrait les étincelles qui pétillaient, brillaient et s'éteignaient tour à tour ; seul, la Tête-d'Aigle, drapé dans sa robe de bison, fumait son calumet indien avec ce visage impassible et cette apparence calme et reposée qui n'appartiennent qu'à sa race.

— Quoi qu'il en soit, dit tout à coup le Canadien, répondant aux idées qui le tourmentaient intérieurement, et pensant tout haut plutôt que dans le but de renouer la conversation, la conduite de ces deux hommes me paraît extraordinaire, pour ne pas dire autre chose.

— Soupçonneriez-vous une trahison de leur part ? demanda Louis en relevant la tête.

— Dans le désert, il faut toujours soupçonner une trahison, dit péremptoirement Belhumeur, surtout de la part de compagnons de hasard.

— Cependant ce *Tigrero*, ce don Martial, — c'est ainsi, je crois, qu'on le nomme, — a l'œil bien franc, mon ami, pour être un traître.

— C'est vrai ; pourtant convenez que depuis que nous l'avons rencontré, sa conduite a été bien louche.

— Je vous l'accorde ; mais vous savez aussi bien que moi combien la passion aveugle un homme. Je le crois amoureux.

— Moi aussi. Cependant, remarquez, je vous prie, que dans toute cette affaire qui le regarde spécialement, entre parenthèse, et dans laquelle nous ne nous sommes jetés que pour lui rendre service en négligeant nos propres occupations, toujours il s'est mis en arrière, semblant surtout craindre de paraître.

En ce moment Blas Vasquez, après avoir installé les peones à peu de distance et les avoir postés de façon à demeurer invisibles, revint s'asseoir au brasier.

— Là ! dit-il, tout est prêt ; les Apaches peuvent, quand bon leur semblera, nous venir attaquer.

— Un mot, *capataz*, fit Belhumeur.

— Deux, si cela vous plaît.

— Connaissez-vous l'homme auquel vous avez remis une lettre tout à l'heure ?

— Pourquoi cela ?

— Pour que vous me renseigniez sur son compte.

— Personnellement, je ne le connais que fort peu ; tout ce que je puis vous en dire, c'est qu'il jouit d'une excellente réputation dans toute la province, et qu'il passe généralement pour un *caballero* et un galant homme.

— C'est quelque chose, murmura le Canadien en hochant la tête ; malgré cela, je ne sais pourquoi, mais son départ précipité m'inquiète fort.

— Ooeh ! fit tout à coup la Tête-d'Aigle en retirant de ses lèvres le tuyau du calumet et en penchant la tête en avant, tout en recommandant d'un geste le silence à ses compagnons.

Tous demeurèrent immobiles, les yeux fixés sur le chef indien.

— Qu'y a-t-il ? demanda enfin Belhumeur.

— Le feu ! répondit lentement celui-ci. Les Apaches arrivent, ils brûlent la prairie devant eux.

— Comment ! se récria Belhumeur en se levant et en regardant de tous les côtés, je ne vois nulle trace de feu.

— Non, pas encore ; mais le feu arrive, je le sens.

— Hum ! si le chef le dit, cela doit être vrai ; c'est un guerrier trop expérimenté pour se tromper : que faire ?

— Nous n'avons ici rien à redouter de l'incendie, observa le *capataz.*

— Nous, non ! s'écria vivement le comte ; mais les habitants de l'*hacienda* ?

— Pas davantage, reprit Belhumeur ; voyez, tous les arbres ont été coupés et déracinés à une trop grande distance de la colonie pour que le feu puisse l'atteindre : ce n'est qu'un stratagème employé par les Indiens, afin de pouvoir arriver jusqu'ici sans être comptés.

— Cependant je suis de l'avis de ce caballero, fit le *capataz* ; nous ferons bien, je crois, d'avertir à l'*hacienda*.

— Il y a encore autre chose de plus urgent à faire, dit le comte, c'est d'expédier un batteur d'estrade adroit, afin de savoir positivement à qui nous avons affaire, quels sont nos ennemis et s'ils sont nombreux.

— L'un n'empêche pas l'autre, reprit Belhumeur ; dans un cas comme celui qui se présente, deux précautions valent mieux qu'une. Voici mon avis : la Tête-d'Aigle reconnaîtra l'ennemi, tandis que nous, nous nous rendrons à l'*hacienda*.

— Tous ? observa le *capataz*.

— Non ; votre position ici est sûre, vous êtes à même, en cas d'attaque sérieuse, de nous rendre de grands services ; don Luis et moi nous irons seuls à la colonie. Souvenez-vous que vous ne devez vous montrer sous aucun prétexte. Quoi qu'il arrive, attendez l'ordre d'agir, est-ce bien convenu ?

— Allez, caballeros, je ne tromperai pas votre confiance.

— Bien. Maintenant, à l'œuvre. Vous, chef, je n'ai aucune recommandation à vous faire ; vous nous trouverez à l'*hacienda* si vous apprenez quelque chose d'important.

Sur ce, ces hommes, habitués de longue main à agir sans perdre un temps précieux en paroles inutiles, se séparèrent ; don Luis et Belhumeur regagnèrent la terre ferme du côté de l'*hacienda*, tandis que le chef indien dirigeait son cheval du côté opposé.

Blas Vasquez demeura seul avec ses peones.

Seulement, comme Blas Vasquez était habitué de longue date aux guerres indiennes et qu'il comprenait la responsabilité qui allait, à partir de cet instant, peser sur lui, il sentit qu'il lui fallait redoubler de vigilance ; en conséquence, il posa des sentinelles sur tous les points, leur recommanda la surveillance la plus active, revint se coucher auprès du brasier, s'enveloppa dans sa *fressada* et s'endormit tranquille, certain que ses factionnaires veilleraient attentivement à tout ce qui se passerait sur la terre ferme.

Nous abandonnerons un instant le comte de Prébois Crancé et

Belhumeur, pour suivre la Tête-d'Aigle.

La mission dont s'était chargé, ou plutôt dont ses amis avaient chargé le chef, n'était rien moins que facile ; mais la Tête-d'Aigle était un homme expérimenté, au fait de toutes les ruses indiennes, et doué de ce flegme inaltérable qui, dans les grandes circonstances de la vie, entre pour beaucoup dans le succès. Après s'être séparé de ses compagnons, il alla au pas de son cheval jusqu'au bord de l'eau, et lorsqu'il fut arrivé à l'endroit où il voulait traverser la rivière, son plan était clair et lucide dans sa tête.

Le chef, au lieu de passer du côté du fleuve par lequel l'ennemi, procédé de l'incendie devait venir, traversa sur l'autre rive. Aussitôt qu'il eut atteint le rivage, il laissa son cheval reprendre haleine quelques minutes, le bouchonna avec soin, puis sautant d'un bond sur la peau de panthère qui lui servait de selle, il s'élança à fond de train dans la direction du camp ennemi.

Cette course furieuse dura deux heures. La nuit avait depuis longtemps déjà succédé au jour, les lueurs blafardes de l'incendie servaient de phare au chef et lui indiquaient dans les ténèbres le chemin qu'il lui fallait suivre.

Au bout de ces deux heures, l'Indien se trouva juste en face de la pointe la plus avancée de l'île, où les Apaches étaient en ce moment occupés à réunir les bois flottants destinés à leur servir pour la surprise qu'ils méditaient contre la colonie.

La Tête-d'Aigle s'arrêta.

Sur sa droite, bien loin derrière lui, l'incendie flamboyait à l'horizon ; autour de lui, tout était obscurité et silence.

Longtemps l'Indien considéra attentivement l'île ; un pressentiment secret l'avertissait que là était pour lui le danger.

Pourtant, après avoir mûrement réfléchi, le chef se résolut à s'avancer encore de quelques pas et à retraverser la rivière à la pointe opposée de cette île, qui lui était d'autant plus suspecte qu'elle paraissait plus calme.

Cependant, avant de mettre ce projet à exécution, une inspiration subite éclaira son esprit ; il mit pied à terre, cacha son cheval dans un fourré, se débarrassa de son rifle et de sa robe de bison ; puis, après avoir d'un regard perçant cherché à sonder les ténèbres qui l'enveloppaient, il s'étendit sur le sol et gagna, en rampant au milieu des herbes, le bord de la rivière ; il se mit doucement dans l'eau, et, tantôt en nageant avec précaution, tantôt en plongeant, il se dirigea vers l'île qu'il ne tarda pas à atteindre.

Mais à l'instant où il prenait pied sur le sable et allait se redresser, un bruit presque imperceptible frappa son oreille, il lui sembla remarquer sur l'eau, tout auprès de lui un mouvement de remous extraordinaire ; la Tête-d'Aigle plongea de nouveau et s'éloigna du rivage, sur lequel il était sur le point de monter.

Soudain, à l'instant où il reparaissait à la surface pour reprendre une provision d'air, il vit étinceler deux yeux ardents en face de lui ; il reçut un coup violent dans la poitrine, tournoya sur lui-même, étourdi par cette attaque subite, et sentit une main nerveuse lui serrer la gorge comme dans des tenailles de fer.

L'instant était suprême : la Tête-d'Aigle comprit qu'à moins d'un effort désespéré, il était perdu ; il le tenta. Saisissant à son tour l'ennemi inconnu qui le tenait à la gorge, il l'enlaça avec la vigueur du désespoir.

Alors commença Une lutte horrible et silencieuse dans le fleuve, lutte sinistre où chacun voulait tuer son adversaire, sans songer à repousser ses atteintes. L'eau, troublée par les efforts des deux combattants, bouillonnait comme si des alligators eussent été aux prises. Enfin un corps sanglant et défiguré remonta inerte à la surface et flotta ; puis, au bout de quelques secondes, une tête, décomposée par les émotions terribles de ce combat, apparut au-dessus de l'eau, lançant à droite et à gauche des regards effarés.

À la vue du cadavre de son ennemi, le vainqueur eut un rire diabolique ; il se dirigea vers lui, le saisit par sa touffe de guerre, et, tout en nageant d'une main, il l'entraîna non pas vers l'île, mais du côté de la terre ferme.

La Tête-d'Aigle avait vaincu l'Apache qui l'avait attaqué d'une façon si imprévue.

Le chef atteignit le rivage, mais il n'abandonna pas le cadavre qu'il continua au contraire à traîner jusqu'à ce qu'il fût complètement hors de l'eau ; alors il lui enleva la chevelure, passa ce hideux trophée à sa ceinture et remonta sur son cheval.

L'Indien avait deviné la tactique des Apaches : l'attaque dont il avait failli être victime lui avait révélé le stratagème qu'ils méditaient ; il était inutile qu'il poussât plus loin son exploration sur l'île. Seulement, comme s'il avait abandonné au courant le cadavre de son ennemi il aurait inévitablement été s'échouer au milieu de ses frères et aurait révélé la présence d'un espion, il avait eu soin de le conduire jusqu'au rivage où personne, à moins d'un hasard impossible, ne le découvrirait avant le lever du soleil.

Les quelques minutes de repos qu'il avait données à son cheval avaient suffi pour lui rendre toute sa vigueur ; le chef aurait pu retourner auprès de ses amis, car ce qu'il avait découvert était pour eux d'une importance immense ; mais Belhumeur lui avait surtout recommandé de s'assurer de la force et de la composition du détachement de guerre qui marchait contre la colonie ; la Tête-d'Aigle avait à cœur d'accomplir sa mission ; et puis le combat qu'il avait soutenu, et dont par un prodige il était sorti vainqueur, lui avait causé une certaine surexcitation qui le poussait à tenter l'aventure jusqu'au bout.

Il prit quelques feuilles pour arrêter le sang d'une blessure légère qu'il avait reçue au bras gauche, les assujettit avec un morceau d'écorce, et poussa de nouveau son cheval dans le fleuve.

Mais, cette fois, comme il n'avait rien à examiner et qu'il tenait à ne pas être découvert, il eut soin de passer à une assez grande distance de l'île.

Sur l'autre bord, grâce au soin pris par les Indiens de tout brûler, la piste était large, parfaitement visible ; malgré les ténèbres, le chef n'eut aucune peine à la suivre.

Le feu mis par les Indiens n'avait pas causé autant de ravages qu'on aurait pu le supposer. Toute cette partie de la prairie, à part quelques bouquets de peupliers disséminés de loin en loin, à de longues distances, n'était couverte que de hautes herbes déjà à moitié brûlées par les chauds rayons du soleil d'été.

Ces herbes sans consistance s'étaient enflammées rapidement en produisant ce que désiraient les incendiaires, c'est-à-dire beaucoup de fumée, mais n'échauffant qu'à peine la terre, ce qui avait permis aux Peaux-Rouges de marcher rapidement sur la colonie.

Grâce à la rapidité vertigineuse de sa course et aux quelques heures que ceux qui le précédaient avaient été contraints de perdre, le chef arriva presque en même temps qu'eux devant l'*hacienda*, c'est-à-dire qu'il les rejoignit au moment où, après avoir tenté une assaut inutile contre la batterie de l'isthme, ils fuyaient éperdus, poursuivis par la mitraille qui les décimait, d'autant plus que maintenant qu'ils avaient tout brûlé ils n'avaient plus d'arbre pour s'abriter ; cependant la plus grande partie parvint à échapper au massacre, grâce à la vitesse de leurs chevaux.

La Tête-d'Aigle se trouva inopinément, au moment où il y songeait le moins, au milieu des fuyards. Dans le premier instant, chacun était trop pressé de songer à son salut pour s'occuper de lui et le reconnaître ; le chef en profita pour se jeter vivement de côté et se cacher derrière un rocher, où il s'abrita.

Mais il se passa alors une chose étrange : à peine le chef s'était-il soustrait à la vue des fuyards et les avait-il examinés un instant qu'un sourire d'une expression indéfinissable plissa ses lèvres ; il éperonna son cheval et le fit bondir au milieu des Indiens, en poussant à deux reprises différentes un cri rauque d'une modulation saccadée et vibrante.

À ce cri, les Indiens s'arrêtèrent dans leur fuite, et se précipitant de toutes parts vers celui qui l'avait poussé, ils se rangèrent tumultueusement autour du chef avec l'expression d'une crainte superstitieuse et d'une obéissance passive et respectueuse.

La Tête-d'Aigle promena son regard hautain sur la foule qui de pressait à ses côtés et qu'il dominait de toute la tête.

— Ooah ! dit-il enfin d'une voix gutturale avec un accent d'amer reproche : les Comanches sont-ils donc devenus des antilopes timides qu'ils fuient comme des chiens apaches devant les balles des visages pâles ?

— La Tête-d'Aigle ! la Tête-d'Aigle ! s'écrièrent avec une joie mêlée de honte les guerriers en baissant les yeux sous le regard étincelant du chef.

— Pourquoi mes fils ont-ils abandonné sans l'ordre d'un sachem les territoires de chasse du del Norte ? sont-ils maintenant les *rastreros*[1] des Apaches ?

Un murmure étouffé parcourut les rangs à ce reproche sanglant du chef.

— Un sachem a parlé, reprit durement la Tête-d'Aigle ; n'y a-t-il

1 Limiers.

pas ici personne pour lui répondre ? les Comanches des Lacs n'ont-ils plus de chefs pour les commander ?

Un guerrier fendit alors les rangs pressés des Comanches, s'approcha de la Tête-d'Aigle, et courbant respectueusement le front jusque sur le cou de son cheval :

— Le Moqueur est un chef, dit-il d'une voix douce et harmonieuse.

Le visage de la Tête-d'Aigle se dérida, ses traits perdirent instantanément leur expression de fureur ; il jeta sur le guerrier qui lui avait répondu un regard empreint de tendresse, et lui tendant la main droite la paume en avant :

— Œh ! dit-il, mon cœur est joyeux de voir mon fils le Moqueur. Les guerriers camperont ici pendant que deux sachems tiendront conseil.

Et faisant au chef un geste impérieux, il s'éloigna avec lui, suivi du regard par les Peaux-Rouges, qui se hâtèrent d'obéir à l'ordre qu'il avait si péremptoirement donné.

La Tête-d'Aigle et le Moqueur s'écartèrent assez pour que leurs paroles ne fussent pas entendues.

— Tenons conseil, dit le chef en s'asseyant sur un tertre et faisant signe au Moqueur de prendre placé à ses côtés.

Celui-ci obéit sans répondre.

Il y eut un assez long silence entre les deux Indiens qui, évidemment ; malgré l'indifférence qu'ils affectaient, s'examinaient l'un l'autre attentivement.

Enfin, la Tête-d'Aigle prit la parole d'une voix lente et accentuée :

— La Tête-d'Aigle est un guerrier renommé dans sa nation, dit-il ; il est le premier *sachem* des Comanches des Lacs ; son totem abrite sous son ombre immense et protectrice les fils innombrables de la grande tortue sacrée, *Chemiin-Antou*, dont l'écaille resplendissante soutient le monde, depuis que le *Wacondah* a précipité dans l'espace le premier homme et la première femme après leur faute. Les paroles que souffle la poitrine de la Tête-d'Aigle sont celles d'un *Sagamore* ; sa langue n'est point fourchue : le mensonge n'a jamais souillé ses lèvres. La Tête-d'Aigle a servi de père au Moqueur ; c'est lui qui lui a appris à dompter un cheval, à percer de ses flèches l'antilope rapide, ou à étouffer dans ses bras l'ours monstrueux. La

Tête-d'Aigle aime le Moqueur, qui est le fils de la sœur de sa troisième femme ; la Tête-d'Aigle a donné place au feu du conseil au Moqueur ; il en a fait un chef, et lorsqu'il s'est absenté des villages de sa nation, il lui a dit : « Mon fils commandera mes guerriers, il les guidera à la chasse, à la pêche et à la guerre. » Ces paroles sont-elles vraies ? la Tête-d'Aigle ment-il ?

— Les paroles de mon père sont vraies, répondit le chef en s'inclinant ; la sagesse parle par sa bouche.

— Pourquoi alors mon fils s'est-il allié avec les ennemis de sa nation pour combattre les amis de son père le sachem ?

Le chef baissa la tête avec confusion.

— Pourquoi, sans consulter celui qui toujours l'a aidé et soutenu de ses conseils, a-t-il entrepris une guerre injuste ?

— Une guerre injuste ! répliqua le chef avec une certaine animation.

— Oui, puisqu'elle est faite en compagnie des ennemis de notre nation.

— Les Apaches sont des Peaux-Rouges.

— Les Apaches sont des chiens lâches et voleurs, dont j'arracherai les langues menteuses.

— Mais les visages pâles sont les ennemis des Indiens !

— Ceux que mon fils a attaqués cette nuit ne sont pas des Yoris ; ils sont amis de la Tête-d'Aigle.

— Mon père pardonnera au Moqueur ; il l'ignorait.

— Le Moqueur l'ignorait-il en effet, serait-il réellement dans l'intention de réparer la faute qu'il a commise ?

— Le Moqueur a trois cents guerriers sous son totem ; la Tête-d'Aigle est venu : ils sont à lui.

— Bien ; je vois que toujours le Moqueur est mon fils bien-aimé. Avec quel chef a-t-il fait alliance ? ce ne peut être avec l'Ours-Noir, l'ennemi implacable des Comanches, celui qui, il y a quatre lunes, a brûlé deux villages de ma nation.

— Un nuage avait passé sur l'esprit du Moqueur, sa haine pour les blancs l'avait rendu aveugle, la sagesse lui a fait défaut : c'est avec l'Ours-Noir qu'il s'est allié.

— Ooah ! la Tête-d'Aigle a eu raison de retourner vers les village de ses pères. Mon fils obéira-t-il au *sachem* ?

— Quoi qu'il ordonne, j'obéirai.

— Bon ! que mon fils me suive.

Les deux chefs se levèrent.

La Tête-d'Aigle se dirigea vers l'isthme, en agitant sa robe de bison de la main droite en signe de paix ; le Moqueur le suivait à quelques pas en arrière.

Les Comanches voyaient avec étonnement leurs *sachems* demander à parlementer avec les *Yoris* ; mais habitués à obéir à leurs chefs sans discuter les ordres qu'il leur plaisait de leur donner, ils ne témoignaient aucune colère de cette démarche, dont cependant ils ne comprenaient pas le but.

Les sentinelles placées derrière la batterie de l'isthme distinguèrent facilement, aux rayons de la lune, les mouvements pacifiques des Indiens et les laissèrent approcher jusqu'au bord du fossé.

— Un sachem veut entretenir le chef des visages pâles, dit alors la Tête-d'Aigle.

— Bien, répondit-on en espagnol de l'intérieur ; attendez un instant, on va le prévenir.

Les deux guerriers comanches s'inclinèrent, et croisant les bras sur la poitrine, ils attendirent.

Le comte de Prébois Crancé et Belhumeur avaient eu avec don Sylva de Torrès et Monsieur de Lhorailles une longue conversation dans laquelle ils leur avaient révélé de quelle façon ils avaient appris que les Indiens les voulaient attaquer, le nom de l'homme qui les avait si bien instruits, et la conduite singulière de cet homme qui, après les avoir en quelque sorte obligés à se mêler d'une affaire dangereuse qui ne les regardait nullement, les avait sans aucune raison valable abandonnés tout à coup, sous le prétexte futile de retourner à Guaymas, où disait-il, des causes importantes réclamaient sa présence dans le plus bref délai.

Ces nouvelles avalent vivement impressionné les deux hommes : don Sylva surtout n'avait pu réprimer un mouvement de colère en apprenant que cet individu n'était autre que don Martial ; il devina aussitôt le but du *Tigrero*, qui, sans doute, croyait dans la bagarre pouvoir enlever doña Anita. Cependant don Sylva ne voulut pas faire part de ses soupçons à son gendre futur, se réservant, s'il le fallait, de l'instruire au dernier moment, mais résolu de surveiller attentivement sa fille, car ce départ précipité de don Martial lui semblait cacher un piège.

Belhumeur expliqua ensuite au comte la position dans laquelle il avait placé le capataz et ses peones, et la mission dont la Tête-d'Aigle s'était chargé, mission dont probablement il viendrait bientôt rendfr compte à l'*hacienda* même.

Monsieur de Lhorailles remercia chaleureusement ces deux hommes, qui, sans le connaître, lui rendaient de si éminents services ; il leur fit offrir les rafraîchissements dont ils pouvaient avoir besoin, et les quitta pour aller donner à son lieutenant l'ordre de le prévenir dès qu'un Indien se présenterait en parlementaire.

De son côté, don Sylva s'éloigna dans le but ostensible d'aller rassurer sa fille, mais en réalité afin d'aller lui-même, pour plus de sûreté, passer une inspection des sentinelles placées sur les derrières de l *hacienda*.

Lorsque les Comanches attaquèrent l'isthme, les Français, mis sur leurs gardes, les reçurent si chaudement que dès la première attaque les Indiens reconnurent la vanité de leur tentative et se retirèrent en désordre.

Monsieur de Lhorailles causait encore avec don Luis et Belhumeur des diverses péripéties du combat et s'étonnait de l'absence prolongée de don Sylva, qui depuis une heure avait disparu, sans qu'on retrouvât ses traces ; lorsque le lieutenant Leroux entra dans la salle où causaient les trois hommes.

— Que voulez-vous ? lui demanda le comte.

— Capitaine, répondit-il, deux Indiens attendent sur le bord du fossé l'autorisation d'être introduits.

— Deux ? fit Belhumeur.

— Deux, oui.

— C'est étrange, reprit le Canadien.

— Que faire ? reprit le comte.

— Aller nous-mêmes les reconnaître.

Ils se dirigèrent vers la batterie.

— Eh bien ? fit Monsieur de Lhorailles.

— Eh bien, monsieur le comte, l'un de ces hommes est certainement la Tête-d'Aigle ; quant à l'autre, je ne le connais pas.

— Et votre avis est ?

— De les introduire. Puisque cet Indien, qui paraît être un chef, vient en compagnie de la Tête-d'Aigle, il ne peut être qu'un ami.

— Soit donc.

Le comte fit un signe : on abaissa le pont-levis, les deux chefs entrèrent.

Les sachems indiens saluèrent les assistants avec cette dignité naturelle qui les distingue, puis la Tête-d'Aigle, sur l'invitation de Belhumeur, rendit compte de sa mission.

Les Français l'écoutaient avec une attention mêlée d'admiration, non-seulement pour l'adresse qu'il avait déployée, mais encore pour le courage dont il avait fait preuve.

— Maintenant, continua le chef en terminant son rapport, le Moqueur a compris l'erreur à laquelle l'avait entraîné une haine aveugle ; il rompt l'alliance qu'il avait contractée avec les Apaches, et est résolu d'obéir en tout à son père la Tête-d'Aigle, afin de racheter sa faute. La Tête-d'Aigle est un sachem, sa parole est de granit ; il met trois cents guerriers comanches à la disposition de ses frères les visages pâles.

Le comte de Lhorailles regarda le Canadien avec hésitation : connaissant la fourberie des Indiens, il lui répugnait de se confier à eux.

Belhumeur haussa imperceptiblement les épaules.

— Le grand chef pâle remercie mon frère la Tête-d'Aigle, dit-il ; il accepte son offre avec joie. Toujours sa main sera ouverte, et son cœur pur pour les Comanches. Le détachement de guerre de mon frère sera divisé en deux parties : l'une, sous le commandement du Moqueur, s'embusquera de l'autre côté du fleuve, afin de couper la retraite aux Apaches ; l'autre entrera dans l'*hacienda* avec la Tête-d'Aigle afin de soutenir les visages pâles ; des guerriers yoris sont cachés dans l'îlot, à deux portées d'arc de la grande hutte ; ils accompagneront le Moqueur.

— Bon, répondit la Tête-d'Aigle, il sera fait ainsi que le désire mon frère.

Les deux chefs prirent congé et se retirèrent.

Belhumeur expliqua alors au comte les arrangements dont il était convenu avec le sachem comanche.

— Diable ! fit Monsieur de Lhorailles, je vous avoue que je n'ai pas la moindre confiance dans les Indiens. Vous savez que la trahison est leur arme favorite.

— Vous ne connaissez pas les Comanches, surtout vous ne connaissez pas la Tête-d'Aigle. Je prends sur moi la responsabilité de tout.

— Agissez donc à votre guise ; je vous dois trop pour contrecarrer vos intentions, surtout lorsque vous croyez agir dans mon intérêt.

Belhumeur alla lui-même avertir le capataz du changement survenu dans les dispositions de défense.

Le Moqueur et cent cinquante guerriers, accompagnés de quarante peones, traversèrent aussitôt la rivière et furent s'embusquer dans les palétuviers de la rive opposée, prêts à paraître au premier signal.

Une dizaine de Français, la Tête-d'Aigle et la seconde troupe indienne furent laissés à la défense de l'isthme, côté par lequel on était presque certain de ne pas être attaqué ; tous les autres colons se disséminèrent dans les épais fourrés qui masquaient les derrières de l'hacienda, avec ordre de demeurer invisibles jusqu'au commandement de feu ; puis, lorsque tout fut réglé, que toutes les dispositions furent prises, le comte de Lhorailles et ses compagnons attendirent, le cœur palpitant, l'assaut des Apaches.

Leur attente ne fut pas de longue durée. Nous avons vu plus haut de quelle façon l'Ours-Noir avait été reçu.

Le chef apache était brave comme un lion ; ses guerriers étaient des hommes d'élite. Le choc fut terrible ; les Peaux-Rouges ne reculèrent pas d'un pouce ; sans cesse repoussés, ils revenaient sans cesse à la charge, combattant avec cette énergie du désespoir qui centuple les forces, luttant corps à corps contre les Français, qui, malgré leur bravoure, leur discipline et la supériorité de leurs armes, ne parvenaient pas à les faire plier.

Le combat avait dégénéré en un horrible carnage, où l'on se prenait corps à corps, se poignardant et s'assommant sans lâcher prise. Belhumeur vit qu'il fallait tenter un coup décisif pour en finir avec ces démons, qui semblaient invincibles et invulnérables. Il se pencha à l'oreille de Louis, qui combattait à ses côtés, et lui dit quelques mots : le Français se débarrassa de l'ennemi contre lequel il luttait et s'éloigna en courant.

Quelques minutes plus tard, le cri de guerre des Comanches se fit entendre strident et terrible, et les guerriers peaux-rouges bondirent comme des jaguars sur les Apaches, en brandissant leurs casse-têtes et leurs longues lances.

Dans le premier moment, l'Ours-Noir crut que c'était un secours qui lui arrivait, et que la colonie était prise et au pouvoir de ses alliés ; mais cet espoir n'eut que la durée de l'éclair. Alors la démoralisation s'empara des Apaches, le trouble se mit parmi eux ; ils hésitèrent, faiblirent, et tout à coup ils tournèrent le dos et se précipitèrent dans le fleuve en abandonnant sur le terrain plus des deux tiers de leurs compagnons.

Les colons se contentèrent de tirer quelques volées de mitraille sur les fuyards, certains qu'ils n'échapperaient pas à l'embuscade qui leur était tendue.

En effet, bientôt on entendit retentir les fusils des *peones* mêlés au cri de guerre des Comanches.

Dans cette malheureuse expédition, l'Ours-Noir, en moins d'une heure, avait perdu l'élite des guerriers les plus renommés de sa nation ; le chef, couvert de blessures et accompagné seulement d'une dizaine d'hommes, échappa à grand'peine au massacre.

La victoire des Français était complète. Pour longtemps la colonie, grâce à ce glorieux fait d'armes, se trouvait à l'abri des attaques des Peaux-Rouges.

Lorsque le combat fut terminé, ce fut en vain que l'on chercha partout don Sylva et sa fille ; tous deux avaient disparu sans qu'il fût possible de savoir comment ni de quelle façon.

Cet événement mystérieux, et inexplicable consterna les habitants de la colonie et changea en deuil la joie du triomphe, car la même pensée était subitement venue à tous :

— Don Sylva et sa fille ont été enlevés par l'Ours-Noir.

Lorsque Monsieur de Lhorailles, après les plus grandes recherches, fut contraint de reconnaître que l'*haciendero* et sa fille avaient effectivement disparu sans laissa la moindre trace, se laissa emporter à toute la fougue de son caractère, voua aux Apaches une haine terrible, et jura de les poursuivre sans trêve ni merci jusqu'à ce qu'il eût retrouvé celle qu'il considérait déjà comme sa femme et dont la perte brisait d'un seul coup le brillant avenir qu'il avait rêvé.

XVI. La Casa grande de Moctecuzoma.

À l'époque reculée où les Aztèques, guidés par le doigt de Dieu, marchaient, sans le savoir eux-mêmes, à la conquête du plateau d'Anahuac, dont ils devaient plus tard faire le puissant empire du Mexique, bien que leurs yeux fussent constamment fixés vers cette terre inconnue, but constant de leur convoitise, cependant ils s'arrêtaient souvent dans leur migration, comme si tout à coup la fatigue les eût pris, et l'espoir d'arriver leur fit subitement défaut.

Alors, au lieu de camper amplement aux places où ces défaillances s'emparaient d'eux, ils s'installaient comme s'ils n'eussent plus eu l'intention de pousser plus loin, et bâtissaient des villes.

Après tant de siècles écoulés, lorsque leurs fondateurs ont à jamais disparu de la surface du globe, les ruines imposantes de ces villes disséminées sur un espace de plus de mille lieues font encore aujourd'hui l'admiration des voyageurs assez hardis pour braver des dangers sans nombre afin de les contempler.

La plus singulière de ces ruines est, sans contredit, celle qui est connue sous le nom de *Casa-Grande de Moctecuzoma*, qui s'élève à deux kilomètres environ des rives fangeuses du rio Gila, dans une plaine inculte et inhabitée, sur la lisière du terrible désert de sable nommé le Del-Norte.

Le site où est bâtie cette maison est plat de tous côtés.

Les ruines qui formaient la ville s'étendent à plus de quatre kilomètres vers le midi ; dans les autres directions, tout le terrain est semé de morceaux de vases de toutes sortes, pots, assiettes, etc. ; beaucoup de ces débris sont peints de diverses couleurs, soit en blanc ou en bleu, en jaune ou en rouge, ce qui, entre parenthèse, est un signe évident que non-seulement cette ville était importante, mais encore habitée par des Indiens autres que ceux qui rôdent actuellement dans cette contrée, puisque ceux-ci ignorent complètement l'art de confectionner ces poteries.

La maison est un carré long parfaitement orienté aux quatre vents cardinaux.

Tout autour sont des murs qui indiquent une enceinte renfermant non-seulement cette maison, mais d'autres édifices dont les traces sont encore distinctes, car un peu en arrière il existe une construction ayant un étage et divisée en plusieurs parties.

L'édifice est bâti en terre, et, d'après ce que l'on voit, en murs de torchis et en blocs de différentes grandeurs ; il avait trois étages au-dessus du sol ; mais depuis longtemps la charpente intérieure a disparu.

Les salles, au nombre de cinq à chaque étage, n'étaient éclairées, à en juger par ce qui reste, que par les portes et des trous ronds pratiqués dans les murailles qui regardent le nord et le sud.

C'était par ces ouvertures que l'homme Amer, *el hombre Amargo*, ainsi que les Indiens nomment le souverain aztèque, regardait le soleil à son lever et à son coucher afin de le saluer.

Un canal, presqu'à sec maintenant, arrivait de la rivière et servait à fournir de l'eau à la ville.

Aujourd'hui ces ruines sont tristes et désolées ; elles s'émiettent lentement sous les efforts incessants du soleil, dont les rayons incandescents les calcinent, et elles servent de refuge aux hideux vautours fauves et aux urubus, qui y ont élu leur domicile.

Les Indiens évitent avec soin de fréquenter ces parages sinistres, dont une superstitieuse terreur, que cependant ils ne peuvent expliquer, les éloigne malgré eux.

Aussi le guerrier comanche, sioux, apache ou pawnie, que les hasards de la chasse ou toute autre cause fortuite auraient amené aux environs de cette ruine redoutée, dans la nuit du quatrième au cinquième jour de la lune des cerises — *Champasciasoni*, c'est-à-dire un mois environ après les événements que nous avons rapportés dans le précédent chapitre, — se serait-il enfui de toute la vitesse de son cheval, en proie à la plus folle terreur au spectacle étrange qui se serait soudain offert à ses yeux.

Sur le ciel d'un bleu profond, parsemé d'un semis éblouissant d'étoiles, le vieux palais des rois atzèques dessinait sa gigantesque silhouette, laissant ruisseler par toutes les ouvertures rondes ou carrées, pratiquées par les hommes et le temps dans ses murs délabrés, des flots d'une lumière rougeâtre, tandis que des chants, des cris et des rires s'élevaient incessamment du sein de ses chambres en ruine, et allaient troubler dans leurs repaires les bêtes fauves surprises de ces bruits, qui rompaient, d'une façon aussi insolite, le silence du désert. Dans les ruines, aux rayons blafards de la lune, on pouvait distinguer des ombres d'hommes et de chevaux groupés autour d'énormes brasiers disséminés çà et là, tandis qu'une dizaine de cavaliers bien armés, appuyés sur de longues lances, se tenaient immobiles comme des statues équestres de bronze à l'entrée de la maison.

Si, à l'intérieur des ruines, tout était bruit et lumière, à l'extérieur tout était ombre et silence.

Cependant la nuit s'écoulait, la lune avait parcouru déjà les deux tiers de sa course, les brasiers mal entretenus s'éteignaient les uns après les autres ; la vieille maison continuait seule à flamboyer dans l'obscurité comme un phare sinistre.

En ce moment, le bruit sec et régulier du trot d'un cheval sur le sable résonna dans le lointain.

Les sentinelles placées en vedette à l'entrée de la maison relevèrent avec effort leurs têtes alourdies par le sommeil et le froid piquant des premières heures matinales, et dirigèrent leurs regards vers l'endroit où le bruit de pas se faisait entendre.

Un cavalier venait d'apparaître à l'angle de la route conduisant aux ruines.

L'inconnu, sans se préoccuper de ce qu'il voyait, continuait à s'avancer résolument vers la maison.

Il franchit l'enceinte des ruines, et arrivé à dix pas environ des sentinelles, il s'arrêta, mit pied à terre, jeta la bride sur le cou de son cheval, et sans plus s'en embarrasser, se dirigea d'un pas ferme vers les sentinelles, qui l'attendaient toujours, muettes et immobiles.

Mais lorsqu'il ne fut plus qu'à deux longueurs d'épée du groupe, toutes les lances se baissèrent subitement, se réunirent sur sa poitrine et une voix rauque cria :

— Halte.

L'inconnu s'arrêta sans répondre.

— Qui êtes-vous ? que demandez-vous ? reprit le cavalier.

— Je suis *costeño*[1] ; j'ai fait une longue route afin de voir votre chef, auquel je désire parler, répondit l'étranger.

Aux lueurs pâles et tremblotantes de la lune, le cavalier chercha vainement à distinguer les traits de l'inconnu ; mais cela lui fut impossible, tant celui-ci était embossé avec soin dans son manteau.

— Quel est votre nom ? dit-il d'un ton de mauvaise humeur lorsqu'il eut reconnu que tous ses efforts étaient inutiles.

— À quoi bon ? Votre chef ne me connaît pas, mon nom ne lui apprendrait rien.

— Peut-être ; du reste, cela vous regarde ; conservez votre incognito si cela vous convient. Seulement, vous trouverez bon que je ne vous laisse pas pénétrer jusqu'au capitaine : il est en ce moment en train de souper avec ses officiers, et certes il ne se dérangera pas au milieu de la nuit pour parler à un inconnu.

L'étranger ne put dissimuler un vif mouvement de contrariété.

— Peut-être, vous dirai-je à mon tour, reprit-il au bout d'un instant ; écoutez, vous êtes un ancien soldat, n'est-ce pas ?

— Je le suis encore, répondit le cavalier en se redressant avec orgueil.

— Bien que vous parliez parfaitement l'espagnol, je crois cependant vous reconnaître pour Français.

— J'ai cet honneur.

L'étranger sourit intérieurement. Il tenait son homme ; il avait trouvé son côté faible.

— Je suis seul, reprit-il ; vous avez je ne sais combien de compagnons, laissez-moi parler à votre capitaine. Que craignez-vous ?

— Rien ; mais ma consigne est formelle, je ne puis la violer.

— Nous sommes au fond d'un désert, à plus de cent lieues de toute habitation civilisée, dit l'inconnu avec insistance ; vous comprenez qu'il a fallu des raisons bien fortes et bien graves pour m'engager à braver les périls sans nombre du long voyage que j'ai fait afin de causer quelques instants avec le comte de Lhorailles. Me ferez-vous échouer au port, lorsqu'il ne me faut qu'un peu de complaisance de votre part pour que j'obtienne ce que je désire ?

Le cavalier hésita : les raisons objectées par l'étranger l'avaient à

1 Des provinces situées sur la côte, par opposition à celles de l'intérieur.

demi convaincu ; cependant, après quelques secondes de réflexion, il reprit en hochant la tête :

— Non, c'est impossible ; le capitaine est sévère, je ne me soucie pas de perdre mes galons de maréchal des logis ; tout ce que je puis taire pour vous, c'est de vous permettre de camper ici à la belle étoile avec nos hommes ; demain il fera jour, le capitaine sortira, vous lui parlerez, alors vous vous arrangerez comme vous voudrez, cela ne me regardera plus.

— Hum ! fit l'étranger en réfléchissant, c'est bien long.

— Bah ! reprit gaiement le soldat, une nuit est bientôt passée ; aussi c'est de votre faute, vous avez des façons mystérieuses à faire frémir ; que diable ! on dit son nom !

— Mais je vous répète que jamais votre capitaine ne l'a entendu prononcer.

— Bah ! qu'est-ce que cela vous fait ? un nom est toujours un nom.

— Ah ! fit tout à coup l'étranger, je crois avoir trouvé un moyen de tout arranger.

— Voyons votre moyen ; s'il est bon, je l'emploierai.

— Il est excellent.

— Tant mieux ! J'écoute.

— Allez dire à votre capitaine que l'homme qui lui a tiré il y a un mois un coup de pistolet au rancho de Guaymas est ici et désire lui parler.

— Hein ?

— Est-ce que tous ne m'avez pas entendu ?

— Parfaitement, au contraire.

— Eh bien, alors…

— Dame ! entre nous, je vous avoue que la recommandation me semble mince.

— Vous croyez ?

— Parbleu ! il a manqué d'être assassiné par vous. Comment ! c'est vous ?

— Ma foi, oui, moi et un autre.

— Je vous en fais mon compliment.

— Merci ; eh bien, vous n'allez pas ?

— Hein ! je vous avoue que j'hésite.

— Vous avez tort ; le comte de Lhorailles est un homme brave, d'une loyauté à toute épreuve ; il ne peut avoir gardé qu'un bon souvenir de notre rencontre.

— Après tout, c'est possible ; et puis, vous êtes un étranger ; je m'en voudrais de vous refuser un service d'aussi peu d'importance ; j'y vais, attendez ici et ne vous impatientez pas ; je ne vous réponds pas du succès, par exemple.

— Moi, j'en suis sûr.

— Enfin !

Le vieux soldat mit pied à terre en haussant les épaules, et entra dans la maison.

Son absence fut assez longue.

L'étranger semblait ne pas douter de la réussite de l'ambassade du sous-officier, car aussitôt qu'il eut disparu il se rapprocha de la porte.

Au bout de quelques minutes, le sous-officier revint.

— Eh bien, demanda l'étranger, que vous a répondu le capitaine ?

— Il s'est mis à rire, et m'a donné l'ordre de vous introduire.

— Vous voyez bien que j'avais raison.

— C'est vrai ! mais c'est égal, c'est tout de même une drôle de recommandation qu'une tentative d'assassinat !

— Une rencontre ! observa l'inconnu.

— Je ne sais pas si vous lui donnez ici ce nom-là ; mais en France nous nommons cela un guet-apens. Allons ! venez.

L'étranger ne répondit rien ; il se contenta de lever les épaules et suivit le digne soldat.

Dans une immense salle, dont les murs délabrés menaçaient ruine, et à laquelle l'azur du ciel pailleté d'étoiles servait de dôme, quatre hommes aux traits énergiques et aux yeux brillants comme des éclairs, étaient assis autour d'une table servie avec le luxe le plus délicat et le confortable le plus sensuel.

Ces quatre hommes étaient le comte de Lhorailles et les officiers formant son état-major, c'est-à-dire les lieutenants Diego Léon, Martin Leroux, et l'ancien capataz de don Sylva de Torrès, Blas Vasquez.

Le comte de Lhorailles était, avec sa compagnie franche, campé depuis cinq jours dans la *Casa-Grande* de Moctecuzoma.

Après l'attaque de la colonie par les Apaches, le comte, dans l'espoir de retrouver sa fiancée disparue d'une façon si mystérieuse pendant le combat et enlevée, selon toutes les probabilités, par les Indiens, avait pris immédiatement la résolution d'exécuter les ordres que depuis longtemps déjà le gouvernement lui avait donnés, et auxquels, jusque là, il avait toujours différé d'obéir, sous des prétextes plus ou moins plausibles ; mais au fond parce qu'il ne se souciait nullement, tout brave qu'il était, de se mesurer avec les Peaux-Rouges, si redoutables et si difficiles à vaincre, surtout lorsqu'on les attaque sur leur propre territoire.

Le comte avait réuni cent vingt Français de la colonie, auxquels le capataz, qui, lui aussi, brûlait de retrouver et de délivrer son maître et sa jeune maîtresse, joignit trente peones résolus, ce qui fit monter l'effectif de la petite troupe à cent cinquante cavaliers bien armés et aguerris.

Le comte avait offert aux chasseurs, dont le secours lui avait été si précieux précédemment, de l'accompagner ; il aurait été heureux de posséder, non-seulement des compagnons aussi intrépides, mais encore des guides aussi sûrs que ceux-là pour le conduire sur la piste des Indiens qu'il était résolu à forcer jusque dans leurs derniers retranchements ; mais le comte Louis et ses deux amis, sans autrement motiver leur refus que par la nécessité de continuer leur voyage sans retard, avaient pris congé de Monsieur de Lhorailles sans rien vouloir écouter, et en refusant péremptoirement les offres brillantes qui leur étaient faites.

Le comte avait été contraint de se contenter du *capataz* et de ses peones ; malheureusement ces hommes étaient des *costeños*, c'est-à-dire des habitants du littoral, connaissant fort bien la côte, mais d'une ignorance complète pour tout ce qui avait rapport à *tierra a dentro*, c'est-à-dire les contrées de l'intérieur.

C'était donc sous la conduite de ces guides inexpérimentés que le comte avait quitté Guetzalli pour se diriger vers l'Apacheria.

L'expédition avait commencé sous d'heureux auspices : deux fois les Peaux-Rouges avaient été surpris par les Français, à peu de jours de distance, et massacrés sains pitié.

Le comte n'avait pas voulu faire de prisonniers afin d'imprimer la terreur au cœur de ces sauvages barbares ; tous les Indiens tombés vivants entre les mains des Français avaient été fusillés, puis pendus aux arbres par les pieds.

Cependant, après ces deux rencontres si désastreuses pour eux, les Indiens avaient paru se tenir pour avertis, et malgré tous les efforts du comte, il lui avait été impossible de les joindre de nouveau.

La justice sommaire exercée par le comte semblait avoir non-seulement atteint, mais encore dépassé le but qu'il se proposait, puisque tout à coup les Indiens s'étaient faits invisibles.

Pendant trois semaines environ, le comte avait cherché leurs traces sans pouvoir les découvrir ; enfin, la veille du jour où nous avons repris notre récit, sept à huit cents chevaux, libres en apparence, car, suivant l'habitude indienne, leurs cavaliers, couchés sur leurs flancs, étaient presque invisibles, entrèrent vers le milieu de la journée dans les ruines et se précipitèrent vers la Casa-Grande avec une effrayante vélocité.

Une décharge de mousqueterie, partie de derrière les barricades établies à la hâte, mit le désordre dans leurs rangs, sans cependant ralentir leur course, et ils tombèrent comme la foudre sur les Français.

Les Apaches s'étaient redressés. À demi nus, leurs têtes chargées de plumes, leurs longs manteaux de bison flottant au vent, gouvernant les chevaux avec les genoux, les guerriers indiens avaient une apparence belliqueuse capable d'inspirer la terreur aux hommes les plus résolus. Les Français les reçurent intrépidement, bien qu'ils fussent assourdis par les cris horribles que poussaient leurs ennemis et aveuglés par les longues flèches barbelées qui pleuvaient comme grêle autour d'eux.

Mais les Apaches, pas plus que les Français, ne voulaient une escarmouche. D'un commun accord, ils se précipitèrent les uns sur les autres à l'arme blanche.

Au milieu des guerriers indiens, à son long panache et aux plumes d'aigle plantées dans sa touffe de guerre, il était facile de reconnaître l'Ours-Noir. Le chef excitait les siens à venger leurs précédentes défaites, en s'emparant de la Casa-Grande. Alors s'engagea un de ces terribles combat des frontières américaines, dans lesquels on ne fait pas de prisonniers, et qui, pour l'acharnement qu'y mettent les deux partis et les cruautés dont ils se rendent coupables, rendent toute description impossible. Les *bolas perdidas*,[1] la baïonnette et la lance étaient les seules armes que l'on employait. Ce combat, pendant lequel les Indiens étaient incessamment renforcés, durait depuis deux heures déjà, et les défenseurs des barricades se faisaient résolûment tuer sans reculer d'un pouce.

Commençant à espérer que les indiens, fatigués d'une si longue lutte et d'une défense si acharnée ne tarderaient pas à se retirer, car ils semblaient mollir, les Français redoublèrent leurs efforts, déjà prodigieux, lorsque, tout à coup, les cris :

— Trahison ! trahison ! se firent entendre derrière eux.

Le comte et le *capataz*, qui combattaient comme des lions au premier rang des volontaires et des peones, se retournèrent

La position était critique : les Français se trouvaient littéralement pris entre deux feux.

La Petite-Panthère, à la tête d'une cinquantaine de guerriers, avait tourné la position et s'était introduit dans l'intérieur des barricades.

Ces Indiens, ivres de joie d'avoir si bien réussi, faisaient main basse sur tout ce qui se trouvait à leur portée, en poussant des hurlements de triomphe.

Le comte jeta un long regard sur le champ de bataille ; sa détermination fut prise en une seconde.

Il dit deux mots au *capataz*, qui se remit à la tête des combattants, les avertit de ce qu'ils avaient à faire et guetta le moment favorable d'exécuter ce dont il venait de convenir avec son chef.

Cependant, le comte n'avait pas perdu de temps de son côté ; s'emparant d'un baril de poudre, il planta au milieu un bout de chandelle allumée et le jeta à la volée au plus épais des rangs des Indiens, au milieu desquels il éclata presque immédiatement, en leur causant un mal effroyable.

Les Apaches épouvantés se ruèrent en désordre dans toutes les directions pour éviter d'être atteints par les débris de cette bombe d'une nouvelle espèce.

Profitant adroitement de l'instant de répit que leur donnait la ter-

1 Instrument de combat composé de deux boules de plomb placées aux deux extrémités d'une courroie.

reur causée aux assaillants par l'envoi du baril, les aventuriers, sur l'ordre du *capataz*, firent volte-face et se précipitèrent au pas de course sur les Apaches de la Petite-Panthère qui ne se trouvaient plus qu'à quelques mètres d'eux et arrivaient en renversant tout sur leur passage et en faisant tournoyer leurs terribles casse-têtes.

Le lieu n'était pas propice pour les Indiens, qui, resserrés dans une espèce d'étroit boyau, ne pouvaient faire convenablement manœuvrer leurs chevaux.

La Petite-Panthère et les Apaches s'élancèrent en rugissant.

Les Français, aussi braves et aussi adroits que leurs adversaires, attendirent intrépidement, la baïonnette croisée, le choc de cette terrible avalanche qui tombait sur eux avec une rapidité vertigineuse.

Les Peaux-Rouges furent culbutés. Alors la déroute commença ; les Apaches se mirent à fuir dans toutes les directions.

Le comte les fit poursuivre par quelques peones.

Vers le soir, ceux-ci revinrent.

Les Apaches s'étaient ralliés, et ils étaient entrés dans le désert.

Le comte, bien que satisfait de la victoire qu'il avait remportée, car la perte de l'ennemi était immense, ne la considérait cependant pas comme décisive, puisque l'Ours-Noir lui avait échappé et qu'il n'avait pu retrouver ceux qu'il avait juré de sauver.

Il donna l'ordre à sa *cuadrilla* — troupe — de se préparer à marcher en avant, et commanda de prendre toutes les précautions nécessaires à une course dans le désert.

Le lendemain, les Français devaient abandonner définitivement leur position de la *Casa-Grande*.

Le comte fêtait avec ses officiers la victoire remportée la veille, et les faisait boire au succès de l'expédition que l'on allait tenter le lendemain.

Excité par les nombreuses libations qu'il avait faites, par les nombreux toasts qu'il avait portés et surtout par l'espoir d'une réussite complète avant peu de temps, le comte se trouvait dans les meilleures dispositions pour écouter le singulier message dont le vieux sous-officier s'était chargé à son corps défendant.

— Et quel homme est-ce que cet individu ? demanda-t-il, lorsque l'autre se fut tant bien que mal acquitté de sa commission.

— Ma foi, capitaine, répondit le sous-officier, autant que j'ai pu le voir, il m'a semblé un gaillard assez jeune, bien découplé et surtout doué d'une assurance rare, pour ne pas dire plus.

Monsieur de Lhorailles réfléchit un instant.

— Faut-il le fusiller ? demanda le soldat, qui prit ce silence pour une condamnation.

— Peste ! comme vous y allez, Boilaud, fit le comte en riant et en relevant la tête. Non ! non ! c'est une bonne fortune pour nous que l'arrivée de ce drôle. Amenez-le au contraire ici avec tous les égards et toute la politesse possible.

Le sergent salua et se retira.

— Messieurs, dit le comte, vous vous rappelez le guet-apens dont j'ai failli être victime ; un certain mystère, dont jusqu'à présent je n'ai jamais pu soulever le voile, a toujours entouré cette affaire. L'homme qui demande à me parler vient, j'en ai le pressentiment, dans le but de me faire des révélations qui nous donneront la clef de bien des choses qui sont restées pour moi inexplicables.

— Señor comte, observa le *capataz*, prenez garde ! vous ne connaissez pas encore le caractère des gens de ce pays ; cet homme vient peut-être, au contraire, pour vous faire tomber dans quelque piège.

— Dans quel but ?

— *Quien Sabe* ! répondit Blas Vasquez, en employant cette locution qui, en espagnol, a la prétention de tout signifier et qu'il est impossible de bien traduire dans notre langue.

— Bah ! bah ! fit le comte, rapportez-vous en à moi, don Blas, pour démasquer ce drôle, si, ce que je ne suppose pas, c'est un espion.

Le *capataz* se contenta de hausser imperceptiblement les épaules ; le comte était un de ces hommes dont l'esprit tranchant et hautain rendait toute discussion impossible.

Les Européens, et surtout les Français, en Amérique, sont doués vis-à-vis des indigènes, blancs, métis ou Peaux-Rouges, d'un dédain et d'un mépris qui éclate dans toutes leurs actions et dans tous leurs actes ; persuadés qu'ils sont intellectuellement fort au-dessus des habitants du pays dans lequel ils se trouvent, ils ont pour eux une pitié offensante et se plaisent à les tourner continuellement en ridicule, se moquant soit de leurs coutumes, soit de leurs croyances, et ne leur accordent tout au plus, dans leur for intérieur, qu'un instinct un peu plus développé que celui des animaux.

Cette opinion est non-seulement injuste, mais elle est encore entièrement fausse. Les *Hispanos* américains sont malheureusement, il est vrai, fort arriérés comme civilisation, industrie, arts mécaniques, etc. ; le progrès chez eux est lent, parce qu'il est incessamment entravé par les superstitions qui forment le fond de leurs croyances ; mais il ne faut pas rendre responsables ces peuples d'un état de choses dont ils ont hâte de sortir et dont les Espagnols sont seuls coupables, à cause du système d'oppression abrutissante et d'abjection infame dans lesquelles ils les tenaient : la lourde tyrannie qui, pendant plusieurs siècles, a pesé sur eux, en les rendant entièrement esclaves de maîtres hautains et implacables, leur a donné le caractère des esclaves, la fourberie et la lâcheté.

À part quelques exceptions fort honorables, la masse de la population indienne surtout, car les blancs ont, depuis quelques années, marché à pas de géant et fait des progrès sensibles dans la voie de la civilisation, la masse de la population indienne, disons-nous, est fourbe, rusée, lâche et méchante.

Aussi, il arrive toujours inévitablement ceci lorsqu'un Européen et un métis se trouvent en présence : c'est que malgré l'intelligence dont il se flatte, le blanc est dupé par l'Indien.

Il est si bien reconnu comme article de foi, dans l'Amérique espagnole, que les métis et les Indiens sont de pauvres créatures sans raison, douées tout au plus de l'intelligence nécessaire pour vivre au jour le jour, que les blancs s'intitulent orgueilleusement *gente de razon* — hommes raisonnables. —

Nous devons ajouter qu'après un séjour de quelques années en Amérique, les opinions des Européens à l'égard des métis se modifient et finissent par changer complètement au fur et à mesure qu'ils se trouvent à même de juger sainement les gens avec lesquels ils sont en rapport, par une connaissance plus approfondie du pays. Mais le comte de Lhorailles n'en était pas encore là ; il ne voyait dans un Indien ou dans un métis qu'un être à peu près dépourvu de raison, et agissait avec lui suivant ce principe erroné.

Cette croyance devait avoir plus tard pour le comte des conséquences fort graves.

Monsieur de Lhorailles avait remarqué le haussement d'épaules du *capataz* ; il se préparait à lui répondre lorsque le sergent reparut suivi de l'étranger, sur lequel tous les yeux se fixèrent immédiatement.

L'étranger soutint sans se troubler le feu croisé des regards dirigés sur lui, et tout en demeurant parfaitement *embossé* dans les larges plis de son manteau, il salua les assistants avec une désinvolture sans égale.

L'apparition de cet homme dans la salle du festin avait causé aux convives une impression de malaise qu'ils ne purent expliquer, mais qui les rendit subitement muets.

XVII. Cucharès.

Ce silence qui menaçait de se prolonger commençait à devenir embarrassant pour tout le monde ; Monsieur de Lhorailles le comprit. Gentilhomme jusqu'au bout des ongles, c'est-à-dire habitué à dominer immédiatement les positions les plus exceptionnelles et les plus difficiles, il se leva, s'avança le sourire aux lèvres vers l'étranger, lui tendit la main, et se tournant vers ses officiers :

— Messieurs, dit-il avec une infléxion de voix impossible à rendre, et en s'inclinant courtoisement, permettez-moi de vous présenter ce *caballero* dont, jusqu'à présent j'ignore le nom, mais qui, d'après ce qu'il a dit lui-même, est un de mes ennemis les plus intimes.

— Oh ! seigneur comte, fit l'inconnu d'une voix étouffée.

— Vive Dieu ! j'en suis ravi, s'écria le comte avec vivacité ; ne vous en défendez donc pas, mon cher ennemi, et veuillez prendre place à mes côtés.

— Votre ennemi, je ne l'ai jamais été, seigneur comte ; la preuve, c'est que j'ai fait deux cents lieues afin de vous demander un service.

— Il vous est octroyé dès à présent. Ainsi, à demain les affaires sérieuses ; goûtez ce champagne, je vous prie.

L'inconnu s'inclina, saisit le verre et saluant les convives :

— *Señore*, dit-il, je bois à l'heureuse issue de votre expédition.

Et portant le verre à ses lèvres, il le vida d'un trait.

— Vous êtes un charmant compagnon, monsieur ; je vous remercie de votre toast, il est de bon augure pour nous.

— Commandant, soyez donc assez bon, fit le lieutenant Martin, pour nous mettre le plus tôt possible au courant de vos piquantes relations avec ce *caballero*.

— Ce serait avec plaisir, señores ; seulement, je prierai d'abord ce caballero, maintenant qu'il est, ainsi qu'ils semblait si vivement le désirer, arrivé jusqu'à moi, je le prierai, dis-je, de vouloir bien rompre un incognito qui a duré trop longtemps déjà, et de nous faire connaître son nom, afin que nous sachions qui nous avons l'honneur de recevoir.

L'inconnu se mit rire, et laissant tomber le pan de son manteau, qui jusque là avait caché son visage.

— Avec le plus grand plaisir, caballeros, répondit-il ; mais je crois que mon nom, pas plus que mon visage, ne vous apprendra rien. Nous ne nous sommes rencontrés qu'une fois, señor *conde*, et lors de cette entrevue la nuit était trop noire et la conversation trop vive entre mon compagnon et vous pour que mes traits, si vous les avez entrevus, soient restés bien profondément gravés dans votre mémoire.

— En effet, señor, répondit le comte qui l'avait curieusement et attentivement examiné, je dois avouer que je ne me souviens nullement de vous avoir vu déjà.

— J'en étais sûr.

— Alors, s'écria avec feu le comte ; pourquoi vous obstiner à cacher aussi minutieusement votre visage.

— Eh ! monsieur le comte, j'avais peut-être mes raisons pour en agir ainsi ; qui sait si un jour vous ne regretterez pas de m'avoir fait rompre un incognito que j'avais probablement intérêt à conserver.

Ces paroles furent prononcées avec un ton de sarcasme mêlé de menace que chacun devina, malgré l'apparente insouciance de l'inconnu.

— Peu importe, señor, dit le comte avec hauteur, je suis un de ces hommes dont l'épée soutient les paroles ; maintenant, sans plus d'ambages et de faux fuyants, veuillez me dire votre nom.

— Lequel voulez-vous savoir, *caballero* ? est-ce mon nom de guerre, mon nom d'aventure, mon nom de ?...

— Dites celui qu'il vous plaira ! s'écria le comte avec violence, pourvu que vous nous en appreniez un.

L'étranger se leva, et, promenant un regard hautain autour de lui :

— Je vous ai dit en entrant dans cette salle, *caballero*, fit-il d'une voix ferme, que j'avais fait deux cents lieues afin de vous demander un service ; je vous ai trompé, je n'attends rien de vous, ni service ni faveur ; c'est moi, au contraire, qui veux vous être utile ; je suis venu pour cela et pas pour autre chose. Qu'est-il besoin que vous sachiez qui je suis, que vous connaissiez mon nom, puisque je ne serai pas votre obligé, mais que vous, au contraire, serez le mien ?

— Raison de plus, *caballero*, pour que vous vous démasquiez ; je veux bien respecter la qualité d'hôte que vous usurpez ici, pour ne pas vous contraindre par la force à faire ce que je vous demande ; mais retenez bien ceci : je suis résolu, quoi qu'il arrive, à ne rien entendre et à vous prier de vous retirer immédiatement, si vous refusez plus longtemps d'accéder à mes désirs.

— Vous vous en repentirez, *señor conde*, reprit l'étranger avec un sourire sardonique. Un mot encore, un seul : je consens à me faire connaître, mais à vous en particulier, d'autant plus que ce que j'ai à vous dire ne doit être entendu que de vous.

— Pardieu ! s'écria le lieutenant Martin, cela passe toute croyance, et cette insistance est extraordinaire.

— Je ne sais si je me trompe, s'écria finement le *capataz*, mais je crois être certain que je suis pour beaucoup dans le mystère dont ce caballero s'entoure, et que, s'il redoute quelqu'un ici, c'est moi.

— Vous avez deviné, señor don Blas, répondit l'étranger en s'inclinant ; vous voyez que je vous connais. Du reste, vous me connaissez aussi, si ce n'est pas de visage, heureusement pour moi en ce moment, c'est de nom et de réputation. Eh bien, à tort ou à raison, je suis convaincu que, si je prononçais ce nom devant vous, vous engageriez votre ami à ne pas m'écouter.

— Et alors qu'arriverait-il ? interrompit le *capataz*.

— Un grand malheur, probablement, dit l'inconnu d'une voix ferme : vous voyez que, quoi que vous sembliez en penser, j'agis franchement avec vous. Je ne demande au señor comte que dix minutes d'entretien, puis, après, il fera du secret que je lui confierai et des nouvelles que je lui apporte ce que bon lui semblera.

Il y eut un instant de silence.

Monsieur de Lhorailles examinait le visage impassible de l'étranger, tout en réfléchissant profondément.

Enfin, l'inconnu se leva, et s'inclinant devant le comte :

— Que dois-je faire, *señor*, dit-il, demeurer ou partir ?

Monsieur de Lhorailles lui lança un regard perçant, que l'autre supporta sans manifester la moindre émotion.

— Demeurez, dit-il.

— Bien, répondit l'inconnu, et il se rassit sur sa *butaca*.

— Messieurs, continua le comte, en s'adressant à ses convives, vous avez entendu : veuillez m'excuser pour quelques minutes.

Les officiers se levèrent et se retirèrent sans répondre.

Le *capataz* sortit le dernier, après avoir dirigé sur l'inconnu un de ces regards qui fouillent le cœur d'un homme jusque dans ses plus cachés replis.

Mais, de même que celui du comte, ce regard s'émoussa sur le visage froid et impassible de l'étranger.

— Maintenant, *señor*, reprit Monsieur de Lhorailles, en s'adressant à son hôte, dès que la porte fut refermée, nous sommes seuls, j'attends l'accomplissement de votre promesse.

— Je suis prêt à vous satisfaire.

— Comment vous nommez-vous ? qui êtes-vous ?

— Pardon, monsieur, répondit l'étranger avec une aisance railleuse, si nous procédons ainsi, ce sera fort long, et puis vous n'apprendrez rien ou du moins fort peu de chose.

Le comte réprima avec peine un geste d'impatience.

— Procédez alors comme bon vous semblera, dit-il.

— Bon ! de cette façon, nous ne tarderons pas à nous entendre.

— J'écoute.

— M'y voilà, *señor*. Vous êtes étranger dans ce pays ; arrivé depuis qelques mois à peine, vous n'en connaissez encore ni le caractère des habitants, ni les mœurs, ni les usages. Fort des connaissances acquises par vous dans votre patrie, vous avez cru, en arrivant parmi nous, que tout se ferait au gré de vos désirs, parce que, pensiez-vous, votre intelligence est bien supérieure à la nôtre : vous avez agi en conséquence.

— Au fait, señor, au fait, interrompit le comte violemment.

— J'y arrive, monsieur ; vous vous êtes, grâce à des protecteurs puissants, trouvé de prime abord placé dans une situation exceptionnelle. Vous avez fondé une magnifique colonie dans la plus riche province du Mexique, sur la frontière du désert ; vous avez demandé alors et obtenu du gouvernement le grade de capitaine avec le droit de lever une compagnie franche composée seulement de vos compatriotes, spécialement destinée à faire la chasse aux Apaches, Comanches, etc. ; cela se comprend, nous sommes si poltrons, nous autres Mexicains !

— Señor, señor, je vous ferai observer que tout ce que vous me dites là est au moins inutile, s'écria le comte avec colère.

— Pas autant que vous le supposez, reprit l'autre toujours impassible ; mais, tranquillisez-vous, j'ai fini, et j'arrive au point qui vous intéresse particulièrement ; je voulais seulement vous faire voir que si vous ne me connaissez pas, moi, je vous connais, en revanche, beaucoup plus que vous ne le croyiez.

Le comte, pour ne pas s'emporter, frappait du poing sur la table et agitait convulsivement sa jambe droite rejetée sur la gauche.

— Je reprends, continua l'inconnu. Certes, en débarquant au Mexique, vous ne comptiez pas, si grande que fût votre ambition, conquérir en aussi peu de temps une position aussi brillante. La fortune facile est mauvaise conseillère ; le trop d'hier n'est plus l'assez d'aujourd'hui. Lorsque vous avez vu que tout vous réussissait, vous avez voulu, par un coup de maître, couronner votre œuvre et vous placer pour toujours à l'abri des revers inattendus de cette fortune aujourd'hui votre esclave, mais qui, demain, peut subitement vous tourner le dos. Je ne vous blâme pas : c'était agir en joueur émérite, et, joueur moi-même, je sais apprécier chez les autres cette qualité que je ne possède pas.

— Oh ! fit le comte.

— M'y voilà, patience ; alors, vous avez regardé autour de vous, et vos yeux se sont portés naturellement sur don Sylva de Torrès. Ce caballero réunissait toutes les qualités que vous cherchiez dans un beau-père ; car, ce que vous vouliez, c'était contracter un riche mariage. Eh ! vous ne m'interrompez plus, maintenant ; il paraît que le récit que je vous fais de votre propre histoire commence à vous intéresser. Don Sylva est bon, crédule ; de plus, il est colossalement riche, même pour ce pays, où les fortunes sont si grandes ; de plus, doña Anita, sa fille, est charmante ; bref, vous vous êtes introduit chez don Sylva ; vous lui avez demandé la main de sa fille, et il vous l'a accordée ; le mariage devrait même à présent être fait depuis déjà un mois. Veuillez maintenant, caballero, redoubler d'attention, car j'entre dans la partie la plus intéressante de mon récit.

— Continuez, señor, vous voyez que je mets à vous écouter toute la patience désirable.

— Vous serez récompensé de cette complaisance, caballero, soyez tranquille, fit l'inconnu avec une nuance de raillerie insaisissable.

— J'ai hâte que vous terminiez, señor.

— M'y voici : malheureusement pour vos projets, caballero, doña Anita n'avait pas été consultée par son père sur le choix d'un époux ; depuis longtemps déjà, elle aimait en secret un jeune homme qui lui avait, dans une certaine circonstance, rendu un important service.

— Le nom de cet homme, vous le savez, n'est-ce pas ?

— Oui, señor.

— Dites-le moi.

— Pas encore ; cet homme l'aimait aussi. Les deux jeunes gens se virent à l'insu de don Sylva et se jurèrent un amour éternel. Lorsque doña Anita fut, par l'ordre de son père, contrainte de vous considérer comme son fiancé, elle feignit de se soumettre, car elle n'osait résister en face à son père ; mais elle avertit celui qu'elle aimait, et tous deux, après avoir renouvelé leurs serments d'amour, avisèrent au moyen de rompre ce fatal mariage.

Le comte s'était levé depuis quelques minutes, il marchait à grands pas dans la salle. À ces derniers mots, il s'arrêta devant l'étranger.

— Ainsi, dit-il d'une voix sombre, le guet-apens du Rancho…

— Était un moyen employé par l'amoureux pour se débarrasser de vous, oui, *señor*, répondit paisiblement l'inconnu.

— Cet homme n'est donc alors qu'un misérable assassin ? reprit-il avec mépris.

— Vous vous trompez, caballero ; il ne voulait que vous obliger à vous retirer ; la preuve c'est que votre vie était entre ses mains, et qu'il n'a pas voulu la prendre.

— Enfin ! s'écria le comte, assassin ou non, vous allez me dire son nom, maintenant, n'est-ce pas, car vous avez fini, je suppose ?

— Pas encore. Après la rencontre du *Rancho*, vous vous êtes dirigé vers votre *hacienda*, accompagné de votre futur beau-père et de votre fiancée ; là encore, sans vous donner un instant de répit, la haine de l'amoureux de doña Anita vous a poursuivi, les Apaches vous ont attaqué.

— Eh bien ?

— Eh bien, faut-il donc tout vous expliquer ? Ne comprenez-vous pas que cet homme était de connivence avec les Peaux-Rouges ?

— Et doña Anita le savait ?

— Je ne l'affirmerai pas, mais c'est probable.

— Oh !

— N'est-ce pas, que c'était bien joué ?

Le comte se mordit les lèvres jusqu'au sang pour ne pas éclater. — Et vous savez par qui doña Anita a été enlevée ?

— Je le sais.

— Ce n'est pas par les Peaux-Rouges ?

— C'est par cet homme, alors ?

— Par cet homme, oui.

— Mais son père, don Sylva de Torrès, a été enlevé aussi ?

— Je le sais ; mais lui, il n'y a pas mis la moindre bonne volonté, je vous le certifie.

— Où est don Sylva en ce moment ?

— Tranquille dans sa maison de Guaymas.

— Sa fille est-elle avec lui ?

— Non.

— Elle est avec cet homme, n'est-ce pas ?

— Vous êtes sorcier.

— Et vous savez dans quel lieu ils se trouvent ?

— Je le sais.

Prompt comme l'éclair, le comte bondit sur l'étranger, le saisit au collet de la main gauche, et, lui appuyant un pistolet sur la poitrine :

— Maintenant, misérable ! s'écria-t-il d'une voix rauque, tu vas me dire où il sont.

— Est-ce à ce jeu-là que nous jouons ! s'écria l'inconnu ; à votre aise, *caballero*.

Puis, écartant vivement son manteau, il dirigea vers la poitrine du comte deux pistolets qu'il tenait aux poings.

Le mouvement de l'étranger avait été si rapide que le comte n'aurait pu le prévenir. D'ailleurs un revirement subit venait de s'opérer dans son esprit. Abaissant son arme et la repassant à sa ceinture :

— Je suis fou, murmura-t-il ; pardonnez-moi ce mouvement de colère.

— De grand cœur ! répondit l'inconnu en posant tranquillement ses pistolets sur la table auprès de lui.

— Pardon, encore une fois ; maintenant que je réfléchis à ce que vous m'avez dit, je crois effectivement que votre intention est de m'être utile.

L'inconnu fit un geste affirmatif.

— Mais il y a une chose que je ne m'explique pas.

— Laquelle ?

— La façon dont vous avez appris tous ces détails.

— Bien simplement.

— Je vous serai obligé de me le dire.

— Avec plaisir, *caballero*. Deux hommes vous ont attaqué au *rancho* ?

— Oui.

— Je suis celui qui vous a renversé.

— Ah ! fit le comte avec une singulière intonation dans la voix.

— En un mot, je me nomme Cucharès ; je suis *lepero*, c'est-à-dire que j'aime mieux le soleil que l'ombre, le repos que le travail, et un coup de couteau à donner, quand il est convenablement payé, qu'une bonne action à faire lorsqu'elle ne rapporte rien ; me comprenez-vous ?

— Parfaitement.

— Ainsi, nous pourrons nous entendre ?

— Je le crois.

— Hum ! moi aussi, voilà pourquoi je suis venu.

— Encore une question.

— Faites.

— Mais, en ce moment, vous trahissez vos amis ?

— Moi ! lesquels ?

— Ceux que vous avez servis jusqu'à présent.

— Un homme comme moi, caballero, n'a pas d'amis, il n'a que des clients.

— Clients ou amis, vous les trahissez.

— Peuh ! nous avons terminé nos comptes ; il ne me doivent plus rien, ni moi non plus ; nous sommes quittes. Voyez-vous, caballero, dans toute affaire, il y a deux faces, toutes les deux bonnes à exploiter pour un homme habile. J'ai tiré tout ce que je pouvais de la première ; eh bien, à présent, je veux essayer la seconde.

Le comte écoutait le lepero développer cette étrange théorie avec un étonnement mêlé de terreur ; un cynisme si cru et si éhonté l'épouvantait malgré lui ; et cependant Monsieur de Lhorailles n'avait pas l'épiderme sensible.

— Nous disons donc que vous venez pour me rendre un service.

Le lepero sourit.

— Entendons-nous, répondit-il. J'ai dit cela pour ne pas effaroucher la conscience des caballeros qui se trouvaient ici lorsque je suis entré ; mais, de vous à moi, je serai plus franc.

— Ce qui veut dire ?…

— Que je suis venu pour le vendre.

— Soit.

— Je vous le vendrai cher.

— Soit.

— Très-cher.

— Peu importe, s'il en vaut la peine.

— Allons ! s'écria joyeusement le lepero, vous êtes l'homme que je croyais en effet trouver. Eh bien, rapportez-vous-en à moi.

— Il le faut bien, puisque je ne puis faire autrement.

— Que voulez-vous ? le monde est ainsi : aujourd'hui c'est moi, demain ce sera vous. Bah ! pour quelques milliers de piastres, il ne faut pas les regretter.

— Et, d'abord, le nom de mon rival ?

— Ce nom-là vous coûtera cinquantes onces, ce n'est certes pas trop cher.

— Les voilà, dit le comte en les alignant sur la table.

Le lepero les fit immédiatement disparaître au fond de ses larges poches.

— Votre rival, caballero, se nomme don Martial ; il est Tigrero, et, de plus, fort riche.

— Je crois avoir entendu prononcer ce nom par don Sylva.

— C'est probable ; don Sylva ne peut pas le souffrir, surtout depuis que don Martial a sauvé la vie de doña Anita.

— En effet, je me rappelle cette particularité ; don Sylva m'en a plusieurs fois parlé. Maintenant, comment don Martial a-t-il enlevé la jeune fille ?

— Bien facilement, d'autant plus qu'elle ne demandait pas mieux que de le suivre. Pendant votre combat contre les Apaches, il a placé doña Anita dans une pirogue où j'avais déjà descendu son père garrotté et bâillonné ; puis, nous nous sommes éloignés tous les quatre ; toute la nuit nous avons navigué sur la rivière, afin de ne pas laisser de traces de notre fuite ; au point du jour, nous avions fait quinze lieues. Nous ne craignions plus d'être découverts, nous avons abordé sur la terre ferme ; des Indiens *mansos*[1] nous ont vendu des chevaux ; don Martial m'a chargé de reconduire le père de la jeune fille à Guaymas, je me suis acquitté de cette commission difficile à mon honneur. Don Sylva ne voulait pas me suivre ; enfin, je suis parvenu à l'amener jusque dans sa maison ; je l'ai laissé là, et j'ai rejoint don Martial, qui m'avait chargé de lui porter certaines choses, et qui m'attendait dans un endroit convenu entre nous.

— Ah ! fit le comte, et pourquoi vous êtes-vous séparés ?

— Mon Dieu ! caballero, nous nous sommes séparés comme cela arrive aux meilleurs amis, par suite d'un malentendu.

— Très-bien ! Il vous a chassé.

1 Indiens civilisés.

— À peu près, je suis forcé d'en convenir.

— Il y a longtemps que vous l'avez quitté ?

Le lepero cligna l'œil droit.

— Non, répondit-il.

— Pouvez-vous me conduire où il se trouve en ce moment ?

— Oui, quand vous voudrez.

— Fort bien. Est-ce loin ?

— Non ; mais, pardon, caballero, tranchons de suite la question, voulez-vous ?

— Voyons ?

— Combien me donnez-vous pour savoir dans quel endroit don Martial et doña Anita se sont réfugiés ?

— Deux cents onces.

— Donnez.

— Les voilà.

Le comte prit plusieurs poignées d'or dans une cassette en fer placée dans un angle de la salle et les donna au lepero.

— Il y a plaisir à traiter avec vous, dit Cucharès en envoyant ces onces rejoindre les premières avec une dextérité peu commune. Là, vous voyez bien que j'avais raison, lorsque je vous disais que je voulais vous rendre un service.

— C'est vrai, je vous remercie ; où se trouvent don Martial et doña Anita ?

— Ils sont à la mission de San-Francisco. Maintenant, je vous demande la permission de vous quitter.

— Pas encore.

— Pourquoi donc ?

— Pour deux raisons : la première, parce que, malgré toute la confiance que j'ai en vous, rien ne me prouve jusqu'à présent que vous m'ayez dit la vérité.

— Oh ! fit le lepero avec un geste de dénégation.

— Je me trompe, je le sais bien ; mais que voulez-vous ? je suis fort méfiant de ma nature.

— Bien, je resterai. Mais quelle est votre seconde raison ?

— La voici : j'ai, à mon tour, un service à vous demander.

— En payant ?

— Bien entendu.

— J'écoute.

— Je vous donne cent onces, si vous voulez me conduire auprès de mon rival.

— *Canarios* ! s'écria le lepero.

— Cent onces, reprit le comte.

— J'entends bien. Cent onces, c'est joli ! mais, voyez-vous, caballero, moi, je suis *costeño*, de plus *lepero*. Cette vie du désert ne convient pas à mon tempérament ; elle nuit à ma santé. Je me suis juré de ne pas la continuer plus longtemps : la route est difficile d'ici à la mission de San-Francisco ; il faut entrer dans le grand désert. Non, toutes réflexions faites, c'est impossible.

— C'est fâcheux, répondit froidement le comte.

— Oui.

— Parce que, continua-t-il, je vous aurais donné non pas cent onces, mais deux cents.

— Hein ? fit l'autre en dressant les oreilles.

— Mais, comme vous refusez, car vous refusez, n'est-ce pas ? je vais être, à mon grand regret, contraint de vous faire fusiller.

— Plaît-il ? s'écria le lepero avec un mouvement d'effroi.

— Dame ! reprit le comte avec bonhomie, écoutez donc, mon cher, vous êtes très-adroit en affaires, et, qui sait, comme vous avez déjà trouvé deux faces à celle-ci, j'ai une peur énorme que vous n'en trouviez une troisième.

Et, avant que Cucharès pût s'y opposer, par un mouvement brusque, il s'empara des pistolets qui étaient sur la table.

Le lepero pâlit

— Permettez, permettez, caballero, dit-il d'une voix mal assurée ; puisque vous le désirez si vivement, je serais désespéré de ne pas vous être agréable ; j'accepte les deux cents onces.

— Allons donc ! s'écria le comte ; moi aussi, je savais bien que nous finirions par nous entendre.

Il alla prendre l'argent dans la cassette ; mais, comme il tournait le dos au lepero, il ne put voir le singulier sourire qui plissa ses lèvres ; sans cela, il n'aurait pas chanté si haut victoire.

XVIII. Quelques Pas en arrière.

Le récit du lepero, vrai, quant au fond, était complétement faux et erroné par la forme. Du reste, peut-être avait-il intérêt à tromper le comte de Lhorailles : c'est ce dont le lecteur jugera lorsqu'il aura lu ce qui va suivre.

Après avoir, ainsi que nous l'avons vu, miraculeusement échappé aux Apaches, entre les mains desquels il était si malheureusement tombé, Cucharès avait filé entre deux eaux et avait regagné le large. En remontant à la surface, afin de reprendre respiration, il jeta un regard autour de lui : il était seul.

Le lepero étouffa un cri de joie, et après une minute de réflexion il nagea vigoureusement dans la direction des palétuviers où don Martial, averti par le signal qu'il avait été contraint de faire, l'attendait sans doute déjà depuis quelque temps.

Il arriva en quelques brassées au milieu des mangliers, parmi lesquels il disparut ; mais là un autre bonheur l'attendait : la pirogue chavirée et abandonnée à elle-même était venue s'échouer avec d'autres bois flottants contre le tronc d'un arbre.

Cucharès, sorti de l'eau, parvint facilement à vider la pirogue et à la remettre à flot. Ces embarcations sont tellement légères que rien n'est plus aisé que de les vider ; elles sont construites dans ces régions avec l'écorce du bouleau, que les Indiens enlèvent au moyen d'eau chaude.

À peine avait-il touché la terre qu'une ombre se pencha vers lui et murmura à son oreille ;

— Tu as bien tardé.

Le lepero fit un mouvement d'effroi, mais il reconnut don Martial ; en deux mots, il le mit au courant de ce qui lui était arrivé.

— Tout est pour le mieux, puisque vous voilà, répondit le Tigrero ; cachez-vous dans les mangliers, et, sous aucun prétexte, ne bougez pas avant mon retour.

Et il s'éloigna rapidement.

Cucharès obéit avec d'autant plus d'empressement qu'il entendait non loin de lui le bruit du combat acharné que se livraient en ce moment les Français et les Apaches.

Don Martial, le poignard à la main, afin d'être prêt à tout événement, avait glissé comme un fantôme jusqu'au massif de floripondies où doña Anita l'attendait toute tremblante.

Sur le point d'écarter les branches qui le séparaient de la jeune fille, il s'arrêta, la poitrine haletante, les sourcils froncés : elle n'était pas seule.

Sa voix, saccadée par l'émotion ou la colère, s'élevait brève et impérieuse ; elle parlait à quelqu'un.

Mais à qui ? quel était l'homme qui était parvenu à la découvrir, dans ce lieu retiré où elle se croyait si bien cachée, et qui, selon toute probabilité, voulait la contraindre à le suivre ?

Le Tigrero prêta l'oreille.

Bientôt, il fit un geste de colère et de menace ; il avait reconnu la voix de l'homme avec lequel parlait doña Anita : cet homme était son père.

Tout était perdu.

L'*haciendero* cherchait à entraîner sa fille du côté des bâtiments, en employant les raisons de sûreté et de prudence les plus convaincantes. Il paraissait ne pas se douter du motif qui avait amené sa fille en cet endroit.

Doña Anita refusait de s'éloigner, alléguant le danger d'être rencontrée par un Indien maraudeur et de tomber ainsi dans le péril qu'elle voulait à toute force éviter.

Don Martial se frappa le front : un sourire singulier plissa ses lèvres, son œil lança un éclair, et il s'éloigna rapidement du côté du rivage.

Cependant, le combat continuait toujours ; parfois, il semblait se rapprocher, des cris de malédiction se faisaient entendre ; parfois, un fulgurant éclair traversait l'espace, et un crépitement de balles retentissait, avec ce bruit sec et sifflant qui imprime la terreur aux guerriers novices.

— Au nom du ciel ! ma fille chérie, reprit don Sylva avec insistance, venez, nous n'avons pas un instant à perdre : dans quelques secondes, peut-être, la retraite nous sera coupée ; venez, je vous en supplie.

— Non, mon père, répondit-elle en secouant la tête, je suis résignée ; quoi qu'il arrive, je vous le répète, je ne bougerai pas d'ici.

— Mais c'est de la folie, cela ! s'écria l'*haciendero* avec douleur, vous voulez donc mourir, alors ?

— Que m'importe ! fit-elle avec tristesse, de toutes les façons, ne suis-je pas condamnée ? Dieu m'est témoin, mon père, que, pour échapper à l'hymen qui se prépare pour moi, je préférerais mourir !

— Ma fille, au nom du ciel !...

— Que vous importe, mon père, que je tombe aujourd'hui entre les mains des sauvages païens, puisque, demain, vous me livrerez, vous-même, de vos propres mains, au pouvoir d'un homme que je déteste ?

— Ne me parlez pas ainsi, ma fille. D'ailleurs, le moment est assez mal choisi, il me semble, pour une discussion comme celle-ci. Venez, les cris redoublent, bientôt il sera trop tard.

— Partez, si cela vous convient, mon père, répondit-elle résolument ; moi, je reste, quoi qu'il arrive.

— Puisqu'il en est ainsi, que vous vous obstinez à me résister, j'emploierai la force pour vous contraindre à m'obéir.

La jeune fille embrassa vivement le tronc d'un cèdre-acajou du bras gauche, et, lançant à son père un regard rempli d'une expression de volonté implacable :

— Faites, si vous l'osez, mon père ! s'écria-t-elle ; seulement je vous avertis qu'au premier pas que vous ferez vers moi, il arrivera cela même que vous voulez éviter ; je pousserai des cris si perçants qu'ils parviendront aux oreilles des païens, qui accourront ici.

Don Sylva s'arrêta en hésitant ; il connaissait le caractère ferme et déterminé de sa fille ; il savait qu'elle mettrait immédiatement sa menace à exécution.

Quelques minutes s'écoulèrent, pendant lesquelles le père et la fille demeurèrent face à face, se mesurant de l'œil, mais ne prononçant pas un mot, ne faisant pas un geste.

Soudain les branches s'écartèrent avec fracas et livrèrent passage à deux hommes, ou plutôt à deux démons, qui, d'un bond de panthère s'élancèrent sur L'haciendero, le renversèrent sur le sol. Avant que don Sylva eût pu, à la pâle lueur des étoiles, reconnaître les ennemis qui l'attaquaient si inopinément, il était garrotté, bâillonné, et un mouchoir, entortillé autour de sa tête, lui enlevait complétement la vue des objets extérieurs et l'empêchait de savoir non-seulement ce qu'on voulait faire de lui, mais encore ce qui arrivait à sa fille.

Celle-ci, à cette brusque apparition, avait poussé un cri d'effroi immédiatement étouffé par la prudence : elle avait reconnu don Martial.

— Silence ! dit rapidement le *Tigrero* à voix basse, je n'avais que ce moyen d'en finir. Venez, venez ; votre père, vous le savez, est sacré pour moi.

La jeune fille ne répliqua pas.

Sur un signe de don Martial, Cucharès avait saisi don Sylva, l'avait chargé sur ses épaules et s'était dirigé vers les palétuviers.

— Où allons-nous ? demanda doña Anita d'une voix tremblante.

— Là où nous pourrons être heureux ensemble, répondit doucement le Tigrero, en l'enlevant par un mouvement passionné, et la portant en courant jusqu'à la pirogue.

Doña Anita ne résista pas, elle sourit et jeta son bras droit au cou de son amant, afin de conserver l'équilibre dans cette espèce de course au clocher au milieu des palétuviers, où don Martial sautait intrépidement de branche en branche, s'accrochant aux lianes, et encourageant du geste et du regard son précieux fardeau.

Cucharès avait placé don Sylva au fond de la barque, et les pagaies aux mains il attendait impatiemment l'arrivée du *Tigrero*, car le bruit du combat semblait redoubler d'intensité, bien qu'au nombre des coups de feu et aux cris que l'on entendait, il fût facile déjà de reconnaître que l'avantage resterait aux Français.

— Que faisons-nous ? demanda Cucharès.

— Gagnons le milieu de la rivière, et descendons le courant.

— Mais nos chevaux ! observa le *lepero*.

— Sauvons-nous d'abord, nous songerons aux chevaux ensuite. Il est évident que les blancs sont vainqueurs. Dès que le combat sera terminé, le comte de Lhorailles fera chercher dans toutes les directions sa fiancée et son beau-père ; il est important de ne pas laisser de traces, sans cela tout est perdu. Les Français sont des démons, ils nous retrouveraient.

— Cependant, je crois... observa timidement Cucharès.

— En route ! s'écria le Tigrero d'un ton péremptoire en poussant d'un vigoureux coup de pied la pirogue au large.

Ils partirent.

Les premiers instants du voyage furent silencieux ; chacun réfléchissait à part soi à la position étrange dans laquelle il était placé.

Don Martial avait assumé une immense responsabilité, en jouant pour ainsi dire sur un coup de dés le bonheur de celle qu'il aimait et le sien, et puis, plus que tout, l'haciendero, étendu au fond de la barque, lui donnait à réfléchir ; la position était grave, la solution difficile.

Doña Anita, la tête basse, le regard distrait, laissait toute songeuse sa main mignonne tremper dans l'eau qui passait rapidement le long de la pirogue.

Cucharès, tout en pagayant avec fureur, pensait que la vie qu'il menait n'avait rien que de fort désagréable, et qu'à Guaymas il était beaucoup plus heureux, lorsque la tête à l'ombre et les pieds au soleil, étendu sous le porche de l'église, il faisait nonchalamment la sieste, rafraîchi par la brise de mer et doucement bercé par le mystérieux murmure de la houle sur les galets.

Quant à don Sylva de Torrès, lui, il ne réfléchissait pas ; en proie à une de ces rages sourdes qui, si elles se continuaient longtemps, aboutiraient pour ceux qui les subissent tout droit à la folie, il mordait avec frénésie le bâillon qui lui fermait la bouche et se tordait dans ses liens sans pouvoir les rompre.

Les bruits divers du combat s'affaiblirent peu à peu et finirent par cesser complètement.

Pendant quelques temps encore les voyageurs demeurèrent silencieux, absorbés non-seulement par leurs pensées, mais encore en proie à cette mélancolie douce et rêveuse produite sur les natures nerveuses par ce calme solennel et cette harmonie saisissante du désert, dont il n'est donné à aucune plume humaine d'exprimer la majestueuse et sublime grandeur.

Les étoiles commençaient à pâlir dans le ciel, une ligne couleur d'opale se dessinait vaguement à l'horizon, les alligators pesants sortaient de la vase et se mettaient en quête de leur repas du matin, le hibou, perché sur les arbres de la rive, saluait le lever prochain du soleil, les coyotes filaient par bandes effarées sur la grève en poussant leurs rauques glapissements, les bêtes fauves regagnaient leurs tanières ignorées d'un pas hâtif et lourd de sommeil : le jour n'allait pas tarder à paraître. Doña Anita se pencha coquettement sur l'épaule de don Martial.

— Où allons-nous ainsi ? lui demanda-t-elle d'une voix douce et résignée.

— Nous fuyons, répondit-il laconiquement.

— Voilà six heures au moins que nous descendons ainsi le fleuve, portés par le courant et aidés par vos quatre pagaies vigoureusement manœuvrées ; ne sommes-nous donc pas hors d'atteinte ?

— Si, depuis longtemps ; ce n'est pas la crainte des Français qui me tourmente en ce moment…

— Qu'est-ce donc, alors ?

Le *Tigrero* lui montra d'un geste don Sylva, qui, à bout de force et de colère, avait enfin reconnu tacitement son impuissance et avait fini par s'endormir épuisé au fond de la barque.

— Hélas ! dit-elle, vous avez raison ; cela ne peut durer ainsi, mon ami, cette position est intolérable.

— Si vous consentez à me laisser agir à ma guise, avant un quart d'heure, votre père me remerciera.

— Ne savez-vous pas que je suis toute à vous ?

— Merci ! dit-il en se tournant vers Cucharès.

Il lui murmura quelques mots à voix basse à l'oreille.

— Eh ! eh ! c'est une idée, fit le lepero en riant.

Cinq minutes plus tard, la pirogue abordait.

Don Sylva, enlevé délicatement par les deux hommes, fut transporté sur le rivage sans s'éveiller.

— À vous, maintenant, dit don Martial à la jeune fille : il faut pour le succès de la ruse que je médite que vous consentiez à vous laisser attacher à ce mezquite.

— Faites, mon ami.

Le *Tigrero* la prit dans ses bras vigoureux, la transporta à terre, et, en un clin-d'œil, il l'eut solidement attachée par la ceinture à un tronc d'arbre.

— Maintenant, dit-il rapidement, souvenez-vous de ceci : votre père et vous, vous avez été enlevés dans l'*hacienda* par des Apaches ; le hasard nous a fait vous rencontrer, et…

— Vous nous sauvez, n'est-ce pas ? fit-elle en souriant.

— Juste ; seulement, poussez des cris aigus, comme si vous étiez en proie à une grande frayeur. Vous comprenez, n'est-ce pas ?

— Parfaitement.

La scène fut jouée suivant ce programme. La Jeune fille jeta des cris étourdissants auxquels répondirent les deux aventuriers en déchargeant leurs rifles et leurs pistolets, puis ils se précipitèrent vers l'*haciendero*, qu'ils se hâtèrent de débarrasser de ses liens, et auquel ils rendirent non-seulement l'usage de ses membres, mais encore celui de ses yeux et de sa langue.

Don Sylva se releva à demi et jeta un regard autour de lui ; il aperçut, attachée, échevelée, à un arbre, sa fille, que deux hommes se hâtaient de délivrer. l'*haciendero* leva les yeux au ciel et adressa mentalement au Tout-Puissant une prière d'actions de grâces.

Aussitôt que doña Anita fut libre, elle courut vers son père, se jeta dans ses bras, et, tout en l'embrassant, cacha son front, rougissant de honte peut-être de cette supercherie indigne, dans le noble sein du vieillard.

— Pauvre chère enfant ! murmura-t-il avec des larmes dans la voix : c'est pour toi, pour toi seule, que j'ai tremblé pendant le cours de l'horrible nuit qui vient de s'écouler.

La jeune fille ne répondit pas, elle se sentit frappée au cœur par ce reproche.

Don Martial et Cucharès, jugeant le moment favorable, s'approchèrent alors, tenant à la main leurs rifles fumants.

À leur vue, en les reconnaissent, un nuage passa sur le visage de l'*haciendero* ; un soupçon vague le mordit au cœur. Il promena un instant son regard inquisiteur des deux hommes à la jeune fille et se leva, les sourcils froncés et la lèvre frémissante, sans prononcer une parole.

Le Tigrero fut gêné malgré lui par ce silence auquel il était loin de s'attendre. Après le service qu'il était censé avoir rendu à don Sylva, il fut contraint de prendre le premier la parole.

— Je suis heureux, dit-il d'une voix embarrassée, de m'être si à propos rencontré ici, don Sylva, puisque j'ai pu vous ravir aux mains des Peaux-Rouges !

— Je vous remercie, : señor don Martial, répondit sèchement l'*haciendero* ; je ne devais pas attendre moins de votre prud'hommie. Il était écrit, à ce qu'il parait, qu'après avoir sauvé la fille, vous deviez aussi sauver le père. Vous êtes destiné, je le vois, à être le libérateur de toute ma famille ; recevez mes sincères remercîments.

Ces paroles furent prononcées avec un accent railleur qui transperça le *Tigrero* comme une flèche ; il ne trouva pas un mot à répondre et s'inclina gauchement, afin de cacher son embarras.

— Mon père, dit doña Anita d'une voix caressante, don Martial a risqué sa vie pour nous.

— Ne l'en ai-je pas remercié, reprit-il. L'affaire a été chaude, à ce qu'il paraît ; mais les païens se sont sauvés bien vite ; n'ont-ils eu personne de tué ?

En disant cela, l'*haciendero* regarda avec affectation autour de lui.

Don Martial se redressa.

— Señor don Sylva de Torrès, fit-il d'une voix ferme, puisque le hasard nous a placés encore une fois face à face, laissez-moi vous dire que peu d'hommes vous sont aussi dévoués que moi.

— Vous venez de me le prouver, caballero.

— Laissons cela ! reprit-il vivement ; maintenant que vous êtes libre de vos actions, que vous pouvez agir à votre guise, parlez, commandez, que voulez-vous, qu'exigez-vous de moi ? je suis prêt à faire tout ce qu'il vous plaira, afin de vous prouver combien je serais heureux de vous être agréable.

— Voilà un langage que je comprends, caballero, et auquel je répondrai avec franchise. Des raisons importantes me contraignent à retourner à la colonie française de Guetzalli, où je me trouvais lorsque les païens m'ont si traîtreusement enlevé.

— Quand voulez-vous partir ?

— Tout de suite, si cela est possible.

— Tout est possible, caballero. Je vous ferai seulement observer que nous sommes à près de trente lieues de cette hacienda ; que le pays où nous nous trouvons est désert, qu'il nous sera fort difficile de trouver des chevaux, et que, malgré toute notre bonne volonté, nous ne pouvons faire cette route à pied.

— Surtout ma fille, n'est-ce pas ? reprit-il avec un sourire sardonique.

— Oui, répondit le Tigrero, surtout la *señorita.*

— Comment faire alors, car il faut absolument que je retourne là-bas, avec ma fille, ajouta-t-il en appuyant avec intention sur ces deux mots, et cela le plus tôt possible.

Le Tigrero mentait en assurant à don Sylva qu'il se trouvait à trente lieues de la colonie : il n'en était tout au plus qu'à dix-huit ; mais dans un pays comme celui-là, où les routes n'existent pas, quinze lieues sont presque infranchissables pour un homme qui n'est pas rompu à la vie du désert et accoutumé à en supporter les fatigues. Don Sylva, bien que n'ayant jamais voyagé que dans d'excellentes conditions, c'est-à-dire avec tout le comfort qu'il est possible de se procurer dans ces régions éloignées, savait, du moins par théorie, sinon par pratique, toutes les difficultés qui, à chaque pas, surgiraient devant lui, et combien d'empêchements viendraient entraver sa marche. Sa résolution fut prise presque immédiatement.

Don Sylva, ainsi que bon nombre de ses compatriotes, était doué d'un entêtement rare : lorsqu'il avait formé un projet ou arrêté quoique ce fût dans sa tête, plus les obstacles qui s'opposaient à l'exécution de ce projet étaient grands, plus il y tenait, plus il brûlait de le mener à bonne fin.

— Écoutez, dit-il à don Martial, je veux être franc avec vous : je ne vous apprends rien de nouveau, n'est-ce pas, en vous annonçant le mariage de ma fille avec le comte de Lhorailles ? Il faut que ce mariage s'accomplisse, je l'ai juré, et cela sera, quoi qu'on dise et quoi qu'on fasse pour l'empêcher. Maintenant, je vais mettre à l'épreuve le dévoûment dont vous vous vantez envers moi.

— Parlez, señor.

— Vous allez envoyer votre compagnon au comte de Lhorailles ; il lui portera un mot qui calmera son inquiétude et lui annoncera ma prochaine arrivée.

— Bien.

— Le ferez-vous ?

— À l'instant.

— Merci. Maintenant, quant à ce qui vous regarde personnellement, je vous laisse libre de nous quitter ou de nous suivre, à votre volonté ; mais d'abord il nous faut des chevaux, des armes et surtout une escorte. Je ne me soude nullement de retomber entre les mains des païens ; peut-être n'aurais-je pas le bonheur de leur échapper cette fois aussi facilement.

— Restez ici ; dans deux heures, je reviendrai avec des chevaux ; quant à une escorte, je tâcherai de vous en procurer une ; cependant, je n'ose m'y engager formellement. Puisque vous me le permettez, je vous accompagnerai jusqu'à ce que vous ayez rejoint le *conde*. J'espère, pendant le temps que j'aurai le bonheur de passer auprès de vous, parvenir à vous prouver que vous vous êtes trompé sur moi.

Ces paroles furent prononcées avec un accent si vrai, que l'*haciendero* se sentit ému.

— Quoi qu'il arrive, dit-il, je vous remercie ; vous ne m'en aurez pas moins rendu un service immense dont je vous serai éternellement reconnaissant.

Don Sylva déchira une feuille de son carnet ; écrivît quelques mots au crayon, plia la page et la remit au Tigrero.

— Êtes-vous sûr de cet homme ? lui demanda-t-il.

— Comme de moi-même, répondit évasivement don Martial ; soyez certain qu'il verra le *conde*.

L'*haciendero* fit un geste de satisfaction, le Tigrero s'approcha de Cucharès.

— Tiens, lui dit-il à voix haute en lui remettant le papier, il faut que dans deux jours tu remettes ceci au chef de Guetzalli… Tu m'as entendu ?

— Oui, répondit le lepero.

— Pars et que Dieu te garde de mauvaise rencontre. Dans un quart d'heure derrière ce morne, ajouta-t-il rapidement à voix basse.

— Convenu, fit l'autre en s'inclinant.

— Prends cette pirogue, continua le Tigrero.

Si l'*haciendero* avait pu concevoir des soupçons ils se dissipèrent lorsqu'il vit Cucharès sauter dans la pirogue, saisir les pagaies et s'éloigner sans échanger un signe avec le Tigrero et même sans détourner la tête.

— Voici la première partie de vos instructions remplie, dit le Tigrero en revenant auprès de don Sylva ; maintenant je vais m'acquitter de la seconde ; prenez mes pistolets et mon machete ; en cas d'alerte vous pourrez vous défendre. Je vous laisse ici ; surtout ne vous éloignez pas ; dans deux heures au plus tard je vous rejoindrai.

— Savez-vous donc où trouver des chevaux ?

— Ignorez-vous que le désert est mon domaine ? répondit-il avec un sourire mélancolique ; je suis ici chez moi, bientôt vous en aurez la preuve. Au revoir.

Et il s'éloigna à grands pas dans une direction opposée à la pirogue.

Lorsqu'il eut disparu aux regards de don Sylva derrière un massif d'arbres et de broussailles, le Tigrero fit un brusque crochet sur la droite et revint en courant sur ses pas.

Cucharès, nonchalamment assis à terre, fumait une cigarette en l'attendant.

— Pas de mots, des faits, dit le Tigrero ; le temps nous presse.

— J'écoute.

— Vois-tu ce diamant, et il lui montra une bague qui nouait sa cravate.

— Il vaut six mille piastres, dit le lepero en l'examinant en connaisseur.

Don Martial le lui tendit.

— Je te le donne, fit-il.

L'autre le prit et le serra.

— Que faut-il faire ?

— D'abord me remettre la lettre.

— La voilà.

Don Martial s'en saisit et la déchira en morceaux impalpables.

— Ensuite ? reprit Cucharès.

— Ensuite, je tiens un autre diamant semblable à ta disposition ;

tu me connais ?

— Oui, j'accepte.

— Mais à une condition.

— Je la connais, dit-il avec un geste significatif.

— Tu acceptes toujours ?

— Parfaitement.

— C'est convenu.

— Plus jamais il ne vous chagrinera.

— Bien ; mais tu comprends, il me faut des preuves.

— Vous les aurez.

— Alors au revoir.

— Au revoir.

Les deux complices se séparèrent fort satisfaits l'un de l'autre ; ils s'étaient compris à demi-mot.

Nous avons vu comment Cucharès s'était acquitté de la mission dont l'avait chargé don Sylva de Torrès.

Don Martial, après sa courte conversation avec Cucharès, s'occupa de trouver des chevaux.

Deux heures plus tard il était de retour ; non-seulement il amenait d'excellentes montures, mais encore il avait embauché deux peones ou soi-disant tels, pour servir d'escorte.

L'*haciendero* comprit toute la délicatesse du procédé de don Martial, et bien que la tournure et l'air de ses défenseurs ne fussent pas complètement orthodoxes, il remercia chaleureusement le Tigrero de la peine qu'il s'était donnée pour satisfaire ses désirs, et rassuré sur les éventualités du voyage, il déjeuna de bon appétit d'un quartier de daim, arrosé de *pulqué*, que don Martial s'était procuré, puis, lorsque le repas fut terminé, la petite troupe, bien armée, se mit résolument en route dans la direction de la colonie de Guetzalli, où don Sylva comptait, si rien ne venait contrarier ses calculs, arriver sous trois jours.

XIX. Dans la Prairie.

La frontière mexicaine jusqu'aux anciennes missions des jésuites, aujourd'hui abandonnées et tombant en ruines, forme la lisière de la grande prairie du Rio-Gila ou de l'Apacheria, qui s'étend jusqu'au sinistre désert *del Norte.*

Dans cette partie de la prairie, la nature étale avec coquetterie cette surabondance de sève et cette richesse de produits que l'on chercherait vainement autre part.

Guetzalli avait été construit par le comte de Lhorailles sur les ruines d'une mission jadis florissante des révérends pères jésuites, mais que le décret d'expulsion qui les avait frappés avait fait abandonner.

Sans entrer ici dans aucune discussion pour ni contre l'ordre de Jésus, nous dirons en passant que ces religieux ont rendu d'immenses services en Amérique ; que toutes les missions qu'ils avaient fondées au désert prospéraient ; que les Indiens accouraient, dans des proportions énormes, se ranger sous leurs lois paternelles, et que telles missions, dont nous pourrions au besoin citer le nom, comptaient jusqu'à soixante mille néophytes ; que, pour preuve de la bonté de leur système, lorsqu'on leur intima l'ordre d'abandonner leur mission aux mains d'autres religieux et de se retirer, leurs prosélytes les prièrent, poussés par leur seule volonté, de résister à cet injuste ostracisme, en leur offrant, avec des larmes de douleur, de les défendre quand même envers et contre tous.

Les jésuites ont d'autant plus de droit à la justice tardive que nous essayons de leur faire rendre aujourd'hui, qu'après les nombreuses années qui se sont écoulées depuis leur départ, bien que tous les hommes qu'ils étaient parvenus, au prix de travaux incessants, à faire entrer dans le giron de l'Église, soient retournés à la vie sauvage, le souvenir des bienfaits des pieux missionnaires est encore palpitant dans le cœur des Indiens et forme, le soir, autour des feux de campement, le fond de toutes les conversations, tant la mémoire du peu de bien qu'on leur a fait est demeurée gravée dans le cœur de ces hommes primitifs.

Don Sylva de Torrès voulait regagner le plus tôt possible, et par la voie la plus directe, la colonie de Guetzalli ; malheureusement, il lui fallait traverser, pour ainsi dire à vol d'oiseau, une étendue considérable de terrains où aucune route n'était tracée ; de plus, à cause de son ignorance topographique de la prairie, il était contraint de se fier à don Martial, guide fort bon sous tous les rapports, dont il ne mettait nullement en doute la sagacité et les connaissances approfondies du désert, mais auquel, sans se rendre précisément compte de la raison qui le poussait, il n'accordait qu'une médiocre confiance.

Cependant, le Tigrero, en apparence du moins, faisait preuve du plus grand dévoûment pour l'haciendero, le conduisant par les sentes les plus battues, lui faisant éviter les passages difficiles et veillant avec un soin et une sollicitude sans égale à la sûreté de la petite troupe.

Chaque soir, au coucher du soleil, la caravane campait au sommet d'un monticule découvert d'où la vue portait de tous les côtés à une grande distance, afin d'éviter les surprises.

Le soir du quatrième jour, après une marche fatigante sur un sol convulsionné, ils atteignirent une colline où don Martial proposa de camper.

L'haciendero accepta cette demande avec d'autant plus de plaisir, que, peu habitué à voyager de cette façon, il éprouvait une lassitude extrême. Après un repas frugal, composé de tortillas de maïs et de frijoles saupoudrés de piments enragés et arrosés de pulque, don Sylva, sans même songer à fumer sa cigarette, ce à quoi il ne manquait jamais après avoir mangé, s'enveloppa avec soin dans son *zarape* — manteau, — s'allongea sur le sol, la plante des pieds exposée au feu, et s'endormit presque immédiatement d'un sommeil de plomb.

Don Martial et la jeune fille demeurèrent quelques instants silencieux en face l'un de l'autre, les yeux fixés sur l'*haciendero* et épiant avec inquiétude les phases de son sommeil. Enfin, lorsque le *Tigrero* fut persuadé que don Sylva dormait réellement, il se pencha vers la jeune fille et murmura d'une voix douce à son oreille :

— Pardon, doña Anita, pardon !

— Pardon ! et pourquoi ? répondit-elle d'un air étonné.

— Hélas ! c'est pour moi que vous souffrez.

— Égoïste ! fit-elle avec un sourire enchanteur, n'est-ce donc pas pour moi aussi, puisque je vous aime ?

— Oh ! merci ! s'écria-t-il, vous me rendez le courage que je sentais faiblir dans mon cœur. Hélas ! comment tout cela finira-t-il ?

— Bien, j'en suis convaincue, fit-elle avec vivacité, il n'y a que patience à avoir ; mon père, croyez-le bien, ne tardera pas à revenir sur votre compte.

Le Tigrero sourit tristement.

— Je ne puis cependant, dit-il, vous promener indéfiniment ainsi dans la prairie.

— C'est vrai, reprit-elle avec accablement. Que faire ?

— Je ne sais. Depuis deux jours, nous ne faisons que tourner autour de la colonie, dont nous ne sommes éloignés que de trois lieues à peine, sans que je puisse me résoudre à y entrer.

— Hélas ! murmura la jeune fille.

— Ah ! continua-t-il avec une certaine animation dans le regard, pourquoi cet homme est-il votre père, doña Anita ?

— Ne parlez pas ainsi, mon ami ! s'écria-t-elle vivement en lui posant sa main mignonne sur la bouche, comme pour l'empêcher de parler ; pourquoi désespérer ? Dieu est bon, il ne nous faillira pas ; nous ne savons pas ce qu'il nous réserve ; plaçons notre confiance en lui.

— Cependant, répondit-il en secouant la tête, notre position n'est pas tenable. Marcher davantage à l'aventure est impossible. Votre père, malgré son ignorance du pays, finira par s'apercevoir que je le trompe, et alors je serai perdu sans ressources dans son esprit. D'un autre côté, entrer à la colonie, c'est vous replacer entre les mains de l'homme que l'on veut vous contraindre à épouser, vous remettre sous le joug abhorré de cet homme ; je ne puis me résoudre à commettre cette action honteuse. Oh ! je donnerais avec joie dix ans de ma vie pour savoir ce que je dois faire.

En ce moment, comme si le ciel eût entendu ses paroles et se fût chargé d'y répondre immédiatement, le Tigrero, dont les yeux étaient fixés machinalement sur la prairie, plongée à cet instant dans d'épaisses ténèbres, vit à peu de distance, au milieu des hautes herbes, un point lumineux s'élever dans l'espace à deux reprises différentes, en traçant dans l'air des arabesques et des paraboles étranges. Au même instant, l'oreille exercée de don Martial perçut ou crut percevoir le hennissement étouffé d'un cheval.

— C'est extraordinaire, murmura-t-il comme se parlant à lui-même ; qu'est-ce que cela signifie ? serait-ce un signal ? Cependant nous sommes seuls ici ; dans toute la journée qui vient de s'écouler, je n'ai relevé aucune trace ni aucune piste ; cependant, cette lueur qui s'est montrée et a disparu presque immédiatement, ce hennissement…

— Qu'avez-vous, mon ami ? lui demanda doña Anita avec sollicitude ; vous paraissez inquiet ; quelque danger nous menacerait-il ? Parlez, vous le savez, je suis courageuse, et puis, près de vous, que puis-je craindre ? Ne me cachez rien. Il se passe quelque chose d'extraordinaire, n'est-ce pas ?

— Eh bien, oui, répondit-il, prenant résolument son parti ; il se passe, en effet, quelque chose d'extraordinaire ; mais, rassurez-vous, je ne crois pas que vous ayez rien à redouter.

— Mais qu'y a-t-il donc ? Je n'ai rien vu, moi !

— Tenez, regardez, lui dit-il vivement, en étendant le bras.

La jeune fille regarda avec attention et vit ce que le *Tigrero* avait aperçu déjà quelques instants auparavant, une lueur qui brillait comme un point rougeâtre dans les ténèbres en décrivant des lignes entrelacées.

C'est évidemment un signal, reprit le *Tigrero* ; quelqu'un est caché là.

— Attendez-vous donc quelqu'un ? lui demanda-t-elle.

— Personne, et pourtant, je ne sais pourquoi, mais il me semble que c'est à moi seul que ce signal s'adresse.

— Cependant, réfléchissez que nous sommes dans la prairie, et, probablement, sans nous en douter, entourés de détachements de chasseurs indiens ; peut-être correspondent-ils entre eux au moyen de cette lueur que deux fois déjà nous avons vue briller devant nos yeux ?

— Non, doña Anita, vous vous trompez ; nous ne sommes pas, eu ce moment du moins, entourés de partis indiens, nous sommes seuls, bien seuls.

— Comment pouvez-vous le savoir, mon ami, puisque vous ne nous avez pas quittés un instant pour aller à la découverte ?

— Doña Anita, ma bien-aimée, répondit-il d'une voix sévère, la prairie est un livre où Dieu a écrit son secret en lettres ineffaçables, où l'homme habitué à la vie du désert sait lire couramment ; le vent qui passe dans les branches, l'eau qui murmure sur le sable de la rive, l'oiseau qui vole dans l'air, le daim ou le bison qui paissent l'herbe touffue, l'alligator paresseusement vautré dans la vase sont pour moi autant d'indices certains auxquels je ne saurais me méprendre. Depuis deux jours, nous n'avons rencontré aucune trace ni aucune piste indienne, les bisons et les autres animaux que nous avons aperçus paissaient tranquilles et sans méfiance ; le vol des oiseaux était régulier, les alligators disparaissaient presque dans la vase qui les recouvrait : tous ces animaux sentent l'approche de l'homme et surtout de l'Indien à une distance considérable, et aussitôt qu'ils l'ont éventé, ils détalent avec une rapidité vertigineuse, tant le roi de la création leur inspire de terreur. Je vous le répète, nous sommes seuls ici, bien seuls ; c'est donc à moi que s'adresse ce signal. Et, tenez, le voilà qui recommence.

— C'est vrai, fit-elle, je le vois.

— Il faut que je sache ce que cela veut dire ! s'écria-t-il en saisissant son rifle.

— Oh ! don Martial, je vous en supplie, prenez garde ! soyez prudent. Songez à moi, ajouta-t-elle avec angoisse.

— Rassurez-vous, doña Anita, je suis un trop vieux coureur des bois pour me laisser tromper par une ruse grossière. À bientôt.

Et sans écouter davantage la jeune fille, qui cherchait encore par ses prières et ses larmes à le retenir, il s'élança sur la pente de la colline qu'il descendit rapidement, bien qu'avec la plus grande prudence.

Arrivé dans la prairie, le Tigrero s'arrêta un instant afin de s'orienter.

La caravane était campée à deux portées de flèche du Gila, presque en face d'une grande île qui n'est, en réalité, qu'un rocher affectant à peu près la forme humaine, et que les Apaches nomment *le maître de la vie de l'homme.*

Dans leurs excursions sur le territoire mexicain, les Peaux-Rouges ne manquent jamais de s'arrêter sur cette île pour y déposer des offrandes, cérémonie qui consiste à jeter dans l'eau, en dansant, du tabac, des cheveux et des plumes d'oiseau.

Ce rocher, qui offre de loin l'aspect le plus curieux et le plus saisissant, est percé de deux excavations qui ont chacune plus de douze cents pas de long sur quarante de large, et dont le sommet est en forme d'arche.

Ce qui avait excité la curiosité du Tigrero et l'avait poussé à tenter l'entreprise et à s'assurer de la signification du signal qu'il avait aperçu, c'est qu'il avait reconnu qu'il partait de cette île, fait extraordinaire qu'il ne s'expliquait d'aucune façon, d'autant plus qu'il savait pertinemment que les Indiens avaient pour le rocher une vénération jointe à une terreur superstitieuse si grande que jamais un guerrier indien, quelque brave qu'il fût, n'aurait osé y passer la nuit. C'était surtout la connaissance de cette particularité qui l'avait engagé à approfondir le mystère qu'il soupçonnait.

Des herbes hautes et touffues croissaient à profusion jusqu'au bord de la rivière. Dissimulé encore par des palétuviers, des mangles épais et enchevêtrés les uns dans les autres dans un désordre et un tohu-bohu inextricable, le Tigrero se glissa avec précaution jusqu'à la rive ; dès qu'il l'eût atteinte, il se suspendit à une branche et se laissa glisser si doucement dans l'eau, que son immersion n'occasionna aucun bruit.

Alors tenant son rifle élevé au-dessus de l'eau, afin de le préserver de l'humidité, il nagea d'une main dans la direction de l'île.

La distance était courte, le Tigrero nageait vigoureusement, il atteignit bientôt l'endroit où il voulait aborder.

Dès qu'il fut sur l'île, il se glissa en rampant dans les broussailles, prêtant l'oreille au moindre bruit et cherchant à sonder les ténèbres.

Il ne vit rien, n'entendit rien ; alors il se releva et marcha vers une des grottes, à l'entrée de laquelle, de l'endroit où il se trouvait, il distinguait la lueur d'un feu. Auprès se tenait un homme accroupi, la tête sur la paume des mains, fumant aussi tranquillement qu'il se fût trouvé assis dans une pulqueria de Guaymas.

Don Martial, après avoir pendant une minute attentivement examiné cet homme, retint avec effort un cri de joie, et marcha vers lui sans plus se cacher.

Il avait reconnu son affidé, Cucharès le *lepero*.

Au bruit des pas du Tigrero, Cucharès se retourna.

— Eh ! arrivez donc, don Martial, s'écria-t-il, voilà plus d'une heure que je me tue à vous faire tous les signaux que je puis inventer, sans que vous daigniez me répondre.

— Eh ! mon cher, répondit joyeusement le Tigrero, si j'avais pu soupçonner que ce fût vous, il y a longtemps que je serais ici ; mais j'étais si loin de vous attendre…

— Au fait, vous avez raison, et dans le pays où nous nous trouvons, il vaut mieux être trop prudent que pas assez.

— Ah ! çà, il y a donc du nouveau ? reprît le *Tigrero* en s'asseyant devant le feu, afin de sécher ses vêtements.

— *Caspita* ! s'il y a du nouveau ! serais-je ici sans cela.

— C'est juste ; vous êtes un bon compagnon, je vous remercie d'être venu ; vous savez que j'ai bonne mémoire ?

— Je le sais.

— Au fait, voyons, qu'avez-vous à m'apprendre ; j'ai hâte de connaître vos nouvelles, et d'abord, avant tout, une question ?

— Faites.

— Sont-elles bonnes ?

— Excellentes ; vous allez en juger.

— *Caraï* ! puisqu'il en est ainsi, prenez cette bague, que je ne devais vous remettre qu'après que notre affaire serait terminée ; mais soyez tranquille, quand nous réglerons nos comptes, je saurai trouver encore quelque chose qui vous plaira.

L'œil du lepero brilla de joie et d'avarice ; il saisit la bague qu'il envoya rejoindre celle que quelques jours auparavant il avait reçue.

— Merci, dit-il ; Dieu me garde ! il y a plaisir à traiter avec vous : vous ne lésinez pas, au moins !

— Maintenant, les nouvelles.

— Les voici, elles sont courtes, mais bonnes. El señor conde, désespéré de la disparition de sa fiancée qu'il croit avoir été enlevée par les Apaches, s'est mis à la tête de sa compagnie, a quitté l'hacienda, et à l'heure qu'il est il parcourt la prairie dans tous les sens à la poursuite de l'Ours-Noir.

— Vive Dieu ! cette nouvelle est la plus heureuse que vous puissiez me donner. Et vous que comptez-vous faire ?

— Eh ! n'est-il pas convenu entre nous que *el conde*…

— Certes ! interrompit vivement le Tigrero ; mais pour cela il faut le rencontrer, ce qui maintenant n'est pas, je crois, très-facile.

— Au contraire.

— Comment cela ?

— Eh ! seigneur don Martial, me feriez-vous l'injure de me prendre pour un *pavo* ? — dindon —

— Nullement, compadre ; cependant…

— Cependant vous le croyez ; eh bien, vous vous trompez, caballero, je ne suis pas fâché de vous l'apprendre ; pendant les quelques heures que j'ai passées à l'hacienda, j'ai questionné, je me suis informé, et comme je m'annonçais en qualité de porteur d'un billet très-pressé pour *el señor conde*, nul n'a fait de difficultés pour me répondre. Il paraît que les Apaches, au lieu de pousser en avant, ont été si bien battus par les Français, pour desquels, entre parenthèse, ils ont contracté une frayeur énorme, qu'ils se retirent sur le désert del Norte, afin de regagner leurs villages ; *el conde* les poursuit, n'est-ce pas ?

— Oui vous me l'avez dit.

— Eh bien, selon toute probabilité, il n'osera pas s'aventurer dans le désert.

— Naturellement, fit en frissonnant le Tigrero, malgré tout son courage.

— Fort bien ! alors il ne peut s'arrêter qu'à un seul endroit.

— À la Casa-Grande ! s'écria vivement don Martial.

— Juste ! je suis donc certain de le rencontrer là.

— Corps du Christ ! allez-vous donc vous y rendre.

— Je me mettrai en route aussitôt après votre départ.

Le Tigrero le considéra avec étonnement.

— Tudieu ! s'écria-t-il au bout d'un moment, vous êtes un rude homme, Cucharès ; je suis heureux de voir que je ne me suis pas trompé sur votre compte.

— Que voulez-vous, répondit avec modestie le coquin, tout en clignant son œil gris avec malice ; les relations que j'ai entamées avec vous me sont si agréables, que je n'ai pas la force de rien vous refuser.

Les deux hommes se mirent à rire de cette saillie d'un goût assez équivoque.

— Maintenant que tout est bien convenu entre nous, reprit don Martial, quittons-nous.

— Comment êtes-vous venu ici ?

— Vous voyez, il me semble, à la nage. Et vous ?

— Sur mon cheval. Je vous offrirais bien de vous mettre en terre ferme ; mus nous n'allons pas du même côté.

— Quant à présent, non.

— Comptez-vous donc aller par là bientôt ?

— Probablement, fit-il avec un sourire équivoque.

— Oh ! nous nous reverrons bientôt, alors.

— Je l'espère.

— Tenez ! don Martial, maintenant que vos vêtements sont secs, je serais fâché que vous les mouilliez une seconde fois ; je crois avoir aperçu une pirogue ici-près, vous savez que les Indiens en cachent partout.

Le *Tigrero* entra dans la grotte et découvrit en effet une pirogue avec ses pagaies placée soigneusement en équilibre contre les parois ; il s'en empara sans scrupiule et la chargea sur ses épaules.

— Ah ça ! dit-il encore, pourquoi diable m'avez-vous donné rendez-vous ici ?

— Afin de ne pas être dérangé, donc ; auriez-vous été satisfait que quelqu'un entendît notre entretien ?

— Non, j'en conviens. Allons, au revoir.

— Au revoir.

Les deux hommes se séparèrent, Cucharès pour commencer un long voyage, et don Martial pour rejoindre son campement.

Ils s'étaient trompés en supposant que personne n'avait entendu leur entretien.

À peine avaient-ils quitté l'île, en s'éloignant chacun dans une direction différente, que, d'un massif de dahlias et de floripondios qui poussait à l'entrée de la grotte, une tête hideuse s'avança avec précaution, regardant à droite et à gauche avec soin ; puis, au bout d'un instant, les branches s'écartèrent davantage, le corps suivit la tête, et un Indien apache, peint et armé en guerre, apparut.

Cet Indien était l'Ours-Noir.

— Ooeh ! murmura-t-il avec un geste de menace, les faces pâles sont des chiens, les guerriers apaches suivront leur piste !

Puis, après être resté quelques minutes les yeux fixés sur le ciel plaqué d'étoiles brillantes, il entra dans la grotte.

Cependant, le Tigrero avait rejoint son camp.

Doña Anita, inquiète d'une si longue absence, l'attendait, en proie à l'anxiété la plus vive.

— Eh bien, lui demanda-t-elle en accourant vers lui, dès qu'elle l'aperçut.

— Bonnes nouvelles, répondit-il.

— Oh ! J'ai eu bien peur !

— Je vous remercie. Il est arrivé ce que je prévoyais : le signal était pour moi.

— Ainsi…

— J'ai trouvé un ami qui m'a donné les moyens de sortir de la fausse position dans laquelle nous sommes.

— De quelle façon ?

— Ne vous inquiétez de rien, vous dis-je, et laissez-moi faire.

La jeune fille s'inclina avec soumission, et, malgré la curiosité qui la dévorait, elle se retira, sans interroger davantage don Martial, dans le *jacal* — cabane — de branchage préparé pour elle.

Don Martial, au lieu de se livrer au sommeil, s'assit sur le sol, croisa ses bras sur la poitrine, s'adossa à un arbre, et, jusqu'au point du jour, il demeura immobile, plongé dans de profondes et mélancoliques réflexions.

Au lever du soleil, le *Tigrero* secoua l'engourdissement de la nuit et appela ses compagnons.

Dix minutes plus tard, la petite troupe se mit en marche.

— Oh ! oh ! fit l'*haciendero*, vous êtes bien matinal, aujourd'hui, don Martial ?

— N'avez-vous pas remarqué que nous n'avons pas déjeuné avant de partir, ainsi que nous le faisons chaque jour ?

— Parbleu !

— Savez-vous pourquoi ? c'est que nous déjeunerons à Guetzalli, où nous arriverons dans deux heures au plus tard.

— Ah ! caramba ! s'écria l'haciendero, Vous me faites plaisir en m'apprenant cela.

— N'est-ce pas ?

— Ma foi, oui.

Doña Anita, en l'entendant parler ainsi, avait lancé à don Martial un regard de douleur ; mais elle lui vit un visage si tranquille, un sourire si gai, qu'elle se sentit subitement rassurée, soupçonnant intérieurement que les réticences du Tigrero à son égard cachaient quelque surprise agréable qu'il lui voulait faire.

Ainsi que don Martial l'avait annoncé, deux heures plus tard, ils arrivèrent effectivement à la colonie.

Dès qu'ils eurent été reconnus par les sentinelles, le pont-levis de l'isthme fut abaissé, et ils entrèrent dans l'hacienda, où ils furent reçus avec tous les égards et toutes les prévenances imaginables.

Doña Anita, les yeux constamment fixés sur le Tigrero, rougissait et pâlissait successivement, ne comprenant rien à son impassibilité et à sa parfaite tranquillité.

Ils mirent pied à terre dans la seconde cour, devant la porte d'honneur.

— Où est donc le comte de Lhorailles ? demanda l'haciendero, étonné que son gendre futur non-seulement ne fût pas venu au-devant de lui, mais encore ne se trouvât pas là pour le recevoir.

— Monsieur le comte sera désespéré, lorsqu'il apprendra votre arrivée ici, de ne pas s'être trouvé présent, répondit le majordome en se confondant en excuses.

— Est-il donc absent ?

— Oui, seigneur.

— Mais il sera bientôt de retour ?

— Je ne le pense pas ; le capitaine est parti à la poursuite des sauvages, à la tête de toute sa compagnie.

Cette nouvelle fut un coup de foudre pour don Sylva.

Le Tigrero et doña Anita échangèrent un regard de bonheur.

XX. Le Boute-Selle.

Le grand désert del Norte est le Sahara Américain, plus étendu, plus redoutable que le Sahara africain.

Là, pas de riantes oasis ombragées par de beaux arbres et rafraîchies par de jaillissantes fontaines.

Sous un ciel de cuivre jaune s'étendent d'immenses plaines couvertes de sable d'un gris sale ; dans toutes les directions, les horizons succèdent aux horizons ; du sable, toujours du sable ; du sable fin, impalpable, ressemblant plutôt à de la poussière humaine que le vent soulève en longs tourbillons, dont l'aspect désolant varie incessamment au gré de la tempête qui creuse des vallées et élève des montagnes chaque fois que le redoutable *cordonnazo* bouleverse ce sol déchiré.

Des roches grisâtres, couvertes par places d'un lichen brûlé, montrent parfois leur tête chenue au milieu de ce chaos, qui depuis la création n'a pas changé d'aspect.

Le bison, l'ashata, l'antilope rapide fuient ce désert, où leurs pieds ne poseraient que sur un sol mouvant ; seulement, des vautours à l'œil sanglant et sinistre volent par troupes dans ces régions, en quête d'une proie bien rare ; car ce désert est si horrible que les Indiens eux-mêmes ne s'y hasardent qu'en tremblant, et le traversent avec une vélocité extrême lorsqu'ils regagnent leurs villages après une expédition sur le territoire mexicain ; et cependant quelle que sit la rapidité de leur course, leur trace reste marquée d'une manière indélébile par les squelettes des mules et des chevaux qu'ils sont contraints d'abandonner, et dont les os blanchissent dans ce lugubre cercueil jusqu'à ce que l'ouragan, de nouveau déchainé, recouvre tout d'un linceul de sable.

Seulement, comme le doigt de Dieu est partout inscrit, au désert surtout plus profondément qu'ailleurs, à de long intervalles, chose étrange ! à demi enfouis dans le sable, au milieu des rochers amoncelés sans ordre, surgissent des arbres vigoureux, au tronc énorme, au feuillage épais, qui semblent offrir au voyageur un repos sous leur ombre.

Mais ces arbres ne verdissent la plaine que fort loin les uns des autres ; jamais ils n'en pousse deux ensemble dans le même endroit.

Ces arbres, vénérés des Indiens et des coureurs des bois, sont la signature de Dieu sur le désert, la preuve de sa sollicitude et de son inépuisable bonté.

Mais, nous le répétons, à part ces quelques jalons perdus comme des points imperceptibles dans l'immensité, il n'y a ni végétaux ni animaux dans le del Norte : du sable, toujours du sable.

La Casa-Grande de Moctecusoma, où campait en ce moment la compagnie franche du comte de Lhorailles, s'élevait et s'élève probablement encore aujourd'hui à l'extrême limite de la prairie, à deux lieues au plus de la lisière du désert.

La ligne de démarcation était nettement et brutalement tirée entre les deux régions.

D'un côté, une végétation luxuriante, riche de force et surabondante de sève ; des plaines verdoyantes, couvertes d'une herbe drue, haute et serrée, au milieu desquelles paissaient des animaux de toutes sortes ; des chants d'oiseaux, des sifflements de reptiles, des bruissements de bisons, enfin la vie grande, vigoureuse, joyeuse surtout, s'exhalant par tous les pores de cette nature bénie.

De l'autre, un silence de mort, un horizon grisâtre, une mer de sable, dont les flots tourmentés se pressaient de toutes parts comme pour envahir la prairie ; pas la plus maigre broussaille, rien, ni ronces, ni mousses : du sable !

Après sa conversation avec Cucharès, le comte avait rappelé ses lieutenants et s'était remis à boire et à rire en leur compagnie.

À une heure assez avancée de la nuit, on se leva de table pour se livrer au sommeil.

Cucharès, lui, ne dormit pas, il songea. Nous savons maintenant, à peu près du moins, dans quel but il avait rejoint le comte à la Casa-Grande.

Au lever du soleil les trompettes sonnèrent la diane.

Les soldats se levèrent du sol où ils avaient dormi, secouèrent le froid de la nuit et s'occupèrent activement du pansage des chevaux et des préparatifs du repas du matin.

Le camp prit en quelques minutes cette animation joyeuse et goguenarde qui caractérise les Français quand ils sont en expédition.

Dans la grande salle de la Casa-Grande, le comte et ses lieutenants, assis sur des crânes desséchés de bisons, tenaient conseil : la discussion était animée.

— Dans une heure, dit le comte, nous nous mettrons en route : nous avons vingt mules chargées de vivres, dix pour transporter l'eau, huit chargées de munitions de guerre ; nous n'avons donc rien à redouter.

— C'est vrai jusqu'à un certain point, *señor conde*, observa le capataz.

— Comment cela ?

— Nous n'avons pas de guides.

— À quoi bon des guides, s'écria violemment le comte ; nous n'avons besoin que de suivre la trace des Apaches, il me semble.

Blas Vasquez hocha la tête.

— Vous ne connaissez pas le del Norte, seigneurie, dit-il nettement.

— En effet, voici la première fois que le hasard m'amène de ce côté.

— Je prie Dieu que ce ne soit pas la dernière.

— Que voulez-vous dire ? fit le comte avec un secret tressaillement.

— *Señor conde*, le *del Norte* n'est pas un désert, c'est un gouffre de sables mouvants ; au moindre souffle d'air, dans ces régions désolées, le sable se soulève, tourbillonne et engloutit hommes et chevaux, sans laisser de traces : tout disparaît à jamais, enseveli dans un suaire de sable.

— Oh ! oh ! fit le comte en réfléchissant.

— Croyez moi, *señor conde*, continua le capataz, ne vous aventurez pas avec vos braves soldats dans cet implacable désert ; aucun de vous n'en sortirait.

— Cependant, les Apaches sont des hommes aussi ; ils ne sont ni plus braves ni mieux montés que nous, n'est-ce pas ?

— En effet.

— Eh bien, ils traversent le del Norte du nord au sud, de l'est à l'ouest, et cela non pas une fois dans une année, non pass dix, mais continuellement, chaque fois que la fantaisie leur en prend.

— Savez-vous à quel prix, *señor conde* ? avez-vous compté les cadavres qu'ils abandonnent tout le long de la route, lugubres jalons marquant leur passage ? Et puis, vous ne pouvez vous comparer aux païens ; le désert pour eux n'a pas de secrets ; ils le connaissent dans ses plus mystérieuses profondeurs.

— Ainsi, s'écria le comte avec impatience, vous concluez ?...

— Je conclus que, en vous amenant ici et en vous attaquant, il y a deux jours, les Apaches vous ont tendu un piège ; ils veulent vous entraîner à leur suite dans le désert, certains non-seulement que vous ne les atteindrez pas, mais encore que vous et tous vos hommes y laisserez vos os.

— Cependant vous conviendrez avec moi, mon cher don Blas, qu'il est fort extraordinaire que parmi vos peones il ne se trouve pas un homme capable de nous guider dans ce désert. Ce sont des Mexicains, que diable !

— Oui, seigneurie ; mais j'ai eu déjà plusieurs fois l'honneur de vous faire observer que tous ces hommes sont des *costeños*, c'est-à-dire des habitants du littoral ; jamais ils ne sont venus aussi loin dans l'intérieur des terres.

— Comment faire alors ? dit le comte avec hésitation.

— Retourner à la colonie, reprit le capataz, je ne vois pas d'autre moyen.

— Et don Sylva, et doña Anita, nous les abandonnerons donc ?

Blas Vasquez fronça le sourcil, son front se plissa. Il répondit d'une voix grave et d'un accent ému :

— Seigneurie, je suis né sur les terres de la famille de Torrès ; nul plus que moi n'est dévoué corps et âme aux personnes dont vous avez prononcé le nom. Mais à l'impossible nul n'est tenu. Entrer dans le désert, dans les conditions où nous sommes, ce serait tenter Dieu ; nous ne devons pas compter sur un miracle, un miracle seul pourrait nous ramener ici sains et saufs.

Il y eut un silence : ces paroles avaient produit sur l'esprit du comte une impression qu'il cherchait vainement à surmonter ; le lepero devina son hésitation, il s'approcha.

— Pourquoi, dit-il d'une voix câline, ne m'avez-vous pas averti que vous manquiez de guide, *señor conde* ?

— À quoi bon ?

— Au fait, c'est vrai, ce n'était pas la peine, puisque je me suis engagé à vous conduire auprès de don Sylva ; vous l'avez sans doute oublié.

— Vous connaissez donc la route ?

— Eh ! autant que peut la connaître un homme qui deux fois seulement l'a parcourue.

— Vive Dieu ! s'écria le comte, maintenant, nous pouvons pousser en avant, aucune raison ne doit nous arrêter davantage. Diego Léon, faites sonner le boute-selle, et vous, compagnon, soyez-nous bon guide, et vous aurez des preuves de ma reconnaissance.

— Oh ! rapportez-vous en à moi, seigneurie, répondit le lepero avec un rire équivoque, je vous certifie que vous arriverez où je dois vous conduire.

— Je n'en demande pas davantage.

Blas Vasquez, avec cet instinct de méfiance inné chez les âmes loyales, en présence de certaines natures mauvaises, éprouvait à son insu pour le lepero une répugnance invincible : cette répugnance s'était révélée en lui dès le premier moment de l'apparition de Cucharès dans la salle la nuit précédente. Pendant qu'il parlait à Monsieur de Lhorailles, il l'examinait avec soin. Lorsqu'il se tut, il fit un signe au comte. Celui-ci s'approcha de lui.

Le capataz l'amena dans un angle éloigné de la salle, et, se penchant à son oreille :

— Prenez garde, lui dit-il à voix basse, cet homme vous trompe.

— Vous le savez ?

— Non ; mais j'en suis sûr.

— Comment cela ?

— Quelque chose me le dit.

— Avez-vous des preuves ?

— Aucune.

— Allons, vous êtes fou, don Blas, la crainte trouble vos sens.

— Dieu veuille que je me trompe !

— Écoutez, rien ne vous oblige à nous suivre. Restez ici à nous attendre ; de cette façon, quoi qu'il arrive, vous échapperez aux dangers qui, à votre avis, nous menacent.

Le capataz se redressa avec une majesté suprême.

— Assez, don Gaétan, dit-il froidement. J'ai agi, en vous avertissant, comme me le commandait ma conscience. Vous ne voulez pas tenir compte de mes avis, vous êtes libre ; j'ai rempli mon devoir ainsi que je devais le faire. Vous voulez marcher en avant ! je vous suivrai, et j'espère vous prouver bientôt que, si je suis prudent, je sais aussi, quand il le faut, être aussi brave que qui que ce soit.

— Merci, lui répondit le comte en lui serrant affectueusement la main ; j'étais sûr que vous ne m'abandonneriez pas.

En ce moment un grand bruit se fit entendre au dehors, et le lieutenant Diego Léon entra précipitamment.

— Qu'avez-vous donc, lieutenant ? lui demanda sévèrement le comte ; d'où vient ce visage effaré ? pourquoi entrez-vous ainsi ?

— Capitaine, répondit le lieutenant d'une voix haletante, la compagnie est révoltée.

— Hein ? comment dites-vous cela, monsieur, mes cavaliers se révoltent ?

— Oui, capitaine.

— Ah ! fit-il en mordant sa moustache ; et pourquoi se révoltent-ils, s'il vous plaît ?

— Parce qu'ils ne veulent pas entrer dans le désert.

— Ils ne veulent pas ? reprit le comte en pesant sur chaque syllabe ; êtes-vous sûr de ce que vous m'annoncez-là, lieutenant ?

— Je vous le jure, capitaine, et tenez, écoutez-les.

En effet, des cris et des blasphèmes, une rumeur toujours grandissante, qui commençait à prendre des proportions formidables, s'élevaient au dehors.

— Oh ! oh ! cela devient sérieux, il me semble, reprit le comte.

— Beaucoup plus que vous ne le supposez, capitaine ; la compagnie, je vous le répète, est complètement mutinée, les rebelles ont chargé les armes, ils entourent la maison en proférant des menaces contre vous ; ils disent qu'ils veulent vous parler, qu'ils sont certains d'obtenir ce qu'il désirent de gré ou de force.

— Je suis curieux de voir cela, dit le comte, toujours impassible, en faisant un pas vers la porte.

— Arrêtez, capitaine ! s'écrièrent les officiers en se précipitant au devant de lui : nos hommes sont exaspérés, il pourrait vous arriver malheur.

— Allons donc, messieurs ! répondit-il en les écartant froidement du geste, vous êtes fous ; ils ne me connaissent pas bien encore. Je veux montrer à ces bandits que je suis digne de les commander.

Et sans écouter aucune prière, il sortit lentement de la salle, d'un pas ferme et tranquille.

Voici ce qui s'était passé :

Les peones de Blas Vasquez avaient, depuis quelques jours que la compagnie bivouaquait dans les ruines de la ville, raconté aux cavaliers français, en les exagérant encore, de lugubres et sombres histoires sur le désert, rapportant sur ces régions maudites des détails capables de faire dresser les cheveux sur la tête de l'homme le plus, brave. Malheureusement, ainsi que nous l'avons dit, la compagnie était campée à deux lieues à peine de l'entrée du del Norte ; les sinistres horizons du désert ajoutaient encore, par leur effrayante mise en scène, à l'effet des terribles récits des peones.

Tous les soldats du compte de Lhorailles étaient des Dauph'yeers français, pour la plupart gens de sac et de corde, braves, mais, comme tous les Français, faciles à entraîner soit en avant, soit en arrière, et aussi résolus pour le bien que pour le mal. Depuis qu'ils se trouvaient sous les ordres du comte de Lhorailles, bien que dans certaines occasions ils l'eussent vu marcher intrépidement au combat, ils ne lui obéissaient qu'avec une certaine répugnance.

Le comte de Lhorailles avait de grands torts à leurs yeux : d'abord celui d'être comte ; ensuite ils le trouvaient trop poli, sa voix était trop douce, ses manières trop délicates et trop efféminées ; ils ne pouvaient se figurer que ce gentilhomme si bien mis, si bien ganté, fût capable de leur faire accomplir de grandes choses ; ils auraient voulu pour chef un homme d'une forte carrure, au parler rude, aux manières brutales, avec lequel ils auraient vécu pour ainsi dire sur un pied d'égalité.

Le matin, le bruit s'était répandu que le camp allait être levé pour entrer dans le désert et se lancer à la poursuite des Apaches.

Aussitôt les groupes s'étaient formés, les commentaires avaient commencé, les têtes s'étaient échauffées peu à peu ; bientôt la résistance s'était sourdement organisée, et lorsque le lieutenant Diego Léon était venu officiellement donner l'ordre de lever le camp, il avait été accueilli par des rires, des sifflets et des quolibets ; on s'était moqué de lui ; bref, il avait été contraint de reculer devant l'émeute et de retourner auprès du capitaine pour lui faire son rapport.

Un officier, dans une circonstance semblable, a un tort très-grand de manquer de sang-froid et d'abandonner la place à l'émeute ; il doit se faire tuer plutôt que de reculer d'un pas.

Dans une révolte, une concession en amène forcément une autre ; alors il arrive inévitablement ceci : les rebelles se comptent, et en même temps leurs chefs ; ils reconnaissent l'immense supériorité que la force brutale leur donne sur eux, et immédiatement ils abusent de la position que la faiblesse ou l'inertie de leurs chefs leur a faite, non pas pour demander une simple modification, mais toujours pour exiger un changement radical.

Ce fut ce qui arriva dans cette circonstance : dès que le lieutenant se fut éloigné, son départ fut immédiatement considéré comme un triomphe. Les soldats commencèrent à pérorer, influencés, comme toujours, par ceux d'entre eux dont les langues étaient les plus déliées ; il ne s'agissait déjà plus de ne pas entrer dans le désert, mais de nommer d'autres officiers et de retourner sur-le-champ à la colonie ; tout l'état-major devait être changé, et les chefs choisis à l'élection parmi les soldats qui inspireraient le plus de confiance à leurs camarades, c'est-à-dire parmi les plus mauvaises têtes.

L'effervescence était arrivée à son apogée : les soldats brandissaient leurs armes avec fureur, en proférant les plus affreuses menaces contre le comte et ses lieutenants.

Tout à coup la porte s'ouvrit, le comte parut.

Il était pâle, mais calme ; il promena un regard assuré sur la foule mutinée qui hurlait autour de lui.

— Le capitaine ! voilà le capitaine ! crièrent des soldats.

— Tuons-le ! reprirent d'autres.

— À mort ! à mort ! hurlèrent-ils en chœur.

Chacun se précipita sur lui en brandissant des armes et proférant des injures.

Le comte ne recula pas : au contraire, il fit un pas en avant.

Il avait à la bouche une fine cigarette de paille de maïs dont il tirait la fumée avec la régularité d'un dandy faisant sa sieste.

Rien n'impose aux masses révoltées comme le courage froid et sans emphase.

Il y eut un temps dans la révolte.

Le capitaine et ses soldats s'examinaient comme deux tigres qui mesurent leurs forces avant de se précipiter l'un sur l'autre pour s'entre-déchirer.

Le comte profita de la seconde de silence qu'il avait obtenue pour prendre la parole.

— Que demandez-vous ? dit-il d'une voix calme, en retirant paisiblement sa cigarette de sa bouche et en suivant du regard le léger nuage de fumée bleuâtre qui montait en tournoyant vers le ciel.

À cette question de leur capitaine, le charme fut rompu ; les cris et les hurlements recommencèrent avec une intensité plus grande qu'auparavant ; les révoltés s'en voulaient à eux-mêmes de s'être laissé dompter un moment par la contenance ferme de leur chef.

Tous parlaient à la fois ; ils entouraient le comte de tous les côtés, le tirant dans tous les sens, afin de l'obliger à les écouter.

Le comte, pressé, serré, bousculé par tous ces drôles, qui avaient oublié toute discipline et étaient sûrs de l'impunité, dans ce pays où la justice n'existe que de nom, ne se décontenança pas, son sang-froid demeura le même. Il laissa pendant quelques minutes ces hommes hurler à leur aise, les yeux injectés de sang et l'écume à la bouche, et lorsqu'il eut jugé que cela avait assez duré, il reprit d'une voix aussi calme et aussi tranquille que la première fois :

— Mes amis, il est impossible que nous causions plus longtemps ainsi ; je ne puis rien comprendre à ce que vous dites. Chargez un de vos camarades de me faire, en votre nom, vos réclamations ; si elles sont justes, j'y ferai droit ; soyez tranquilles.

Après avoir prononcé ces paroles, le comte appuya l'épaule contre la porte de la maison, se croisa les bras sur la poitrine, et se remit à fumer paisiblement, indifférent en apparence à ce qui se passait autour de lui.

Le sang-froid et la fermeté déployés par Monsieur de Lhorailles depuis le commencement de cette scène avaient déjà porté leurs fruits ; il avait reconquis de nombreux partisans parmi ses soldats ; ces hommes, bien qu'ils n'osassent pas encore avouer hautement la sympathie qu'ils éprouvaient pour leur chef, appuyèrent chaudement la proposition qu'il leur avait faite.

— Le capitaine a raison, dirent-ils ; il est impossible, si nous continuons à lui corner tous à la fois un tas de sottises aux oreilles, qu'il comprenne nos raisons.

— Il faut être juste aussi, reprirent d'autres, comment voulez-vous que le capitaine nous fasse justice, si nous ne lui expliquons pas clairement ce que nous voulons.

L'émeute avait fait un pas rétrograde immense ; elle ne parlait plus déjà de déposer ses chefs, elle se bornait à demander justice à son capitaine ; donc, tacitement, elle le reconnaissait toujours.

Enfin, après des pourparlers sans nombre entre les mutins, un d'entre eux fut désigné pour prendre la parole au nom de tous.

Cet individu était un petit homme trapu, aux épaules carrées, aux membres fortement attachés, à la figure chafouine éclairée par deux petits yeux gris pétillants de malice et de méchanceté ; un assez mauvais drôle en somme, type de l'aventurier de bas étage, pour lequel tout se résume par le vol et l'assassinat.

Cet homme, dont le nom de guerre était Curtius, était Parisien, enfant du faubourg Saint-Marceau. Ancien soldat, ancien matelot, il avait fait tous les métiers, excepté peut-être celui d'honnête homme. Depuis son arrivée à la colonie, il s'était distingué par son esprit d'insubordination, sa brutalité et surtout sa jactance ; il se vantait de *devoir huit morts*, c'est-à-dire, dans le langage du pays, d'avoir commis huit assassinats. Il inspirait une terreur instinctive à ses camarades.

Lorsqu'il eut été désigné pour porter la parole, d'un coup de poing il jeta son chapeau sur le coin de l'oreille, comme on dit vulgairement, et s'adressant à ses compagnons :

— Vous allez voir comme je vais le *rouler*, dit-il.

Et il s'avança en se dandinant insolemment vers le capitaine, qui le regardait s'approcher avec un sourire d'une expression indéfinissable.

Soudain, il se fit un grand silence dans cette foule, les cœurs battaient avec force, les visages étaient anxieux ; chacun devinait instinctivement qu'il allait se passer quelque chose de décisif et d'extraordinaire.

Lorsque Curtius ne fut plus qu'à deux pas du capitaine, il s'arrêta, et le toisant avec insolence :

— Pour lors, dit-il, capitaine, voilà l'affaire ; les cam…

Mais le comte ne lui donna pas le temps de continuer ; tirant vivement un pistolet de sa ceinture, il le lui appuya sur le front et lui fit sauter la cervelle.

Le bandit roula dans la poussière, le crâne fracassé.

Le comte replaça son pistolet à sa ceinture, et relevant froidement la tête :

— Y a-t-il encore quelqu'un, dit-il d'une voix ferme, qui ait des observations à faire ?

Nul ne souffla ; les bandits étaient subitement devenus des agneaux.

Ils demeuraient silencieux et repentants devant leur chef, ils l'avaient compris.

Le comte sourit avec mépris.

— Relevez cette charogne, dit-il en poussant dédaigneusement le cadavre du pied ; nous sommes des Dauph'yeers, nous autres, malheur à celui de nous qui n'accomplira pas les clauses de notre charte-partie, je le tuerai comme un chien ; que ce misérable soit pendu par les pieds, afin que son cadavre immonde devienne la proie des vautours. Dans dix minutes, le boute-selle sonnera ; tant pis pour celui qui ne sera pas prêt.

Après cette foudroyante allocution, le comte rentra dans la maison d'un pas aussi ferme qu'il en était sorti.

L'émeute était dominée, les bêtes féroces avaient reconnu la griffe de fer sous le gant de velours ; elles étaient domptées pour toujours, et désormais elles se feraient tuer sans hasarder une plainte.

— C'est égal, disaient les soldats entre eux, c'est un rude homme tout de même ; il n'a pas froid aux yeux.

Alors chacun s'occupa avec empressement des préparatifs du départ.

Dix minutes après, ainsi qu'il l'avait annoncé, le capitaine reparut ; la compagnie était à cheval, rangée en ordre de bataille, prête à se mettre en marche.

Le capitaine sourit et donna l'ordre de partir.

— Hum ! murmura Cucharès à part lui, quel dommage que don Martial ait de si beaux diamants. Après ce que j'ai vu, je lui aurais manqué de parole avec plaisir.

Bientôt, toute la compagnie franche, à la tête de laquelle s'était placé son capitaine, avait disparu dans le del Norte.

XXI. L'Aveu.

L'haciendero et sa fille avaient quitté la colonie de Guetzalli sous l'escorte de don Martial et des quatre peones que celui-ci avait pris à son service.

La petite troupe s'avançait vers l'ouest, direction dans laquelle la compagnie franche de Monsieur de Lhorailles avait marché à la poursuite des Apaches.

Don Sylva avait d'autant plus de hâte de rejoindre les Français, qu'il savait que leur expédition n'avait d'autre but que de le délivrer, lui et sa fille, des mains des Peaux-Rouges.

Le voyage était triste et silencieux. Au fur et à mesure que les voyageurs s'approchaient du désert, le paysage prenait une grandeur sombre propre aux contrées primitives qui influait à leur insu sur leur esprit et les plongeait dans une mélancolie qu'ils étaient impuissants à surmonter.

Plus de huttes, plus de jacales, plus de voyageurs rencontrés au bord du chemin et vous saluant au passage d'un affectueux souhait de bon voyage, mais des terrains bouleversés, des forêts impénétrables peuplées de bêtes fauves dont les yeux étincelaient comme des charbons ardents au milieu des fouillis de lianes, de hautes herbes et de buissons enchevêtrés les uns dans les autres.

Parfois la piste des Français se laissait voir sur le sol foulé par un grand nombre de chevaux, puis tout à coup le terrain changeait d'aspect, et toute trace disparaissait.

Chaque soir, après une battue faite par le Tigrero afin d'éloigner les bêtes féroces, le camp était dressé sur le bord d'un ruisseau, les feux allumés, une hutte en branchages était construite à la hâte pour abriter doña Anita contre le froid de la nuit ; puis, après un maigre repas, chacun s'enveloppait dans ses fressadas et ses zarapés et s'endormait jusqu'au jour.

Les seuls incidents qui venaient parfois rompre la monotonie de cette vie étaient la découverte d'un elk ou d'un daim, à la poursuite duquel se lançaient à toute bride don Martial et ses quatre peones, jusqu'à ce que le pauvre animal fût forcé et tué après une course qui souvent durait plusieurs heures.

Mais pas de ces douces causeries, de ces confidences qui font paraître le temps moins long et supporter, sans y songer, les ennuis d'une route interminable. Les voyageurs se tenaient vis-à-vis les uns des autres dans une réserve qui, non-seulement éloignait toute intimité, mais encore toute confiance. Ils ne se parlaient que lorsque les circonstances les y obligeaient absolument, et alors ils n'échangeaient que les paroles strictement indispensables.

C'est que de ces trois personnes deux avaient pour la troisième un secret qui leur pesait et dont elles rougissaient intérieurement.

L'homme, nature essentiellement incomplète, n'est ni entièrement bon ni entièrement mauvais : la plupart du temps, les actes qu'il commet sous l'étreinte de fer de la passion ou de l'intérêt personnel, plus tard, lorsque le sang-froid lui est revenu et qu'il mesure de l'œil le gouffre au fond duquel il a roulé, il les regrette, surtout lorsque sa vie, sans avoir cependant été exemplaire, a du moins jusque là été exempte d'actions répréhensibles au point de vue de la morale.

Telle était en ce moment la situation de don Martial et de doña Anita. Tous les deux avaient été entraînés par leur mutuel amour à commettre une faute qu'ils regrettaient amèrement ; car, nous le consignons ici, afin de ne pas laisser s'égarer l'opinion du lecteur sur le caractère de ces personnages, leur cœur était bon, et lorsque, dans un moment de folie, ils avaient concerté et exécuté leur fuite, ils étaient loin de prévoir les conséquences fatales qu'amènerait à sa suite cette démarche sans issue possible.

Don Martial surtout, d'après les ordres qu'il avait donnés à Cucharès et devant la résolution inébranlable de l'haciendero de rejoindre le comte de Lhorailles, comprenait clairement combien sa position se faisait à chaque instant plus difficile et dans quelle impasse il s'était engagé.

Ainsi les deux amants, liés fatalement entre eux par le secret de leur fuite, gardaient cependant l'un vis-à-vis de l'autre le secret des remords qui les dévoraient ; ils sentaient à chaque pas que le terrain sur lequel ils marchaient était miné, que d'une minute à l'autre il s'enfoncerait sous leurs pieds.

Dans une semblable situation, la vie devenait intolérable, puisqu'il n'y avait plus communion ni de pensées ni de sentiments entre ces trois personnages. Un choc était imminent entré eux ; il survint peut-être plus tôt que tous trois ne s'y attendaient, par la force même des circonstances dans lesquelles ils se trouvaient si violemment enlacés.

Après un voyage de quinze jours environ, pendant lequel il ne leur arriva aucun incident digne d'être noté, don Martial et ses compagnons, se guidant tantôt sur les renseignements qu'ils avaient recueillis à l'hacienda, tantôt sur la trace même laissée par les gens à la piste desquels ils s'étaient mis, atteignirent enfin les ruines de la ville où s'élève la Casa-Grande de Moctecuzoma, et qui marque l'extrême limite des pays habitables avant d'atteindre le grand désert del Norte.

Il était six heures du soir à peu près à l'instant où la petite troupe entrait dans les ruines ; le soleil, déjà au-dessous de l'horizon, n'éclairait plus la terre que par ces rayonnements changeants, derniers reflets qui brillent longtemps encore après qu'a disparu l'astre-roi.

Marchant à une légère distance l'un de l'autre, don Sylva et le Tigrero jetaient autour d'eux des regards scrutateurs, n'avançant qu'avec prudence et le doigt sur la détente du rifle, dans ce dédale inextricable si favorable à une embuscade indienne et qui pouvait receler tant de pièges.

Ils arrivèrent, enfin auprès de la *Casa-Grande*, sans que rien d'extraordinaire ne se fût offert à leurs yeux.

La nuit était déjà presque tombée, les objets commençaient à se confondre dans l'ombre. Don Martial, qui se préparait à mettre pied à terre, s'arrêta subitement en poussant un cri d'étonnement et presque d'effroi.

— Qu'y a-t-il ? demanda vivement don Sylva en se retournant et en se rapprochant du Tigrero.

— Regardez, répondit celui-ci en étendant le bras dans la direction d'un bouquet d'arbres rabougris qui avaient poussé au hasard à quelques pas outre les fentes des arbres.

La voix humaine possède une faculté étrange sur les animaux, celle de leurs inspirer une crainte et un respect invincibles. Aux quelques mots échangés par les deux hommes, des cris rauques et confus répondirent aussitôt et sept ou huit vautours fauves s'élevèrent du milieu du bouquet d'arbres et commencèrent à voler lourdement au-dessus de la tête des voyageurs, en formant de larges cercles dans l'air et en continuant leur infernale musique.

— Mais je ne vois rien, reprit don Sylva, il fait noir comme dans un four.

— C'est vrai ; cependant si vous regardiez mieux l'objet que je vous indique, vous le reconnaîtriez facilement.

Sans répondre, l'haciendero poussa son cheval.

— Un homme pendu par les pieds ! s'écria-t-il en s'arrêtant avec un geste d'horreur et de dégoût. Que s'est-il donc passé ici ?

— Qui sait ? Cet individu n'est pas un sauvage, sa couleur et son costume ne permettent pas le plus léger doute à cet égard ; cpendant cet homme a sa chevelure, ce ne sont donc pas les Apaches qui l'ont tué ; qu'est-ce que cela signifie ?

— Une révolte peut-être, hasarda l'haciendero.

Don Martial devint pensif ; ses sourcils se froncèrent.

— Ce n'est pas possible ! murmura-t-il.

Puis il reprit au bout d'un instant :

— Entrons dans la maison ; ne laissons pas doña Anita seule plus longtemps ; notre absence doit l'étonner, et pourrait, si nous la prolongions plus longtemps, l'inquiéter. Lorsque le camp sera établi, je verrai, je chercherai, et je serai bien malheureux si je ne trouve pas le mot de l'énigme sinistre qui se présente si singulièrement à nous.

Les deux hommes s'éloignèrent et rejoignirent doña Anita, qui les attendait arrêtée à quelques pas sous la garde des peones.

Quand les voyageurs eurent mis pied à terre et franchi le seuil de la casa, don Martial alluma plusieurs torches de bois d'*ocote*, afin de se diriger dans les ténèbres, et guida ses compagnons vers la grande salle, où déjà une fois nous avons conduit nos lecteurs.

Ce n'était pas la première fois que le Tigrero visitait ces ruines : souvent, pendant ses longues chasses dans les prairies de l'Ouest, elles lui avaient offert un refuge ; aussi en connaissait-il les plus cachés recoins.

C'était lui qui avait insisté auprès de ses compagnons pour qu'il dirigeassent leurs pas vers la Casa-Grande de Moctecuzoma, persuadé que là seulement le comte de Lhorailles pouvait trouver un bivouac commode et sûr pour sa compagnie.

La grande salle, au milieu de laquelle une table était encore dressée, présentait des traces non équivoques du passage récent de plusieurs individus, et du séjour assez prolongé qu'ils avaient fait en ce lieu.

— Vous voyez, dit-il à l'haciendero, que je ne me suis pas trompé : ceux que nous cherchons se sont arrêtés ici.

— C'est vrai ; pensez-vous qu'ils soient partis depuis longtemps ?

— Je ne saurais vous le dire encore ; mais pendant que vous vous installerez et qu'on préparera le repas du soir, j'irai jeter un coup d'œil au dehors ; à mon retour, je compte être plus heureux et pouvoir satisfaire votre curiosité.

Et fichant dans un crampon de fer scellé au mur la torche qu'il tenait à la main, le Tigrero sortit de la maison.

Doña Anita s'était laissée aller toute pensive sur une espèce de tabouret grossier qui se trouvait par hasard auprès de la table.

Aidé par les peones, l'haciendero s'occupa activement à tout installer pour la nuit ; les chevaux furent dessellés, entrés dans une espèce de corral clos de murs, dont ils ne pouvaient sortir, et mis à même d'une ample provision d'alfalfa ; les malles furent déchargées, les ballots transportés dans la grande salle où on les empila, après en avoir ouvert un pour en tirer les vivres nécessaires, puis on alluma un brasier énorme, au-dessus duquel on suspendit un quartier de daim.

Lorsque ces divers préparatifs furent terminés, l'haciendero s'assit sur un crâne de bison, alluma une cigarette de paille de maïs, se mit à fumer, tout en jetant par intervalle un douloureux regard à sa fille, toujours plongée dans ses tristes réflexions.

L'absence de don Martial fut assez longue ; elle dura près de deux heures. Au bout de ce temps, on entendit les sabots de son cheval résonner au dehors sur le sol pierreux des ruines, et il reparut.

— Eh bien ? lui demanda don Sylva.

— Mangeons d'abord, répondit le Tigrero en désignant la jeune fille d'un geste que son père comprit.

Le repas fut ce qu'il devait être entre gens préoccupés et fatigués d'une longue journée de marche, c'est-à-dire court. Du reste, à part le quartier de de daim rôti, il ne se composait que de *cainc*, de tortillas de maïs et de *frijoles con aji.*

Doña Anita effleura quelques cuillerées de confitures de *tamarindos* du bout des lèvres ; puis, après avoir salué les assistants, elle se leva et se retira dans un petit cabinet contigu à la grande salle, où on lui avait installé tant bien que mal un lit fait avec les armes d'eau et les fourrures de son père, et dont on avait fermé l'entrée en suspendant devant le seuil pour remplacer la porte absente, une *fressada* de cheval attachée à des clous plantés dans le mur.

— Vous autres, dit le Tigrero en s'adressant aux peones, faites bonne garde si vous voulez conserver vos chevelures. Je vous avertis que nous sommes en pays ennemi, et que, si voua vous endormez, probablement vous le payerez cher.

Les peones assurèrent le Tigrero qu'ils redoubleraient de vigilance, et sortirent afin d'exécuter les ordres qu'ils venaient de recevoir.

Les deux hommes demeurèrent seuls en face l'un de l'autre.

— Eh bien ? reprit don Sylva en adressant de nouveau à son compagnon la même question que déjà il lui avait faite, avez-vous appris quelque chose ?

— Tout ce qu'il était possible d'apprendre, don Sylva, répondit brusquement le Tigrero ; s'il en était autrement, je serais un triste chasseur, et depuis longtemps les jaguars et les tigres auraient eu de moi bon marché.

— Les renseignements que vous vous êtes procurés nous sont-ils favorables ?

— C'est selon vos intentions : les Français sont venus ici, où ils ont bivouaqué quelques jours. Pendant leur séjour dans les ruines, ils ont été vigoureusement attaqués par les Apaches, que cependant ils sont parvenus à repousser. Maintenant, il est probable, bien que je ne puisse l'affirmer, que, pour une cause que j'ignore, les soldats de la compagnie se sont révoltés, et que le pauvre diable que nous avons vu pendu à un arbre comme un fruit trop mûr a payé pour tout le monde, ainsi que cela arrive généralement.

— Je vous remercie de ces renseignements, qui me prouvent que nous ne nous sommes pas trompés et que nous avons suivi la bonne piste ; maintenant, vous est-il possible de compléter ces renseignements, en me faisant connaître si les Français ont quitté depuis longtemps les ruines, et dans quelle direction ils ont marché après être partis d'ici ?

— Ces questions sont fort simples à résoudre : la compagnie franche a quitté hier, quelques instants après le lever du soleil, son bivouac, pour entrer dans le désert.

— Dans le désert ! s'écria l'*haciendero* en laissant tomber ses bras avec abattement.

Il y eut un silence de quelques instants, pendant lequel les deux hommes réfléchirent chacun de leur côté. Enfin, don Sylva reprit la parole :

— C'est impossible, dit-il.

— Cependant, cela est.

— Mais c'est une imprudence fsans nom, presque de la folie !

— Je ne dis pas le contraire.

— Oh ! les malheureux !

— Le fait est que, s'ils en réchappent, c'est que Dieu fera un miracle en leur faveur.

— Je le crois comme vous ; mais, maintenant, c'est un fait accompli auquel nos récriminations ne changeront rien ; ainsi, don Sylva, je crois que le plus sage est de ne plus y penser et de les laisser se tirer de là comme ils le pourront.

— Est-ce donc votre pensée ?

— Parfaitement, répondit le Tigrero avec insouciance.

— Ainsi, votre avis est ?

— Mon avis, interrompit-il brusquement, est de demeurer ici deux ou trois jours ; afin d'être à l'affût de ce qui pourra arriver ; puis, si, au bout de trois jours, nous n'avons rien vu ni entendu de nouveau, de remonter à cheval, de reprendre la route que nous avons suivie jusqu'à présent et de retourner à Guetzalli, sans nous arrêter même pour tourner la tête en arrière, afin d'arriver plus vite et de sortir plus tôt de ces horribles parages.

L'haciendero secoua la tête en homme qui vient de prendre une résolution irrévocable.

— Alors vous partirez seul, don Martial, fit-il sèchement.

— Hein ? s'écria celui-ci en le regardant bien en face, que voulez-vous dire ?

— Je veux dire que je ne reprendrai pas le chemin que j'ai suivi jusqu'à présent, que je ne retournerai pas en arrière, que je ne fuierai pas, en un mot.

Don Martial fut abasourdi par cette réponse.

— Que comptez-vous donc faire ?

— Ne le devinez-vous pas ? Pourquoi sommes-nous venus jusqu'ici ? dans quel but voyageons-nous depuis si longtemps ?

— Mais, don Sylva, la question est changée maintenant. Vous me rendrez la justice de reconnaître que je vous ai suivi sans observations, que j'ai été pour vous un bon guide pendant le cours de ce voyage.

— Je le reconnais, en effet ; maintenant ; expliquez-moi votre pensée.

— Ma pensée, la voilà, don Sylva : tant que nous n'avons fait qu'errer dans les prairies, au risque d'être dévorés par les bêtes fauves, j'ai courbé la tête, sans chercher à m'opposer à vos desseins, parce que je reconnaissais tacitement que vous agissiez, ainsi que vous deviez le faire ; aujourd'hui même, si vous et moi étions seuls, je m'inclinerais sans murmurer devant la ferme résolution qui vous anime. Mais réfléchissez que vous avez avec vous votre fille, que vous la condamnez à subir des tortures sans nom dans le désert affreux où vous la contraignez à vous suivre, et qui probablement vous dévorera tous deux.

Don Sylva ne répondit pas.

Le Tigrero continua :

— Notre troupe est faible ; à peine avons-nous pour quelques jours de vivres, et, vous le savez, une fois dans le del Norte, plus d'eau, plus de gibier. Si pendant notre excursion nous sommes assaillis par un temporal, nous sommes perdus, perdus sans ressources, sans espoir !

— Tout ce que vous me dites est juste, je le sais ; je ne puis cependant suivre vos conseils. Écoutez-moi à votre tour, don Martial : le comte de Lhorailles est mon ami, bientôt il sera mon gendre ; je ne dis pas cela pour vous chagriner, mais seulement afin que vous compreniez bien ma position vis-à-vis de lui. C'est à cause de moi, afin de me sauver des mains de ceux qu'il croit m'avoir enlevé ainsi que ma fille, que, sans calcul, sans hésitation, poussé seulement par la noblesse de son cœur, il est entré dans le désert ; puis-je le laisser périr sans chercher à lui porter secours ? N'est-il pas étranger au Mexique, notre hôte, en un mot ? mon devoir est de le sauver, je le tenterai, quoi qu'il arrive.

— Puisqu'il en est ainsi, don Sylva, je ne chercherai pas plus longtemps à combattre une résolution si fermement arrêtée. Je ne vous dirai pas que l'homme que vous donnez pour époux à votre fille est un aventurier sans aveu chassé de son pays à cause de sa mauvaise conduite, et qui, dans le mariage qu'il veut contracter, ne voit qu'une chose, la fortune immense que vous possédez. Toutes ces choses et bien d'autres encore, j'aurais beau vous en donner les preuves, vous ne me croiriez pas, car vous ne verriez dans les faits que je mettrais sous vos yeux que l'action d'un rival ; n'en parlons donc plus. Vous voulez entrer dans le désert ; je vous suivrai ; quoi qu'il arrive, vous me trouverez à vos côtés, prêt à vous défendre et à vous aider. Mais puisqu'enfin l'heure des explications franches a sonné, je veux qu'il ne reste plus aucun nuage entre nous ; que vous connaissiez bien l'homme avec lequel vous allez tenter le coup désespéré que vous méditez, afin que vous ayez pleine et entière confiance en lui.

L'haciendero le regarda avec étonnement.

En ce moment, le rideau du réduit où se tenait doña Anita se souleva : la jeune fille parut, elle s'avança lentement dans la salle, s'agenouilla devant son père, et se tournant vers le Tigrero :

— Maintenant, parlez, don Martial, dit-elle ; peut-être mon père me pardonnera-t-il en me voyant implorer ainsi son pardon.

— Votre pardon ? dit l'haciendero, dont les yeux erraient de sa fille à l'homme qui se tenait devant lui, le front rougissant et la tête basse ; qu'est-ce que cela signifie ? quelle faute avez-vous donc commise ?

— Une faute dont je suis seul coupable, don Sylva, et dont seul je dois porter le châtiment ; je vous ai indignement trompé, c'est moi qui ai enlevé votre fille !

— Vous ! s'écria l'haciendero avec un éclair de fureur ; ainsi j'ai été votre jouet, votre dupe !

— La passion ne raisonne pas ; je ne dirai qu'un mot pour ma défense : j'aime votre fille ! Hélas ! don Sylva, je reconnais maintenant combien j'ai été coupable ; la réflexion, bien que tardive, est venue enfin, et comme doña Anita qui pleure à vos pieds, je m'humilie devant vous, et je vous crie : Pardonnez-moi !

— Pardon, mon père ! dit faiblement la jeune fille.

L'*haciendero* fit un geste.

— Oh ! reprit vivement le Tigrero, soyez généreux, don Sylva ; ne nous repoussez pas ! Notre repentir est vrai, il est sincère. J'ai à cœur de réparer le mal que j'ai fait ; j'étais fou alors, la passion m'aveuglait ; ne m'accablez pas.

— Mon père, continua doña Anita d'une voix pleine de larmes, je l'aime ! Cependant, lorsque nous avons quitté la colonie, nous aurions pu fuir, vous abandonner ; nous ne l'avons pas voulu, la pensée ne nous en est pas venue un instant ; nous avons eu honte de notre faute. Nous voici tous deux prêts à vous obéir et à exécuter sans murmurer les ordres qu'il vous plaira de nous donner ; ne soyez pas inflexible, mon père, pardonnez-nous !

L'haciendero se redressa.

— Vous le voyez, dit-il sévèrement, je ne puis hésiter plus longtemps : il faut que je sauve à tout prix le comte de Lhorailles ; sinon je serai votre complice.

Le Tigrero marchait avec agitation dans la salle, ses sourcils étaient froncés, sou visage d'une pâleur mortelle.

— Oui, dit-il d'une voix saccadée, oui, il faut le sauver ; qu'importe ce que je deviendrai après ? Pas de lâche faiblesse ! j'ai commis une faute, je saurai en subir toutes les conséquences.

— Aidez-moi franchement et loyalement dans mes recherches, et je vous pardonnerai, dit don Sylva d'une voix grave : mon honneur est compromis par votre faute, je le remets entre vos mains.

— Merci, don Sylva, vous n'aurez pas à vous en repentir, répondit noblement le Tigrero.

L'haciendero releva doucement sa fille, la serra sur sa poitrine, l'embrassa à plusieurs reprises.

— Ma pauvre enfant, lui dit-il, je te pardonne. Hélas ! qui sait si dans quelques jours je n'aurai pas, moi aussi, à réclamer de toi mon pardon pour toutes les souffrances que je t'aurai infligées ? Va te reposer, la nuit s'avance, tu dois avoir besoin de repos.

— Oh ! que vous êtes bon et que je vous aime, mon père ! s'écria-t-elle avec effusion. Ne craignez rien, quelles que douleurs que l'avenir me prépare, je les supporterai sans me plaindre ; maintenant je suis heureuse, vous m'avez pardonné.

Don Martial suivit la jeune fille du regard.

— Quand comptez-vous vous mettre eu marche ? dit-il en étouffant un soupir.

— Demain, si cela est possible.

— Demain soit, à la grâce de Dieu !

Après avoir causé encore pendant quelque temps, afin de prendre leurs dernières dispositions, don Sylva s'enveloppa dans ses couvertures et ne tarda pas à s'endormir. Quant au Tigrero, il sortit de la maison afin de s'assurer que les peones veillaient avec soin à la sûreté commune.

— Pourvu que Cucharès n'ait pas accompli mes ordres ! murmura-t-il.

XXII. La Chasse à l'homme.

Le lendemain, au point du jour, la petite troupe quitta la *Casa-Grande* de Moctecuzoma ; deux heures plus tard, elle entrait dans le del Norte.

À la vue du désert, un effroyable serrement de cœur s'empara de la jeune fille : un pressentiment secret sembla l'avertir qu'il lui serait fatal. Elle se retourna, jeta un regard triste sur les sombres forêts qui, derrière elle, verdissaient à l'horizon, et ne put réprimer un soupir.

La température était tiède, le ciel bleu, pas un souffle de vent ne courait dans l'air ; on apercevait encore sur le sable les traces profondes des chevaux de la compagnie franche du comte de Lhorailles.

— Nous sommes sur la bonne voie, observa l'haciendero, leur piste est visible.

— Oui, murmura le Tigrero, et elle le restera jusqu'à ce que le temporal se déchaîne.

— Alors, reprit doña Anita, que Dieu nous vienne en aide !

— Amen ! s'écrièrent en se signant tous les voyageurs, répondant instinctivement à cette voix secrète que chacun a au fond du cœur et qui leur prédisait un malheur.

Quelques heures s'écoulèrent.

Le temps restait beau : parfois, à une grande hauteur au-dessus de leur tête, les voyageurs voyaient passer des volées innombrables d'oiseaux qui se dirigeaient vers les régions chaudes ou *las tierras calientes*, ainsi que l'on dit dans le pays, et se hâtaient de traverser le désert.

Mais, partout et toujours, on ne voyait qu'un sable gris et terne ou de sombres rochers bizarrement entassés les uns au-dessus des autres, comme ces ruines sans nom d'un monde inconnu et antédiluvien que parfois on rencontre dans les hautes solitudes.

La caravane, lorsque venait le soir, campait à l'abri d'un bloc de granit, allumant un maigre feu, suffisant à peine pour se garantir du froid glacial qui, dans ces régions, pèse la nuit sur la nature.

Don Martial voltigeait sans cesse sur les flancs de la petite troupe, tantôt à droite, tantôt à gauche, en avant, en arrière, veillant sur sa sûreté avec une sollicitude filiale ; ne demeurant jamais un instant en repos, malgré les instances de don Sylva et les prières de la jeune fille.

— Non ! répondait-il toujours ; de ma vigilance dépend votre sécurité. Laissez-moi agir à ma guise ; je ne me pardonnerais pas de vous avoir laissé surprendre.

Cependant peu à peu les traces laissées derrière elle par la compagnie franche étaient devenues moins visibles et avaient fini par disparaître tout à fait.

Un soir, au moment où les voyageurs établissaient leur camp sous un immense bloc de rocher qui formait une espèce d'auvent au-dessus de leur tête, l'haciendero montra à don Martial une légère vapeur blanchâtre qui se détachait vigoureusement sur le bleu du ciel.

— L'éther perd son azur, dit-il, nous allons probablement avoir bientôt un changement de temps. Dieu veuille que ce ne soit pas un ouragan qui nous menace !

Le Tigrero secoua la tête.

— Non, dit-il, vous vous trompez ; vos yeux ne sont pas, ainsi que les miens, accoutumés à interroger le ciel ; ceci n'est pas un nuage.

— Qu'est-ce donc, alors ?

— La fumée d'un feu de fiente de bison allumé par des voyageurs ; nous avons des voisins.

— Oh ! fit l'haciendero, serions-nous sur la piste de nos amis que, depuis si longtemps, nous avons perdus ?

Don Martial garda le silence ; il examinait minutieusement cette fumée, vapeur presqu'imperceptible qui se confondrait bientôt avec l'azur du ciel. Enfin il répondit :

— Cette fumée ne me présage rien de bon. Nos amis, ainsi que vous les nommez, sont Français, c'est-à-dire profondément ignorants de la vie du désert ; s'ils étaient près de nous, il nous serait aussi facile de les voir que d'apercevoir ce rocher qui est là bas ; ils auraient allumé non pas un feu, mais dix, mais vingt brasiers, dont les flammes, et surtout la fumée épaisse nous auraient immédiatement révélé leur présence ; ils ne choisissent pas leur bois, eux ; sec ou mouillé, peu leur importe ; ils ignorent l'importance qu'il y a, dans le désert, à découvrir son ennemi sans laisser soupçonner sa présence.

— Vous concluez de cela ?

— Je conclus que le feu que vous avez découvert a été allumé par des sauvages ou au moins par des coureurs des bois aguerris aux choses de la vie indienne. Tout le fait supposer ; voyez vous-même, qui, sans en avoir une grande expérience, connaissez cependant un peu l'existence du désert, vous l'avez pris pour un nuage ; tout observateur superficiel aurait commis la même erreur que vous, tant la gerbe est fine, déliée, onduleuse et tant sa couleur se marie bien avec toutes ces vapeurs que le soleil pompe incessamment et qui s'élèvent de terre. Les hommes, quels qu'ils soient, qui ont allumé ce feu, n'ont rien laissé au hasard ; ils ont tout calculé, tout prévu ; ou je me trompe fort, ou ce sont des ennemis.

— À quelle distance les supposez-vous de nous ?

— À quatre lieues, au plus ; qu'est-ce que quatre lieues dans le désert, lorsqu'il est si facile de les parcourir en ligne droite ?

— Ainsi, votre avis serait ?… fit l'haciendero.

— Pesez bien mes paroles, don Sylva ; surtout, je vous en prie, ne leur donnez pas une interprétation autre que celle que je prétends leur donner. Par un prodige dont il existe peu d'exemples dans les fastes du del Norte, voici près de trois semaines que nous le parcourons dans tous les sens sans que rien, jusqu'à présent, soit venu nous troubler ; voilà huit jours déjà que nous errons à l'aventure à la recherche d'une piste qu'il nous est impossible de retrouver.

— C'est vrai.

— J'ai fait alors ce raisonnement que je crois juste, et que vous approuverez, j'en suis convaincu. Les Français n'ont qu'accidentellement pris la résolution d'entrer dans le désert ; ils ne l'ont fait que pour se mettre à la poursuite des Apaches. N'est-ce pas votre avis ?

— Oui.

— Fort bien. En conséquence, ils ont dû le traverser en ligne directe. Le temps qui nous a favorisés les a favorisés de même ; leur intérêt, le but qu'ils voulaient atteindre, tout enfin exigeait qu'ils déployassent la plus grande célérité dans leur marche. Une poursuite, vous le savez comme moi, est une course, un assaut de vitesse, où chacun cherche à arriver le premier.

— Ainsi vous supposez,... interrompit don Sylva.

— Je ne suppose pas, je suis convaincu que, depuis longtemps déjà, les Français ne sont plus dans le désert et qu'ils courent maintenant dans les plaines de l'Apacheria ; ce feu que nous avons aperçu en est, pour moi, une preuve convaincante.

— Comment cela ?

— Vous allez me comprendre : les Apaches ont tout intérêt à éloigner les Français de leurs territoires de chasse ; désespérés de les voir hors du désert, il est probable qu'ils ont allumé ce feu afin de les tromper et de les obliger à y rentrer.

L'*haciendero* demeura rêveur. Les raisons que lui donnaient don Martial lui semblaient justes ; il ne savait à quoi se déterminer.

— Enfin, dit-il au bout d'un instant, que concluez-vous de tout cela ?

— Que nous aurions tort, répondit résolument don Martial, de perdre davantage notre temps ici à chercher des gens qui n'y sont plus et à courir le risque d'être enveloppés dans une tempête que chaque heure qui s'écoule rend plus imminente dans une contrée comme celle-ci, continuellement bouleversée par des ouragans terribles.

— Ainsi, vous retourneriez sur vos pas ?

— Loin de là ; je pousserais en avant, au contraire, j'entrerais le plus tôt possible dans l'Apacheria, car je suis convaincu que je serais bientôt sur la trace de nos amis.

— Oui, ceci me semble assez juste ; seulement nous sommes loin encore des prairies.

— Pas autant que vous le supposez ; mais quant à présent, restons-en là de notre conversation ; je veux aller à la découverte, ce feu m'intrigue plus que je ne saurais dire, je vais l'examiner de près.

— Soyez prudent.

— Ne s'agit-il pas de votre salut ? répondît le Tigrero en jetant un doux et triste regard à doña Anita.

Il se leva, sella son cheval en un tour de main, et après s'être orienté, il partit au galop.

— Brave cœur ! murmura doña Anita en le voyant disparaître dans le brouillard.

L'haciendero soupira sans répondre et laissa tomber sa tête pensive sur sa poitrine.

Don Martial s'éloignait rapidement à la lueur tremblante de la lune qui répandait sur le paysage désolé du désert ses rayons blafards et fantastiques. Parfois il rencontrait de lourds rochers posés en équilibre, muettes et sinistres sentinelles dont l'ombre gigantesque tigrait au loin le sable grisâtre ; ou bien c'étaient de gigantesques ahuehuelts dont les branches décharnées étaient chargées de cette mousse épaisse nommée barbe d'Espagnol, qui tombait en longs festons et semblait s'agiter au souffle léger de la brise.

Après une heure et demie de marche à peu près, le Tigrero arrêta sa monture, mit pied à terre et regarda attentivement autour de lui.

Bientôt il eut trouvé ce qu'il cherchait : à peu de distance de lui, le vent et la pluie avaient creusé un ravin assez profond ; il y fit descendre son cheval, l'attacha solidement à une énorme pierre, lui serra les naseaux afin de l'empêcher de hennir, et jetant son rifle sur son épaule, il s'éloigna.

De l'endroit où il se trouvait en ce moment le feu était visible, le sillon rouge qu'il traçait dans l'air se détachait vigoureusement dans l'obscurité.

Autour du feu se tenaient immobiles et recueillies plusieurs ombres que du premier coup d'œil le Tigrero reconnut pour des Indiens.

Le Mexicain ne s'était pas trompé, son expérience ne lui avait pas fait défaut ; c'étaient bien des Peaux-Rougés qui campaient là, dans lé désert, à peu de distance de sa troupe.

Mais quels étaient ces Indiens ? étaient-ils amis ou ennemis ? Voilà ce qu'il fallait absolument savoir.

Ce n'était pas chose facile sur ce terrain plat et entièrement dénudé, où il était presque impossible de s'avancer saris être aperçu, car les Indiens sont comme des bêtes fauves, ils ont le privilège de voir la nuit ; dans les ténèbres, leurs prunelles métalliques se dilatent comme celles des tigres, et ils distinguent aussi facilement leurs ennemis au milieu des plus épaisses ténèbres que par le plus éblouissant soleil.

Cependant don Martial ne se rebuta pas.

Non loin de la halte des Peaux-Rouges se trouvait un bloc énorme de granit, au pied duquel trois ou quatre ahuehuelts avaient poussé, et avaient fini, avec le temps, par si bien enchevêtrer leurs rameaux les uns dans les autres, qu'ils formaient, à une certaine hauteur, sur les flancs du roc, un inextricable fourré.

Le Mexicain s étendit sur le sol, et doucement, pouce à pouce, ligne par ligne, en s'aidant des genoux et des coudes, il se glissa du côté du rocher, en profitant habilement de l'ombre nettement dessinée sur le sol par le roc lui-même et les arbres qui poussaient auprès.

Il fallut au Tigrero près d'une demi-heure pour parcourir les quarante mètres à peu près qui le séparaient du rocher.

Il l'atteignit enfin ; alors il s'arrêta afin de reprendre haleine et poussa un soupir de satisfaction.

Le reste n'était plus rien : il ne craignait plus maintenant d'être vu, grâce au rideau de branches qui le dérobait aux regards des Indiens, mais seulement d'être entendu.

Après s'être reposé quelques secondes, il recommença à ramper, s'élevant peu à peu sur le flanc abrupte du rocher ; enfin il se trouva au niveau du fourré de branches, au milieu duquel il se glissa et où il disparut sans qu'il fût possible de deviner sa présence en ce lieu.

De la cachette qu'il avait si heureusement atteinte, non-seulement il planait sur le camp indien, mais encore il entendait parfaitement les Peaux-Rouges causer entre eux.

Il est inutile de faire remarquer que don Martial comprenait et parlait parfaitement tous les idiomes des Peaux-Rouges, dont les nombreuses tribus parcourent les vastes solitudes du Mexique.

Ces Indiens, le Tigrero les reconnut immédiatement, étaient des Apaches.

Ainsi toutes ses prévisions s'étaient réalisées.

Autour d'un feu de fiente de bison, qui produisait une grande flamme tout en ne laissant échapper qu'un léger filet d'une fumée presque imperceptible, plusieurs chefs étaient gravement accroupis sur leurs talons et fumaient leurs calumets, tout en se chauffant, car le froid était vif.

Don Martial distingua au milieu d'eux l'Ours-Noir.

Le visage du sachem était sombre : il semblait en proie à une sourde colère ; souvent il relevait la tête avec inquiétude, et fixant son regard perçant sur l'espace, il interrogeait les ténèbres. Un bruit de pas se fit entendre, et un Indien entra à cheval dans la partie éclairée du camp.

Après avoir mis pied à terre, cet Indien s'approcha du feu, s'accroupit auprès de ses compagnons, alluma son calumet, et se mit à fumer, le visage impassible, bien qu'à la poussière qui le couvrait et au mouvement précipité de sa poitrine, il fût facile de reconnaître qu'il venait de faire une route longue et surtout pénible.

À son arrivée, l'Ours-Noir lui avait jeté un long regard, puis il s'était remis à fumer sans lui adresser la parole, l'étiquette indienne exigeant que le sachem n'interroge pas un autre chef avant que celui-ci ait secoué dans le foyer les cendres de son calumet.

L'impatience de l'Ours-Noir était évidemment partagée par les autres Indiens. Cependant tous restaient graves et silencieux ; enfin le nouveau-venu aspira une dernière bouffée de fumée qu'il rendit par la bouche et les narines, puis il repassa son calumet à sa ceinture.

L'Ours-Noir se tourna vers lui.

— La Petite-Panthère a bien tardé, dit-il.

Ceci n'était pas une interrogation ; l'Indien se borna à s'incliner sans répondre.

— Les vautours planent en grandes troupes au-dessus des déserts, reprit le chef au bout d'un instant, les coyotes aiguisent leurs crocs aigus, les Apaches sentent une odeur de sang qui fait bondir de joie leurs cœurs dans leurs poitrines ; mon fils n'a-t-il rien vu ?

— La Petite-Panthère est un guerrier renommé dans sa tribu ; aux premières feuilles ce sera un chef ; il a rempli la mission que lui avait confiée son père.

— Ooch ! que font les Longs-Couteaux ?

— Les Longs-Couteaux sont des chiens qui hurlent sans savoir mordre ; un guerrier apache leur fait peur.

Les chefs sourirent avec orgueil à cette fanfaronnade, qu'ils prirent naïvement au sérieux.

— La Petite-Panthère a vu leur camp, reprit l'Indien, il les a comptés ; ils pleurent comme des femmes et se lamentent comme des enfants sans force et sans courage ; deux d'entre eux ne prendront pas cette nuit leur place accoutumée au feu du conseil de leurs frères.

Et d'un geste empreint d'une certaine noblesse, l'Indien releva l'espèce de blouse de calicot qui de son cou descendait à la moitié de ses cuisses, et montra deux chevelures sanglantes pendues à sa ceinture.

— Ooah ! firent les chefs avec joie, la Petite-Panthère a bravement combattu !

L'Ours-Noir fit signe au guerrier dé lui donner les chevelures. Celui-ci les détacha et les lui remit.

Le sachem les examina avec soin. Les Apaches fixaient attentivement leurs regards sur lui.

— *Asch'eth*[1] ! fit-il au bout d'un instant ; mon fils a tué un Long-Couteau et un Yori.

Et il rendit les deux chevelures au guerrier, qui les replaça à sa ceinture.

— Les faces pâles ont-ils découvert la trace des Apaches ?

---

1 C'est bien.

— Les faces pâles sont des taupes ; ils ne sont bons que dans leurs grands villages de pierre.

— Qu'a fait mon fils ?

— La Panthère a exécuté de point en point les ordres du sachem ; lorsque le guerrier a reconnu que les faces pâles ne le voulaient pas voir, il s'est élancé au-devant d'eux en les narguant, et il les a entraînés pendant trois heures à sa suite dans l'intérieur du désert.

— Bon ! mon fils a bien agi. Qu'a-t-il fait ensuite ?

— Quand les Longs-Couteaux ont été assez loin, la Panthère les a abandonnés, après en avoir tué deux pour laisser un souvenir de son passage, puis il s'est dirigé vers le camp des guerriers de sa nation.

— Mon fils est fatigué, l'heure du repos est venue pour lui.

— Pas encore, répondit sérieusement l'Indien.

— Ooah ! que mon fils s'explique.

À cette parole, sans savoir pour quelle raison, le Tigrero, qui écoutait attentivement ce qui se disait, sentit son cœur se serrer.

L'Indien continua :

— Il n'y a pas que les Longs-Couteaux dans le désert : la Petite-Panthère a découvert une autre piste.

— Une autre piste ?

— Oui. Cette piste est peu visible ; il y a sept chevaux et trois mules en tout. J'ai reconnu le pas d'un de ces chevaux.

— Ooeh ! j'attends ce que mon fils va m'apprendre.

— Six guerriers yoris ayant une femme avec eux sont entrés dans le désert.

L'œil du chef lança un éclair.

— Une femme pâle ? demanda-t-il.

L'Indien baissa affirmativement la tête.

Le sachem réfléchit un instant, puis son visage reprit le masque d'impassibilité qui lui était habituel.

— L'Ours-Noir ne s'était pas trompé, dit-il, il sentait l'odeur du sang ; ses fils apaches auront une belle chasse. Demain à l'*en-dit-ah*,[1] les guerriers monteront à cheval. La hutte du sachem est

1 Lever du soleil.

vide ; abandonnons maintenant les Grands-Couteaux à leur sort, ajouta-t-il en levant les yeux vers le ciel : Nyang, le génie du mal, se chargera bientôt de les engloutir dans les sables ; le maître de la vie appelle la tempête, notre tâche est remplie, suivons la piste des Yoris et regagnons à toute bride nos territoires de chasse ; l'ouragan hurlera bientôt dans le désert qu'il bouleversera. Mes fils peuvent se livrer au sommeil, un chef veillera sur eux. J'ai dit.

Les guerriers s'inclinèrent silencieusement, se levèrent les uns après les autres et allèrent s'étendre à peu de distance sur le sable.

Au bout de cinq minutes, ils dormaient profondément ; seul l'Ours-Noir veillait. La tête dans la paume des mains, les coudes sur les genoux, il regardait fixement le ciel ; parfois son visage perdait son expression sévère, et un sourire fugitif se dessinait sur ses lèvres.

Quelles pensées absorbaient ainsi le sachem ? que méditait-il ?

Don Martial l'avait deviné ; aussi se sentait-il frissonner de terreur.

Il demeura encore près d'une demi-heure immobile dans sa cachette, afin de de ne pas courir le risque d'être découvert ; puis il redescendit comme il était venu, usant encore de précautions plus grandes ; car à ce moment, où un silence de plomb planait sur la nature, le bruit le plus léger aurait révélé sa présence à l'oreille subtile du chef indien.

Plus que jamais, après les révélations qu'il était parvenu à surprendre, il redoutait d'être découvert.

Enfin il parvint à regagner sain et sauf l'endroit où il avait laissé son cheval.

Pendant quelque temps le Tigrero, abandonnant la bride sur le cou du noble animal, marcha au petit pas, repassant dans son esprit tout ce qu'il avait entendu, et cherchant quel moyen il pourrait employer pour écarter de la tête de ses compagnons le danger affreux qui les menaçait.

Sa perplexité était extrême, il ne savait à quoi se résoudre ; il connaissait trop bien don Sylva de Torrès pour supposer qu'un intérêt personnel, si puissant qu'il fût, parviendrait à lui faire abandonner ses amis dans le péril où ils se trouvaient. Mais fallait-il sacrifier doña Anita à cette délicatesse, à ce point d'honneur mal entendu, pour un homme indigne sous tous les rapports de l'intérêt que lui portait l'haciendero ?

On pouvait, à force d'adresse et de courage, éviter les Apaches et leur échapper, mais comment échapper à la tempête qui, dans quelques heures peut-être, allait fondre sur le désert, bouleverser la topographie du sol, faire disparaître toutes les traces et rendre la fuite impossible.

Il fallait sauver la jeune fille à tout prix !

Cette pensée revenait incessamment à l'esprit bourrelé du Tigrero, et lui mordait le cœur comme un fer rouge ; il se sentait pris de rage froide en considérant l'impossibilité matérielle qui se plaçait implacable devant lui.

Comment sauver la jeune fille ? Constamment il s'adressait cette question, à laquelle il ne trouvait pas de réponse.

Pendant assez longtemps il chemina ainsi la tête basse, se creusant vainement l'esprit pour trouver un moyen terme qui lui permit d'agir à sa guise et de sortir de la position critique dans laquelle il se trouvait. Enfin, le jour se fit dans sa pensée ; il releva fièrement la tête en envoyant un regard de défi du côté des ennemis, qui déjà paraissaient certains de s'emparer de ses compagnons, et, enfonçant les éperons dans le ventre de son cheval, il partit à fond de train.

Lorsqu'il arriva à l'endroit où la caravane était campée, à part un peon qui faisait sentinelle, tout le monde dormait.

La nuit était déjà assez avancée, il était à peu près une heure du matin : la lune répandait une clarté éblouissante qui permettait de voir presque comme en plein jour. Les Apaches ne se mettraient pas en marche avant le lever du soleil : c'était à peu près quatre heures qu'il avait devant lui pour agir. Il résolut d'en profiter. Quatre heures bien employées sont énormes dans une fuite.

Le Tigrero commença par bouchonner son cheval avec soin, afin de lui rendre l'élasticité de ses membres, car il allait avoir besoin de toute sa légèreté ; puis, aidé par les peones, il chargea les mules et sella les chevaux.

Ce dernier soin pris, il réfléchit un instant et s'occupa à envelopper les pieds des chevaux de petits morceaux de peau de mouton remplis de sables.

Ce stratagème devait, dans son idée, dérouter les Indiens, qui, ne reconnaissant pas les traces sur lesquelles ils comptaient, croiraient à une fausse piste.

— Pour plus de sûreté, il ordonna d'abandonner deux ou trois outres de mezcal sous le rocher ; il connaissait le penchant des Apaches pour les liqueurs fortes et comptait sur leur ivrognerie.

Cela fait, il réveilla don Sylva et sa fille.

— À cheval ! dit-il d'un ton qui n'admettait pas de réplique.

— Qu'y a-t-il ? demanda l'haciendero encore à demi endormi !

— Il y a que si nous ne partons pas à l'instant, nous sommes perdus.

— Comment ? que voulez-vous dire ?

— À cheval ! à cheval ! chaque minute que nous passons ici nous approche de la mort ! Plus tard, je vous expliquerai tout.

— Mais, au nom du ciel, que se passe-t-il donc ?

— Vous le saurez ; venez, venez !

Sans rien écouter, moitié de gré, moitié de force, il obligea l'haciendero à se mettre in selle ; doña Anita y était déjà ; le Tigrero jeta un dernier regard autour de lui, et donna le signal du départ.

La petite caravane s'élança en avant de toute la vitesse des chevaux.

XXIII. Les Apaches.

Rien n'est triste comme une marche de nuit dans le désert, surtout dans des circonstances semblables à celles qui hâtaient nos personnages.

La nuit est la mère des fantômes ; dans les ténèbres, les paysages les plus gais deviennent sinistres, tout prend un corps pour effrayer les voyageurs ; la lune, quelque brillante que soit la lumière qu'elle déverse, imprime aux objets une apparence fantastique et des reflets lugubres qui font frissonner les plus braves.

Ce calme sépulcral du désert, cette solitude qui vous environne, vous presse de toutes parts et pour vous se peuple de spectres ; cette obscurité qui vous enserre comme un linceul de plomb, tout se réunit pour troubler le cerveau et faire naître en lui une espèce de fièvre de peur, si l'on peut employer cette expression, que les vivifiants rayons du soleil levant sont seuls assez puissants pour faire rentrer dans le néant.

Malgré eux, nos personnages subissaient l'obsession de ces chimères inventées par un cerveau malade ; ils couraient dans la nuit, sans se rendre bien compte du motif qui les poussait à agir ainsi, ne sachant où ils allaient, ne s'en occupant même pas ; la tête lourde, les yeux appesantis par le sommeil, les paupières fermées, ils n'avaient qu'une pensée : dormir. Emportés par leurs chevaux avec une rapidité vertigineuse, les arbres et les rochers couraient autour d'eux comme dans un steeplechase infernal ; ils se hâtaient alors de fermer complètement les yeux, de s'assurer sur leurs selles et de s'abandonner à ce sommeil qui les accablait et contre lequel ils ne se sentaient pas la force de résister.

Le sommeil est peut-être le plus impérieux et le plus tyrannique besoin de l'homme ; il fait tout mépriser, tout oublier.

L'homme accablé de sommeil s'y livrera quand même, n'importe où, quel que soit le danger qui le menace. La faim ou la soif peuvent se dompter pendant un certain temps à force de volonté et de courage, le sommeil, non ; contre lui, la lutte est impossible ; il vous étreint dans ses griffes de fer, et, en quelques minutes, vous renverse haletant et vaincu.

Excepté don Martial, dont l'œil était vif et l'esprit lucide, les autres membres de la caravane ressemblaient à des somnambules : cramponnés tant bien que mal après leurs chevaux, les yeux éteints, la pensée absente, ils couraient sans le savoir, voyageant comme dans un rêve, et en proie à l'horrible cauchemar de cet état sans nom qui n'est ni la veille ni le sommeil, mais seulement la torpeur des sens et l'engourdissement de l'âme.

Cela dura toute la nuit.

On avait fait dix lieues ; les voyageurs étaient rompus.

Cependant au lever du soleil, sous l'influence de ses chauds rayons, ils secouèrent peu à peu l'abattement qui les accablait, ouvrirent les yeux, se redressèrent, regardèrent curieusement autour d'eux, et une foule de questions, ainsi que cela arrive toujours dans ce cas-là, leur monta du cœur aux lèvres.

La caravane avait atteint les bords du Rio del Norte, dont les eaux boueuses forment de ce côté la limite du désert.

Don Martial, après avoir scrupuleusement examiné l'endroit où il se trouvait, s'arrêta sur la plage même.

Les chevaux furent débarrassés des sacs de sable qui leur emprisonnaient les pieds, et on leur donna à manger. Quant aux hommes, ils durent provisoirement se contenter d'une gorgée de refino, afin de reprendre des forces.

L'aspect du paysage était complètement changé : de l'autre côté de la rivière une herbe drue et forte couvrait le sol, d'immenses forêts vierges verdissaient à l'horizon.

— Ouf ! murmura don Sylva en se laissant aller sur le sol avec une expression de bien-être indicible, quelle course ! je suis rompu ; si cela durait seulement un jour, *voto a brios* ! je ne pourrais y résister. Je n'ai ni faim ni soif, je vais dormir.

Tout en disant cela, l'haciendero s'était accommodé le plus confortablement possible pour se livrer au sommeil.

— Pas encore, don Sylva, lui dit vivement le Tigrero en le secouant brusquement par le bras ; voulez-vous donc laisser vos os ici ?

— Allez au diable ! je veux dormir, vous dis-je.

— Fort bien, répondit froidement don Martial ; mais si doña Anita et vous tombez entre les mains des Apaches, vous ne m'en rendrez pas responsable, n'est-ce pas ?

— Hein ! s'écria l'haciendero en se relevant et le regardant en face, que me parlez-vous d'Apaches ?

— Je vous répète que les Apaches sont à notre poursuite ; nous avons à peine quelques heures d'avance sur eux ; si nous ne nous hâtons pas, nous sommes perdus !

— *Canarios* ! il faut fuir ! s'écria don Sylva complètement réveillé ; je ne veux pas que ma fille tombe entre les mains de ces démons.

Quant à doña Anita, peu lui importait en ce moment ; elle donnait à poings fermés.

— Laissons manger les chevaux, nous partirons ensuite ; nous avons une longue traite à faire, il faut qu'ils soient en état de nous porter ; ces quelques instants de répit permettront à doña Anita de reprendre des forces.

— Pauvre enfant ! murmura l'haciendero, c'est moi qui suis cause de ce qui arrive, c'est mon maudit entêtement qui l'a conduite là.

— À quoi bon récriminer, don Sylva ? nous sommes tous coupables ; oublions le passé, ne songeons qu'au présent.

— Oui, vous avez raison, à quoi bon discuter des faits accomplis ? Maintenant que je suis complétement réveillé, dites-moi donc ce que vous avez fait cette nuit, et pourquoi vous nous avez si brusquement obligés à partir.

— Mon Dieu ! don Sylva, mon récit sera court, cependant vous le trouverez, je le crois, fort intéressant. Vous allez en juger. Après vous avoir quitté hier au soir, pour aller à la découverte, vous vous le rappelez, je crois…

— Très-bien ! vous vouliez examiner de près un feu qui vous semblait suspect.

— C'est cela. Eh bien, je ne m'étais pas trompé ; ce feu était, ainsi que je le supposais, une embuscade tendue par les sauvages ; il avait été allumé par les Apaches. Je parvins à me glisser inaperçu au milieu d'eux et à entendre leur conversation. Savez-vous ce qu'ils disaient ?

— Dame ! je ne sais pas trop ce que de pareils idiots peuvent avoir à se dire, moi.

— Pas si idiots que vous le supposez peut-être un peu légèrement, don Sylva ; un de leurs coureurs rendait compte au sachem de la tribu d'une mission dont celui-ci l'avait chargé ; entre autres choses intéressantes, il disait avoir découvert une piste de visages pâles, et que parmi ces visages pâles se trouvait une femme.

— *Caspita* ! s'écria l'*haciendero* avec effroi, êtes-vous bien sûr de cela, don Martial ?

— D'autant plus sûr que j'entendis le chef répondre ceci : écoutez bien, don Sylva.

— J'écoute, j'écoute, mon ami, continuez.

— « Au lever du soleil, nous nous lancerons à la poursuite des visages pâles ; la hutte du chef est vide, il lui faut une femme blanche pour la remplir. »

— Caramba !

— Oui. Alors, trouvant que j'en avais appris assez sur l'expédition que méditaient les Peaux-Rouges, je me suis échappé et j'ai regagné notre camp aussi vite que possible. Vous savez le reste.

— Oh ! oh ! répondit don Sylva avec une véritable effusion, oui, je sais le reste, don Martial, et je vous remercie bien sincèrement, non-seulement de l'intelligence que vous avez déployée dans cette occasion, mais encore du dévouement avec lequel, sans vous laisser rebuter par notre folle inertie, vous nous avez obligés à vous suivre.

— Je n'ai rien fait que je ne dusse faire, don Sylva. Ne vous ai-je pas juré de vous être dévoué ?

— Oui, mon ami, et vous tenez noblement votre serment.

Depuis que l'haciendero connaissait don Martial, c'était la première fois qu'il causait réellement cœur à cœur avec lui, et lui donnait le titre d'ami. Le Tigrero fut touché de cette expression qui lui alla à l'âme, et si jusque là il avait conservé quelques préventions contre don Sylva, elles s'éteignirent subitement pour ne plus laisser dans son cœur qu'un profond sentiment de reconnaissance.

Cependant doña Anita s'était réveillée pendant cette conversation ; ce fut avec un indicible mouvement de joie qu'elle les entendit causer aussi amicalement entre eux.

Lorsque son père lui apprit la cause du voyage subit qu'on l'avait forcée à entreprendre au milieu de la nuit, elle remercia chaleureusement don Martial et le récompensa de toutes ses peines par un de ces regards dont les femmes qui aiment possèdent seules le secret et dans lesquels elles font passer toute leur âme.

Le Tigrero, joyeux de voir son dévouement apprécié comme il méritait de l'être, oublia toutes ses fatigues, et n'eut plus qu'un désir, terminer heureusement ce qu'il avait si bien commencé.

Dès que les chevaux eurent mangé, on se remit en selle.

— Je m'abandonne à vous, don Martial, dit l'haciéndero, vous seul pouvez nous sauver.

— Avec l'aide de Dieu, j'y parviendrai, répondit le Tigrero avec passion.

On entra dans le fleuve, assez large en cet endroit. Au lieu de le traverser en droite ligne, don Martial, afin de dérouter les sauvages, suivit pendant assez longtemps le fil de l'eau, la coupant en biais, et faisant des tours et des détours sans nombre.

Enfin, arrivé à un endroit où le cours du fleuve se trouvait resserré entre deux rives formées de masses calcaires, où il était impossible que les pieds des chevaux laissassent des empreintes, il aborda.

La caravane avait quitté le désert. Devant elle s'étendaient ces immenses prairies dont le sol ondulé s'élève peu à peu jusqu'aux premiers plans de la *Sierra Madre* et de la *Sierra de los Comanches.* Plus de plaines désolées et stériles, sans arbres et sans eau. Une nature luxuriante, d'une force de production inouïe ; des arbres, des fleurs, des herbes des oiseaux innombrables chantant joyeusement sous la feuillée, des animaux de toutes sortes courant, broutant et s'ébattant au milieu des prairies naturelles.

L'homme partout et toujours, quelles que soient d'ailleurs ses préoccupations personnelles, subit à son insu l'influence des objets extérieurs : une nature riante le rend gai, de même qu'un sombre paysage l'attriste.

Les voyageurs se laissèrent instinctivement aller à l'impression de bien-être que leur causait la vue du splendide et majestueux spectacle que leur offrait la prairie, en face du désert désolé qu'ils quittaient, et dans lequel ils avaient erré si longtemps à l'aventure. Ce contraste était pour eux plein de charme, ils sentaient renaître leur courage et l'espoir rentrer dans leur cœur.

Vers onze heures du matin, les chevaux se trouvèrent tellement fatigués que l'on fut contraint de camper afin de leur donner quelques heures de repos et de laisser passer la plus grande chaleur du jour.

Don Martial choisit le sommet d'une colline boisée, d'où l'on dominait la prairie tout en restant parfaitement caché au milieu des arbres.

Seulement le Tigrero s'opposa à ce qu'on allumât du feu pour faire cuire les aliments, la fumée aurait suffi pour faire découvrir leur retraite, et dans la position où ils se trouvaient, ils ne pouvaient user de trop de prudence, car il était évident que depuis le lever du soleil les Apaches avaient dû se mettre à leur poursuite ; il fallait absolument faire perdre la piste à ces fins limiers. Malgré toutes les précautions qu'il avait employées, le Tigrero n'osait se flatter de les avoir dévoyés, tant les Peaux-Rouges sont experts pour découvrir une trace.

Après avoir mangé quelques bouchées à la hâte, il laissa ses compagnons goûter un repos dont ils avaient si grand besoin, et se leva pour aller à la découverte.

Cet homme paraissait de fer, la fatigue n'avait pas de prise sur lui ; sa volonté était si ferme qu'il résistait à tout, le désir de sauver la femme qu'il aimait lui donnait une force surnaturelle.

Il descendit lentement la colline, interrogeant chaque buisson, n'avançant qu'avec une prudence extrême, le doigt sur la détente du rifle et l'oreille ouverte au bruit le plus faible.

Dès qu'il fut dans la plaine, certain, grâce aux hautes herbes au milieu desquelles il disparaissait complètement, de dissimuler sa présence, il s'avança à grands pas vers une sombre et épaissse forêt vierge, dont les puissants contreforts arrivaient presque jusqu'à la colline.

Cette forêt était bien ce qu'elle paraissait être, c'est-à-dire une forêt vierge ; les arbres et les lianes enchevêtrés les uns dans les autres formaient un réseau inextricable dans lequel on n'aurait pu se frayer un passage que la hacha à la main ou au moyen du feu. S'il eût été seul, le Tigrero se fût peu embarrassé de cet obstacle en apparence insurmontable ; adroit et fort comme il l'était, il aurait voyagé entre ciel et terre, en passant de branche en branche, ainsi que cela lui était arrivé déjà en maintes occasions. Mais ce que pouvait faire un homme aussi résolu que lui, il ne fallait pas songer à le voir exécuter par une femme frêle et débile.

Un instant le Tigrero sentit, le cœur lui manquer, son courage faiblir ; mais ce désespoir n'eut que la durée de l'éclair. Don Martial se redressa avec hauteur et reprit soudain toute son énergie ; il continua à s'avancer vers la forêt, qu'il se mit à côtoyer, en furetant comme une bête fauve en quête d'une proie.

Tout à coup il poussa an cri de joie étouffé.

Il avait trouvé ce qu'il cherchait sans espoir de le rencontrer.

Devant lui, sous un dôme épais de verdure, serpentait un de ces étrots sentiers tracés par les bêtes féroces pour se rendre la nuit à l'abreuvoir, et qu'il fallait l'œil exercé du Tigrero pour l'avoir aperçu : il s'engagea résolument dans le sentier.

Ainsi que tous les chemins de bêtes sauvages, celui-ci faisait des détours sans nombre, revenant sans cesse sur lui-même. Après l'avoir suivi pendant assez longtemps, le Tigrero retourna sur ses pas et regagna la colline.

Ses compagnons, inquiets de son absence prolongée, l'attendaient avec impatience ; chacun accueillit son retour avec joie. Il leur rendit compte de ce qu'il avait fait et de la sente qu'il avait découverte.

Pendant que, de son côté, don Martial allait en reconnsaissance, un des peones avait fait, sur le flanc même de la colline, une découverte des plus précieuses en ce moment pour les voyageurs.

Cet homme, en errant à l'aventure aux environs, afin de tuer le temps ; avait trouvé l'entrée d'une caverne dans laquelle il n'avait pas osé entrer, ne sachant pas s'il ne se trouverait pas tout à coup face à face avec une bête fauve.

Don Martial tressaillit de joie à cette nouvelle ; il prit une torche d'ocote et ordonna au peon de le conduire à la caverne.

Elle n'était éloignée que de quelques pas, sur le versant de la colline qui regardait le fleuve.

L'entrée était tellement obstruée par des broussailles et des herbes parasites, qu'il était évident que depuis longues années, nul être vivant n'avait pénétré dans l'intérieur.

Le Tigrero écarta avec le plus grand soin les broussailles, afin de ne pas les froisser et se glissa dans la caverne ; l'entrée était assez haute, bien que fort étroite. Avant de s'engager dans l'intérieur, don Martial battit le briquet et alluma sa torche.

Cette caverne était une de ces grottes naturelles, comme on en rencontre tant dans ces contrées : les parois étaient hautes et sèches, le sol formé par un sable fin. Elle recevait évidemment de l'air par des fissures imperceptibles, car aucune exhalaison méphitique ne s'en échappait ; on y respirait parfaitement à l'aise ; en somme, bien qu'elle fût assez obscure, elle était habitable ; elle allait s'abaissant de plus en plus jusqu'à une espèce de grande salle au centre de laquelle s'ouvrait un gouffre dont, malgré la flamme répandue par sa torche, il fut impossible à don Martial de voir le fond ; il regarda autour de lui, aperçut un fragment de rocher, probablement détaché de la voûte, le prit et le laissa tomber dans le gouffre.

Pendant longtemps il entendit la pierre rouler le long des parois, puis un bruit quelconque comme la chute d'un corps pesant dans l'eau.

Don Martial savait tout ce qu'il désirait savoir. Il tourna le gouffre et continua à avancer dans un étroit boyau assez bas dont la pente était fort rapide. Après avoir marché pendant environ dix minutes dans cette espèce de couloir, il aperçut le jour à une assez grande distance. La grotte avait deux issues.

Don Martial revint en toute hâte sur ses pas.

— Nous sommes sauvés ! dit-il à ses compagnons. Venez, suivez-moi, nous n'avons pas un instant à perdre pour gagner l'abri que la Providence nous offre si généreusement.

Ils le suivirent.

— Mais observa don Sylva, et les chevaux, qu'en ferons-nous ?

— Ne vous en inquiétez pas, je sais où les cacher. Plaçons dans la grotte nos provisions de bouche, car il est probable que nous serons contraints de demeurer quelque temps ici ; conservons aussi avec nous les harnais et les selles, que je ne saurais où placer. Quant aux chevaux, cela me regarde.

Chacun se mit à l'œuvre avec cette ardeur fébrile que donne l'espoir d'échapper à un danger, et au bout d'une heure au plus les bagages, les provisions et les hommes, tout avait disparu dans la caverne.

Don Martial rapprocha les buissons afin de faire disparaître les traces du passage de ses compagnons, et il respira avec cette volupté que donne toujours la réussite d'un projet audacieux et presque irréalisable ; puis il remonta sur le sommet de la colline.

Il réunit les chevaux et les mules au moyen de sa reata et descendit dans la plaine ; il se dirigea vers la forêt, s'engagea dans la sente que précédemment il avait découverte.

Le sentier était étroit, les chevaux ne purent passer que l'un après l'autre et encore avec des difficultés extrêmes ; enfin il parvint à atteindre une espèce de clairière où il abandonna les pauvres bêtes en leur laissant toute la provision de fourrage qui lui restait et qu'il avait eu la précaution de charger sur les mules.

Don Martial savait fort bien que les chevaux ne s'éloigneraient que fort peu de l'endroit où il les abandonnait, et que lorsqu'il en aurait besoin il lui serait facile de les retrouver.

Ces diverses occupations avaient pris beaucoup de temps ; la journée était déjà très-avancée, lorsque le Tigrero quitta définitivement la forêt.

Le soleil, très-bas à l'horizon, apparaissait comme un immense globe de feu presque au niveau du sol. L'ombre des arbres s'allongeait démesurément ; la brise du soir commençait à se lever, déjà quelques cris rauques sortant par intervalles des profondeurs de la forêt annonçaient le réveil prochain des bêtes fauves, ces hôtes du désert qui pendant la nuit en sont les rois absolus.

Arrivé sur le sommet de la colline, avant de se retirer à son tour dans la grotte, aux dernières lueurs du soleil mourant don Martial inspecta l'horizon.

Tout à coup il pâlit, un frisson nerveux agita son corps ; ses yeux agrandis par la terreur se fixèrent obstinément sur le fleuve, et il murmura d'une voix sourde en frappant du pied avec colère :

— Déjà !... les démons !

Ce que le Tigrero avait vu était, en effet, effrayant.

Une troupe de cavaliers indiens traversait le fleuve, à l'endroit précis où lui-même et ses compagnons l'avaient traversé quelques heures auparavant.

Don Martial suivait leurs mouvements avec une inquiétude croissante. Arrivés sur la rive, sans hésiter, sans s'arrêter, ils suivirent la route prise par les chasseurs.

Le doute n'était plus possible : les Apaches ne s'étaient pas laissé tromper par les ruses du chasseur ; ils étaient venus en droite ligne derrière la caravane, faisant une diligence extrême. Dans moins d'une heure, ils atteindraient la colline, et alors, avec cette diabolique science qu'ils possédaient pour découvrir les pistes les mieux cachées, qui sait ce qui arriverait ?

Le Tigrero sentit son cœur se briser dans sa poitrine, et, hors de lui, à moitié fou de douleur, il se précipita dans la grotte.

En le voyant arriver ainsi, pâle, les traits décomposés, l'haciendero et sa fille s'élancèrent vers lui.

— Qu'avez-vous, lui demandèrent-ils.

— Nous sommes perdus ! s'écria-t-il avec désespoir, voici les Apaches !

— Les Apaches ! murmurèrent-ils avec terreur.

— Mon Dieu ! mon Dieu ! sauvez-moi !... s'écria doña Anita en tombant à genoux et joignant les mains avec ferveur.

Le Tigrero se baissa vers la jeune fille, la prit dans ses bras avec une force décuplée par la douleur, et se tournant vers l'haciendero :

— Venez, s'écria-t-il, venez, suivez-moi ! peut-être nous reste-t-il encore une chance de salut !

Et il se précipita vers le fond de la caverne ; tous s'élancèrent à sa suite.

Ils coururent ainsi assez longtemps. Doña Anita, presque évanouie, laissait sa belle tête pâle s'appuyer sur l'épaule du Tigrero.

Celui-ci courait toujours.

— Voyez, voyez, dit-il, bientôt nous sommes sauvés !

Ses compagnons poussèrent un cri de joie ; ils avaient aperçu devant eux la lueur du jour.

Tout à coup, au moment où don Martial atteignait l'entrée et allait s'élancer au dehors, un homme parut.

Cet homme était l'Ours-Noir.

Le Tigrero bondit en arrière avec un rugissement de bête fauve.

— Aoah ! fit l'Apache d'une voix railleuse, mon frère sait que j'aime cette femme, et, pour me plaire, il se hâte de me l'apporter lui-même.

— Tu ne la tiens pas encore, démon ! s'écria don Martial en se plaçant résolument devant doña Anita un pistolet de chaque main ; viens la prendre.

On entendait dans les profondeurs de la caverne des pas qui se rapprochaient rapidement.

Les Mexicains étaient pris entre deux feux.

L'Ours-Noir, l'œil fixé sur le Tigrero, épiait tous ses mouvements ; soudain il se ramassa sur lui-même et bondit en avant comme un chat-tigre en poussant son cri de guerre.

Don Martial déchargea ses pistolets sur l'Apache et le saisit à bras le corps.

Les deux hommes roulèrent sur le sol, enlacés comme deux serpents.

Don Sylva et les peones combattaient en désespérés contre les autres Indiens.

XXIV. Les Coureurs des bois.

Nous reviendrons maintenant à certains personnages de cette histoire, que depuis trop longtemps nous avons laissés dans l'oubli.

Si les Français étaient restés maîtres du champ de bataille et étaient parvenus, lors de l'assaut de l'hacienda par les Apaches, à rejeter leurs féroces ennemis dans le Rio-Gila, ils ne se dissimulaient pas que ce n'était pas seulement à leur courage qu'ils devaient ce triomphe inespéré ; la dernière charge exécutée par les Comanches, sous les ordres de la Tête-d'Aigle, avait seule décidé la victoire. Aussi, lorsque les ennemis eurent disparu, le comte de Lhorailles, avec une grandeur d'âme et une franchise peu communes, surtout chez un homme de son caractère, remercia chaudement les Comanches et fit aux chasseurs les plus magnifiques offres de services.

Ceux-ci reçurent modestement les compliments flatteurs du comte, et déclinèrent nettement toutes les propositions qu'il leur fit.

Ainsi que le lui dit Belhumeur, ils n'avaient eu d'autre mobile de leur conduite que celui de venir en aide à des compatriotes. Maintenant que tout était fini, que pour longtemps les Français se trouvaient à l'abri des attaques des sauvages, ils n'avaient plus qu'une chose à faire : prendre le plus tôt possible congé du comte et continuer leur voyage.

Monsieur de Lhorailles obtint cependant qu'ils passeraient encore deux jours à la colonie.

Doña Anita et son père avaient disparu d'une façon si mystérieuse que les Français, peu habitués aux ruses indiennes et ignorant complètement la manière de découvrir ou de suivre une piste dans le désert, étaient incapables de se mettre à la recherche des deux personnes qui avaient été enlevées.

Monsieur de Lhorailles avait intérieurement compté sur l'expérience de la Tête-d'Aigle et sur la sagacité de ses guerriers pour retrouver les traces de l'haciendero et de sa fille.

Il expliqua aux chasseurs, dans les plus grands détails, le service qu'il attendait de leur complaisance ; aussi ne crurent-ils pas devoir le refuser.

Le lendemain, au point du jour, la Tête-d'Aigle divisa son détachement en quatre troupes, commandées chacune par un guerrier renommé, et après avoir donné ses instructions à ses hommes, il les dispersa dans quatre directions différentes.

Les Comanches battirent l'estrade avec cette finesse et cette habileté que les Peaux-Rouges possèdent à un degré si éminent ; mais tout fut inutile.

Les quatre détachements revinrent les uns après les autres à l'hacienda sans avoir rien découvert. Bien qu'ils eussent fouillé le sol dans un rayon d'environ vingt lieues autour de la colonie ; bien que pas un buisson, pas un brin d'herbe eussent échappé à leur minutieuse investigation, la piste du père et de la fille fut introuvable ; nous en savons la raison : l'eau seule ne garde pas de traces ; don Sylva et doña Anita s'étaient laissé aller au courant du Rio-Gila.

— Vous le voyez, dit Belhumeur au comte, nous avons fait ce qu'il était humainement possible de faire pour ramener les deux personnes enlevées pendant le combat ; il est évident que les ravisseurs les ont embarquées sur le fleuve et conduites à une grande distance avant de descendre sur la rive. Qui sait maintenant où elles se trouvent ? les Peaux-Rouges vont vite, surtout lorsqu'ils fuient ; ils ont sur nous une immense avance, l'insuccès de nos efforts le prouve ; ce serait une folie que d'espérer les atteindre. Permettez-nous donc de nous éloigner ; peut-être pourrons-nous obtenir pendant notre voyage à travers la prairie des renseignements qui plus tard vous seront utiles.

— Je ne veux pas abuser plus longtemps de votre complaisance pour moi, répondit affectueusement le comte ; partez quand bon vous semblera, caballeros ; mais recevez l'expression de ma reconnaissance, et croyez que je serais heureux de vous la prouver autrement que par de stériles paroles. Du reste, moi-même je vais quitter la colonie ; peut-être nous rencontrerons-nous au désert.

Le lendemain, au lever du soleil, les chasseurs et les Comanches sortirent de l'hacienda et s'enfoncèrent dans la prairie.

Le soir, la Tête-d'Aigle fit établir le camp et allumer les feux pour la nuit.

Après le repas, au moment où chacun allait se livrer au sommeil, le sachem fit convoquer par le *hachesto*, ou crieur public, les chefs à se réunir au feu du conseil.

— Mes frères pâles prendront place auprès des chefs, dit la Tête-d'Aigle en s'adressant au Canadien et au Français.

Ceux-ci acceptèrent d'un geste de tête et furent s'accroupir devant le brasier parmi les chefs comanches, qui déjà attendaient, silencieux et recueillis, la communication de leur grand sachem.

Lorsque la Tête-d'Aigle eut pris place, il fit signe au porte-pipe.

Celui-ci entra dans le cercle, portant respectueusement à la main le calumet de médecine, dont le tuyau était frangé de plumes, garni d'une infinité de grelots, et dont le fourneau était fait d'une pierre blanche qui ne se trouve que dans les montagnes Rocheuses.

Le calumet était bourré et allumé.

Le porte-pipe, dès qu'il fut dans le cercle, inclina le fourneau du calumet dans la direction des quatre vents principaux, en murmurant à voix basse des paroles mystérieuses afin d'appeler sur le conseil la bienveillance du Wacondah, maître de la vie, et d'éloigner de l'esprit des chefs l'influence maligne du premier homme.

Puis, conservant dans la main le fourneau de la pipe, il présenta l'extrémité du tuyau à la Tête-d'Aigle en disant d'une voix haute et accentuée :

— Mon père est le premier sachem de la valeureuse nation des Comanches ; la sagesse repose en lui, bien que les neiges de l'âge n'aient pas encore glacé la pensée dans son cerveau. De même que tous les hommes, il est sujet à l'erreur ; que mon père réfléchisse avant de prendre la parole : les mots que soufflera sa poitrine à ses lèvres doivent être tels que des Comanches les puissent entendre.

— Mon fils a bien parlé, répondit le sachem. Il prit le tuyau et fuma silencieusement pendant quelques instants, puis il ôta l'extrémité du tuyau de sa bouche et le passa à son plus proche voisin.

La pipe fit ainsi le tour du cercle sans qu'aucun chef prononçât une parole.

Lorsque chacun eut fumé, que tout le tabac contenu dans la pipe fut brûlé, le porte-pipe secoua la cendre dans sa main gauche, et la jeta dans le brasier en s'écriant :

— Ici des chefs sont réunis en conseil ; leurs paroles sont sacrées. Wacondah a entendu notre prière, elle est exaucée. Malheur à celui qui oubliera que sa conscience doit être son seul guide !

Après avoir prononcé ces quelques mots avec une majesté suprême, le porte-pipe sortit du cercle en jetant un dernier regard sur les chefs accroupis autour de lui, et en murmurant d'une voix basse, mais parfaitement intelligible :

— Ainsi que les cendres que j'ai jetées dans le brasier ont disparu pour toujours, ainsi les paroles des chefs doivent être sacrées et ne jamais être rapportées hors du cercle du sachem. Que mes pères parlent, le conseil est commencé.

Le porte-pipe s'éloigna après cet avis, qui pouvait presque passer pour une mercuriale. Alors la Tête-d'Aigle se leva, jeta un regard circulaire aux guerriers rassemblés à ses côtés et prit la parole :

— Chefs et guerriers comanches, dit-il, bien des lunes se sont écoulées depuis que j'ai quitté les villages de ma nation, bien des lunes s'écouleront encore avant que le Wacondah tout-puissant me permette de m'asseoir au feu du conseil des grands sachems comanches. Le sang a toujours coulé rouge dans mes veines et mon cœur n'a jamais eu de peau pour mes frères. Les paroles que souffle ma poitrine arrivent à mes lèvres par la volonté du Grand-Esprit. Il sait combien j'ai conservé d'amour pour vous tous. La nation comanche est puissante, c'est la reine des prairies. Ses territoires de chasse couvrent toute la terre, qu'a-t-elle besoin de s'allier avec d'autres nations pour venger ses injures ? le coyote immonde se retire-t-il dans la tanière de l'orgueilleux jaguar ? le hibou fait-il ses œufs dans le nid de l'aigle ? pourquoi le Comanche marcherait-il sur le sentier de la guerre avec les chiens apaches ? les Apaches sont des femmes lâches et traîtres. Je remercie mes frères, non-seulement d'avoir rompu avec eux, mais encore de m'avoir aidé à les battre ; maintenant, mon cœur est triste, un brouillard couvre mon esprit parce qu'il faut que je me sépare de mes frères. Qu'ils agréent mes adieux ; que le Moqueur me plaigne, parce que loin de lui je marcherai dans l'ombre ; les rayons du soleil, si ardents qu'ils soient, ne parviendront pas à me réchauffer. J'ai dit. Ai-je bien parlé, hommes puissants ?

La Tête-d'Aigle se rassit au milieu d'un murmure de douleur et se voila la face avec un pan de sa robe de bison.

Il se fit un grand silence dans l'assemblée ; le Moqueur semblait interroger les autres chefs du regard ; enfin il se leva et prit la parole à son tour pour répondre au sachem.

— Le Moqueur est jeune, dit-il, sa tête est bonne, bien qu'elle ne possède pas encore la grande sagesse de celle de mon père. La Tête-d'Aigle est un sachem aimé du Wacondah ; pourquoi le maître de la vie a-t-il ramené le chef parmi les guerriers de sa nation ? Est-ce donc pour qu'il les quitte ainsi presque immédiatement ? Non ! le maître de la vie aime ses fils comanches ; il n'a pu vouloir cela ! Les guerriers ont besoin d'un chef sage et expérimenté pour les guider sur le sentier de la guerre et les instruire autour du feu du conseil ; la tête de mon père est grise, il instruira et guidera les guerriers ; le Moqueur ne peut le faire, il est trop jeune encore ; l'expérience lui manque. Où mon père ira, ses fils iront ; ce que mon père voudra, ses fils le voudront ; mais qu'il ne parle plus de les quitter ! Qu'il dissipe le nuage qui obscurcit ses esprits ; ses fils l'en supplient par la voix du Moqueur, cet enfant qu'il a élevé, qu'il a tant aimé jadis et dont il a fait un homme. J'ai dit. Voilà mon wampum ! Ai-je bien parlé, hommes puissants ?

Après avoir prononcé ces dernières paroles. Le chef jeta un collier de wampum aux pieds de la Tête-d'Aigle et se rassit.

— Que le grand sachem reste avec ses fils, s'écrièrent tous les guerriers en jetant à la fois leurs colliers de wampum auprès de celui du Moqueur.

La Tête-d'Aigle se redressa d'un air plein de noblesse ; il laissa tomber le pan de sa robe de bison, et s'adressant à l'assemblée attentive et anxieuse :

— J'ai entendu résonner à mon oreille le chant du walkon, l'oiseau chéri du Wacondah, dit-il ; sa voix harmonieuse est arrivée jusqu'à mon cœur et l'a fait tressaillir de joie. Mes fils sont bons, je les aime ; le Moqueur et dix guerriers qu'il choisira lui-même m'accompagneront, les autres retourneront aux grands villages de ma nation, afin d'annoncer aux sachems le retour de la Tête-d'Aigle parmi ses fils ; j'ai dit.

Le Moqueur demanda alors le grand calumet, qui lui fut immédiatement apporté par le porte-pipe, et les chefs fumèrent à la ronde sans échanger une parole.

Lorsque la dernière bouffée de fumée eut été dissipée dans l'air, le hachesto, auquel le Moqueur avait dit quelques mots à voix basse, proclama les noms des dix guerriers choisis pour accompagner le sachem.

Les chefs se levèrent, s'inclinèrent devant la Tête-d'Aigle, et remontant silencieusement à cheval, ils partirent au galop.

Pendant un assez long espace de temps, le Moqueur et la Tête-d'Aigle s'entretinrent à voix basse.

À la suite de leur conversation, le Moqueur et ses guerriers s'éloignèrent à leur tour.

La Tête-d'Aigle, Belhumeur et don Luis demeurèrent seuls.

Le Canadien regardait d'un œil distrait les Indiens s'éloigner ; lorsqu'ils eurent disparu, il se tourna vers le chef :

— Hum ! fit-il, nous voici enfin libres de nous expliquer, chef ; est-ce que l'heure n'est pas bientôt venue de parler franchement et de terminer nos affaires ? Depuis notre départ des habitations, nous nous sommes beaucoup occupés des autres et fort peu de nous ; il me semble ; ne serait-il donc pas temps de songer à nos affaires ?

— La Tête-d'Aigle n'oublie pas, il s'occupe de satisfaire ses frères pâles.

Belhumeur se mit à rire.

— Permettez, chef ; quant à moi, mes affaires sont bien simples : vous m'avez promis de m'accompagner, et me voilà. Je veux être l'ami d'un chien apache si j'en sais davantage. Louis, c'est différent, il est à la recherche d'un ami bien cher ; souvenez-vous que nous lui avons promis de l'aider à le retrouver.

— La Tête-d'Aigle, reprit le chef, a partagé son cœur entre ses deux frères pâles, ils en ont chacun la moitié. La route que nous devons faire est longue, elle doit durer plusieurs lunes ; nous traverserons le grand désert. Le Moqueur et ses guerriers sont allés tuer des bisons pour le voyage. Je conduis mes frères dans un endroit que j'ai découvert il y a quelques lunes déjà et qui n'est connu que de moi. Le Wacondah, lorsqu'il a créé l'homme, lui a donné la force, le courage et d'immenses territoires de chasse en lui disant : Sois libre et heureux. Il a donné aux visages pâles la sagesse et la science en leur apprenant à connaître la valeur des pierres brillantes et des cailloux jaunes ; les Peaux-Rouges et les visages pâles suivent chacun la route que le Grand-Esprit leur a tracée ; je conduis mes frères à un *placer*.

— À un placer ! s'écrièrent les deux hommes avec étonnement.

— Oui ; que ferait un sachem indien de ces richesses immenses dont il ne saurait pas se servir ? L'or est tout pour les visages pâles, que mes frères soient heureux, la Tête-d'Aigle leur en donnera plus qu'ils ne pourront jamais en prendre.

— Un instant, un instant, chef ; que diable voulez-vous que je fasse de votre or, moi ? je ne suis qu'un chasseur auquel son cheval et son rifle suffisent. À l'époque où je parcourais la prairie en compagnie du Cœur-Loyal, bien souvent nous avons trouvé de riches pépites d'or natif sous nos pas, et toujours nous les avons abandonnées avec mépris.

— Qu'avons-nous besoin d'or, nous autres ? appuya don Luis ; oublions au contraire ce placere, quelque riche qu'il soit ; ne révélons son existence à personne, assez de crimes se commettent journellement pour de l'or ; renoncez à ce projet, chef. Nous vous remercions de votre offre généreuse, mais il nous est impossible de l'accepter.

— Bien parlé ! s'écria joyeusement Belhumeur. Au diable l'or, dont nous n'avons que faire, et vivons comme de francs chasseurs que nous sommes ! Pardieu ! chef, je vous assure bien que si vous m'aviez dit à la Noria dans quel but vous désiriez que je vous accompagnasse, je vous aurais laissé partir seul.

La Tête-d'Aigle sourit.

— Je m'attendais à la réponse que me font mes frères, dit-il ; je suis heureux de voir que je ne me suis pas trompé. Oui, l'or leur est inutile, ils ont raison mais ce n'est pas un motif pour le mépriser : comme toutes les choses mises sur la terre par le Grand-Esprit, l'or est utile. Mes frères m'accompagneront au placer ; non pas, comme ils le supposent, pour prendre des pépites, mais seulement pour savoir où elles sont et pouvoir les retrouver au besoin. Le malheur arrive toujours sans être attendu, les plus favorisés du Grand-Esprit aujourd'hui, sont souvent ceux que demain il frappera le plus sévèrement. Eh bien, si l'or de ce placer ne peut rien pour le bonheur de mes frères, qui leur assure qu'il ne servira pas à un temps donné pour sauver un de leurs amis du désespoir ?

— C'est vrai, fit don Luis, touché de la justesse de ce raisonnement ; ce que vous dites est sage et mérite considération. Nous pouvons, nous, refuser de nous enrichir, mais nous ne devons pas mépriser des richesses qui peut-être un jour serviront à d'autres.

— Si c'est définitivement votre avis, je l'adopte ; d'ailleurs, maintenant que nous sommes en route, autant aller jusqu'au bout ; seulement, celui qui m'aurait dit que je serais un jour gambucino m'aurait bien étonné. Je vais, en attendant, tâcher de tuer un daim.

Sur ce, Belhumeur se leva, prit son fusil et s'éloigna en sifflant.

Le Moqueur fut deux jours absent ; vers le milieu de la troisième journée, il reparut ; six chevaux laissés dans la prairie étaient chargés de vivres, six autres portaient des outres pleines d'eau.

La Tête-d'Aigle fut satisfait de la façon, dont le chef s'était acquitté de sa mission ; mais comme le trajet que l'on avait à faire était long, qu'il fallait traverser le désert du del Norte presque dans toute sa longueur, il ordonna que chaque cavalier porterait à sa selle, auprès des alforjas, deux petites outres d'eau par surcroît de précaution.

Toutes les mesures étant bien prises, les chevaux et les cavaliers reposés, frais et dispos, le lendemain, au point du jour, la petite troupe se mit en marche dans la direction du désert.

Nous ne dirons rien du voyage, si ce n'est qu'il fut heureux et s'accomplit dans les meilleures conditions ; aucun incident ne vint en troubler la monotone tranquillité.

Les Comanches et leurs amis traversèrent le désert comme un tourbillon, avec cette vertigineuse rapidité dont eux seuls possèdent le secret, et qui les rend si redoutables lorsqu'ils envahissent les frontières mexicaines.

Arrivés dans les prairies de la Sierra de los Comanches, la Têt-d'Aigle ordonna au Moqueur et à ses guerriers de l'attendre dans un camp qu'il établit sur la lisière d'une forêt vierge, dans une vaste clairière, sur les bords d'un ruisseau perdu qui, après un cours de quelques lieues, va se jeter dans le Rio del Norte, et il s'éloigna avec ses deux compagnons.

Le sachem prévoyait tout : bien qu'il eût la plus entière confiance dans le Moqueur, il ne voulait cependant pas, par prudence, lui révéler le gisement du placere ; plus tard, il n'eut qu'à se féliciter d'avoir pris cette mesure.

Les chasseurs piquèrent droit vers les montagnes qui s'élevaient devant eux comme des murailles de granit infranchissables en apparence.

Mais plus ils approchaient, plus les pentes s'adoucissaient ; bientôt ils entrèrent dans une gorge étroite, à l'entrée de laquelle ils furent contraint d'abandonner leurs chevaux. C'est probablement à cette particularité, futile en apparence, que le placer devait de ne pas avoir été découvert encore par les Indiens : les Peaux-Rouges, dans aucune occasion, ne mettent pied à terre ; on peut, avec raison, dire d'eux ce que l'on dit des Gauchos des pampas de la bande orientale et de la Patagonie, qu'ils vivent à cheval.

Par un hasard singulier, pendant une de ses chasses, un daim, que la Tête-d'Aigle avait blessé, s'était engagé dans cette gorge pour y mourir ; le chef, lancé depuis déjà plusieurs heures à la poursuite de l'animal dont il désirait s'emparer, n'hésita pas à le suivre. Après avoir parcouru la gorge dans toute sa longueur, il était arrivé à un vallon, espèce d'entonnoir profondément encaissé entre des montagnes abruptes qui, excepté de ce côté, en rendaient l'accès non pas difficile, mais impossible. Là, il avait retrouvé le daim expirant sur un sable pailleté d'or et semé de pépites qui, aux rayons du soleil, brillaient comme des diamants.

En débouchant dans le vallon, les chasseurs ne purent réprimer un cri d'admiration et un tressaillement de joie nerveux.

Si fort que soit un homme, si solidement trempé qu'il soit, l'or possède une attraction irrésistible et lui cause une fascination puissante.

Belhumeur fut le premier qui reprit son sang-froid.

— Oh ! oh ! fit-il en essuyant la sueur qui coulait à flots sur son visage, il y a dans ce coin de terre bien des fortunes enfouies. Dieu veuille qu'elles y demeurent longtemps encore pour le bonheur des hommes !

— Qu'allons-nous faire ? demanda Louis, la poitrine haletante et les yeux étincelants.

La Tête-d'Aigle seul regardait ces richesses incalculables d'un œil indifférent.

— Hum ! reprit le Canadien, ceci est évidemment notre propriété, puisque le chef nous l'abandonne.

Le sachem fit un signe affirmatif.

— Voici ce que je propose, continua-t-il : nous n'avons pas besoin de cet or, qui, dans ce moment, nous serait plutôt nuisible qu'utile. Cependant, comme nul ne peut prévoir l'avenir, il faut nous en assurer la propriété ; couvrons ce sable de feuilles et de branches, de façon à ce que si le hasard conduit un chasseur sur le sommet d'une de ces montagnes, il ne voie pas briller l'or ; ensuite, avec des pierres que nous amoncellerons, nous boucherons l'entrée du vallon ; il ne faut pas que ce qui est arrivé à la Tête-d'Aigle puisse arriver à un autre. Qu'en pensez-vous ?

— À l'œuvre ! s'écria don Luis. J'ai hâte de ne plus voir scintiller devant mes yeux ce métal diabolique qui me donne le vertige.

— À l'œuvre, donc ! répondit Belhumeur.

Les trois hommes coupèrent alors des branches d'arbres et en formèrent un épais tapis sous lequel le sable aurifère et les pépites disparurent entièrement.

— Ne voulez-vous pas prendre un échantillon de ces pépites ? dit Belhumeur au comte ; peut-être serait-il utile d'en emporter quelques-unes.

— Ma foi, non, répondit celui-ci en haussant les épaules, je ne m'en soucie pas ; prenez-en, si vous voulez ; pour moi, je n'y toucherai pas du bout des doigts.

Le Canadien se mit à rire, ramassa deux ou trois pépites grosses comme des noix, et les mit dans son sac à balles.

— Sapristi ! fit-il, si je tue quelques Apaches avec cela, ils ne pourront pas se plaindre, j'espère.

Ils sortirent du vallon, dont ils bouchèrent l'entrée avec des quartiers de roc ; puis ils reprirent leurs chevaux et retournèrent au camp, après avoir fait aux arbres des entailles, afin de reconnaître plus tard l'endroit, si jamais les circonstances les amenaient de nouveau en ce lieu, ce que, nous devons le noter à leur louange, ils ne désiraient ni les uns ni les autres.

Le Moqueur attendait ses amis avec la plus grande impatience.

La prairie n'était pas tranquille. Le matin, les coureurs avaient aperçu une petite troupe de visages pâles traverser le del Norte et se diriger vers une colline au sommet de laquelle elle avait campé.

En ce moment, un nombreux détachement de guerre apache traversait à son tour la rivière au même endroit, en paraissant suivre une piste.

— Oh ! oh ! fit Belhumeur, il est évident que ces chiens poursuivent les blancs.

— Les laisserons-nous massacrer sous nos yeux ? s'écria Louis avec indignation.

— Ma foi non ! si cela dépend de nous, reprit le chasseur ; peut-être cette bonne action nous fera-t-elle pardonner par Dieu le mouvement de convoitise que nous avons éprouvé ; parlez, Tête-d'Aigle, que voulez-vous faire ?

— Sauver les visages pâles, répondit le chef.

Les ordres furent immédiatement donnés par le sachem et exécutés avec cette intelligence et cette promptitude qui caractérisent les guerriers d'élite sur le sentier de la guerre.

Les chevaux furent laissés sous la garde d'un Comanche, et le détachement se divisant en deux parties, s'avança avec précaution dans la prairie.

À part le Moqueur, la Tête-d'Aigle, Louis et Belhumeur qui avaient des rifles, tous les autre » étaient armés de lances et de flèches.

— À trompeur trompeur et demi, dit à voix basse le Canadien ; nous allons surprendre ceux qui se préparent à en surprendre d'autres.

En ce moment, deux coups de feu bientôt suivis d'autres se firent entendre, puis le cri de guerre des Apaches résonna avec force.

— Oh ! oh ! s'écria Belhumeur en s'élançant en avant, ils ne nous croient pas aussi près.

Tous se précipitèrent sur ses traces.

Cependant le combat avait pris des proportions horribles dans la caverne : don Sylva et les peones résistaient courageusement ; mais que pouvaient-ils faire contre la nuée d'ennemis qui les assaillait de toutes parts ?

Le Tigrero et l'Ours-Noir, enlacés comme deux serpents, cherchaient à se poignarder l'un l'autre.

Don Martial, lorsqu'il avait aperçu l'Indien, s'était rejeté si précipitamment en arrière qu'il avait franchi le corridor et était arrivé à la salle au milieu de laquelle se trouvait le gouffre dont nous avons parlé plus haut.

C'était sur le bord du gouffre que les deux hommes, l'œil étincelant, la poitrine oppressée, les lèvres serrées par la rage, redoublaient d'efforts.

Tout à coup plusieurs coups de feu retentirent, et le cri de guerre des Comanches éclata comme la foudre.

L'Ours-Noir lâcha don Martial, se releva d'un bond et s'élança sur doña Anita.

La jeune filles en proie à une terreur indicible, repoussa le sauvage par un effort suprême.

Celui-ci, déjà blessé par les pistolets du Tigrero, recula en chancelant, et arriva sur le bord du gouffre, où il perdit l'équilibre. Il se sentit tomber ; par un geste instinctif, il étendit les bras, s'accrocha à don Martial, qui se relevait à demi étourdi encore de la lutte qu'il avait soutenue, le fit chanceler à son tour, et tous deux roulèrent au fond du gouffre en poussant un cri horrible.

Doña Anita s'élança ; elle était perdue.

Soudain, elle se sentit enlevée par une main vigoureuse et rapidement entraînée en arrière. Elle s'évanouit.

Les Comanches étaient arrivés trop tard.

Des sept personnes qui composaient la petite troupe cinq avaient été tuées. Un peon gravement blessé et doña Anita survivaient seuls.

La jeune fille aviat été sauvée par Belhumeur.

Lorqu'elle r'ouvrit les yeux, elle sourit doucement, et d'une voix d'enfant, mélodieuse comme un chant d'oiseau, elle commença à chanter une seguedilla mexicaine.

Les chasseurs reculèrent avec un cri de douleur.

Doña Anita était folle !

XXV. El Ahuehuelt.

Le comte de Lhorailles était entré dans le grand désert del Norte, guidé par Cucharès.

Pendant les premiers jours, tout alla bien ; le temps était magnifique, les vivres abondants. Avec leur insouciance native, les Français oublièrent leurs appréhensions passées et firent des gorges chaudes des craintes que ne cessaient de manifester les peones mexicains, qui, mieux renseignés, ne cachaient pas la terreur que leur causait le séjour prolongé de la compagnie dans cette région redoutable.

Les Français possèdent une qualité singulière qui les a placés, peut-être à leur insu, à la tête de la civilisation et du progrès : c'est leur apparente insouciance, taxée de légèreté par l'envie, des peuples qui sont, malgré eux, contraints d'accepter leurs caprices comme des arrêts émanant d'un tribunal sans appel.

En effet, rien n'est plus injuste que ce reproche de légèreté que, sans cesse, à propos de tout, on nous jette à la tête. Comme tous les peuples civilisateurs qui gouvernent le progrès et le font marcher, les Français ont sans cesse les yeux tournés vers l'avenir, la tête penchée en avant, les oreilles ouvertes aux bruits qui viennent d'en haut ; pour eux, hier n'existe plus ; aujourd'hui n'est déjà rien ; demain est tout, parce que demain c'est l'avenir, c'est-à-dire la solution du grand problème civilisateur ; de là ces apparentes contradictions que nos détracteurs ou nos envieux se plaisent à trouver dans nos actions, qu'ils ne veulent pas se donner la peine d'étudier.

Ce que nous avançons ici est si rigoureusement vrai que, peuple essentiellement militaire et conquérant, notre armée n'a jamais été pour nous que l'avant-garde destinée à répandre à profusion les lumières qui font de nous la reine des nations, et nous ont placés dans une situation telle que le monde entier a constamment les yeux fixés sur nous afin de savoir de quelle façon il doit agir.

Les journées se passaient dans le désert à errer sans but à la recherche des Apaches, qui s'étaient faits définitivement invisibles. Parfois, de loin en loin, comme pour les narguer, ils apercevaient un cavalier indien qui venait caracoler à peu de distance de leurs lignes.

On sonnait le boute-selle, tout le monde montait à cheval, et on se lançait à la poursuite de ce cavalier fantastique, qui, après s'être laissé poursuivre assez longtemps, disparaissait tout à coup comme une vision.

Cette vie commençait cependant, par sa monotonie, à devenir insipide et insupportable. Ne voir que du sable, toujours du sable, pas un oiseau, pas une bête fauve ; des rochers grisâtres et pelés ; quelques grands Ahuehuelts, espèces de cèdres aux longues branches décharnées, couvertes d'une mousse grisâtre tombant en longs festons, n'avait rien de fort récréatif : l'ennui gagnait la compagnie.

La réverbération du soleil sur le sable causait des ophthalmies, l'eau décomposée par la chaleur n'était plus potable, les vivres se gâtaient, le scorbut commençait ses ravages parmi les soldats, que la nostalgie gagnait peu à peu.

Cet état de choses devenait intolérable ; il fallait aviser aux moyens d'en sortir le plus tôt possible.

Le comte réunit ses officiers en conseil.

Ce conseil se composait des lieutenants Diego Léon et Martin Leroux, du sergent Boileau, de Blas Vasquez et de Cucharès.

Ces cinq personnes, présidées par le comte de Lhorailles, prirent place sur des ballots, tandis qu'à peu de distance les soldats, couchés sur le sol, cherchaient à s'abriter à l'ombre de leurs chevaux, attachés au piquet.

Il était urgent de réunir le conseil, la compagnie se démoralisait rapidement ; il y avait de la révolte dans l'air, des plaintes étaient déjà proférées à haute voix. L'exécution de la Casa-Grande était complètement oubliée, et si l'on n'avisait pas promptement à porter remède au mal, nul ne savait quelles conséquences terribles amènerait ce mécontentement général.

— Messieurs, dit le comte de Lhorailles, je vous ai réunis afin d'aviser avec vous aux moyens de faire cesser l'abattement dans lequel depuis quelques jours est plongée la compagnie. Les circonstances sont si graves, que je vous serai reconnaissant de me donner franchement votre avis ; il s'agit du salut général, et, dans une semblable position, chacun a droit d'émettre son opinion, sans craindre de blesser l'amour-propre de qui que ce soit. Parlez, je vous écoute. À vous d'abord, sergent Boilaud ; comme le moins avancé en grade, vous devez prendre le premier la parole.

Le sergent Boilaud était un vieux soldat d'Afrique rompu à la discipline militaire, connaissant à fond son école du soldat, ce que dans l'armée on est convenu d'appeler un vrai troupier dans toute l'acception du terme ; mais nous devons avouer qu'il n'était pas du tout orateur.

À l'interpellation directe de son chef, il sourit, rougit comme une jeune fille, baissa la tête, ouvrit une bouche démesurée et demeura court.

Le comte de Lhorailles, s'apercevant de son embarras l'engagea avec bonté à parler. Eufin, à force d'efforts, le sergent parvint à prendre ma parole d'une voix enrouée et parfaitement indistincte :

— Dame ! capitaine, dit-il, je comprends que la situation n'a rien de fort gai ; mais à la guerre comme à la guerre ! On est troupier ou on ne l'est pas. Pour lors, mon avis est que vous devez faire comme vous l'entendrez, et que nous sommes ici pour vous obéir en tout, ainsi que c'est péremptoirement notre devoir, sans raisons subséquentes et oiseuses.

Les assistants ne purent s'empêcher de rire de la profession de foi du digne sergent, qui se tut tout honteux.

— À vous, capataz, dit le capitaine ; donnez-nous votre avis.

Blas Vasquez fixa ses yeux ardents sur le comte.

— Est-ce bien franchement que vous me le demandez, capitaine ? dit-il.

— Sans doute.

— Alors, écoutez tous, reprit-il d'une voix ferme et d'un accent convaincu. Mon avis est que nous sommes trahis ; qu'il nous est impossible de sortir de ce désert, où nous péririons tous en nous acharnant à la poursuite d'ennemis insaisissables qui nous ont fait tomber dans un piège dont nous ne parviendrons pas à nous débarrasser.

Ces paroles produisirent une grande impression sur les assistants, qui en comprirent toute la justesse.

Le capitaine secoua la tête d'un air rêveur.

— Don Blas, dit-il, vous portez là contre quelqu'un une accusation grave. Avez-vous consciencieusement pesé la portée de vos paroles ?

— Oui, répondit-il. Seulement…

— Songez que ce ne sont pas de vagues suppositions que nous puissions admettre ; les choses en sont venues à un tel point qu'il faut, pour que nous vous accordions la créance que sans doute vous méritez, que vous précisiez votre accusation, et que vous ne reculiez pas devant un nom, s'il est besoin de le prononcer.

— Je ne reculerai devant rien, *señor conde* ; je sais toute la responsabilité que j'assume sur moi ; aucune considération, quelle qu'elle soit, ne sera assez puissante pour me faire transiger avec ce que je regarde comme un devoir sacré.

— Parlez donc, au nom du ciel, et Dieu veuille que vos paroles ne me contraignent pas à infliger à l'un de nos compagnons un châtiment exemplaire.

Le capataz se recueillit un instant ; chacun attendait avec anxiété qu'il s'expliquât ; Cucharès surtout était en proie à une émotion qu'il ne parvenait que difficilement à dissimuler,

Blas Vasquez reprit enfin la parole, en dirigeant avec une étrange fixité son regard sur le comte de Lhorailles, qui malgré lui commençait enfin à comprendre qu'il était, lui et les siens, victime d'une odieuse trahison.

— *Señor conde*, dit Blas Vasquez, nous autres Mexicains, nous avons une loi dont nous ne nous départons jamais, loi qui est, du reste, écrite dans le cœur de tous les honnêtes gens, c'est celle-ci : de même que le pilote est responsable du navire qu'il est chargé de conduire à bon port, de même le guide répond corps pour corps du salut des gens qu'il se charge de guider dans le désert. Ici, il n'y a pas de discussion possible ; de deux choses l'une : ou le guide est ignorant, ou il ne l'est pas ; s'il est ignorant, pourquoi, contre l'avis de tout le monde, nous a-t-il contraints à entrer dans le désert en assumant sur lui seul la responsabilité de notre voyage ? Pourquoi, s'il ne l'est pas, ne nous a-t-il pas fait traverser le désert ainsi qu'il s'y était engagé, au lieu de nous faire errer à l'aventure à la recherche d'un ennemi qui, il le sait aussi bien que nous, ne stationne pas dans le del Norte, qu'il traverse au contraire de toute la vitesse de son cheval, lorsqu'il est contraint de s'y engager. Sur le guide seul doit donc peser le blâme de tout ce qui nous arrive, parce que c'est lui qui, maître des événements, les a disposés à son gré.

Cucharès, de plus en plus troublé, ne savait plus quelle contenance tenir, son émotion était visible aux yeux de tous.

— Qu'avez-vous à répondre ? lui demanda le capitaine.

Dans les circonstances comme celle qui se présentait, l'homme attaqué n'a que deux moyens de se défendre : feindre l'indignation ou le mépris.

Cucharès choisit le mépris.

Rappelant toute son audace et son effronterie, il assura sa voix, haussa les épaules avec dédain et répondit d'une voix ironique :

— Je ne ferai pas au señor don Blas l'honneur de discuter ses paroles ; il y a certaines accusations qu'un honnête homme ne discute pas. J'ai dû me conformer aux ordres du capitaine, qui seul commande ici ; depuis que nous sommes dans le désert, nous avons perdu près de vingt hommes tués par les Indiens ou par la maladie ; peut-on logiquement me rendre responsable de ce malheur ? Ne suis-je pas comme vous tous exposé à périr dans le désert ? Est-il en mon pouvoir d'échapper au sort qui vous menacé ? Si le capitaine m'avait ordonné de traverser seulement le del Norte, depuis longtemps déjà nous en serions sortis ; il m'a dit qu'il voulait atteindre les Apaches, j'ai dû me conformer à sa volonté.

Ces raisons, toutes spécieuses qu'elles étaient, furent cependant acceptées pour bonnes par les officiers ; Cucharès respira ; mais il n'en avait pas fini encore avec le capataz.

— Bien, dit celui-ci ; à la rigueur, peut-être auriez-vous droit de parler ainsi, et ajouterais-je foi à vos paroles, si je n'avais pas contre vous d'autres faits plus graves à articuler.

Le lepero haussa les épaules.

— Je sais, et je puis en donner la preuve, que par vos discours et vos insinuations vous semez la rébellion parmi les peones et les cavaliers de la compagnie. Ce matin avant le réveil, croyant n'être vu de personne, vous vous êtes levé, et avec votre poignard vous avez percé dix outres d'eau sur les quinze qui nous restent ; le bruit que, sans le vouloir, j'ai fait en accourant vers vous, vous a seul empêché de consommer entièrement votre crime. À l'instant où le capitaine nous a donné l'ordre de nous réunir, je me préparais à l'avertir de ce que vous aviez fait. Qu'avez-vous à répondre à cela ? Défendez-vous, si cela vous est possible.

Tous les yeux se portèrent sur le lepero : il était livide ; ses yeux injectés de sang étaient hagards ; avant qu'il fût possible de deviner son intention, il saisit vivement un pistolet et le déchargea à bout portant dans la poitrine du capataz, qui tomba sans proférer un seul mot ; puis, d'un bond de tigre, il s'élança sur un cheval et partit à fond de train.

Il y eut alors un tumulte inexprimable ; chacun s'élança à la poursuite du lepero.

— Sus ! sus ! au meurtrier ! au meurtrier ! s'écriait le capitaine en excitant du geste et de la voix ses hommes à s'emparer du misérable.

Les Français, rendus furieux par cette poursuite, commencèrent à tirer sur lui comme sur une bête fauve ; pendant longtemps on le vit faisant galopper son cheval dans toutes les directions, et cherchant vainement à sortir du cercle dans lequel les cavaliers étaient parvenus à l'enserrer ; enfin il chancela sur sa selle, tâcha de se retenir à la crinière de son cheval et roula sur le sable comme une masse en poussant un dernier cri de rage.

Il était mort !

Cet événemeni causa une émotion extrême aux soldats ; dès ce moment, ils sentirent qu'ils étaient trahis et commencèrent à voir leur position telle qu'elle était réellement, c'est-à-dire désespérée.

Vainement le capitaine chercha à leur rendre un peu de courage, ils ne voulurent rien entendre et se livrèrent à ce désespoir qui désorganise et paralyse tout.

Le comte donna l'ordre du départ : on se mit en marche.

Mais où aller ? dans quelle direction se tourner ? nulle trace n'était visible. Cependant on marcha, plutôt afin de changer de place que dans l'espoir de sortir du sépulcre de sable dans lequel on se croyait enseveli à jamais.

Huit jours s'écoulèrent, huit siècles, pendant lesquels les aventuriers endurèrent les plus horribles tortures de la faim et de la soif.

La compagnie n'existait plus ; il n'y avait plus ni chefs ni soldats : c'était une légion de fantômes hideux, un troupeau de bêtes féroces, prêtes à s'entre-dévorer à la première occasion.

On en avait été réduit à fendre les oreilles des chevaux et des mules, afin de boire le sang.

Errants tantôt d'un côté, tantôt d'un autre, trompés par le mirage, affolés par les rayons incandescents du soleil, ils étaient en proie à un désespoir hideux ; les uns riaient d'un air hébété, ceux-là étaient les plus heureux, ils ne sentaient pas leur mal, ils étaient fous ; les autres brandissaient leurs armes avec rage, proféraient des menaces et des blasphèmes en élevant le poing vers le ciel, qui, comme une immense plaque de tôle rougie, semblait le dôme implacable de leur tombe de sable ; quelques-uns rendus furieux par la douleur, se faisaient sauter la cervelle en narguant leurs compagnons trop faibles pour suivre leur exemple.

Le Français est peut-être le peuple le plus brave qui existe ; mais, par contre, le plus facile à démoraliser. Si son élan est irrésistible quand il marche en avant, il en est de même quand il recule ; rien ne l'arrête plus, ni les raisonnements, ni les moyens coercitifs : extrême en tout, le Français est plus qu'un homme, ou moins qu'un enfant !

Le comte de Lhorailles assistait, morne et sombre, à la ruine de toutes ses espérances. Toujours le premier à marcher, le dernier à se reposer, ne mangeant une bouchée que lorsqu'il était certain que tous ses compagnons avaient eu leur part, il veillait avec une tendresse et une sollicitude sans égales sur ses pauvres soldats, qui, chose étrange, au fond de l'abîme où ils étaient plongés, ne songeaient pas à lui adresser un reproche.

Des peones de Blas Vasquez, la plupart étaient morts, le reste avait cherché son salut dans la fuite, c'est-à-dire qu'ils avaient été, un peu plus loin, trouver une tombe ignorée ; tous ceux qui demeuraient fidèles au capitaine étaient des Européens, Français pour la plupart, de braves Dauph'yeers, ignorant complètement la façon de combattre et de vaincre l'ennemi implacable contre lequel ils luttaient, le désert !

De deux cent quarante-cinq hommes dont se composait la compagnie à son entrée dans le del Norte, cent trente-trois survivaient encore, en admettant que ces spectres hâves et décharnés fussent des hommes.

La douleur la plus atroce que puisse souffrir un homme dans le désert, c'est l'affreuse maladie nommée *calentura* par les Mexicains.

La calentura !

Cette folie temporaire qui vous fait voir, pendant ses accès intermittents, les mets les plus délicats et les plus délicieux, les eaux les plus limpides, les vins les plus choisis, qui vous rassasie, vous énerve, et lorsqu'elle vous quitte vous laisse plus abattu, plus brisé qu'auparavant, car vous conservez le souvenir de tout ce que vous avez possédé en rêve.

Un jour enfin, les malheureux, accablés de misères et de tortures de toutes sortes, refusèrent d'aller plus loin, résolus de mourir où le hasard les avait conduits. Ils se couchèrent sur le sable brûlant, à l'ombre de quelques Ahuehuelts, avec la ferme volonté d'y demeurer immobiles, jusqu'à ce que la mort, que depuis si longtemps ils appelaient à grands cris, vint enfin les délivrer de leurs maux.

Le soleil se coucha dans un nuage de pourpre et d'or, au bruit des malédictions et des imprécations de ces misérables, qui, n'attendant plus rien, n'espérant plus rien, n'avaient plus conservé que l'instinct cruel de la bête féroce.

Cependant la nuit succéda au jour, peu à peu le calme remplaça le désordre. Le sommeil, ce grand consolateur, appesantit les lourdes paupières des malheureux, qui, s'ils ne dormirent pas, tombèrent cependant dans une somnolence qui fit, pour quelques instants du moins, trêve à leurs affreuses tortures.

Tout à coup, vers le milieu de la nuit, un bruit formidable les réveilla en sursaut, un tourbillon brûlant passa sur eux, le tonnerre éclata avec fracas.

Le ciel était noir comme de l'encre, pas une étoile, pas un rayon de lune, rien que d'épaisses ténèbres qui ne permettaient même pas de distinguer les objets les plus rapprochés.

Les pauvres diables se redressèrent avec épouvante ; ils se traînèrent comme ils purent auprès les uns des autres, se serrant comme des agneaux surpris par l'orage, voulant, par cet égoïsme inné chez l'homme, mourir tous ensemble.

— Temporal ! temporal, s'écrièrent toutes les voix avec un accent de terreur impossible à rendre.

C'était en effet le temporal, cet épouvantable fléau, qui déchaînait toutes ses fureurs et passait sur le désert pour en changer la surface.

Le vent mugissait avec une force inouïe, soulevant des nuages de sable qui tourbillonnaient et formaient des trombes énormes qui couraient avec une vélocité extrême et tout à coup éclataient avec un fracas épouvantable.

Les hommes, les animaux saisis par la rafale étaient entraînés dans l'espace comme des fétus de paille.

— Ventre à terre ! criait le comte d'une voix formidable, ventre à terre ! c'est le simoun d'Afrique ! ventre à terre, si vous tenez à la vie !

Chose étrange ! tous ces hommes, accablés de misères inouïes, obéissaient comme des enfants aux ordres de leur chef, tant est grande la terreur qu'inspire la mort dans les ténèbres.

Ils enfonçaient le visage dans le sable, afin d'éviter le souffle brûlant de l'air qui passait sur eux. Les animaux, accroupis sur le sol, le cou allongé, suivaient instinctivement leur exemple.

Par intervalle lorsque le vent donnait une seconde de répit aux malheureux qu'il torturait comme à plaisir, on entendait des cris et des râles d'agonie mêlés à des blasphèmes et à d'ardentes prières qui sortaient de la foule étendue tremblante sur te sol.

L'ouragan sévit ainsi toute la nuit avec une fureur toujours croissante ; vers le matin il se calma peu à peu ; au lever du soleil, il avait épuisé toutes ses forces et s'était élancé vers d'autres parages.

L'aspect du désert était complètement changé : où la veille se trouvait des vallées, il y avait des montagnes ; les rares arbres, tordus, déchiquetés, brûlés par l'ouragan, montraient leurs squelettes noircis et dépouillés ; nulle trace de pas, nul sentier ; tout était plat, lisse et uni comme une glace.

Les Français n'étaient plus qu'une soixantaine, les autres avaient été enlevés ou engloutis, sans qu'il fût possible d'en découvrir le moindre vestige ; le sable s'était étendu sur eux comme un immense linceul grisâtre.

Le premier sentiment qu'éprouvèrent ceux qui survivaient fut la terreur ; le second le désespoir, et alors les gémissements et les plaintes commencèrent avec une force toujours croissante.

Le comte, sombre et triste, regardait ces pauvres gens avec une expression de pitié indicible.

Soudain il partit d'un éclat de rire fébrile, et s'approchant de son cheval, qui jusque-là, par une espèce de miracle, avait échappé au désastre, il le sella en le flattant doucement de la main et en chantonnant entre ses dents un de ces airs qui ne seront jamais notés.

Ses compagnons le considéraient avec un sentiment de vague terreur dont ils ne pouvaient se rendre compte : si misérables qu'ils fussent dans leur esprit, leur capitaine représentait toujours l'intelligence supérieure et la volonté ferme, ces deux forces qui ont tant de pouvoir sur les natures abruptes, même lorsque les circonstances les ont contraints de les nier. Dans leur misérable état ils se groupaient autour de leur chef comme les enfants se réfugient dans le sein de leurs mères ; il les avait toujours consolés, leur donnant l'exemple du courage et de l'abnégation ; aussi, lorsqu'ils le virent agir comme il le faisait, eurent-ils le pressentiment d'un malheur.

Lorsque son cheval fut sellé, le comte se mit légèrement sur son dos, et pendant quelques minutes il fit caracoler la pauvre bête, qui avait une peine inouïe à se tenir sur ses jambes tremblantes.

— Holà ! mes braves ! cria-t-il tout à coup, accourez ! accourez ! venez écouter un bon conseil, un dernier avis que je veux vous donner avant de partir.

Les soldats se traînèrent comme ils le purent et l'entourèrent.

Le comte jeta un regard satisfait autour de lui.

— C'est une triste bouffonnerie, n'est-ce pas, que l'existence, dit-il en éclatant de rire, c'est souvent aussi une lourde chaîne à porter. Combien de fois depuis que nous avons roulé dans cet enfer sans issue, n'avez-vous pas fait tout bas la réflexion qu'en ce moment je fais tout haut, moi ! Eh bien, je vous l'avoue, tant que j'ai eu l'espoir de vous sauver, j'ai lutté avec courage ; cet espoir, je ne l'ai plus. Comme il nous faudra d'ici à quelques jours, à quelques heures peut-être, mourir de misère, je préfère en finir tout de suite. Croyez-moi, imitez mon exemple ; c'est bientôt fait, allez ; vous allez voir.

En disant ces dernières paroles, il sortit un pistolet de sa ceinture.

En ce moment, des cris se firent entendre.

— Qu'est-ce, qu'y a-t-il, que se passe-t-il encore ?

— Voyez ! capitaine, on vient enfin à notre secours ; nous sommes sauvés ! s'écria le sergent Boileau, qui se dressa comme un spectre à ses côtés et lui saisit le bras.

Le comte se dégagea en souriant.

— Vous êtes fou, mon pauvre camarade, dit-il en regardant du côté qu'on lui indiquait, où effectivement on voyait s'élever un tourbillon de poussière qui se rapprochait rapidement. On ne peut pas venir à notre secours ; nous n'avons même pas, ajouta-t-il avec une poignante ironie, la ressource des naufragés de *la Méduse* ; nous sommes condamnés à mourir dans cet infernal désert. Adieu, tous ! Adieu !

Il leva son pistolet.

— Capitaine ! s'écria le sergent avec reproche, prenez garde, vous n'avez pas le droit de vous tuer ; vous êtes notre chef, vous devez mourir le dernier de tous ; sinon, vous êtes un lâche !

Le comte bondit comme si un serpent l'eût piqué, et fit le geste de se précipiter sur le sergent ; l'expression de son visage était tellement farouche, son mouvement fut si terrible que le sergent eut peur, il recula.

Le capitaine profita de cette seconde de répit, appuya le canon du pistolet sur sa tempe droite et lâcha la détente ! il roula sur le sol, le crâne fracassé.

Les aventuriers n'étaient pas encore revenus de la stupeur que leur avait causée cet affreux événement que le nuage de poussière qu'ils avaient aperçu se déchira violemment et ils virent une troupe de cavaliers indiens, au milieu desquels se trouvaient une femme et deux ou trois blancs qui accouraient vers eux à toute bride.

Convaincus que, de même que les vautours accourent à la curée, les Apaches venaient leur donner le coup de grâce, ils n'essayèrent même pas une résistance impossible.

— Oh ! s'écria un des chasseurs en se précipitant à bas de son cheval et s'élançant vers eux, pauvres gens !

Les nouveaux venus étaient Belhumeur, Louis et leurs amis les Comanches.

En quelques mots, ils furent au courant de ce qui s'était passé, des tortures que les Français avaient endurées.

— Mais, s'écria Belhumeur, si les vivres vous manquaient, vous aviez de l'eau à foison, comment se fait-il que vous vous plaigniez de la soif ?

Sans rien dire, la Tête-d'Aigle et le Moqueur creusèrent le sol avec leurs couteaux au pied d'un Ahuehuelt. Au bout de dix minutes, l'eau jaillit, une source abondante et limpide coula sur le sable.

Les Français se précipitèrent en désordre vers l'eau.

— Pauvres gens ! murmura don Luis ; ne les sortirons-nous pas d'ici ?

— Croyez-vous donc que je voudrais les laisser périr, maintenant que je leur ai rendu l'espoir ? Pauvre jeune fille ! ajouta-t-il en jetant un triste regard sur doña Anita, qui riait et faisait claquer ses doigts comme des castagnettes, pourquoi n'est-il pas aussi facile de lui rendre la raison ?

Don Luis soupira sans répondre.

Les Français apprirent alors une chose qui probablement les auraient sauvés s'ils en avaient eu plus tôt connaissance ; c'est que l'*Ahuehuelt*, qui en indien comanche signifie *seigneur des eaux*, est un arbre qui pousse dans les endroits arides et que sa présence indique toujours soit une source au niveau du sol, soit une source cachée ; que, pour cette cause, les Peaux-Rouges l'ont en vénération, et comme il se rencontre surtout dans les déserts, ils le désignent aussi sous le nom de *grande médecine des voyageurs*.

Deux jours plus tard, les aventuriers, guidés par des chasseurs et des Comanches, sortirent du désert.

Ils ne tardèrent pas à atteindre la Casa-Grande de Moctecuzoma, où leurs sauveurs, après leur avoir laissé les provisions dont ils avaient un si pressant besoin, les quittèrent définitivement, ne sachant comment se soustraire à leurs remercîments chaleureux et à leurs bénédictions.

FIN.

ISBN : 978-3-96787-526-3

www.ingramcontent.com/pod-product-compliance
Lightning Source LLC
LaVergne TN
LVHW101916220826
846093LV00009B/269

* 9 7 8 3 9 6 7 8 7 5 2 6 3 *